中国社会科学院院长学术基金资助

·中国社会科学院民俗学研究书系·

朝戈金　主编

日常叙事的体裁研究

以京西燕家台村的"拉家"为个案

A Genre Study on the Everyday Narratives:

The 'Lajia' in Yanjiatai Village in Western Beijing as a Case

[日]西村真志叶 ｜ 著

中国社会科学出版社

图书在版编目（CIP）数据

日常叙事的体裁研究：以京西燕家台村的"拉家"为个案/
〔日〕西村真志叶著 . —北京：中国社会科学出版社，2011.9
ISBN 978-7-5161-0125-4

Ⅰ.①日… Ⅱ.①西… Ⅲ.①日常生活社会学－研究
②民间文学－体裁－研究－北京市 Ⅳ.①C913.3②I207.7

中国版本图书馆 CIP 数据核字（2011）第 185131 号

责任编辑 张 林 陈 琨
责任校对 石春梅
封面设计 格子工作室
技术编辑 戴 宽

出版发行 **中国社会科学出版社**
社 址 北京鼓楼西大街甲 158 号 邮 编 100720
电 话 010－84029450（邮购）
网 址 http：//www.csspw.cn
经 销 新华书店
印 刷 北京新魏印刷厂 装 订 广增装订厂
版 次 2011 年 9 月第 1 版 印 次 2011 年 9 月第 1 次印刷
开 本 710×1000 1/16
印 张 19.75
字 数 334 千字
定 价 44.00 元

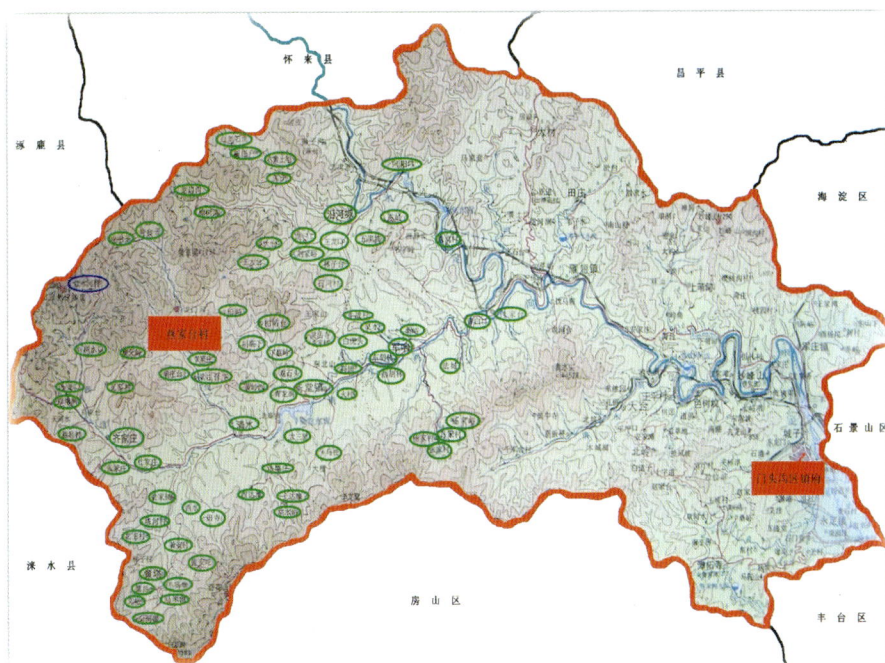

彩图1 斋堂方言使用区域示意图

彩图2 燕家台的村域示意图

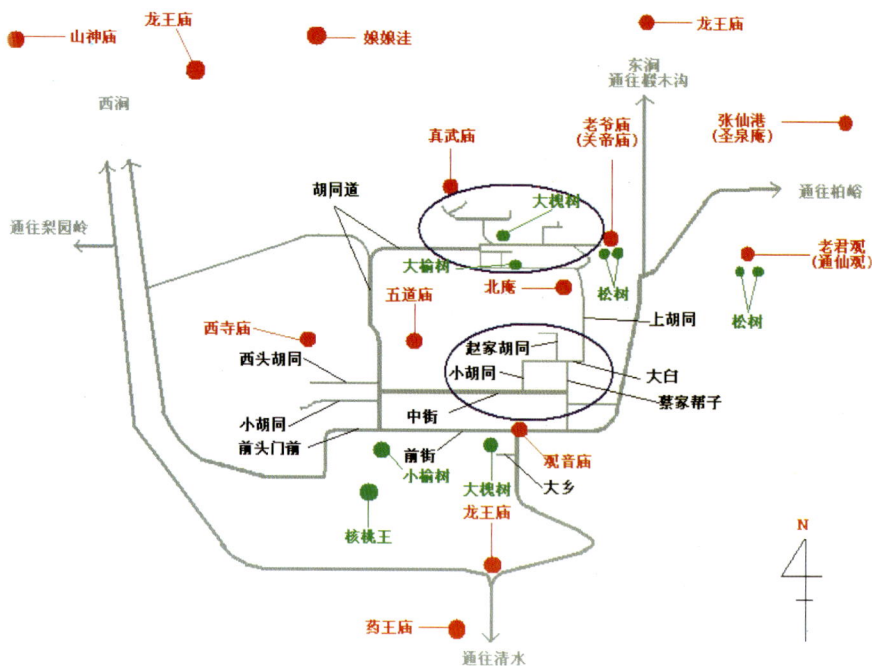

彩图3 "老人那候儿"的燕家台村落布局示意图

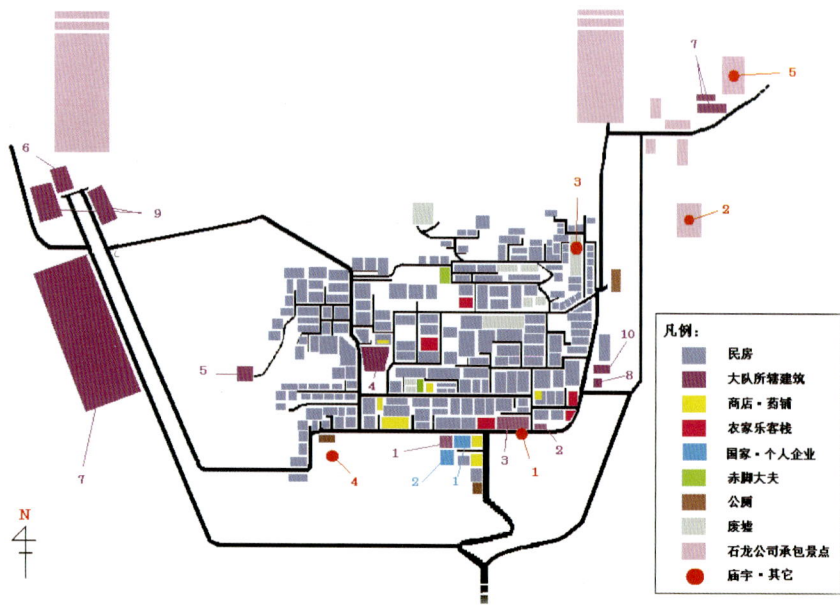

彩图4 "现在这候儿"的燕家台村落布局示意图

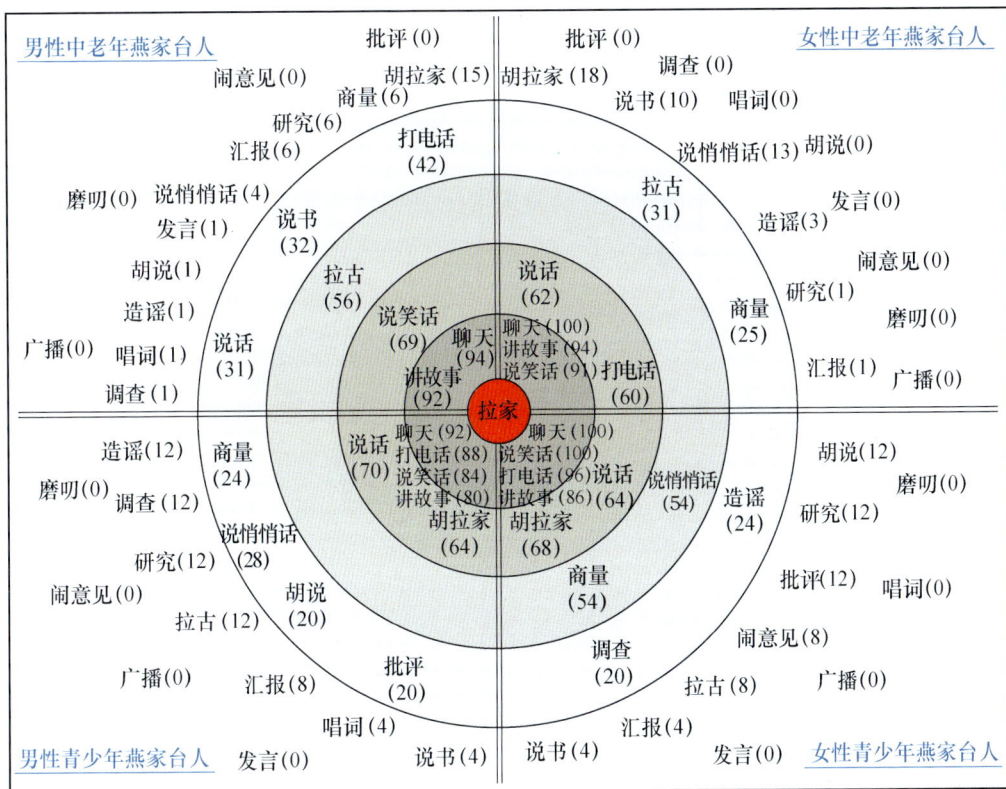

批评(0)　　　　批评(0)
闹意见(0)　　　胡拉家(15)　胡拉家(18)　　调查(0)
商量(6)　　　　　　　　说书(10)　唱词(0)
研究(6)
汇报(6)　　　　打电话　　　　　　说悄悄话(13)　胡说(0)
　　　　　　　　(42)
磨叽(0)　说悄悄话(4)　　　　　　　　　　　发言(0)
发言(1)　　　说书　　拉古　　　造谣(3)
　　　　　　　(32)　　(31)　　　　　　闹意见(0)
胡说(1)　　　　　　　　　　　研究(1)
造谣(1)　　　拉古　　说话　　　　　　磨叽(0)
　　　　　　　(56)　　(62)
广播(0)　唱词(1)　说笑话　　　　商量　汇报(1)　广播(0)
调查(1)　　说话　(69)　聊天　讲故事　(25)
　　　　　　(31)　　(94)　(94)
　　　　　　　　讲故事　说笑话(91)打电话
　　　　　　　　(92)　　　　　　(60)
　　　　　　　　　　　【拉家】

　　　　　　　说话　聊天(92)　聊天(100)
　　　　　　　(70)打电话(88)说笑话(100)
造谣(12)　商量　说笑话(84)打电话(96)说话　说悄悄话
磨叽(0)　(24)　讲故事(80)讲故事(86)(64)　(54)
　　调查(12)　胡拉家　胡拉家　　　　　胡说(12)
　　　说悄悄话　(64)　　(68)　　造谣　磨叽(0)
研究(12)　(28)　　　　　　　　　(24)
闹意见(0)　胡说　　　　　　　商量　研究(12)
　　拉古(12)　(20)　　　　　(54)　批评(12)唱词(0)
　　　　　　　批评　　　调查　闹意见(8)
广播(0)　汇报(8)　(20)　　(20)　拉古(8)　广播(0)
　　　唱词(4)　　　　　　汇报(4)
　　　　　发言(0)　说书(4)　说书(4)　发言(0)

彩图5　拉家与非拉家的关系性示意图

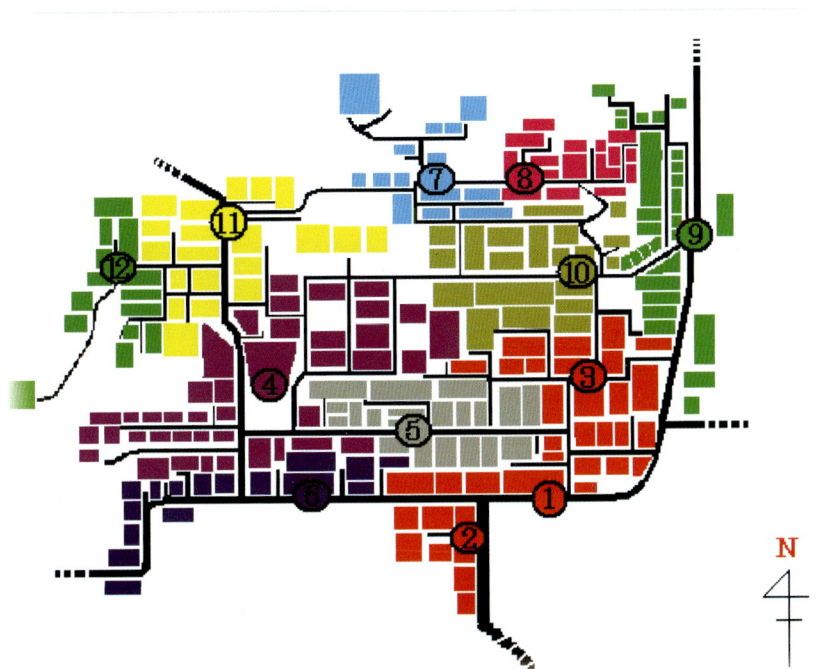

彩图6　拉家场地在燕家台居民区内的布局示意图

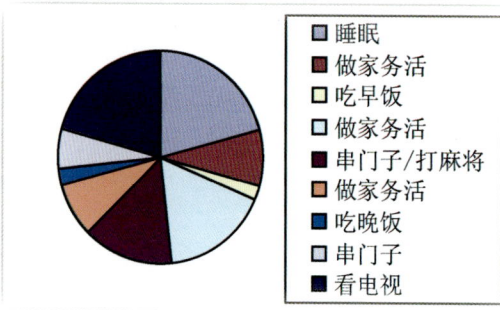

彩图7　纯农户"短天"农闲期的
　　　　时间分配方式

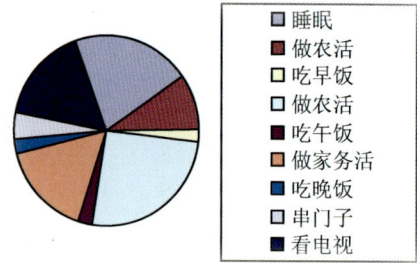

彩图8　纯农户的"长天"农忙期的
　　　　时间分配方式

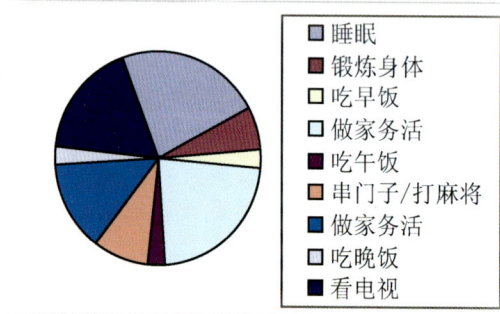

彩图9　纯农户的"长天"农闲期的
　　　　时间分配方式

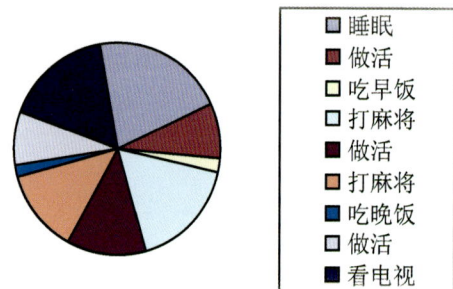

彩图10　"上班"时的时间分配方式

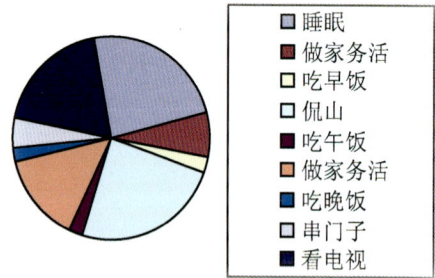

彩图11　节日期间的时间分配方式

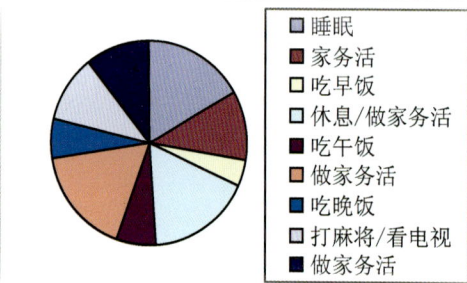

彩图12　半农户的时间分配方式

总　序

　　自英国学者威廉·汤姆斯（W. J. Thoms）于19世纪中叶首创"民俗"（folk-lore）一词以来，国际民俗学形成了逾160年的学术传统。作为现代学科意义上的中国民俗学肇始于"五四"新文化运动，80多年来的发展几起几落，其中数度元气大伤。从20世纪80年代开始，这一学科方得以逐步恢复。近年来，随着国际社会和中国政府对非物质文化遗产（其学理依据正是民俗和民俗学）保护工作的重视和倡导，民俗学研究及其学术共同体在民族文化振兴中和国家文化发展战略中，都正在发挥越来越重要的作用。

　　中国社会科学院曾经是中国民俗学开拓者顾颉刚、容肇祖等人长期工作的机构，近年来又出现了一批较为活跃和有影响力的学者，他们大都处于学术黄金年龄，成果迭出，质量颇高，只是受既有学科分工和各研究所学术方向的制约，他们的研究成果没有能形成规模效应。为了部分改变这种局面，经跨所民俗学者多次充分讨论，大家都迫切希望以"中国民俗学前沿研究"为主题，申请"院长学术基金"的资助，以系列出版物的方式，集中展示以我院学者为主的民俗学研究队伍的晚近学术成果。

　　这样一组著作，计划命名为"中国社会科学院民俗学研究书系"。

　　从内容方面说，这套书意在优先支持我院民俗学者就民俗学发展的重要问题进行深入讨论的成果，也特别鼓励田野研究报告、译著、论文集及珍贵资料辑刊等。经过大致摸底，我们计划近期先推出下面几类著作：优秀的专著和田野研究成果；具有前瞻性、创新性、代表性的民俗学译著；以及通过以书代刊的形式，每年择选优秀的论文结集出版，拟定名为《中国民俗学》（*Journal of China Folkloristics*）。

那么，为什么要专门整合这样一套书呢？从学科建设和发展的角度考虑，我们觉得，民俗学研究力量一直相对分散，未能充分形成集约效应，未能与平行学科保持有效而良好的互动，学界优秀的研究成果，也较少被本学科之外的学术领域所关注、进而引用和借鉴。其次，我国民俗学至今还没有一种学刊是国家级的或准国家级的核心刊物。全国社会科学刊物几乎都没有固定开设民俗学专栏或专题。与其他人文和社会科学的国家级学刊繁荣的情形相比较，学科刊物的缺失，极大地制约了民俗学研究成果的发表，限定了民俗学成果的宣传、推广和影响力的发挥，严重阻碍了民俗学科学术梯队的顺利建设。再者，如何与国际民俗学研究领域接轨，进而实现学术的本土化和研究范式的更新和转换，也是目前困扰学界的一大难题。因此，通过项目的组织运作，将欧美百年来民俗学研究学术史、经典著述、理论和方法乃至教学理念和典型教案引入我国，乃是引领国内相关学科发展方向的前瞻之举，必将产生深远影响。最后，近些年来，国内外非物质文化遗产保护工作的大力推进，也频频推动国家文化政策的制定和实施中的适时调整，这就需要民俗学提供相应的学理依据和实践检验，并随时就我国民俗文化资源应用方面的诸多弊端，给出批评和建议。

从工作思路的角度考虑，"中国社会科学院民俗学研究书系"着眼于国际、国内民俗学界的最新理论成果的整合、介绍、分析、评议和田野检验，集中推精品、推优品，有效地集合学术梯队，突破研究所和学科片的藩篱，强化学科发展的主导意识。

我们期待着为期三年的第一期目标实现后，再行设计二期规划，以利我院的民俗学研究实力和学科影响保持良好的增长势头，确保我院的民俗学传统在代际学者之间不断传承和光大。本套书系的撰稿人，将主要来自民族文学研究所、文学研究所、世界宗教研究所和民族学与人类学研究所的民俗学者们。

在此，我代表该书系的编辑委员会，感谢中国社会科学院文史哲学部和院科研局对这个项目的支持，感谢"院长学术基金"的资助。

朝戈金

目　录

绪　　论

　　本书将京西——北京市门头沟区清水镇燕家台村的日常叙事"拉家"作为个案，从日常生活的层面，分析地方体裁在特定地域中的理解、实践以及运作过程。按照张紫晨的学科构思，本书属于民间文艺学原理的一支——体裁学的研究范畴。① 但本书的最终目的，不是对地方体裁的分析，也不是为体裁学添加新的个案，而是解构与重构传统的体裁学。换言之，本书通过一种被现有知识体系抛弃的地方体裁，在反思传统体裁学的同时，努力走向新的体裁研究。

　　作为绪论，首先对最近有关体裁的批评进行再批评，以确认在今天的理论环境中讨论体裁的意义。在确保立足点的基础上，继续说明本书的目的、研究对象、理论以及方法。最后，再对资料与术语给予必要的解释。

一　对体裁批评的再批评

（一）我们还需要体裁吗？

　　体裁学在国内民俗学或民间文艺学领域具有较长的历史，至今积累了一定的经验和研究成果。而在当下的学术环境中，越来越多的国内研究者开始意识到了传统体裁学研究范式所患有的问题。有些研究者由此向体裁学提出了质疑：既然"用叙事这个要素来打通和统贯各种民间文学体裁"，

---

　　① 张紫晨：《民间文艺学原理》，花山文艺出版社 1991 年版，第 142—162 页。

既可扩大视野又可避免在体裁问题上的纠缠，[1] 那我们继续死守体裁概念有何意义？假如"体裁的划分，从来都是学者们的所为"[2]，那么，在经过有关主体性的反思而重建的将来研究范式中，体裁学还有必要作为"民间文艺学研究的重要组成部分"[3] 存在下去吗？

诚然，今天体裁概念主要在编辑作品集和编写教科书时才保持其规范意义，而在越来越多的具体研究中，几乎成为研究者可任意操作的符号。假如研究者忠于原有的体裁概念及其系统，体裁分类反而成为负担。于是，有些研究者采用主题学研究方法来避免体裁问题上的纠缠，有些研究者则使用"神话传说"、"神话故事"等名词连用来模糊体裁之间的界限。

目前，部分研究者对体裁学所提出的各种质疑与体裁概念及其系统的运用现状，自然向体裁学摆出了一个问题——我们是否还需要体裁？关于导致这种困境的原因，我们将在第一章详谈。在此，只是简单概括体裁概念遭受的主要批评，通过对这些批评的再批评，确保本书的立足点。

(二) 关于体裁的三种批评

1. 体裁难以区分

追究原由，国内研究者对体裁概念的质疑，大多来自他们在体裁分类上曾经遭到失败或陷入困境的切身经历之中。广义的民间故事也罢，广义神话[4]也罢，民间叙事也罢，在这些调整体裁概念的尝试背后，始终存在"有些作品的体裁介乎二者之间，尤其是传说和故事，有时简直难以区分"[5] 诸如此类的困惑。

首先要确认的一点是，体裁区分的困难显然不可能成为取消体裁概念的正当理由。假如我们把区分概念的难度当成是抛弃概念的借口，那么学术研究本身就无从可谈。我们有必要自觉意识到，体裁区分的困难正是我们必须反思传统体裁学的原因之一。

其次，体裁也不会因那些介于两种体裁之间的反常现象而消失。例外

---

①　程蔷：《骊龙之珠的诱惑——民间叙事宝物主题探索》，学苑出版社 2003 年版，第 1 页。

②　江帆：《民间口承叙事论》，黑龙江人民出版社 2003 年版，第 4 页。

③　张紫晨：《民间文艺学原理》，花山文艺出版社 1991 年版，第 142 页。

④　袁珂：《从狭义神话到广义——〈中国神话、传说辞典〉序》，《民间文学论坛》1983 年第 2 期。

⑤　程蔷：《骊龙之珠的诱惑——民间叙事宝物主题探索》，学苑出版社 2003 年版，第 1 页。

的出现总是以某种规则的存在为前提。那些越轨体裁规律的反常现象，正因为它们的侵犯行为，反而暴露出某种规律的存在。直到这些现象的特殊性一旦得到研究者的认可，它们便构成一个独立的体裁，从特殊又变回一般。较典型的例子，大概是被李扬视为"向民间传说的转化"的民间故事。由于"解释事物来历传说的结尾的附加"和"具体人物的出现"，有些民间故事文本似乎处在民间故事和传说之间。① 其实，这些个别文本对体裁规律的违规所证实的，便是民间故事不具有解释性结尾和具体人名等规则。亦即，它们并没有模糊体裁之间的界限，反而明确了体裁概念。只要研究者认识到这一类现象并非少数，再将其概括为"传奇故事"，② 那么，这些个别文本不再是特殊的例外，从此变为一个常见体裁。

同样，今天"民间叙事"诸如此类的术语盛行的局面，并不意味着体裁已经消失。当研究者采用这些术语时，他实际上把"神话"、"传说"、"民间故事"等体裁，按照"叙事"这种标准区别于"民间韵文"、"民间抒情"等体裁。民间叙事仍然是一种体裁，而且是具有"叙事"这种明确特点的体裁。它只能说明无法取消体裁概念的事实。

2. 现有体裁系统的失效

正如上述，目前研究者对体裁概念的质疑，大多出自他们曾经为体裁分类所困扰的经历。而他们之所以为体裁分类所困扰，一个重要的原因便在于，现有的体裁系统已经无法适用那些逐渐增多的国内资料与研究者日益转移的问题意识。

现有体裁系统的失效现象，在现代的、地方的以及民族的体裁上面尤为明显。当然，这些体裁都不是今天才出现的。只不过，我们在以往的研究范式中没有看到这些超出既成概念框架的现象而已。在研究范式的转变过程中，这些过去视而不见的体裁逐渐进入研究者的视野之中。有些研究者开始把诸如都市传说、校园圈套故事、鬼故事等体裁视为"民间文学在新的历史条件下、在传承条件发生剧变的形势下通过自身变异来获得持续传承的一种表现"③；民族志诗学的研究成果，则让越来越多的研究者发

---

① 李扬：《试论民间传说和故事的相互转换》，《民间文学论集 2》（内部资料），中国民间文艺学家协会辽宁分会编印，1984 年。

② 刘守华：《故事学纲要》，华中师范大学出版社 1980 年版，第 26 页。

③ 安德明：《变异与永恒——民间文学的现状与未来》，《文汇报》1999 年 6 月 11 日。

现了地方体裁和民族体裁的存在。他们主张"以本土叙事模式来替换一般意义上'文类'研究",以走近"本土口头传统"。^① 由此一来,现有的体裁系统对这些体裁自然变得无所适从。

与此同时,有些研究者也开始用新的眼光去看待过去的体裁。如杨利慧以女娲为线索,纵横神话、传说、民间故事、仪式歌等体裁,努力把神话解放出"古代"或"原始"的牢笼,去挖掘女娲神话被编入到现代社会并对现代人产生意义的一面。^② 由她操作的"神话"概念,无疑超出了《民间文学概论》所规定的范畴。但谁也不可否认,她的女娲神话研究仍是诞生在新的问题意识和概念操作方式中的神话研究。

就以上两种情况而言,由过去的研究范式所确定下来的规范,基本上失去了其原有的价值。问题是,我们研究或操作这些存在于已有规范之外的体裁,仍然无法脱离体裁系统。原因是很简单的,即:在体裁系统之外不可能存在体裁。借用法国文艺理论家托多罗夫(T. Todorov)的话来说,"某种新的体裁总是过去的某一个或若干体裁的变形,即因交替、移动、结合而出现的变形",体裁便是这种"不断变形的体系"。^③ 的确,正如美国民俗学者邓迪斯(A. Dundes)所言,"民俗学或民间文艺学研究的很大领域并不适应现有体裁系统的规范,而且只要体裁研究范式普遍存在,它也就不会被发现"。^④ 但换个角度来看,假如研究者不能视这些"不适应现有规范的很大领域"为单独的体裁或找不出它和其他体裁之间的关联,那么,它们也就无法真正成为民俗学或民间文艺学的研究对象。这种对象的客体化在后现代的学术反思过程中或许意味着一种"科学主义"。^⑤ 但无论研究者肯定与否,所有概念都是一种组织系统,为了我们能够察觉到这些体裁的存在并由此产生相应的问题意识,还是需要一种作

---

① 巴莫曲布嫫:《英雄叙事与族群认同:支格阿鲁及其程式化的故事范型》(亚细亚民间叙事文学学会第八届学术研讨会提交论文),2004 年 10 月 16 日。

② 这也是杨利慧近年来的工作方向,近作《神话一定是"神圣的叙事"吗?》集中体现了这一点。杨利慧:《神话一定是"神圣的叙事"吗?》,《民族文学研究》2006 年第 3 期。

③ ツヴェタン・トドロフ:《言语の诸ジャンル》(Tzvetan Todorov, *Les genres du discours*. Éditions du Seuli, 1978),小林文夫訳,法政大学出版局 2002 年版,第 54 页。

④ Dan. Ben-Amos, Introducion, in Ben-Amos, Dan (ed.), *Folklore genres*. University of Texas Press, 1981, p. 14.

⑤ 吕微:《反思民俗学、民间文学的学术伦理》,《民间文化论坛》2004 年第 5 期。

为"潜在的组织原则"的体裁系统。①

　　退一步讲，即使我们在体裁系统之外的真空状态中能够研究或操作体裁，大概只有研究者把这些体裁放在它们和其他传统体裁之间的关联中去考察，关于它们的形态、内容及其现代性等基本问题的讨论才有可能深入下去，②"地方知识和普遍知识之间的双向对话"③ 也才有可能充分展开。说到底，只有通过比较，才能发现差异性和相似性；只有把这种差异性和相似性视为一定的类型，才能确认对象之间的差异不是偶然的，而是由某种一般原理所导致的。另外，为了复数的研究者在彼此之间进行对话，体裁系统仍是必要的基础之一。每个研究者在缺少通约性的情况下运用自定义的体裁，这实际上意味着个人话语霸权的盛行。由此可能导致的结果——学术规范的混乱——是国内民间文艺学界曾经在其形成时期亲自经历过的。虽然今天的个人话语霸权主要是对其他研究者主体而言，在其背后可能存在研究者主体对被研究主体的一种人文关怀，但我们也可以避免它有可能带来的不必要的麻烦。

　　3. 体裁分类的非主体性

　　当现有体裁系统无法包容的体裁开始进入研究者的视野时，语言现象的多样性促使部分研究者产生了一个观点，即："体裁划分，从来都是学者们的所为"。这一谴责与近年来国内学术界有关主体性的反思热潮相吻合。凡是关心体裁的研究者，都必须将其铭刻在心里。

　　过去，有些研究者视体裁为自足的、本体论意义上实在的自然存在，有些研究者则把它视为不带成见的理想模型。而不管怎样，这些思路易于

---

　　①　参见埃德加·莫兰《方法：思想观念——生境、生命、习性与组织》（Edgar MORIN, *La Méthode. Tome4：Les idées. Leur habitat, leur organization.* Éditions du Seuli, 1991），秦海鹰译，北京大学出版社 2002 年版，第 138—146 页。

　　②　德国民俗学者鲍金戈有关"日常讲述（alltäglichen Erzählens）"或"日常故事（alltäglichen Erzählung）"的论文，大概是在这一点上最为成功的研究成果之一。见ヘルマン·バウジンガー《世间话の构造》（Hermann Bausinger, Strukturen des alltäglichen Erzählens, in *Fabula*, 1 Bde, 1958）、荒木博之编訳《フォークロアの理论—歴史地理の方法を越えて—》，法政大学出版社 1994 年版。中国国内在 20 世纪五六十年代有关"新民歌"、"新故事"的讨论，也是值得注意的研究成果。其中，天鹰的《一九五八年中国民歌运动》（上海文艺出版社 1959 年版）、蒋成瑀的《故事创作漫谈》（上海文艺出版社 1979 年版）、刘守华的《略谈故事创作》（长江文艺出版社 1980 年版）等著作具有一定的代表性。

　　③　巴莫曲布嫫：《英雄叙事与族群认同：支格阿鲁及其程式化的故事范型》，亚细亚民间叙事文学学会第八届学术研讨会提交论文，2004 年 10 月 16 日。

导致他们根据所谓客观真实，对民间文学的文本强行划分和归纳，硬把它们塞进既成框架之中。他们往往忽略了被研究者主体有关体裁的话语，至于那些在历史叙事背后"向我们发出冷笑"①的主体更是视若无睹。结果，体裁在很大程度上成为研究者主体强加给被研究者主体的事实，体裁分类则成为前者的单向行为。

当然，我们也有必要明确问题的所在。这种谴责所针对的是过去忽略被研究者主体有关体裁话语的体裁学，而不是体裁概念或体裁分类本身。体裁分类是编辑作品集的必要前提，也是以某类体裁为对象的所有研究所必需的步骤，由此可以说是现有的民间文艺学或口头传统研究范式不可缺少的前提之一。假如研究者完全在各自下定义的基础上进行研究，那么，学术界便大大减少了研究者之间的通约性，个人的话语霸权难免影响彼此可理解的学术对话。与此同时，正如美国民俗学者本—阿莫斯（D. Ben-Amos）所指出的，有些"力求发现文化动力机制的民俗的心理学研究或人类学研究"，都把某类体裁概念作为基础。在他们的田野作业和文化研究中，体裁概念可以成为"能够产生问题意识和解决方案"的"方法论范式"。②

尤其需要强调的是，体裁分类并不完全是研究者主体的所为。诚然，"在我国历代民间社会，人们对神话、传说、故事这些体裁并无细分，人们从来都是笼统地称为'讲故事'，或者其他根据各地的习惯叫法，称之为'讲瞎话'、'讲经'、'摆龙门阵'，等等"。③ 即使如此，当"民间社会"运用"讲瞎话"等体裁概念时，它对这些体裁和诸如谚语、说书、唱戏等话语形式仍然有着自己的区别。研究者在没有认真探讨的情况下断言"民间社会"没有体裁分类，这实际上意味着他们轻易放弃了必要的探究，也易于导致"那些研究所谓'原始艺术'的学生……常常说这些持低级文化的人不会讨论、或很少言及艺术"④ 诸如此类的误解。其实，问题不是

---

① 吕微：《"内在的"和"外在的"民间文学》，《文学评论》2003 年第 3 期。

② Dan. Ben-Amos, Introducion, in Ben-Amos, Dan（ed.），*Folklore genres*. University of Texas Press, 1981, p. 12.

③ 江帆：《民间口承叙事论》，黑龙江人民出版社 2003 年版，第 4 页。

④ 克利福德·吉尔兹：《地方性知识——阐释人类学论文集》（Clifford Geertz, *Local Knowledge*：*further essays in interpretive anthropology*. Basic Books, 1983），王海龙、张家瑄译，中央编译出版社 2004 年版，第 125 页。

"民间社会"有无"学者们"的体裁分类。"学者们"的体裁分类和"民间社会"的知识分类体系之间出现了脱节，这才是问题。

我们还需要体裁吗？关于这一问题，笔者的基本观点是：无论从学理的角度而言，还是从应用实践的角度而言，现有的和将来的研究范式都难以摒弃体裁。我们反驳有关体裁的质疑并不难，更重要的不是以此挽救濒于生存危境的传统体裁学，而是反思为什么如此众多的研究者对体裁学提出质疑。既然"现在规则的失效，正是寻找新规则的前奏"①，那么，这种现状或许反映了体裁学正在面临着一次蜕变的需要。

二　写作目的与研究对象

（一）写作目的

本书《日常叙事的体裁研究——以京西燕家台村的"拉家"为个案》，旨在反思传统体裁学的基础上，超出体裁学的知识框架来思考体裁，以探索体裁研究的可能性。为此，本书在语言观与方法论两方面进行初步的尝试。

1. 语言观上的转向

当我们试从体裁学走向体裁研究时，首先会遇到一个矛盾。一方面，传统体裁学毕竟是过去的研究者根据当时占主流的思维秩序而组建的知识体系，因此，体裁概念自然是传统体裁学乃至民间文艺学赖以成立的话语或"不透明的前提"。② 只要研究者在范式转变过程中看到了过去的知识体系无法解决的问题，并要选择另外一种可能的秩序，那么，传统体裁学的知识框架自然成为我们必须要摆脱的禁锢，体裁仍是如此。另一方面，体裁是我们难以摒弃的、其中蕴含多种可能性的概念。而且新旧两种范式之间往往存在一定的连续性，就国内体裁学乃至民间文艺学而言，这种连续性最显著的表现大概是数量庞大的文本资料。因此，笔者还是要在反思

---

① 托马斯·库恩：《科学革命的结构》（Thomas S. Kuhn, *The Structure of Scientific Revolutions.* The University of Chicago, 1962/1970），金吾伦、胡新和译，北京大学出版社2004年版，第62页。

② 中山元：《フーコー入门》，筑摩书房1996年版，第77页。

和重构的基础上，从传统体裁学继承体裁概念，将其有效地连接于将来的范式。

为了解决这一矛盾，我们有必要思考一个问题，即：在什么意义上继承体裁概念？

在此，借鉴法国思想家福柯（M. Foucault）有关知识框架所做的划分大概不无意义。众所周知，福柯在《词与物》中，把为了认识事物的秩序必须在认识以前存在的知识框架，称之为 episteme（知）。六年后，他在《知识考古学》中又把 episteme 分为"知识（connaissance）"与"知（savoir）"两种，认为前者使得科学性话语成为可能，并指示在一门学科内部应该叙述什么；后者并不是各种信息或观点的简单总和，而是指人们在各种话语领域所能叙述的事物的总体。①

沿着这种思路来看，我们或许可以把传统体裁学中所谓的体裁理解为一种"知识"，是用来解释研究者主体在体裁学或民间文艺学的知识框架内部所叙述的话语；再把本书所要继承的体裁视为一种不同于"知识"的"知"，用来指示研究者主体在各种话语层次所能叙述的话语。换言之，本书所谓体裁，不是只能通行于传统体裁学乃至民间文艺学的现有知识框架内部的禁锢，而是民俗学或民间文艺学的研究者主体所能操作的各种视角、提问、解读、记录、决定等功能的复合体。在此意义上，从体裁学走向体裁研究，实际上也意味着在传统体裁学的知识框架外部展现体裁所具有的可能性。

接下来的问题是，民俗学或民间文艺学的研究者主体，在体裁的名义之下能够叙述什么？关于这一问题，不同的研究者可以得出不同的回答。如在中国古代文人看来，体裁首先意味着"文章的体制"。② 国内早期学者认为，体裁是研究者主体借此处理文本资料的分类条目。中华人民共和国成立后，体裁又被视为一种共时的语言现实，或者特定文化传统的表现形式。这种观点的分歧也存在于国外。本—阿莫斯在 1976 年汇编的论文集《民俗体裁》中，将其归纳为"传统分类条目"、"普遍形式"、"发展形式"、"话语形式"等四种。既然不是人类所有语言形式都是体裁，体裁研

---

① 中山元：《フーコー入门》，筑摩书房 1996 年版，第 110—122 页。

② 关于中国古代文人的体裁观，详见童庆炳《文体与文体的创造》，云南人民出版社 1999 年版，第 10—22 页。

究的建构应从确认体裁何谓开始，而这种确认工作自然反映出研究者的体裁观，彼此之间难免出现意见的分歧。

本书所采取的立场，便是将体裁理解为一种话语形式。这主要取决于笔者个人的问题意识与研究兴趣。稍后谈到，传统体裁学在特定的历史背景之下承担了特定的学科任务，它不得不把"民间社会"的多样性视为无序，并在其中树立"学者们"的科学秩序。"学者们"的体裁分类由此脱离了"民间社会"的知识分类体系。由于忽略民间有关体裁的话语，传统体裁学也已经遭到了严厉批评。在此情况之下，本书希望通过话语的侧面，将过去被体裁学所排斥的"民间社会"的知识分类体系，重新纳入体裁研究之中。亦即，本书要把体裁视为经过一定的语境化而得到组织化的话语形式，重新回到它赖以成立的语境，倾听民间有关体裁的各种话语，挖掘他们有关体裁的知识，观察民间运用这种知识在日常生活世界的多样性中组织秩序的过程。在此意义上，本书所谓"超出体裁学的知识框架来思考体裁"，也可以说是"从民间社会的角度去思考体裁"。即使体裁概念本身是"学者们"的发明，但它的所指应该是由活着的"民间社会"所传承的知识。因此，我们把"民间社会"设定为建构体裁研究的起点。

只要回到"民间社会"并从日常生活的层面思考体裁，那么，我们就不可能沿袭传统体裁学的语言观，把体裁视为严格的科学概念或纯粹的所指。因为生活世界中的体裁概念本来就是模糊的日常概念，其实践过程又充满着多样化的行为与体验。为了从民间社会的角度去思考体裁，我们有必要采取另外一种语言观。出于以上考虑，本书全面接受英国哲学家维特根斯坦（L. Wittgenstein）的语言哲学思想，将概念视为一种情感、认识、态度、行为举止等融为一体的"语言游戏（sprachspiele）"，并集中关注体裁作为话语形式的侧面。所谓语言游戏，原来是维特根斯坦为了展望极其复杂的语言现象整体而创造的比喻，没有严格的定义。我们不妨先将其理解为"语言与语言被编入到其中的活动整体"，在此基础上，借鉴饭田隆（T. Iida）的梳理[①]，把本书所采取的语言观简括为如下几点：

（1）词义不依赖于词汇与实在的某种因素之间的对应关系，而依赖于一定的语用规则。

（2）语用规则并没有被隐藏，假如语用法的正确与否成为问题，参与

---

① 饭田隆：《ウィトゲンシュタイン—言语の限界—》，讲谈社1997年版，第351—355页。

者可以对此进行商榷。

（3）语言首先是一种活动。

（4）构成语言的规则不同于构成计算体系的规则，未必是严密的，也未必是确定的。所谓游戏不仅包括下棋，还包括捉迷藏。同理，语言规则有如同下棋的规则，也有如同捉迷藏的规则。

（5）只要研究者主体把语言视如计算体系，那么，再强调语言作为活动的侧面，还是容易集中关注构成其规则所具有的形式性。而若称之为游戏，研究者主体不得不重视该活动所具有的生活背景、生活中的功能等。亦即，通过游戏的比喻，研究者主体有关语言活动的考察自然会牵涉人类的整个实践。

2. 方法论上的尝试

既然要从日常生活的层面思考体裁作为话语形式的侧面，那么，传统体裁学局限在文本内部的方法显然无法满足要求。因此，本书试图把田野作业和文本分析相结合，努力在方法论的层面实现回到"民间社会"的意图。

本书的田野作业始自 2005 年 2 月 20 日。从 2 月 20—22 日，笔者在门头沟民俗学会会长赵永高的陪同之下，走访了北京市门头沟区斋堂、清水两镇的九个村落。最后从村落规模、人口结构、安全问题等多方面考虑，把调查地点选定为清水镇燕家台村。选定调查地点之后，自 2005 年 3 月 18 日至 4 月 13 日在该村进行了为期 27 天的预备调查。在此基础上，自 2005 年 6 月 1 日正式进入每次约 3—10 天的专题调查阶段。经过始自 2007 年 1 月 12 日的回访阶段，至 2007 年春，共进行了 21 次、为期 130 天的田野作业。

在调查过程中，笔者采用常人方法论（ethnomethodology）的方法策略或调查方针，从不言自明的日常场面中努力挖掘燕家台人有关地方体裁的"共同理解（common understanding）"，并对他们按照这种理解或知识来实践体裁的过程进行了观察。正如日本社会学家西阪仰（A. Nish-izaka）所言，若是物理学，研究者主体不需要他们的研究对象如何看待自己的运动；而在人文学科中，只要忽略被研究者主体的观点，研究者主体便无法解释实际的社会现象。虽然这里有多种可能的原因，其中关键的一点便是日常生活中的概念并不只是为了表现现实而被使用，它事实上也构成了现实的一部分，并在组织现实的过程中承担着一定作用。① 亦即，虽然"民间社会"在日常生活中运用的体裁概念承受不住"学者们"在科学意义上的分类工作，但"民间社会"通过这些体裁概念的实际运作和不言而喻的运作规范，正在组织他们的日常生活。

本书通过田野作业，试图把体裁作为中心话题，与"民间社会"之间进行有意义的对话。虽然这种双方向的对话可能是不平等的，但我们从这次对话中仍然可以得出一些发现与观点，并据此解答"学者们"叫做体裁的东西如何被"民间社会"所理解、又如何被利用等问题。不仅如此，这次对话的结果还有助于我们思考体裁是什么，体裁研究在"学者们"的体裁分类和"民间社会"的知识分类体系之间应有的努力方向。

（二）研究对象

为了达到上述写作目的，我们有必要超出传统体裁学的知识框架，并把一个不能纳入现有体裁系统的体裁视为体裁研究的对象。本书选择的研究对象，是燕家台村的地方体裁"拉家"。拉家是斋堂方言。在斋堂方言中，它既是名词又是动词，大致意思为日常交谈。由于"会话分析"或"话语分析（dicourse analysis）"的发展，如今在社会语言学、应用语言学、社会心理学、语言社会学、文艺学等领域，大概无人怀疑日常交谈为体裁。但国内民间文艺学界的情况略有不同，我们仍有必要说明拉家能否成为民间叙事体裁。

1. 拉家是体裁吗？

一般情况下，为了确认某种语言行为是否为体裁，至少需要经过两个步骤：首先，通过有关该体裁的话语而确认一种体裁的存在；其次，从文本内部的话语特性中得出佐证。

借用托多罗夫的话来说，体裁学研究的出发点便在于"有关体裁的存在的证言"。② 就如我们通过有关"悲剧"的话语可以得知在 17 世纪的法

---

① 西阪仰：《相互行为分析という视点——文化と心の社会学的记述》，金子书房 2004 年版，第 30—31 页。关于这一点，本文将在第四、五章继续详谈。

② ツヴェタン・トドロフ：《言语の诸ジャンル》，小林文夫訳，法政大学出版局 2002 年版，第 57 页。

国存在"悲剧"这一体裁,"明个儿再拉家哈"、"给大伙儿拉家一个吧"、"她们尽是胡拉家"等出现在燕家台人口述中的拉家一词,首先可以被视为一种主张拉家为体裁的有力"证言"。

再从功能语言学的角度看,凡是属于同样的语用领域(field)、意趣(tender)、媒体(mode)等语境的文本都被视为一个体裁。按照日本语言学家桥内武(T. Hashiuchi)的总结,语用领域、意趣和媒体分别指示"因被操作话题·内容·范围的不同而不同的语用法"、"因对听众·读者的态度、对话题的态度的不同而不同的语用法"、"因媒体的不同而不同的语用法"。[①] 沿着这种观点来说,只要那些彼此熟识的燕家台人(意趣)把他们在日常生活中(领域)运用双方向的、随机即兴的口头语言(媒体)而编织的文本命名为拉家,那么,由此出现的话语层次就可以被视为一种体裁。

有必要强调的是,本书所关注的不是拉家的文本本身,而是这些文本在拉家的体裁概念与实践行为之间的关联中得以生成和理解的话语机制。从本书的立场看,我们之所以能够把这些文本归纳到同一层次,是因为拉家通过燕家台人的反复实践构成了一定的话语特性或模式,他们在彼此之间的日常交流中把这种被制度化的话语特性或模式作为可利用资源而利用,其文本由此产生了一定的联系。本书所关注的,正是特定社会成员所利用的这种资源与利用资源来组织秩序的日常实践本身。

2. 拉家是民间叙事吗?

正如上述,日常交谈作为体裁在其他学科领域早已取得了肯定,而国内民间文艺学者往往对此采取较为慎重的态度。这种现状与国内民间文艺学界以文学革命为母胎而取得发展的背景有关。过去乃至现在,国内民间文艺学的重要努力方向之一,便是从过去被视为"荒唐无稽的话,不但没有研究的价值,而且还有排斥的必要"[②] 的"民间日常叙事"中、或者从"无文化或文化很低、生活于社会底层的老百姓们的口

---

① 桥内武:《ディスコース——谈话の织りなす世界》,黑潮出版社 2000 年版,第 150—151 页。

② 周作人:《神话与传说》,吴平、邱明一编《周作人民俗论集》,上海文艺出版社 1999 年版。

头叙述活动"① 中挖掘"价值"——尤其是文化史的和审美的价值。因此，研究者往往把民间叙事分为缺乏日常性的"民间审美（或艺术）叙事"和缺乏艺术性的"民间日常叙事"两种体裁，并从中抽取前者作为主要研究对象。"我们所谓的民间叙事，并不是一种泛指，而是指无文化或文化很低、生活于社会底层的老百姓们的口头叙述活动，主要的更是指他们的艺术叙事"②，从这种表述中可以看出，直到民间叙事构成相对独立的研究领域之后，这种倾向仍未消解。今天，虽然民间文艺学者主张自己对民间日常叙事的占有权，却始终没有给予充分重视，甚至倾向于怀疑它没有规律可循。③

首先有必要确认的一点是，民间日常叙事和民间艺术叙事在实践的现场，往往都是作为一种日常语言活动而存在。正如刘魁立所言，从语言本身看，民间日常叙事和民间艺术叙事之间并不存在太大的区别，"如果一定要在语言中去寻找它们之间的差异，那找到的就可能未必是本质性的东西"。④ 事实上，既没有完全缺乏日常性的艺术叙事，也没有完全缺乏艺术性的日常叙事。只要作者取材于生活并存在于生活，任何艺术都会带有日常性。同样，只要具有模式化特点，所有日常活动通过表现形式的侧面都会牵涉到艺术性。因此，某种日常语言活动是民间艺术叙事还是民间日常叙事，这往往取决于研究者把重点放在它的"艺术性"还是"日常性"上。目前二者之间的划分与其说是严格分类，不如说是表明研究者的侧重点并决定其研究方向的两种分析框架，它们所反映的大概是民间文艺学或民俗学的"文化的和生活的两种学术取向"。⑤

---

① 董乃斌、程蔷：《民间叙事论纲（上）》，《湛江海洋大学学报》2003 年第 2 期。

② 同上。

③ 其实，这种倾向不仅存在于国内学界。芬兰民俗学者苏欧扬宁，于 1996 年在国际民间叙事研究会北京学术研讨会的提交论文中指出："从一般观点来说，日常生活故事体裁的问题也将予以讨论。或多或少的个人故事，是日常交流的唯一清晰的体裁吗？那么，剩下的谈话难道仅仅是毫无任何情节的、不能纳入体裁分析范围的'对话'吗？按照 Susanne Gunther 和 Hubert Knoblauch（我试图在这些材料中），发现一种'交际题材'，最令人感兴趣的观点之一，是在这些交际体裁的运用中所体现的与性别相关的差异。交际体裁与经典民间文学体裁之间的关系是一个诱人的美好课题。"见［芬］马蒂尔·苏欧扬宁：《日常生活场景中的故事及其体裁》，《国际民间叙事研究会北京学术研讨会论文摘要》1996 年 4 月 22—28 日，未刊行。引文中的第一个"交际题材"应指"交际体裁"。

④ 刘魁立：《民间叙事机理谫论》，《民俗研究》2004 年第 3 期。

⑤ 高丙中：《民俗文化与民俗生活》，中国社会科学出版社 2000 年版，第 171 页。

　　当然，诸如神话、传说、民间故事等民间文学，无疑是一种需要特别安排的民间叙事体裁。尽管如此，德国民俗学者鲍金戈（H. Bausinger）也提醒我们，这些民间文学不过是在极其丰富的民间叙事中引人注目的一个亮点，是一种"重要的仪式性着重号"。它们未必能够充分地、全面地反映和规范民间的日常生活。① 在"民间叙事"这种广阔的讨论平台上，无论研究对象的显著特点在于其艺术性还是在于日常性，无论研究者把研究重点放在对象的艺术性上还是放在日常性上，"民间社会"的一切叙事都以同等的正当性可以成为研究对象。甚至可以说，假如我们继续忽略那些自以为缺乏艺术性或规律的非民间文学体裁，那么，这不但限定了民间叙事研究的研究空间，还违反了民间文艺学或民俗学的初衷。

　　我们稍后再谈到，关于拉家，燕家台人在概念和行为之间的指涉关系、成员类型的利用、各环节的具体实践方式等方面达成的一定默契。只要他们的行为互动在这种无需说明的共同理解中得以生成和理解，他们都会称之为拉家。因此，当我们从日常经验中的生活层面讨论燕家台人所谓拉家时，传统体裁学有关民间艺术叙事与民间日常叙事的常规划分便会失去意义。至少，我们没有必要继续拘泥于这种划分本身。因此，本书将拉家视为一种具有独立研究价值的民间叙事体裁，再从国内民间叙事研究把民间文学作为主要对象的现状与本书的论旨考虑，称之为日常叙事。

三　理论与研究方法

　　由于拉家是存在于现有体裁系统之外的地方体裁，而且国内民间叙事研究向来侧重于民间叙事的艺术层面，因此，在国内民俗学或民间文艺学界，本书可借鉴的先行研究并不多。尽管如此，但诸如语言学、社会学、文艺学、通俗文化研究、人类学等领域的研究者，还是在日常交谈研究方面积累了一定的研究经验和成果。本书将适当地参考或借鉴这些相关研究

---

① ヘルマン・バウジンガー：《世间话の构造》，荒木博之编訳《フォークロアの理论—历史地理的方法を越えて—》，法政大学出版社 1994 年版，第 140 页。

成果，把常人方法论的理论与方法作为支柱。①

（一）常人方法论

顾名思义，常人方法论所关注的根本问题，便是某一社会群体成员在日常生活中，为了完成他们正在做的实践性行为所使用的方法。其焦点不在于某种特定状况所具有的特征，也不在于社会成员所做的活动本身，而在于成员们用来明确某种特定状况的特征的方法。过去，人们较普遍地认为，包括社会行为互动、社会秩序等在内的"社会"，是通过它与"共同文化"、"社会规范"等之间的关系而得以确立和维持。换言之，人们往往认为社会秩序是由文化——尤其是由社会规范的内化及其遵守、规范对行为的制约——而得以保持。而在常人方法论看来，这是一种"规范至上主义理论"。它不但歪曲了社会秩序的存在方式，还把社会成员沦落为"丧失判断力的人们（judgmental dope）"。常人方法论主张，由这种缺乏判断力而只能遵守规范的人类模式所构成的社会秩序结构纯粹是一种假想，研究者必须直视一个事实，即：那些普通社会成员可以毫无障碍地处理日常琐事，并把它习以为常，他们正在亲自构成和维持日常社会世界秩序。由于这种日常性实践往往经过不断地重复而得以模式化，研究者通过反复观察、直接提问、文本分析等各种必要的途径，可以把握这种日常实践的方法论性质及其有关秩序化、组织化的

---

① 常人方法论诞生于 20 世纪 50 年代的美国。其创始人加芬克（H. Garfinkel）是一名社会学家，常人方法论始终与传统社会学以理论建构、统计调查为主的研究模式保持距离，在遭受传统社会学的批评乃至排斥的情况下，独立进行了如同"地下组织"的活动。在逐渐取得发展的过程中，它大力吸收了诸如德国哲学家胡塞尔（E. Husserl）、美国社会学家叔茨（A. Schutz）、法国心理学家梅洛—庞蒂（Merleau-ponty）等人的现象学观点，又深受维特根斯坦、英国哲学家奥斯汀（J. L. Austin）等人的语言哲学的影响。然而，常人方法论本身并不是属于现象学、语言哲学、解释学等特定领域的学派或思潮。我们将其视为一种跨学科的"运动"或许更合适。至今，常人方法论的参与者不仅包括社会学、心理学、文化人类学、语言学等跨领域的研究者，还包括诸如女权主义运动家、心理医生等社会人士。其广泛的研究范围涉及诸如精神病、爵士音乐、会话、澳大利亚土著人、数学等各种领域的话题。参见山田富秋、好井裕明、山崎敬一《まえがき》，ハロルド・ガーフィンケルほか《エスノメソドロジー——社会学的思考の解体》，山田富秋、好井裕明、山崎敬一訳，せりか書房 1993 年版，第 5 页。

问题。①

今天，有些人把常人方法论叫做"日常性的解剖学"。② 而凡是对日常性进行解剖的社会科学家，都会遇到一个问题，即：他不得不改变自己在日常生活世界中原有的自然态度。就如德国哲学家胡塞尔（E. Husserl）等人指出的，只要采取自然态度，我们便可以毫无疑问地、理所当然地接受眼前所发生的一切社会事实，也就无法研究社会成员是如何理解或解释世界、如何把社会世界体验或描述为事实、又如何感受有关社会世界外在客观性的感觉并把它传递给别人等问题。③ 因此，对这些社会科学家来说，如何重新发现常识性的日常活动实践便成为关键。显然，这一问题牵涉了文化人类学者或民俗学者对田野作业所做的讨论。但为了保证理论方法的一致性，这里继续在常人方法论的上下文中说明这一点。④

对这一问题，常人方法论所采取的方法论策略便是"异己化（ethnomethodological indifference，意译）"。所谓异己化，是指研究者主体在调查过程中尽可能地舍弃诸如真假、合理性、伦理性、价值等普遍的预先判断或常识性评价，而诚实地、虚心地关注被研究者主体如何实践日常生活。当我们采取这种态度重新面对日常生活世界时，它便成为一种令人惊

---

① 关于常人方法论的兴起背景和基本主张，详见如下几篇论文：ハロルド・ガーフィンケル《日常活動の基盤—当たり前を見る—》（Harold Garfinkel, Studies of the routine grounds of everyday activities, in *Social Problems.* Vol. 11. No. 3. 1964.）；ジョージ・サーサス《エスノメソドロジー——社会科学における新たな展開》（George Psathas, *Ethnomethodology as a new development in the social sciences*, Lecture presented to the Faculty of Waseda University. 1988），均收入ジョージ・サーサスほか《日常性の解剖学—知と会話—》，北泽裕、西阪仰訳，マルジュ社2004年版。ハロルド・ガーフィンケル《エスノメソドロジー命名の由来》（Harold Garfinkel, The Origin of the Term "Ethnomethodology". in Roy Turner（ed.）*Ethnomethodology.* 1974），《エスノメソドロジー——社会学的思考の解体》。

② 当北泽裕、西板仰编译国外常人方法论的研究论文时，把该论文集起名为《日常性的解剖学》。桥内武在有关话语分析的著作中，也称常人方法论为"追求日常知识的解剖"。见ジョージ・サーサスほか《日常性の解剖学—知と会話—》，北泽裕、西阪仰訳、マルジュ社2004年版；桥内武：《ディスコース——談話の織りなす世界》，黑潮出版社2000年版，第150—151页。

③ 参见埃德蒙德・胡塞尔著、克劳斯・黑尔德编《生活世界现象学》（Edmund Husserl, *Phänomenologie Der Lebenswelt.* Philipp Reclam Jun, 1986），倪梁康、张廷国译，上海译文出版社2005年版。

④ 关于这一点，本人最初没有太多的考虑。感谢岳永逸先生的提醒。

讶的、因此值得我们关注的、流动且多元的世界，我们从中可以看到世界和人们在具体语境中共同进行的各种合作实践。

美国社会学家萨萨斯（G. Psathas）说道："常人方法论是与所有社会科学相关的视角"①。对主张以生活世界为固有研究领域的民俗学②而言，也应当如此。当民俗学或民间文艺学在"如何恢复这些已经被异己化、他者化的客体对象本应享受的主体地位"的问题上，努力做出它对人文学科整体的"最有价值的贡献"③时，常人方法论的理论方法给了我们一些启发。就本书而言，其最大的启发意义主要在于如下两点：

首先，常人方法论告诉我们，知识与其说是存在于头脑中的"抽象物"，不如说是存在于行为互动中的"实践"。关于这一点，萨萨斯说道："会话、画地图、指明方向、诊病、演讲，一切都是如此。成员们都按照一定的假设去做各种事情。他们对事物采用不言而喻的态度，也不去分析自己是如何把那些已知的事情做出来的。尽管如此，他们也知道该如何去做。"④事实上，只有通过实践，我们才能证明自己知道如何实践日常活动。因此，我们根据燕家台人能够运作拉家概念并能够实践拉家的事实，可以认定他们了解、知道如何运用拉家概念并实践拉家。与此同时，通过反复观察、直接提问、文本分析等各种必要的途径，我们还能够挖掘作为"民间社会"不言自明的日常性知识的体裁。

其次，我们从常人方法论的经验中可以了解，为了真正从"民间社会"的立场重新思考体裁，应当在思考意义之前，回到体裁正在运作的现场，以局外人的视角去观察它的实践过程。诚然，对民俗学而言，参与观察无疑是一种不可缺少的操作方法。但参与观察的操作意义主要体现在研究者主体熟知被研究者主体的日常生活、并与被研究者主体努力建立田野关系的过程之中。换言之，作为一种有效方法，参与观察的意义在于研究者主体获得局内人的身份，而不在于用局内人的视角进行观察。我们有必

---

① ジョージ・サーサス《エスノメソドロジー——社会科学における新たな展开》，ジョージ・サーサスほか《日常性の解剖学—知と会話—》，北泽裕、西阪仰訳，マルジュ社 2004 年版，第 27 页。

② 高丙中：《民俗文化与民俗生活》，中国社会科学出版社 2000 年版，第 137—138 页。

③ 吕微：《反思民俗学、民间文学的学术伦理》，《民间文化论坛》2004 年第 5 期。

④ ジョージ・サーサス《エスノメソドロジー——社会科学における新たな展开》，《日常性の解剖学—知と会話—》，北泽裕、西阪仰訳，マルジュ社 2004 年版，第 24 页。

要自觉地认识到一点，即：尽管参与观察"可以使调查者具有置身此种民俗文化中的行为经历和心理感受，从而加深对这种民俗文化的深层理解"，① 这种"行为经历"、"心理感受"乃至"深层理解"本身就是研究者主体的一种实践推论。即使民俗学者完全用民间的常识性理解或局内人的视角去分析常识性理解，未必能够得到他所期望的结论，甚至有可能遗漏对他而言太平常的东西。

事实上，在具体的研究中，按照民间的常识来理解民间的常识，往往意味着按照民俗学者所理解的民间的常识来理解民间的常识，这实际上也是研究者主体对被研究者主体的一种异化或他者化。此时，所谓民间的常识，与其说是研究者主体努力走近的研究对象，不如说是研究者主体为了进行研究而利用的资源。与之相比，研究者主体自觉地、尽可能地把自己异化，并从局外人的视角重新发现日常的生活世界，这大概具有更大的实际意义。而且，采用局外人的视角只是一种方法策略，而不是属于学术伦理的问题，它与贯穿于民俗学的基本理念——从局内人的立场关怀民众生活——并不矛盾。

基于以上观点，笔者在田野作业中首先运用参与观察法，以房东家"小闺女"或"来社会调查的小博士"的身份，参与了当地的各种日常活动（如农活、扭秧歌早练）和节日活动（如寒食节、庙会），进而较全面地了解了燕家台村和燕家台人的日常生活，并在与燕家台人之间努力建立了较好的田野关系。而在有关拉家的调研过程中，笔者采用的则是常人方法论的调查信条——异己化，即：从局外人的视角，观察和分析燕家台人运用怎样的常识来实践拉家，这种知识如何成为他们所谓拉家的构成要素，他们又如何运用拉家来组织他们日常生活秩序等。

（二）会话分析

在描写拉家的实践过程中，本书也大力参考产生自常人方法论——尤其是产生自维特根斯坦学派常人方法论——的会话分析的研究经验。

目前会话分析被公认为，最大的贡献在于，从看似是无序的会话中发

---

① 江帆：《民俗学田野作业研究》，山东大学出版社 1995 年版，第 200 页。

现了基本结构的存在。[①] 假如把会话的基本单位设为一个话轮（turn），会话的基本结构便是"在一个话轮中只有一个人发话，而且反复出现发话者的替代"。这种不言而喻的一般规律，其实并没有广泛为人所知。如沉默，它在不同的具体语境中，可以具有完全不同的意义。有时，沉默对参与者施加难以承受的压力；有时，它也表现出参与者希望早点结束会话这一默契。对这两种沉默，我们好像只能通过直觉给出判断。而会话分析从前面的一般规律出发，能够对二者的差异作出极其详细的说明。会话分析所追求的"说明"，也是一种"独立于语境，同时对语境敏感（context-free-and-context-sensitive）"[②] 的说明。至今，会话分析把个别发话行为的连锁性结构或前后关系作为单位，根据被录音的声音资料或经过文字化·符号化处理的资料，对发话行为的程式、社会互动行为的秩序等进行了分析，并在会话的开始和结束方法、发话者的交替、重复、暂停、修正、"邻接对"、常选结构等方面阐明了话语规律。

有必要强调的是，在借用这些研究成果时，本书按照维特根斯坦学派的原则，对资料彻底进行"描述"，即：停留在行为互动的内部，描述行为互动的表面上直接可观察的现象。本书的兴趣不在"阐释"行为互动的秩序赖以成立的某种依据或原因，也不在"挖掘"表面背后的某些现象，更不在"发现"贯穿所有案例的深层结构乃至本质。

的确，我们往往以为，个别案例有着太多不纯洁的因素，只有摒弃每个案例特有的因素并抽取"背后"的共同特性，才能把握其本质。其实，抽去每个案例特有的因素，反而可能摒弃行为互动赖以成立的东西。借用常人方法论的创始人加芬克（H. Garfinkel）的话来说，"以往的社会学家努力在墙壁背后寻找支撑屋顶的东西，于是拆走了房屋的所有墙壁，其实表面的墙壁才是支撑屋顶的。"当然，本书不打算在表层结构与深层结

① 虽然俄国文艺学家巴赫金（M. M. Bakhtin）早在 20 世纪 50 年代初就指出，即使我们"在理论上可能对它们的存在一无所知"，"甚至在最随便的、无拘无束的谈话中，我们也是按一定的体裁形式组织言语"，但首次通过具体研究来证明这一点的，便是会话分析。参见米哈伊尔·巴赫金《言语体裁问题》，《〈言语体裁问题〉相关笔记存稿》，中文版，晓河、凌建候译，钱中文主编《文本对话与人文》，河北教育出版社 1998 年版，第 140—187、189 页。引文中的着重号由作者所加。

② 山田富秋：《会話分析を始めよう》，好井裕明、山田富秋、西阪仰：《会話分析への招待》，世界思想社 2001 年版，第 2 页。

构之间展开争论，更重要的是如下一点：

按理来说，只有参照超越个别案例的一般原则，我们才能寻找其依据。同时，只有假定案例的类型之间的一般关系，我们才能阐释个别案例的原因。以往的传统体裁学——乃至整个民间文艺学——所追求的，正是这种案例类型之间的一般关系的定式化，从而提出某种假说。而只要该假说包容各种案例，那么，用来构成假说的概念必须是能够适用这些案例的"严密"的一种科学概念。笔者个人以为，"学者们"的体裁分类与"民间社会"的知识分类体系之间的脱节，正是出现在传统体裁学将"民间社会"的日常概念提炼成"学者们"的科学概念的过程之中。虽然传统体裁学中的科学概念体现了其富有意义的科学追求，但本书希望通过不同于体裁学的角度，将日常概念本身成为体裁研究的学术对象。鉴于此，本书的会话分析将把个别的案例作为依据。[1]

无论是常人方法论，还是会话分析，上述理论方法对本书而言都是用之发现问题的一种"机能"。本书将重视它所提供的"理论感觉"，[2] 努力剖析拉家这一极其平常的日常行为在日常生活世界中的运作机制。

四　资料说明

（一）文献资料

本书搜集到的文献资料，按照时间撰写或编纂时间，大致可分为1911 年以前的古文献和 1911 年之后的内部资料和公开出版物。

1911 年以前的古文献包括：

1. 全真教清和真人尹志平的道词作品集《葆光集》。尹志平在蒙古太祖十五年四月至十六年二月（1220—1221）之间，跟随全真教"活神仙"丘处机首次来到现燕家台村域内的龙门涧，自蒙古太祖十九年至蒙古太宗二年（1224—1230）正式在此地兴建通仙观，隐居修行。尹志平对这一段修行生活和燕家台境内的地理风光留下了不少道词。其道词作品集《葆光集》被收入为《正统道藏·太平部》。

---

① 关于"描述"，原来笔者没有做专门的说明。非常感谢施爱东先生的提醒。
② 孙歌：《民间文学：另一些思路和可能性》，《民间文化论坛》2005 年第 1 期。

2.《重修通仙观碑》。位于燕家台村东的通仙观，相传为汉唐旧址，直到尹志平在村修行期间得以兴建。《重修通仙观碑》共有两通，分别立于元二十八年（1291）和明嘉靖九年（1530）。这两通碑石是目前在燕家台村唯一留存的碑石。

3. 元末文人熊梦祥在京西斋堂川编纂《析津志》。该书成书于元至正年间（1341—1368），是最早记述北京及北京地区的一部专门志书。原书早已失传，现有《析津志辑佚》。

4. 沈榜著《宛署杂记》。该书于明万历二十一年（1593）得以刊印。由于《析津志》已经失传，这实际上是最早的现存宛平县志。

5. 王善谦、李开泰、张禾编辑《宛平县志》六卷本。该书刊行于康熙二十四年（1685）。地方精英张广林经三十余年的努力，对该书手抄本做了校注和印刷处理。

6. 斋堂东北山人王金变编纂《齐家司志略》。该书成书于清光绪初年，是清水地区唯一的一部志书。

1911 年之后的文献包括：

1. 由官方统计和整理的文件、资料以及档案。其中包括门头沟区档案史志局在搜集、整理大量档案资料的基础上汇辑而成的《门头沟区建制沿革》、该局汇编的《北京年鉴·门头沟区情（1989—1998）》、中共门头沟区委在中共中央书记处农村政策研究室的要求和市委的指示之下编写的《北京市门头沟区农业合作史资料》等。这些官方资料有助于考察燕家台村作为首都郊区的农村，在国家政策和经济发展之下所发生的历史变迁。

2. 各类地方志。其中包括较全面记录区内各种文化活动、文化事业、保管和调研单位详情的《门头沟区文化志》、详细记述区内文物的历史和现状的《门头沟区文物志》、将要出版问世的门头沟区首部区志《北京市门头沟区志》（终审稿）和民俗文化专志《北京市门头沟区民俗文化志》等。

3. 由地方精英搜集、整理的资料和由他们撰写的回忆录、笔记以及介绍文。其中包括《中国民间文学集成·门头沟卷》、《门头沟民间故事集》、《门头沟文物史料》（民俗篇·文物篇·考古篇）、《门头沟文物见闻》、《京西民俗》等。另外，有些地方精英也专门撰写了有关燕家台村的文章。这些文章大多被收入到《京西风物琐谈（龙门涧）》、《门头沟文史》

（第一辑—第十三辑）、《清水镇》（书稿）等丛书或刊物中。至于未收入的部分文稿，由作者直接提供。[①]

以上文献资料，是本书借此了解和描述拉家生态环境的重要途径之一。尽管如此，这些文献资料中，有些地方精英根据访谈结果或自己的回忆而撰写的文章未必符合燕家台人的口述内容。今天，部分燕家台人认为那些地方精英是"胡写"，指责他们对燕家台人的口述内容所做的"歪曲"。更加复杂的情况是，这些燕家台人认为"胡写"的地方知识经过他们和地方精英之间的交流而返回到燕家台村之后，影响甚至改变了燕家台人的口述内容。事实上，目前有不少燕家台人把上几代传下来的说法叫做"迷信"，而采用了由地方精英提供的各种"科学"说法。甚至有些燕家台人运用更加可靠的文献乃至统计数字，来纠正其他燕家台人的记忆。尽管本书的论述不涉及这些文献资料的真假问题，笔者在引用地方精英的文章之前，还是先请几位燕家台人做了一定的核对工作。假如这些文献资料得到多数人的认可并没有引起争议，本书将其放在与口述资料同等的位置而引用。反之，假如它们未得到多数人的认可并引起了争议，则在正文或脚注中做一些必要的说明或直接放弃引用。

（二）声音资料

除了已有的文献资料，本书还将运用由笔者个人录音、整理的第一手资料。无论从其词源看，还是从目前约定俗成的定义或理解看，我们完全可以把这些来自燕家台人的口述资料称为"文本"。[②] 尽管如此，本书的分析，除了拉家在书面语言层面的叙事规律，还涉及它呈现在"'声音'和动作的层面"的"演说规律"。[③] 即使广义的"文本"概念可以涵盖这些表述现象，正如美国拉姆斯研究家翁（W-J. Ong）所指出的，只要使用"文本"一词来称呼口述资料，研究者主体"习惯于文字的精神……必然地、隐约地、以无可挽回的形式"为有关"声音文化"的研究带来各种

---

① 以上资料中，内部资料占多数。在搜集过程中，笔者得到了门头沟区民俗学会会长赵永高、门头沟博物馆馆长齐鸿浩等人的大力支持。特此致谢。

② 朝戈金：《口传史诗诗学：冉皮勒〈江格尔〉程式句法研究》，广西人民出版社 2000 年版，第 15 页。

③ 万建中：《民间文学的再认识》，《民俗研究》2004 年第 3 期。

弊害。① 与此同时，"文本"一词的使用也难免模糊本书的基本立场和问题意识。出于以上考虑，本书将经过文字化处理的录音资料和笔录资料统一称为"声音资料"。另外，燕家台村正面临着人口老龄化问题。为了反映这种现状并将其人口年龄结构特征作为一种"类型化装置（categorization device)"② 而利用，本书把"燕家台人"的范畴和声音资料的来源局限在 40 岁以上的中老年常住人口。

本书所运用的声音资料，按照不同的使用目的和整理方式，可以分为访谈资料和会话分析资料两种：

1. 访谈资料

从前面可以看出，门头沟可以说是官方和地方精英的调研活动相对活跃的地区。尽管如此，丰富的文献资料无法替代直接得自燕家台人的访谈资料。这主要有两个原因：首先，拉家作为日常叙事自然存在于生活世界之中。假如我们把生活世界理解为日常的经验世界③、或交往行为赖以成立的众多背景观念的组合④，那么，拉家的生态环境不仅包括由官方统计数据的客观世界和由地方精英所描述的历史风光，同时还包括当地人直觉到的、经验到的主观世界。为了更丰满地描述拉家的生态环境，由燕家台人口述的相关记忆和观点，则是本书必不可少的资料；其次，至今专论拉家的文章只有《中国民俗文化志・北京市门头沟区卷》第十章"山里头人与山外头人——方言土语和哭丧官传说"。本书需要大量的资料来把握燕家台人有关拉家的话语和实际操作方法，进而挖掘他们的体裁观和分类感觉。为此，由燕家台人口述的相关资料，自然占有了本书的重要地位。

当运用这些访谈资料时，本书在原则上逐字进行文字化处理，并在脚

---

① ウォルター・J・オング《声の文化と文字の文化》（Walter Jackson Ong, *Orality and Literacy*, *The Technologizing of the Word*. Methuen&Co. Ltd. , 1982），桜井直文、林正寛、糟谷启介訳，藤原书店 2003 年版，第 34 页。

② ハーヴィー・サックス《会話データの利用法—会話分析事始め—》（Harvey Sacks, An initial investigation of the usability of conversational data for doing sociology. In David Sudnow (ed.), *Studies in Social Interaction*. The Free Press, 1972, pp. 31 − 73, note, pp. 430−431），《日常性の解剖学—知と会話—》，北泽裕、西阪仰訳，マルジュ社 2004 年版，第 97 页。

③ 高丙中：《民俗文化与民俗生活》，中国社会科学出版社 2000 年版，第 130 页。

④ 尤尔根・哈贝马斯：《交往行为理论》（Jürgen Habermas, *Theorie des komunikativen Handelns*. F Suhrkamp Verlag, 1981），曹卫东译，上海人民出版社 2004 年版，第 69 页。

注中表明信息提供者姓名、访谈时间和地点等基本信息。

2. 会话分析资料

正如上述，本书参照和借鉴常人方法论的理论方法，对拉家的实践过程进行会话分析。在声音的符号化方面，会话分析基于一定的要求形成了独特的惯例。而本书的论旨在于体裁，而不在于会话分析本身。因此，为了阅读的方便，本书在不影响分析的范围内，按照汉语写作常规，对会话分析的符号体系进行简化。另外，由于拉家的内容可能会涉及个人隐私，本书用英文字母来表示参与者的姓名，假如会话分析资料中出现特定的人物姓名便将其化为匿名。

下面为本书会话分析资料的主要符号说明和运用例子：

表绪—1　　　　　　会话分析资料基本符号一览

.	小点表示短暂的停顿
[　]	行间的括弧表示复数的拉家参与者同时发话，他们的发话内容之间存在相互重叠。
(　)	括号中的数字表示沉默所持续的时间。若是沉默时间较短的停顿，则用小点来表示。
～	～号表示前面的语音被拉长。
加粗 *斜体*	加粗字体表示发话音量突然变大。假如发话音量突然变小，则用斜体来表示。
？	问号表示尾音上升。
NNN	当需要分析参与者的视线方向时，在发话者的发话内容上面附加表示发话者正在锁注视的对象的字母。
《　》	书名号表示记录者没听清的发话内容。

例子：A（女 59）、B（女 69）、C（女 60）是关系要好的"将友（即经常一起打麻将的朋友）"。2005 年农历八月十四下午，C 到小卖部买完东西后，继续和老板 A 拉家。此时，B 刚好路过前面，便参与了她们的拉家。

1A：赵○十五还回来？

2B：他们不回来

3A：. 乍儿呢？

4B：他们说赵××十六考┌试

5C：　　　　　　　　　└唉？这候儿还有考试哇？

6B：(0.3) 我也知不道她有. 考什么试. 他们早上打电话来说不～**回**

来. 要给赵××做饭

——（中略）——

7A：家里还有豆角哇？拿点儿吧

8B：. 刚采了一

9A：┌筐
　　└俺种的好吃. 要吧

10C：乍儿

11A：┌呢？
　　└个儿大

——（中略）——

12C：回去

　　AA……BBBB

13B：俺也走哇

　　…………

14A：坐会儿吧 ～

　　CCCBBBBB

18C：俺还没糊面来

　　AAAAAAAAA

　　　显然，经过简化的会话分析资料，仍有过于复杂、细致之嫌。有必要强调的是，会话分析资料的复杂或细致并不是为了直接描摹现实。显然，本书的会话分析资料本身不过是笔者任意选择的代表例子而已。不仅如此，把哪些声音转换为文字、如何处理背景的声音、以什么声音为背景、在论文中选用哪些片断等，都带有笔者个人的选择因素。重要的是，这种选择性并不妨碍本书的会话分析。因为本书的会话分析不是为了"实证"

某种假说，而是展示参与者自己在陆续生起的行为互动中如何编织话语秩序。本书最终希望把握的，便是参与者自己的有关拉家的一种秩序感觉。过于复杂和细致的会话分析资料，仍是为此必不可少的辅助性手段。

另外，本书所运用的会话分析资料，均是笔者亲自参与拉家而获取的个人第一手资料。这意味着，为了获得这些资料，笔者必须作为拉家的主体直接参与到拉家的现场，并难免对会话分析资料和拉家过程产生一定的影响。本书最后附录资料一览，表明录音时间和地点、案例发生前的情景、笔者的参与程度、笔者与参与者的人际关系等基本信息。

五　主要术语简释

（一）拉家（Lǎjia）

关于"拉家"，门头沟区地方精英张万顺对其含义做了如下阐释。这也是目前唯一出现在书面上的定义：

斋堂话中有一个词儿叫"拉家"。什么是拉家？

拉家就是讲一段故事。燕家台村的赵永高（1943 年生）经常说："拉家拉家，两口子打架，诘为啥呀，诘为一块糊饹馇。爷们儿说吃了吧，娘们儿说留着过年吧。"

拉家是两口子说会儿话。老爷子病了好几天了，一个人儿躺在北屋里炕上，老娘子在院里咔刺咔刺洗衣裳。"老娘子（zei）! 屋里洗来（lei），边和我拉家会儿。"

拉家是汇报工作。妇联主任老菊刀到镇里开会回来，找到村支书说："三叔（shou），有空儿不？""干啥呀？""我把咧咧个开的会给你拉家拉家。"

拉家是商量商量。前院儿里改存到后院和春香说："嘿！我和你拉家个事儿？""啥呀嘿？""你说吧。""嘿，我对着你长大的，我可直说了啊？""哈，你说吧！""我想让你当俺兄弟媳妇儿。"

拉家又指乱说胡说，瞎辨神侃。"今天咱们开个会，会议内容大家知道就行啦，别到处乱拉家。"

拉家是一个几乎无法用概念和词汇来归属、定性的东西。它遍及门头沟人生活的各个角落，是鲜活的，是平常的。它是门头沟人相互交流、交往的方式和手段。它无时不在，无处不有。[①]

我们从上面可以看出几点：首先，在斋堂话中，"拉家"既是动词又是名词。它作为动词，指示特定的语言行为；作为名词，则指示特定的体裁。亦即，"拉家"是"和语言行为相一致"的、或者说是"直接根据其话语特性"的体裁；[②] 其次，"拉家"作为"相互交流、交往的方式和手段"，必须具备诸如发话者、听话者、二者之间的交流、信息、符号、语境等俄罗斯语言学家雅科布森（R. Jakobson）所谓语言传达行为所需的六大构成要素[③]；再次，"拉家"是在日常生活中极其常见的叙事。

当然，燕家台人对"拉家"的理解不仅如此。而且他们的理解，因年龄、性别、个人兴趣等的不同而显示出不同的倾向。为了保障正文中的论述不受严格定义的限制，这里先给"拉家"下一个暂时性的简便定义：拉家是两个以上的人，运用斋堂话对谈话内容进行特殊的符号化而成的日常交流行为方式或用来指示这种日常交流行为的概念。

（二）日常叙事

目前国内较公认的说法认为，所谓"民间叙事"包括"民间日常叙事"和"民间审美（或艺术）叙事"两种体裁。国内民间叙事研究的重点，向来都在于民间审美叙事。至于拉家这种日常叙事，虽然研究者主张自己的占有权却始终没有给予充分重视，甚至倾向于怀疑它没有规律可循。

---

① 刘铁梁主编：《中国民俗文化志北京·门头沟区卷》，中央编译出版社 2006 年版，第343—344 页。

② ツヴェタン・トドロフ：《言语の诸ジャンル》，小林文夫訳，法政大学出版局 2002 年版，第 63 页。

③ ローマン・ヤーコブソン：《人類学者・言语学者会議の成果—言语学者の立場から—》（Raman Jakobson, Results of the Conference of Anthropologists and Linguists. In *Supplement to International Journal of American Linguistics*，Vol. 19，No. 2，1953），《一般言语学》（Raman Jakobson, *Essais de Linguistique Générale*. Les Editions de Minuit，1963），川本茂雄監修茂、田村すゞ子、村崎恭子、長嶋善郎、中野直子訳、みすず書房 2003 年版，第187—188 页。

　　再从国际的角度看，类似的倾向仍然存在于不少国家的民俗学之中。就像把所谓"惯行研究"（Brauch forschung）作为支柱的德国民俗学对日常叙事给予较大关注，但这在国际学术界还是一种特殊现象。至今，关于日常叙事的研究主要在非民俗学领域取得了发展。总的来说，诸如胡塞尔的"生活世界"现象学、现代语言学之父索绪尔（R. de Saussure）关于"交通的力量（force de l'intercourse）"之说、德国思想家马克思（Marx，K）围绕"交通（Verkehr）"的问题意识、维特根斯坦的"语言游戏"、俄国文艺学家巴赫金（M. M. Bakhtin）的"对话理论"等相对独立地构成了其源头。这些源头又独立地或经过人为的融合成为后人研究的起源，并在哲学、语言学、社会学、心理学、文学、人类学等学科的交界处，陆续形成了奥斯汀的"发话内行为论"，美国哲学家萨尔（J. R. Searle）的"语言行为论"、美国社会学家叔茨（A. Schutz）的"背景知识"、加芬克的"常人方法论"，法国作家、文艺评论家瓦勒里（P. Valéry）的"内在对话"，法国文艺学家、作家萨特（J-P. Sartre）的"诱惑"，美国文艺理论家赫尔曼（D. Herman）的"社会叙事学"等相关学说、理论以及观点。[①] 今天，日常叙事研究一般被称为"会话分析"或"话语分析"，仍然吸引着诸如社会语言学、应用语言学、哲学、心理学、社会心理学、文艺学、文化人类学等多学科的专家以及诸如教师、编辑、翻译家、司法人员、心理医生等社会人士。他们把"交谈需要一定的努力，包括创作受规则约束的短暂的叙事；为了能够交谈，我们必须知道并且遵守这些规则"[②] 这种观点作为前提，努力说明微观的行为交流和宏观的社会网络之间的关系。

　　正如上述，民俗学或民间文艺学的民间叙事研究之所以忽略日常叙事，自然有它自己的历史原因。但是，这当然不意味着民俗学或民间文艺学可以继续忽略日常叙事。我们首先有必要确认的一点是，既没有完全缺乏日常性的艺术叙事，也没有完全缺乏艺术性的日常叙事。事实上，如今"尽管我们很少想到这点，但其实交谈是一种通俗艺术形式，并且作为一

---

　　① 关于这方面的学术史背景，详见立川健二、山田广昭《现代言语论ソシュール フロイト ウィトゲンシュタイン》，新曜社 2002 年版。

　　② 阿瑟·阿萨·伯杰：《通俗文化、媒介和日常生活中的叙事》（Arthur Asa Berger, *Narratives in Popular Culture*, *Media and Everyday Life*. Sage Publications, Inc., 1997），姚媛译，南京大学出版社 2000 年版，第 169 页。

种艺术形式，有其自身的规则和惯例"① 诸如此类的观点，已不再是令人兴奋的发现。我们有必要自觉意识到，目前有关日常叙事和民间审美叙事的区分与其说是严格的体裁分类，不如说是表明研究者的侧重点并决定其研究方向的两种分析框架，它所反映的大概也就是民俗学或民间文艺学"文化的和生活的两种学术取向"。即使民间文学是一种需要特别安排的民间叙事体裁，它们也未必能够充分地、全面地反映和规范民间的日常生活。② 在"民间叙事"这种广阔的讨论平台上，不论它的更多特点是在于其艺术性还是在于日常性，不论研究者把研究重点是放在对象的艺术性还是放在日常性，所谓日常叙事和民间艺术叙事都以同等的正当性，可以成为我们民间叙事研究的对象。甚至可以说，假如我们继续忽略那些自以为不存在艺术性或规律的非民间文学，那么，这不但限定了民间叙事研究的研究空间，还违反了民间文学或民俗学的初衷。

鉴于此，本书将拉家视为一种民间叙事体裁。由于国内民间叙事研究主要把民间文学作为主要对象，使得民间叙事几乎成为民间文学的代名词，而且民间审美叙事和日常叙事的区分本身主要产生自研究者的学术取向而言。为了避免误解和明确侧重点，本书在正文中将其称为日常叙事。

（三）体裁（Genre）

体裁作为民俗学或民间文艺学家所操作的术语，包括"传统分类条目"、"普遍形式"、"发展形式"、"话语形式"等四种公认的含义。由于笔者个人的问题意识与研究兴趣的关系，本书将体裁理解为经过一定的语境化而得到组织化的话语形式。关于体裁概念，本书将在正文与结论中专门进行讨论，这里只是在如下几方面做一些补充说明：首先是国内研究者对体裁一词的运用情况；其次是体裁概念和体裁系统、亚类体裁之间的关系。

1. "体裁"的运用概况

众所周知，体裁在中国古文论中意味着"文章的体制"。从童庆炳的

---

① 阿瑟·阿萨·伯杰：《通俗文化、媒介和日常生活中的叙事》，姚媛译，南京大学出版社2000年版，第167页。

② ヘルマン・バウジンガー：《世间话の构造》，荒木博之编訳《フォークロアの理论—歴史地理的方法を越えて—》，法政大学出版社1994年版，第140页。

梳理看，古代文人讨论体裁的主要焦点便在于如何应用、完善、打破已有分类框架。① 而 20 世纪二三十年代，当早期国内学者继承这一传统来讨论分类问题时，体裁并没有作为一种公认的学科术语而存在。

如周作人把故事视为如同 Saga 的"类"，又把神话、传说、故事、童话等称做"神话一类大同小异的东西"；② 最早把体裁一词用在童话上面的赵景深，又仿效麦苟劳克把民间文学分为四"大类"，并把属于"大类"的童话分为十一"系"、八"类"，认为"包括一切"的、"可以弄到包括无遗的地步"的"大类"才是"最要紧"的研究对象；③ 徐蔚南在介绍国外"民情学"的分类法时，把研究资料分为信仰和体制、讲谈和歌谣、艺术等三个"大类"，又把"我们现在最为需要的"讲谈和歌谣部分分为故事、歌曲和片断的材料等三个"种类"，此外，他也区分了属于故事下面的六种"细目"；④ 王显恩则把民间文学分为"散文的"、"韵文的"、"其他的"等几个"样式"。⑤

20 世纪五六十年代，大量的苏联著作在国内得到了普及。那些"神话一类大同小异的东西"在不同的译著中分别被译作"形式"、"艺术形式"、"类型"等。随之，这些词逐渐出现在国内学者的论文著作之中。体裁成为一种公认的学科术语，这主要是在 20 世纪 80 年代之后。出版于1981 年的《法国民间故事选》，明确地把民间故事叫做"民间文学范畴里的一种体裁（样式）"。⑥ 为中国故事学研究的发展大有贡献的刘守华，尽管他在 1980 年发表的《略谈故事创造》中采用的是"艺术形式"和"文学样式"，而在后来发表的论文著作中基本上采用了体裁一词。尤其在民间歌谣研究领域，体裁作为"文艺作品样式的类别"⑦ 得到了认可。20 世纪 90 年代以后出版的教科书和带有教科书性质的著作，一般都把诸如神

---

① 童庆炳：《文体与文体的创造》，云南人民出版社 1999 年版，第 10—22 页。

② 周作人：《〈童话研究〉、〈神话与传说〉》，吴平、邱明一编《周作人民俗论集》，上海文艺出版社 1999 年版。

③ 赵景深：《中国民间故事型式发端》，《民俗》周刊，1928 年第 8 期；赵景深：《童话家之王尔德》，《童话评论》（原载于《虹纹》，1922 年 7 月 7 日），1934 年。

④ 徐蔚南：《民间文学》，世界书局 1927 年版，第 21—24 页。

⑤ 王显恩：《中国民间文艺》，广益书局 1932 年版，第 149 页。

⑥ 葛智强译，魏银邦校：《法国民间故事选》小序，青海人民出版社 1983 年版，第 1 页。

⑦ 江明惇：《汉族民歌概论》，上海文艺出版社 1982 年版，第 21 页。该书的第一章便是"体裁概述"，作者从艺术的角度对"什么是体裁"做了初步界定。

话、传说、民间故事、歌谣等层次的文本概括为体裁、样式、文类等，但是它们偶尔也把作家文学、通俗文学、笑话、程式故事等称为体裁。①

---

①　从前面的梳理可以看出，当我们把体裁视为纯粹的"传统分类条目"时，诸如"类"、"类型"、"种类"、"品种"等类别概念，便出现在与之十分接近的位置上。在学科形成时期，早期国内学者较普遍地使用过这些概念，对属于体裁层次的文本资料进行了分类工作。后来，在这些类别概念中，"类型"一词取代过去的"型式"而获得了特定的含义。仅在笔者个人阅历所能证实的范围而言，以 1987 年被译的劳里·哈尔维拉赫蒂《民间文学的分类系统》为界，"种类"作为术语几乎从国内学术界消失。今天，虽然在有些教科书中还可以见到"类"、"品种"诸如此类的词，但这些与其说是严格的术语，不如说是习惯性的表述方式。至于"表现形式"、"艺术形式"等术语，则已经脱离体裁概念，如今成为泛指民间文学的某种文学属性或特征的概念。目前在国内学术界，有些类别概念与后加的若干类别概念共同构成了民间文学的主要分析单元体系。体裁作为一种大于"类型群"的类别概念，基本上得到了认可。另外，在所有邻近概念中，其含义最接近体裁的术语，大概是"样式"和"文类"。过去乃至现在，这两种术语始终被国内研究者视为体裁的同义词。既然如此，这里有必要交代本文之所以从中选用体裁一词的原因。众所周知，样式是自 20 世纪初至 20 世纪 20 年代，由德国美学史家里戈尔（A. Riegl）、鲍琳戈（W. Worringer）、沃夫林（H. Wölfflin）、帕诺夫斯基（E. Panofsky）等人精炼而成的艺术史学研究的基本概念之一。首先，里戈尔致力反对当时占据主流的艺术唯物论主义，从艺术唯心论的角度主张"内在的艺术冲动先行于所有技术性发现"，认为所谓美术史是各个时代特有的"形式意志（kunstwollen）"的表露，而不是"技术能力"的发展史。在此基础上，鲍琳戈把形式意志的作用方向分为"情感投入"和"抽象化"两种，并把样式从"将自然原型转换为艺术话语的手段"，重新定义为"源于人类心理需求的、构成艺术作品的一切要素"（ヴィルヘルム・ヴォリンゲル《抽象と感情移入》（Wihelm Worringer, *Abstraktion und Einfühlung*. München, 10. Aufl., 1921），草薙正夫訳，岩波书店 1980 年版，第 15—74 页）。沃夫林所谓"样式的双重源"，一方面承认样式是诸如个人气质、国民性、时代精神等制约因素的外在表露；另一方面又主张样式也有独自的内在逻辑，仍是形态本身作为一种物象显现方式的表现。以上有关样式的讨论，主要出现在整个美术史学范式的转变过程之中。它把样式成为一种因历史的进展而发生变异的共同特性或普遍性本质，进而使之成为自足的历史变容系统。后来，帕诺夫斯基的"图像解释学（Iconology）"把作品的解释过程分为"记述"、"分析"、"解释"三个阶段，并把"形式意志"、"样式的双重源"等概念编入其中，进一步对作为世界观的样式进行了重构。不难看出，在美术史学领域，样式首先是适用于艺术作品（主要是造型艺术）的概念。由于研究者强调或重视其自律性，样式作为艺术形式发展的普遍本质或作为世界观，成为一种内在于视觉的逻辑。当然，这种观点在 20 世纪 70 年代以后的学科反思中得到了批评和修正，今天的美术史学对社会文化语境的关注，几乎取代了过去它对艺术自律性的盲目推崇（关于艺术史学的学术史，详见加藤哲弘《美术史的展开》，太田乔夫编《芸术学を学ぶ人のために》，世界思想社 1999 年版）。尽管如此，样式作为美术史学的学科术语，始终无法脱离研究者的"视觉"。由于美术史学是一门历史学，当美术史家通过视觉对样式进行解释时，更无法脱离个别作品在"何时"、"何处"、由"谁"创造等基本问题。而正因为如此，笔者认为将样式一词用在民间文学乃至日常话语行为上面是不恰当的。借用翁的话来说，民间文学或日常话语行为属于一种"声音文化"。假如我们试图把声音停留在某一时空中，那么最终得到的不过是"沉默"。当然，我们可以对声音进行记录，把这些"被

2．"体裁系统"与"亚类体裁"

由于其基本属性的关系，凡是有关体裁的思考都离不开分化和组合——即系统①的问题。假如体裁学是一门"科学性很强的"分类学，那么，它"必须提出相应的原则与方法，具有明确的分类目的，合理解决分类中的体系与层次，说明各类定义及其相互间的网络关系"。②而从研究者对体裁一词的运用情况看，在国内民间文艺学界，这种追求和现实之间仍有较大距离。今天，诸如民间叙事、民间文学等大于"神话一类大同小异的东西"的东西也被叫做体裁；诸如机智人物故事、动物故事、程式故事等在习惯上被归纳到"神话一类大同小异的东西"的东西也被称为体裁。这种术语使用规范的混乱局面，反映了一个困扰国内研究者的问题，即：既然一种集合体对它的组成因素而言是一个整体，对它所属整体而言又是一个组成因素，那么，那些不断分化或不断组合的哪一层次才算是体裁？

巴赫金认为体裁是"终结的话语整体"，"体裁一旦成为别种体裁的组成元素，它便不再具有体裁的地位"。③按照他的观点，当我们称民间叙事为体裁时，无法再称神话为体裁；称民间文学为体裁时，无法再称民间叙

记录的声音"或"渣滓"，"勉强地、永久性地固定在一种视觉性场所"，也可以对样式一词进行重新界定。即使如此，概念"始终拖拉其词源的倾向"和由此可能导致的各种后果，仍然是无法忽略的（ウォルター・J. オング：《声の文化と文字の文化》，桜井直文、林正寛、糟谷启介訳、藤原书店 2003 年版，第 32、733 页）。出于类似的考虑，本文也没有采用"文类"一词。首先，文类过于强调体裁作为类别概念的一面；其次，它和那些记录文字或物理性文本之间的关系过于密切。近年来，那些应用国外口头诗学理论的研究者，较普遍地把 Genre 译作文类。由于口头诗学在探求口头传统内部运作的过程中把文本作为重要依据之一，这自然是恰当的措施，而将其用在本文显然不合适。与文类相比，体裁更侧重于 Genre 的体统、体制以及规则等侧面。由于论题的关系，本文将统一采用体裁一词。

①　本书之所以采用"系统"而不是采用"体系"，首先是因为这样可以有效利用已有的系统研究成果；其次是因为"体系"易于让人想起静态的集合体，而"系统"似乎更强调其动态的机制。从词源上看，英语"system"源于拉丁语"systema"和希腊语"sustema"，后者派生自"sunistanai"，而"sunistanai"便是由"共同 sun"与"建立 histemi"组成的动词的不定式。因此，本文用"系统"来说明体裁概念在生活层面的运作机制，也不无道理。

②　张紫晨：《民间文学的分类学和分类学》，中芬民间文学联合考察及学术交流秘书处编《中芬民间文学搜集保管学术研讨会文集》，中国民间文艺学协会 1987 年版，第 171 页。

③　米哈伊尔・巴赫金：《史诗历史上的〈伊戈尔远征记〉》，钱中文主编《文本对话与人文》，中文版，张建华译，河北教育出版社 1998 年版，第 48 页。

事为体裁；称文学为体裁时，无法再称民间文学为体裁。假如我们的目的在于体裁系统的建立，那么，这便是唯一可能采用的观点。而只要在特定的语境中关注体裁作为"发展形式"或"话语形式"的侧面，是否存在"终结的话语整体"便成为一个值得怀疑的问题。很显然的一点是，体裁在特定的社会文化语境中，不可能作为一种封闭的独立整体而存在。在这一点上，托多罗夫便提出了更加灵活的观点："在一个社会中，人们对某些话语特性的重复成为一种制度，个别的文本在它和由这种体系化所构造的规范之间的关系中被创造和理解。无论是文学的，还是非文学的，所谓体裁无疑就是这种话语特性的体系化"。①

　　既然"每个系统都建立在别的系统之上并由它们所创建，每个系统既是整体又是部分"，② 那么，体裁在它内部单独构成系统的同时，又在它外部与其他体裁一起构成系统。为了强调体裁或体裁系统的这种开放性，一方面，本书把燕家台人叫做拉家的话语形式视为体裁，以此为单位来进行讨论；另一方面，本书又把拉家和其他体裁在话语的层面构成的语言规范或日常秩序视为体裁系统，以便论述。

　　与体裁系统相比，拉家的下位概念似乎更容易理解一些。这主要是因为拉家是概念和语言行为相一致的体裁。根据燕家台人诸如"拉家故事"、"拉家老人那候儿的事儿"等习惯性说法，凡是可以与动词"拉家"相结合的名词，或者可以与之产生联系的词组，我们似乎可以将其视为拉家的下位概念，称"亚类体裁"。然而，亚类体裁在本书中却意味着一种危险的说法。其危险性在于如下一点：

　　当研究者按照概念大小或从属关系区分体裁时，他的想象力容易被误导，在不知不觉中对体裁概念进行实体化，甚至可能犯"物象化倒错"。③确定亚类体裁，实际上意味着研究者主体切分体裁，并对原来模糊的各种体裁之间的关系进行整理。以此建立的仍是研究者主体的秩序，与燕家台人无关。稍后再谈到，日常生活中的体裁并不是可切分的实体，不同体裁之间的关系本来就是模糊的。燕家台人可能会"拉家故事"，也可能通过

---

　　① ツヴェタン・トドロフ：《言語の諸ジャンル》，小林文夫訳、法政大学出版局 2002 年版，第 57 页。

　　② 埃德加・莫兰：《方法：天然之天性》（Edgar Morin, *La Méthode Tome1：la nature de lature*. Éditions du Seuli, 1981），吴泓缈、冯学俊译，北京大学出版社 2002 年版，第 90 页。

　　③ 廣松渉：《世界の共同主観の存在構造》，讲谈社 1991 年版，第 189 页。

拉家的方式参与"调查"。不仅如此，在他们的实践中，"故事属于拉家"与"拉家就是拉家，故事就是故事，只要是拉家不可能是故事"这种观点，可以毫不矛盾地存在。即使再不严密、不合理，这仍然是秩序在生活层面的另一种姿态，是燕家台人生活在其中的日常秩序。假如我们回到"民间社会"却还要切分拉家，那么基于科学性追求的整理，反而妨碍我们对体裁的理解。因此，本书在正文中不采用亚类体裁的说法，而把拉家视为不可切分的整体。

（四）其他术语

本书在正文中采用会话分析和语言哲学的研究成果，其中包括其概念术语。由于这些概念术语毕竟在国内民俗学或民间文艺学界相对陌生，下面列举其大概含义，以便查阅。至于更详细的解释，可参见正文或注释：

1. 会话分析术语

（1）成员类型与话语角色（discourse role）：前者指参与者在当前的行为互动中所承担的社会成员类型，如"老邻居"、"铁哥儿们"等；后者指参与者在当前的行为互动中按照对整个活动行为而言的局部性关系所界定的角色，如"发话者"、"听话者"等。

（2）操作领域：指参与者在行为互动中正在利用的、或者用之组织行为互动的互动空间。

（3）话轮（turn）：是构成会话的最基本单位，也是会话分析的基本分析单位，指一个发话的顺序。凡是可能出现在发话的开始与潜在终点之间的，都可以构成话轮，如一个单词、一个句子、一段叙事等。

（4）话轮替换系统（turn-taking system）：参与者赖以预测和调整话轮替换顺序的规则体系。

（5）邻接对（adjacency pair）：指出现在我们直觉中的最单纯的发话行为类型。邻接对由连续生起的两个发话构成，每一个发话分别由不同的发话者而发出，如"提问"—"回答"。

（6）潜在终点（possible-completion-points）：当前的发话者在什么地方停止发话，这是听话者通过一定的手段可以预测的。这种被预测的终点便是潜在终点。而假如参与者在潜在终点顺利替换话轮，那么对当前的发话者而言的潜在终点，又成为下一个发话者的发话起点。这种话轮从当前的发话者转移到下一个发话者的地点，称之为话轮的"适当转移处

（transition-relevant-place）"。

（7）可结束标志：是参与者用来标示整个会话活动即将结束的标志。可结束标志出现在包括操作领域和发话两方面。后者也称"可能构成前结束的句子（possible pre-closing）"，发话者用之阻止听话者在其潜在终点连接下一个话轮，继续展开当前的或另一个话题。

2. 语言哲学

（1）逻辑空间：早期维特根斯坦把对象（事象、物象）的集合，分为"已经成立的事态"与"尚未成立却可以成立的事态"两种。前者便是所谓事实，这些事实的总和便构成了我们世界。后者作为一种未实现的可能性，处在世界之外。这种事实与可能性的总和，便是所谓逻辑空间。

（2）复杂性（komplexität）与不确定性（kontingenz）：假如我们的逻辑空间充满着"已经成立的事态"与"尚未成立却可以成立的事态"，我们时刻都要面临"始终存在除了可现实以外的可能性"的状态，又要体验"作为下一个体验被指示的事情按照不同于预期的方式而得以生成"的状态。本书仿效德国社会学家鲁曼（N. Luhmann），把这两种状态分别称为复杂性和不确定性。

（3）语言游戏（sprachspiele）：是晚期维特根斯坦用来形容语言的比喻，指语言与语言被编入到其中的整个活动。

（4）生活形式（lebensform）：是某种语言的使用背景，是我们在语言活动中不知不觉利用的潜在知识。晚期维特根斯坦把语言视为人类社会活动的一部分，认为语言的一致便意味着其使用者的生活形式的一致。

（5）家族相似（family resemblance）：维特根斯坦认为语言游戏不具有任何依据，也不具有贯穿在其中的某种共同特征，只是不同的游戏在不同的层面发生联系，由此显示出如同家族的相似性。如 A 与 B 在 a 层面上相似，B 和 C 在 b 层面上相似，A 和 C 在 c 层面上相似。从整体上看，A、B、C 十分相似，但这种相似性并不意味着它们都有一致的特征。维特根斯坦称之为家族相似。

第一章

从体裁学到体裁研究

我们在绪论谈到了传统体裁学遭到批评的现状，并通过再批评表明了基本立场，即：在继承体裁概念的同时超越体裁学的知识框架，进而从体裁学走向体裁研究。这自然意味着我们有必要把有关传统体裁学的反思与解构作为起点，在此基础上进一步建构体裁研究。为此，本章首先分别从体裁概念、体裁系统、体裁特征等方面，追溯传统体裁学的足迹，明确传统体裁学的问题所在。其次，提出体裁研究今后可取的若干研究模式，指出体裁研究其应有的努力方向。最后，再把本书放在体裁研究的蓝图中进行定位，进而说明我们在从体裁学走向体裁研究的转变过程中所要解决的问题。

一 体裁学的研究概况与问题的指出

（一）体裁概念的经验性理解

自中国现代民间文艺学的兴起，体裁与之形影不离。与北京大学歌谣征集运动密切相关的文学革命，本来是出现在"白话文学"与"文言文学"之间的体裁变革。到梅觐庄、胡适等人主张"文学革命自当'民间文学'（Folklore, Popular poetry, Spoken Language, etc）入手"之后，"民间文学"被视为相对"死文学"而言的体裁——"活文学"。① 从某种

---

① 赵世瑜：《眼光向下的革命——中国现代民俗学思想史论（1918—1937）》，北京师范大学出版社 1999 年版，第 89 页。

意义上来说，中国现代民俗学得以形成的历史，也是它把研究对象的采集范围逐渐扩大的历史。诸如鲁迅搜集民间文学的意见书、[①] 周作人有关童话的先驱性工作、[②] 北京大学的歌谣征集运动、《歌谣》周刊"扩充采集范围"的方针、[③]《民俗》周刊对这一方针的深化[④]等早期工作，无不与体裁有关。这实际上很好地说明了民俗学的学科发展规律，即：每当民俗学的探索进入一个新领域时，研究者便看到口头传统的某类体裁，而且往往集中在某一类特殊体裁上。[⑤]

　　在扩展采集和研究范围的过程中，早期国内学者纷纷参与到有关特定体裁的起源、含义、特点、功能等基本问题的讨论之中，而体裁概念本身却始终没有引起充分关注。[⑥] 其重要原因大概在于中国较特殊的文学传统和早期国内学者的知识背景。从文学传统上看，中国是一个十分讲究体裁

---

　　① 　鲁迅在 1913 年发表的《拟播布美术意见书》上写道："当立国民文术研究会，以理各地歌谣，俚谚，传说，童话等；详其意谊，辨其特性，又发挥而光大之，并以辅翼教育。"该文原载于教育部《编纂处月刊》一卷一期，转引自《鲁迅全集》（七），人民文学出版社 1958 年版，第 274—276 页。

　　② 　即 1913 年分别在教育部《编纂处月刊》第七和第八期上发表的《童话研究》和《童话略论》。

　　③ 　北京大学歌谣研究会，自 1923 年 9 月 30 日开始表示近期要开展对"民间的传说故事"的搜集工作（《歌谣》周刊第 26 期）。1924 年 5 月 11 日，刘枝发表《对于搜集民间故事的一点小小意见》，继续呼吁要搜集"民间故事"。该会在同年 10 月 5 日发表的《歌谣》周刊第 62 期上，发布了由编辑部开会议定的"扩充采集范围"的方针："除谣，谚，谜语外，对于方言，故事，童话等材料，以广事搜求，随时发表。"

　　④ 　在"我们要把几千年里没着的民众艺术，民众信仰，民众习惯，一层一层地发掘出来！"（顾颉刚《民俗》周刊发刊词）这种基本信念之下，"一切流行于民间有韵无韵的文艺"（钟敬文《数年来民俗学工作的小结账》，《民俗》创刊号，1928 年）成为民俗学的研究对象。

　　⑤ 　Dan. Ben-Amos, Introducion, in Ben-Amos, Dan（ed.）, *Folklore genres*. University of Texas Press, 1981, p. 6.

　　⑥ 　直到今天，国内有关体裁概念的讨论非常少见。锦明早在 1928 年注意到了这一问题，还针对整个中国文艺学界提出了批评。尽管如此，他把体裁的性质理解为"严格地说，是逻辑的，宽泛一点说，是音乐的。这句括着句，节，段，章的成分。精细的作家，当其描写或叙述一个人一件事物时，必具一种郑重的考虑，将其怎样分配或归纳在一句，一节，一段或一章内。这样的，他可以使意义，情节，思想明了，使文字生一种音乐的魔力，使读者在一种极微小的变动中得著深刻的感动与观念。"可见，他所谓体裁指的是"Style"，其基本含义为"修辞"。见锦明《论体裁描写与中国新文艺》，《文学周报》第 5 卷，1928 年第 2 期，上海书店。

的国度，有关体裁的古文论异常丰富。[①] 当胡适把"替中国文学扩大范围、增添范本"视为歌谣征集运动的最大目的时，[②] 他的观点不仅与西方现代化思想有关，还与"凡文章体制，不解清浊规矩，造次不得制作。制作不依此法，纵令合理，所作千篇，不堪施用"[③] 诸如此类的中国传统体裁观相吻合。周作人早年对神话、传说以及童话所做的体裁划分，除了国外著作的影响之外，似乎还有深受传统"辨体"理论影响的痕迹。从结果看，文学革命和歌谣征集运动把研究对象扩展到了"诗文"之外的其他体裁，克服了古文论体裁理论的"致命的弱点"[④]，进而为早期国内学者提供了展现传统思想资源的新天地。对那些文学功底深厚的早期国内学者而言，体裁概念或许是一种不言自明的常识。

另外，在中国民俗学的学科形成之际，确定研究对象的内外界限、搜集整理资料等才是早期国内学者急需解决的问题。不难想象，他们大概没有太多的余力去思考体裁概念是什么。此时，无论是从地方邮寄过来的，或是研究者凭借记忆回想的，又或是研究者亲自搜集整理的，那些有待分类的大量资料作为一种现成的记录文本而存在于早期国内学者面前。为了处理这些来自全国各地的文本资料，他们自然把体裁视为一种收容这些脱离其生存环境的文本的既成框架，忽略了有关体裁的地方话语。体裁由此成为由研究者主体规范和操作的概念，难免脱离了它作为地方语言规范的属性。直到搜集完一定数量的资料并吸收国外研究成果之后，早期国内学者的问题意识开始转向诸如方言、历史起源等方面。体裁概念从此几乎无人问津。

（二）体裁系统的确立与失效

1. 中国民间文艺学体裁系统的确立

正如上述，随着国内民间文学文本资料数量的逐渐增多，这些资料的处理问题便成为早期国内学者急需解决的课题。20 世纪前半期，尤其是

---

① 关于中国古文论关于体裁、体制的理论，详见童庆炳《文体与文体的创造》，云南人民出版社 1999 年版，第 10—22 页。

② 胡适：《逼上梁山——文学革命的开始》，《歌谣》复刊词，1936 年。

③ 遍照金刚：《文镜秘府论·论文意》。转引自童庆炳《文体与文体的创造》，云南人民出版社 1999 年版，第 11 页。

④ 童庆炳：《文体与文体的创造》，云南人民出版社 1999 年版，第 22 页。这里的"诗文"不包括戏曲、小说以及其他俗文学。

在 20 世纪 20 年代到 30 年代，国内研究者出于"立辞而不明于其类，则必困矣"① 这种动机，在有关体裁分类系统的问题上展开了热烈讨论。王显恩在《中国民间文艺》中介绍的分类法就多达 22 种，其中有 10 种分类法涉及了与本书密切相关的"民间叙事"。② 再加上一些散见于其他论文、著作、故事集中的方案或实践，国内在 20 世纪 40 年代之前至少出现过近二十种有关民间叙事的分类法。③

而令这些国内学者感到困惑的问题是，尽管此时国内积累了一定的本土资料，但无论从搜集数量上看，还是从搜集范围上看，还远远不能满足建立中国民间文艺学体裁系统的需要。"现在我们再拿民间文艺来分类时就觉感到这些困难，就是没有充分资料……虽是这样，分类的工作竟是不容再缓，介绍的介绍，创作的创作，勇敢地从事这个工作了"。④ 当初，他们大多出于这种无奈，根据国外故事文本提出了一些体裁系统草案。有的甚至直接挪用了国外研究者的分类方案、或诸如《昭明文选》、《文心雕龙》等影响巨大的古代体裁系统。随后的研究者在讨论体裁系统时，往往把主要精力放在如何使得这些分类系统进一步合理化、精细化这一点上。⑤ 亦即，他们检讨的对象主要是其他学者的分类法，而不完全是资料和概念本身。⑥

---

① 《墨子》，转引自童庆炳《文体与文体的创造》，云南人民出版社 1999 年版，第 11 页。

② 王显恩：《中国民间文艺》，广益书局 1932 年版，第 118—133 页。

③ 包括钟敬文《闽南故事集》，《民俗》周刊，1928 年第 2 期；顾均正：《关于民间故事的分类》，《民俗》周刊，1928 年第 19、20 期合刊；陈锡襄：《风俗学试探》，《民俗》周刊，1929 年第 57、58、59 期合刊；郑重：《所谓民间的几个类别》，《艺风》第 1 卷，1933 年；王锡鹏：《民众文学的分类》，《黄钟》1935 年第 5 期等。此外，陈光尧、杜定有、郑振锋等人的分类法，见张紫晨《民间文艺学原理》，花山文艺出版社 1991 年版，第 72—73 页。

④ 王显恩：《中国民间文艺》，广益书局 1932 年版，第 115—117 页。

⑤ 最典型的例子，大概是王显恩在《中国民间文艺》中的工作。他非常详细地把 22 种分类法相互比较，检讨它们的"优点和缺点"。

⑥ 关于这一点，刘宗迪以"神话"为对象，展开了十分有力的知识考古学："中国古代文献本来没有神话"，"在神话学之前并不'客观存在'着某种与其他话语有着明确区别的神话这种东西，神话其实是神话学建构的产物。"刘宗迪甚至称"中国上古神话"为"学术虚构"："现代学者学了西方的神话学，一定要在中国发现神话，于是就把中国古代文献中一些类似于西方神话母题的故事抽取来，放到神话学、宗教学、人类学的框架中进行观照，在与其他民族相类似的母题的对比中进行解读，从而完全把这些故事与其本土的、原生的语境相分离，纳入完全陌生的、异己的语境中，最终完成了中国神话和中国神话学的建构，后辈学者囿于这样的学术格局中反观中国上古神话，除了误解，还能作什么呢？"刘宗迪：《神话和神话学》，《民间文化论坛》2004 年第 4 期；《作为学术神话的神话概念》，《中国民族文学网》，http://www.iel.org.cn，2006 年 10 月 6 日。

　　由于编辑作品集和其他专题研究的需要，国内学者在尚未得到共识的情况下，开始使用若干的体裁概念。由此导致的自然结果，便是早期中国民间文艺学界在体裁概念运用上的混乱状态。当时较常见的情况是：不同的研究者使用不同的名称来称呼同样的体裁①，又使用同样的词汇指示不同的体裁②；运用模棱两可的体裁名称③；区分体裁的依据和体裁的概念范畴各自不一④。

　　多种体裁名称和概念范畴，在研究者的检讨和实践中相互竞争。在这一段竞争的历史中，周作人这位"最先进的民间文艺的提倡者"⑤ 所提出的三分法，最早取得了胜利。⑥ 神话、传说以及童话（"民间故事"）这三种体裁，便构成了后来民间叙事的骨干。从 20 世纪 40 年代末开始，中国研究者在编译国外故事集的过程中，继续吸收了国外研究者区分体裁的经验。经历 20 世纪 50—70 年代苏联著作论文的大量输入，国内学者在体裁概念上的意见分歧进一步取得了缓解。他们经过不断的协商，逐渐统一了体裁名称，另外添加了某些体裁概念，调整了个别体裁在整个体裁系统中的位置。直到 1980 年，以钟敬文主编《民间文学概论》的出版为标志，中国民间文艺学界完成了建立体裁系统的基本工程。21 世纪之后出版的

---

　　① 如今天被叫做"笑话"的体裁，在早期论文著作中，有"趣话"（顾均正）、"趣事"（叶德均）、"趣谈"（容肇祖）、"滑稽故事"（何济）、"笑话"（沈杰三）等不同名称。

　　② 如钟敬文，在承认《闽南故事集》的体裁区分"不是很严格"的基础上，把包括蛇郎、老虎外婆等故事类型的"动物报恩系"视为传说。见钟敬文《闽南故事集》，《民俗周刊》1928 年第 2 期。

　　③ 如叶恭伟在《民俗周刊》第 31 期上发表了"神话的传说"二则。

　　④《民俗周刊》"传说专号"中，容肇祖把传说分为"有依据的"和"没依据"的两种，后者包括神鬼话、趣谈、童话等体裁。而同年刊行的"故事专号"中，编辑特意声明这次"故事专号"之所以刊登了传说资料是因为他认为这两种体裁"原是相同的东西"，从概念大小上看，民间故事应该包括传说，所以"读者不要以为我们传说专号所剩的稿子，拿来塞一塞篇幅的！"。见容肇祖《传说的分析》，《民俗周刊》（传说专号），1928 年第 47 期；《民俗周刊》（故事专号），编后记，1929 年第 51 期。

　　⑤ 王显恩：《中国民间文艺》，广益书局 1932 年版，第 135 页。

　　⑥ 王显恩把周作人"关于神话一类的材料的分划"评价为"既有界限，又按着演进的顺序，应该取法"（见《中国民间文艺》，第 137 页）。在此之前，周作人"神话·传说·童话"的分类法广泛为赵景深、钟敬文、张梓生等早期学者所接受。参见钟敬文《池田大伍的"支那童话集"》，《民俗周刊》，1928 年第 13、14 期合刊；张梓生：《论童话》，《妇女杂志》1921 年第 7 期。

教科书或带有教科书性质的著作，除了少数例外①，基本上都沿袭了《民间文学概论》的体裁系统。②

2.《中国民间故事集成》对已有体裁系统的袭用

20世纪80年代三套集成事业正式开始之后，国内资料数量迅速增多。然而，国内研究者并没有根据这些新资料，来建立一个立足于本土的体裁系统。反之，他们主要把这些新的资料塞进一个已有的、甚至不是根据本土资料的内在规律而设计的分类框架之中。于是，当《中国民间文学集成工作手册》（简称为《工作手册》）根据"学术界比较通行的说法"③来规范体裁并对资料进行体裁分类时，研究者难免陷入了困境。

为了解决资料事实和既成概念之间的偏差，国内研究者煞费苦心，采取了十分灵活的措施。如《工作手册》规定，在区分第一层次体裁时，"如有超出此体裁者，可增加名目排于适当位置，或用'其他'为项，排于三者之后"。④ 其实，"其他"不外乎"无法分类"的意思。这种体裁的滥用，等于使用者承认了现有体裁系统的局限性。

到了第二层次体裁，《工作手册》的灵活措施使得不同的体裁概念相互交织在一起，更是暴露了现有体裁系统的失效状态。如"上列各类故事之间也多有交叉，有些机智人物故事和某些生活故事接近，有的则是笑话；有的笑话也是寓言。在分类时，可将属于同一主人公的机智故事统一归入该机智人物名下；机智人物故事选录太少，亦可将其置于生活故事

---

① 如叶涛、吴存浩《民俗学导论》，把语言民俗分为"讲述"、"歌唱"、"讲唱"三类，再把"讲述"细分为神话、传说、故事和熟语四种。歌谣和民歌均属于"歌唱"类，"讲唱"类主要指的是叙事长诗。

② 如刘守华、陈建宪主编《民间文学教程》，华中师范大学出版社2002年版；王娟编著《民俗学概论》，北京大学出版社2002年版；江帆：《民间口承叙事论》，黑龙江人民出版社2002年版；黄涛编著《中国民间文学概论》，中国人民大学出版社2004年版；万建中：《民间文学引论》，北京大学出版社2006年版等。假如它们和《民间文学概论》之间稍有差别，那么，这个差别往往体现在"民间叙事诗"和"史诗"上面。由于《民间文学概论》按照文体来区分体裁，这两种体裁作为"韵文体"，被放在不同于神话、传说、民间故事等"散文体"的位置。而近年出版的有些教科书更加突出了"叙事"成分，把这两种体裁视为神话、传说以及民间故事的同类。因此在章节安排上，《民间文学概论》中"歌谣"介入民间故事和史诗·民间叙事诗之间，而在有些新出的教科书中，史诗或民间叙事诗便出现在民间故事之后。

③ 中国民间文学集成总编委会办公室编：《中国民间文学集成工作手册》，内部资料1987年版，第70页。

④ 同上书，第24页。

中，不再单独成为一类。笑话和寓言重叠的作品，可依两类作品情况，酌情处理"。① 换言之，所有体裁区分"按作品中的侧重点而定"，而最终确定"侧重点"的依据便是研究者的主观感受和作品数量。

另外，《工作手册》也允许地方工作者随机建立各种第二层次体裁名目。《工作手册》的本意大概是为了强调地方文化多样性。② 其实，这也是为了克服现有体裁系统和所采集资料之间的差距而不得不采取的一种措施。当"根据实际情况斟酌处理"之后，体裁自然变成了彼此之间相互重叠的烦琐条目。这种情况，在县卷本中尤为明显。③

更为严重的是，《工作手册》要求地方工作者在"紧紧把握其体裁特点和讲述风格"的基础上进行整理，以"使整理的作品区别于一般书面文学的阅读体"。④ 实际上，这等于鼓励他们按照现有研究范式认为符合某种体裁的形态对文本进行改造，将其塞进既成框架之中。

尽管存在一些弊端，由于《中国民间故事集成》在搜集、整理以及分类资料之前已经有了同一个研究范式的指导和支持，它最终还是成功地区分了数额庞大的文本资料。仅就这一点而言，《中国民间故事集成》也值得被誉为20世纪中国民间故事史"最后的光辉篇章"。⑤ 但它还是"旧路

---

① 中国民间文学集成总编委会办公室编：《中国民间文学集成工作手册》，内部资料1987年版，第79页。

② 即："我国各地传说极为丰富，品类繁多，而且各类尚可分出更细的层次。特殊情况，可以根据实际情况斟酌处理。故事部分也同此"（同上书，第25页）。

③ 如闻名国内外的《中国民间文学集成石家庄地区故事卷·耿村民间故事集》，它在这种指导原则之下，把所收录作品类型分为6个体裁、18个类型（这是《中国故事第一村耿村民间文化大观》中的分类法。实际上，在各集《耿村民间故事集》目录中，"鬼狐精怪故事"有时候分为"狐仙故事"、"鬼怪故事"、"鬼故事"等不同类型。书中还见"文字传说"、"中草药传说"等若干不同名称的类型）。而由此出现的"地方传说"、"土产品传说"、"风俗传说"、"幻想故事"、"狐仙故事"、"鬼怪故事"、"鬼狐精怪故事"等第二层次体裁，彼此之间的关系极为不明确。为了突出当地文化特色，该故事集是否必须需要"文字传说"、"中草药传说"等体裁，也值得商榷。至于《宝扇治老道》，在标题中被称"狐仙故事"，在附记中又被叫做"幻想故事"。采集者和编辑似乎都陷入了由体裁名目的乱立而导致的混乱之中。参见河北省石家庄地区民间文学三套集成编委会、藁城市民间文学三大集成编委会编《中国民间文学集成石家庄地区故事卷·耿村民间故事集》第三集，内部科研资料，第529页。

④ 中国民间文学集成总编委会办公室编：《中国民间文学集成工作手册》，内部资料1987年版，第64页。

⑤ 刘守华：《中国民间故事史》，湖北教育出版社1998年版，第813页。

径辉煌的顶点，而不是新路径明晰的开端"。①

（三）走向两极的体裁特征研究

1. 鉴赏家式的体裁特征研究

按理来说，我们之所以把某个研究对象叫做体裁 A 而不叫体裁 B，主要是因为 A、B、C 等体裁概念作为一种规范而存在。规范也是由一个范式确定下来的自我和外在约定之间的关系。为了保证规范的民主性，我们一般都会主张说这一规范得自资料本身的某种规律。在民间文艺学界，各种体裁概念赖以成立的规律，通常被称为"体裁特征"。

早期国内学者主要采用排他和比较两种方法，探讨了民间文学各种体裁的特征。较典型的例子大概是赵景深和周作人有关"童话"的讨论。当赵景深和周作人在通信中讨论什么是"童话"时，前者通过"童话不是神怪小说"、"童话不是儿童小说"等排他的方式，从外围一步步地缩小了童话概念的适用范畴；后者则通过神话、传说和童话之间的相互比较，得出了童话在内容性质、所记人物、侧重点、背景描写等方面不同于其他两种体裁的特点。②

在后来的体裁特征研究中，研究者主要采用后一种方法，从题材内容、风格、表现手法、传承人的态度等角度，探究了某类体裁相对于另类体裁而言的特征。关于国内学者对体裁特征的理解，《工作手册》做了很好的总结。下面，不妨先对《工作手册》所采用的"学术界比较通行的说法"做一些概括：

显然，上面所列举的特征在多方面相互交叉，大多难以成为严格的分类标准。即使神话的"神奇幻想"以原始思维为基础，传说的"幻想性"以原始思维和现实生活为基础，民间故事的"幻想神奇因素"是来自现实生活的"虚构性"，仅对那些现在流传的叙事文本而言，这种缺少确切依据的或凭借主观感受的区分，大概只能说明分类者的"相对主义"③ 趋向，而

---

① 刘宗迪：《从书面范式到口头范式：论民间文艺学的范式转换与学科独立》，《民族文学论坛》2004 年第 2 期。

② 周作人、赵景深：《童话的讨论》，赵景深编《童话评论》，上海新文化出版社 1934 年版，第 66—68 页。

③ 厄尔·迈纳：《比较诗学》（Earl Miner, *Comparative Poetics: An Intercultural Essay on Theories of Literature*. Princeton University Press, 1990），中文版，王宇根、宋伟杰等译，中央编译出版社 2004 年版，第 317 页。

缺少太多的实际意义。相信内容的真实与否，更是研究者难以确认的一种
"听众的自由"。[①] 假设研究者通过田野作业要验证传承人的态度对体裁的构
造作用，那么，他们所得出的结论完全有可能否定最初的假设。[②]

表 1—1　　　　　　　　《工作手册》所列举的体裁特征

	神话	传说	民间故事
题材内容	征服自然；世界起源；人类社会远古时代的生活和精神面貌	对个别事象的具体解释；对历史人物及其功绩的崇敬和自身的愿望；当地人民对所述对象的深厚感情	人和自然力的斗争；主人公获得美满生活；反抗阶级压迫；说明动物形态习性；劳动生产活动；人际关系；讽刺否定性行为和现象
表现手法	借助幻想和通过幻想曲折地表现内容（形象化、人格化）	一般没有固定的叙述方式，某些传说则有相对稳定的结构模式	结构完整（多用三次或多次重复）；人物性格单纯；大团圆结尾；多用修辞手法（巧合、夸张、对比等）
形象	人格化了的神；动物；人兽合体；现实人物（多为历史人物）的神化	个别的具体事象；具有特定历史的和实在的因素；以一定历史阶段的社会生活为背景	普通百姓；动物；狐狸与其他动物精怪；鬼神；特定人物（历史人物或虚构人物）；人名、地点、时间的泛化；类型化
传承人的态度	不怀疑其真实性	多视为真实	当作娱乐性活动或教育手段
风格	神奇幻想（以原始思维为基础）	历史感和真实感；幻想性（以原始思维和现实生活作为基础）	虚构性；优美；幻想神奇因素和现实生活相交集

---

　　① ウラジミール・プロップ：《ロシア昔话》（Владимир Яковлевич, Пропп, *Русская Сказка*. Ленинград, 1984），斉藤君子訳、せりか书房 1986 年版，第 39 页。

　　② 如美国民俗学者德斯和瓦宗尼，经过田野作业证实了"信仰"不是传说必不可少的因素。Linda Dégh & Andrew Vázsonyi, Legend and Blief, in Ben-Amos, Dan (ed.), *Folklore genres*. University of Texas Press，1981.

在上面列举的特征中，唯有形象和若干的表现手法似乎可以突出这三种体裁之间的差异。虽然这些大多是周作人早在 1913 年所指出的几点，[①]由于《工作手册》在划分体裁界限时没有像周作人一般果断，还保留了所谓"模糊域"[②]，因此显得比周作人更加高明、老练。如《工作手册》首先把神话定义为"原始时期人们不自觉地把自然界和社会生活加以形象化、人格化，而形成的幻想神奇的故事"，然后又附加说明"神话中的形象并不都是人格化的神，还有动物或人与动物的合体。在其他体裁的故事中有时也有神，也有以原始思维为基础的幻想成分。有神的故事并不都是神话"。[③] 为了留下退路或解释的余地，《工作手册》采取了这种自我否定性的表述方式。而这种措施，难免损害了它所列举的体裁特征作为分类标准本该具有的实际意义。

另外，《工作手册》也要求分类工作者对资料进行"综合考察"。[④] 然而，它始终没有说明当一个文本资料兼备两种体裁的特征时，应该优先哪些特征作为分类依据。由此导致的结果，自然是分类工作者对分类依据的任意理解。如《中国民间故事集成·浙江卷》所收《五匹宝马》，其中出现具体地名和人名，又以解释当地出"乌金（生铁）"的缘起为主题。而它之所以被归纳为幻想故事，无疑是因为其中存在幻想故事的常见表现手法"三叠式重复"。假如其他工作者把传说在内容题材和形象上的特征优先于幻想故事在表现手法上的特征，那么，它完全有可能被归纳为传说。

《工作手册》的这种体裁分类法，好比鉴定艺术作品的莫雷利鉴定法。根据日本美学家中村俊春（T. Nakamura）的介绍，当鉴定艺术作品的作者时，过去的鉴赏家往往把他得自作品的印象和他对某位艺术家所形成的经验性理解作为判断依据，在无意识中对二者之间进行比较，又在瞬间做出主观的判断。而有一位名叫莫雷利（G. Morelli）的意大利医生，对这种鉴定方式极为不满。他主张艺术作品的鉴定工作应该关注那些易于暴

[①]　周作人：《童话研究》，《童话略论》，《周作人民俗学论集》，上海文艺出版社 1999 年版。

[②]　李扬：《简论中国民间故事的分类体系》，中芬民间文学联合考察及学术交流秘书处编《中芬民间文学搜集保管学术研讨会文集》，中国民间文艺学协会 1987 年版。

[③]　中国民间文学集成总编委会办公室编：《中国民间文学集成工作手册》，内部资料 1987 年版，第 70—71 页。

[④]　同上书，第 69 页。

露出作者个性的细部表现，而不是关注诸如整体色彩、结构等易于模仿的部分。于是，他摹绘了由不同艺术家描绘的手、耳朵等人体部位，借此说明了他们体现在细部表现上的特点。由莫雷利发明的这种鉴定法，后来被叫做莫雷利鉴定法。[①] 从表面上看，莫雷利鉴定法似乎是很客观的。根据由它提供的特点，其他人好像都可以从事鉴定工作。其实，莫雷利自己的鉴定工作仍然以瞬间的直觉为判断依据。莫雷利鉴定法只是通过一种别人可理解的方式，具体提示鉴赏家鉴定作品的判断依据是什么。亦即，它不过是鉴定家在做出判断之后，用来说服别人的或者用来核实自己判断的"事后说明"[②] 而已。

《工作手册》的体裁分类法与这种莫雷利鉴定法之间，似乎没有根本的差异。其体裁特征与其说是研究者据此进行体裁分类的依据，不如说是事后的核实项目。当然，我们需要理解的一点是，假如所有分类者完全把《工作手册》所提供的体裁特征作为依据并严格遵守其规范要求，他们的工作就立即陷入困境。他们有必要凭借自己的经验性理解，来确定每个资料的所属体裁。此时，对分类者而言，"综合考察"便有了十分重要的意义：一方面，"综合考察"可以掩饰分类者的分类步骤，隐藏他们可能根据作品的整体印象而做出判断的事实；一方面，它也为分类者提供一个绝好机会，让他们充分发挥、展现自己得自阅读经验的知识和鉴定能力。

2. 基于"本质"的体裁特征研究

与这种鉴赏家式的体裁区分相比，俄国民俗学者普罗普（V. Propp）和瑞士民间童话研究者吕蒂（M. Lüthi）的体裁特征研究，似乎显得更加"科学"。

普罗普在 1928 年出版的《故事形态学》中，把剧中人的行为（即功能）视为一种永久性结构单位，根据这些结构单位的固定序列而规范了民间童话："神奇故事就是那种建立在上述各种功能项有序交替之上的叙述，对每个叙述而言会缺失其中几项，也会有其他项的重复"。[③] 吕蒂在 1947

---

① 中村俊春：《美术史と鑑定——絵画作品の作者推定の問題を中心に》，太田乔夫编《芸术学を学ぶ人のために》，世界思想社 1999 年版，第 40—48 页。

② 弗里特兰德（Max J. Friedlländer）语。转引自中村俊春《美术史と鑑定——絵画作品の作者推定の問題を中心に》，《芸术学を学ぶ人のために》，世界思想社 1999 年版，第 46 页。

③ 弗拉基米尔·雅科夫列维奇·普罗普：《故事形态学》（Владимир Яковлевич. Пропп, *Морфология сказки*. Наука, 1998），中文版，贾放译，中华书局 2006 年版，第 95 页。

年出版的《欧洲民间童话——形式与本质》中，则提出了另一个命题："民间童话的本质性特征不在于母题本身，而在于母题的表现方式"。他从母题的特定表现手法（即文体）上规范了民间童话："民间童话是具有简括所有素材并对此进行空洞化的样式特征的、一种含世界性的冒险故事"。① 尽管其考察层面不同，而且普罗普的结构分析和吕蒂的文体研究之间还发生过纠缠，② 但他们的基本思路是相同的。亦即，他们都认为文本中的某些稳定因素在传承过程中得以保留，这些因素可以保证体裁的一致性。普罗普和吕蒂把这种存在于文本内部的稳定因素，不谋而合地叫做"本质性特征"。③

在国内，李扬首次对中国民间故事正式进行了结构分析，并根据随机选出的 50 个神奇故事，向普罗普的"顺序定律"提出了质疑。④ 西村真志叶则运用吕蒂的民间童话样式理论，对中国民间幻想故事进行了文体分析。而她只把文体视为中国民间幻想故事的体裁特征之一，认为为了把握活态的中国民间幻想故事必须从内容、结构、文体等多个层面进行考察。⑤ 按理

①　マックス・リュティ：《ヨーロッパの昔話—その形式と本質—》（Max Lüthi, *Das Europäische Volksmärchen—Form und Wesen. A. Francke Verlag Bern.* 1947，3．Auflage，1968），小泽俊夫訳、岩崎美术社 2000 年版，第 4、147 页。

②　虽然普罗普并没有否定民间童话文体研究的必要性，但文体毕竟是"一个句子或一个段落中经过意译会失去的成分"（申丹：《叙述学与小说文体学研究》，北京大学出版社 1998 年版，第 206 页），把文本压缩成几个功能的序列后，文体就被淹没在诸如"禁止"、"违反"等母题素之中。而在吕蒂看来，民间童话的本质性特征正在于它独特的文体。普罗普的结构分析和吕蒂的文体研究，由此发生了根本的冲突。1974 年，吕蒂把普罗普的结构分析视为"一种与文体分析形成对立的研究"，特意为《欧洲童话——形式与本质》的第 4 版附加短文进行了批判。其实，20 世纪 60 年代普罗普在列宁格勒大学讲授关于俄国民间故事的特别讲座时，他已经认为文体和结构可以用"poetics"（指历史上形成的艺术手法的总体）这种概念来结合在一起，民间童话的特征在于它独特的 poetics 之中，民间童话是在 poetics 的特异性上不同于其他故事类型的故事。而这时的讲课手稿直到 1984 年才出版。当吕蒂批判普罗普时，并没有看到这本遗稿。参见ウラジミール・プロップ《ロシア昔話》，斉藤君子訳、せりか書房 1986 年版，第 37、38、102 页；マックス・リュティ《ヨーロッパの昔話—その形式と本質—》，小泽俊夫訳、岩崎美术社 2000 年版；西村真志叶《中国民间幻想故事的文体特征研究》附录 2、3，北京师范大学硕士学位论文，2004 年。

③　ウラジミール・プロップ：《昔話の形態学》，北岡誠司、福田美智代訳、水声社 1991 年版，第 24 页；マックス・リュティ《ヨーロッパの昔話—その形式と本質—》，第 4 页。在中文版《故事形态学》中，"本质性特征"被译为"稳定因素"、"要素"等。

④　李杨：《中国民间故事形态研究》，汕头大学出版社 1996 年版，第 223 页。

⑤　［日］西村真志叶：《中国民间幻想故事的文体特征研究》，北京师范大学硕士学位论文，第 7、89、113 页。

来说，他们在初识理论时，应该都接受了体裁的"本质性特征"在于文本的命题。他们试图阐明，当文本保证体裁的同一性时什么因素参与到其中，什么因素的缺席又使得文本变为不同的体裁。然而，他们的尝试反而证明了仅凭所谓"本质性特征"难以把握体裁。

其实，这是难免的。"本质性特征"是从理论上被要求的一种原理问题，只能在实验室这种纯粹的场所得以运作，而在现实的讲述现场往往无能为力。换言之，"本质性特征"所能说明的是某类体裁应该如何，而不是某类体裁究竟如何。正如普罗普和吕蒂本人所言，某些"本质性特征"的缺席未必影响该文本和体裁之间的关系。尤其在中国，讲述人对研究者所确定的"本质性特征"的违规，与其说是他们对体裁"美学原则的侵犯"，① 不如说是民间文学活在人们口述中的证据。假如研究者根据天真的本质主义来过于苛求客观性、不容许讲述人对体裁规律的越轨，那么，体裁特征研究最终能够说明的大概是研究者作为法定者的霸道，而未必是体裁的内在规律。

这两种研究方式，可谓是 20 世纪体裁特征研究走到的两极。当我们用鉴赏家式的方式规范体裁时，体裁沦落为一种缺少实际价值的事后说明；当我们根据"本质性特征"严格规范体裁时，体裁则成为难以适应现实的完美模型。

二　体裁研究的研究模式与努力方向

（一）从体裁学到体裁研究

以上，把传统体裁学的问题简括为三点。当然，当传统体裁学得到整个研究范式的支持时，这些问题并没有妨碍体裁学乃至民间文艺学的运行和发展，仍然作为符合当时范式要求的成绩得到了肯定。事实上，早期国内学者对体裁及其系统所做的规范和提炼，是为了处理大量的文本资料而必不可少的前提。有些研究者在语言现象的多样性中寻找某些

---

① 　ウラジミール・プロップ：《ロシア昔话》，小泽俊夫訳、岩崎美术社 2000 年版，第175—176 页。

体裁的普遍性本质，这本来是为了造成学科的"严密的一般条件"① 所做的努力。

而近年来，整个研究范式开始转变。由于分类是一种带有历史偶然性的"看世界的方式"，只要那些"被自己的定义局限住"的研究者要求通过不同的方式看待世界，以往的体裁概念及其系统便无法满足他们的所有要求，体裁学也难以界定或"稳固"研究者所面对的世界，来继续保证他们能够在此进行有意义的解释。② 随着范式转变，现象的多样性开始让众多研究者困惑不已，过去他们所坚信的体裁概念和现有体裁系统也不断地遭到了冲击。在当代学术环境中，体裁概念、体裁系统，体裁分类等开始成为研究者的负担。于是，有些研究者采用主题学研究方法来避免体裁问题上的纠缠；有些研究者则使用"神话传说"、"故事传说"、"神话故事"等名词连用来模糊体裁之间的界限；也有些研究者按照自己的理解，在各自下定义或不下定义的情况下，使得体裁成为可任意操作的符号。有些研究者还直接向体裁学提出了各种质疑，本书在绪论中将其概括为"体裁难以区分"、"现有体裁系统的失效"以及"体裁分类的非主体性"等三点。

目前，部分研究者对体裁学所提出的各种质疑与体裁概念及其系统的运用现状，最后归根于一个问题——我们是否还需要体裁？关于这一问题，本书在绪论中已经做了回答，不再赘言。这里，只强调笔者的基本观点，即：体裁本身是我们难以摒弃的、富有可能性的概念，我们需要的不是要摒弃体裁，而是用另外一种方式去认识和叙述体裁。这种用来认识和叙述体裁的方式，便是本书所要建构的体裁研究。

（二）体裁研究的四种研究模式

当我们在反思的基础上设想体裁研究的未来蓝图时，便会发现传统体裁学尚未充分回答一个基本问题——"体裁"究竟是什么。正如上述，关于体裁，国内研究者在没有充分思考之下自然形成了一种经验性理解。由

---

① ［法］库拉德·海然热：《语言人——论语言学对人文科学的贡献》（Claude Hagège, *L'Homme de paroles—contribution linguistique aux sciences humaines.* Editions Fayard, 1985），张祖建译，三联书店 1999 年版，第 54 页。

② 参见奈杰尔·拉伯特、乔安娜·奥佛林《社会文化人类学的关键概念》，鲍雯妍、张亚辉译，华夏出版社 2005 年版，第 27—28 页。

于任何研究框架都要受到研究者对概念理解的影响，这种经验性理解在很大程度上限定了体裁学的进一步发展。

从总体上看，体裁对早期国内学者而言，首先意味着他们借此处理文本资料的分类条目。当他们使用"类"、"品种"诸如此类的词来指示那些"神话一类大同小异的东西"① 时，或者当他们集中讨论其分类方法合理与否时，体裁实际上被视为一种共时的类别概念。20 世纪五六十年代，随着前苏联著作的普及，"艺术形式"、"样式"等概念正式进入国内，体裁又被视为一种共时的语言现实。尽管"样式"原来是属于广义艺术史的概念，在文学领域一般指示"不具有明确的语言现实的历史现象"，② 而国内民间文艺学者往往把它当作"艺术形式"的代名词，很少从历时的角度进行考察。亦即，一方面，传统体裁学往往把体裁理解为大于"型式"、"细目"、"类型"等的分类层次，就如"动物学的类，植物学的科……一样"③；另一方面，他们又把体裁理解为一种由各种语言现实构成的文学内部规则。

由于这种经验性理解的存在，当后来的研究者根据约定俗成的用词习惯运用暧昧模糊的体裁概念进行分类时，他们所谓"科学工作"因工具的不科学性而难免陷入了困境。于是，有些研究者就像法国社会学家迪尔凯姆（E. Durkheim）等人的修正主义社会学一样，努力对模糊的日常概念下严格的定义，用严格的其他概念来取代它，以更明确地反映现实。④ 而美国社会学家帕森斯（T. Parsons）所谓"分析性现实主义"的失败⑤已经足以说明，这种做法只能让研究者看到某些假说或理想类型。虽然国内研究者把握了个别体裁的某些特点，甚至认为把握了"本质性特征"，他们面对现实的多样性却依然不知所措。为了摆脱目前的困境，体裁研究首

---

① 周作人：《神话与传说》，吴平、邱明一编《周作人民俗论集》，上海文艺出版社 1999 年版。

② ツヴェタン・トドロフ：《言语の诸ジャンル》，小林文夫訳、法政大学出版局 2002 年版，第 61 页。

③ 赵景深：《中国民间故事型式发端》，《民俗周刊》，1928 年第 8 期。

④ 参见埃米尔・迪尔凯姆《自杀论》（Émile Durkheim, *Le Suicide.* Librairie Félix Alcan, 1930），冯韵文译，商务印书馆 1996 年版。

⑤ タルコット・パーソンズ：《社会行为の构造》（Talcott Parsons, *The Structure of Social Action: A Study in Social Theory with Special Reference to A Group of Recent European Writers.* McGraw Hill, 1937），稻上毅、厚东洋辅訳、木鐸社 1989 年版。

先需要认真检讨过去的体裁概念，并以此为线索而努力重构今后的研究范式。

体裁究竟是什么？至今，语言学、文艺学、人类学、历史学、民俗学等学科领域的研究者，对这一问题做了有意义的探讨。在所谓"民俗体裁(Folklore Genres)"方面，本—阿莫斯在 1976 年汇编的论文集《民俗体裁》中，便指出了诸如"传统分类条目"、"普遍形式"、"发展形式"、"话语形式"等四种基本含义。① 这里姑且借用本—阿莫斯的观点作为一种向导工具来继续我们的讨论。

沿着这种观点看，传统体裁学可谓是研究者分别从"传统分类条目"和"普遍形式"的侧面讨论体裁的成果，我们可以把基于这种概念的理解而形成的研究框架视为两种不同的研究模式。从结果而言，假如这两种模式能够在自省的基础上继承过去的和其他学科领域的相关研究成果，仍然可以在将来的研究范式中主张自己的生存权利。

第一种模式把体裁理解为"传统分类条目"。假如我们要把这种研究模式编入到将来的研究范式并使之成为其有意义的一部分，那么，首先必须严肃地看待现有体裁系统并非立足于本土资料的事实，在此基础上继续检讨"在区分特征基础上的理想化的分类法"，② 并积极参与所谓"档案制活动"③ 的过程，以更有效地保管和利用那些日益增多的研究资料。

第二种研究模式则把体裁理解为"普遍形式"。既然语言是在个别和普遍性之间的反作用中得以成立的复杂现象，探究各体裁的普遍性特征仍是一种具有正当性的学术追求。这种研究模式有必要吸收传统体裁特征研究的教训，对"绝对的普遍法则"和"普遍倾向"之间的差异保持自觉，以保证它在回避"本质"的"禁欲主义"的现代科学④中所具有的有效

---

① Dan. Ben-Amos, Introducion, in Ben-Amos, Dan (ed.), *Folklore genres*. University of Texas Press, 1981, p.15.

② 劳里·哈尔维拉赫蒂:《民间文学的分类系统》，中芬民间文学联合考察及学术交流秘书处编《中芬民间文学搜集保管学术研讨会文集》，中国民间文艺学协会 1987 年版，第 171 页。

③ 劳里·航柯:《中央和地方档案制》，《中芬民间文学搜集保管学术研讨会文集》，中国民间文艺出版社 1988 年版，第 101 页。

④ 後藤将之:《コミュニケーション论——愛と不信をめぐるいくつかの考察》，中央公论社 1999 年版，第 11 页。

性。总的来说，这一研究模式的潜力至少潜藏在如下两方面：一方面，它可以参考语言学或人类学的类型理论，对体裁之间的普遍性关联进行讨论，以协助国内体裁系统的建设工作；另一方面，正如吕蒂等人的体裁特征研究所暗示，它作为一种具有独立价值的学术研究，还可以在它和心理学、伦理学等之间的关系中继续开拓研究空间。为此，这种研究模式有必要反思过去"没有主体的科学主义"，在此基础上可以积极引进"理想交流共同体（ideale Kommunikationgemeinscaft）"等语言哲学的概念，来把"普遍本质"理解为一种"尽管人们在运用理性语言的交流中有所理解，在实际的社会生活中尚未实现的一种理念"，① 进而对体裁做一些以人类为单位的心理学或伦理学考察。

　　就以上两种研究模式而言，传统体裁学便是很好的参照对象。如何对此进行扬弃，这便是它们将要认真思考的一个问题。除了"传统分类条目"和"普遍形式"以外，本—阿莫斯还指出了体裁的另外两种含义——"发展形式"和"话语形式"。与前两种模式不同，基于后两种含义的研究模式无法脱离特定的社会文化语境。这实际上很好地反映了体裁所具有的"一个体裁确实是实现一项社会功能的历史现象，但它也是一个结构整体，可以用文学内规则去定义"② 这种两面性。

　　第三种研究模式把体裁理解为在特定语境中得以发展的"发展形式"。正如托多罗夫所指出，体裁之所以引起人类学家、历史学家等人的兴趣，主要原因在于它作为一种"制度"能够反映出它所属社会的结构特征。若是人类学家，他大概会观察某种体裁系统不同于其他民族体裁系统的范畴，并从此入手去探讨这种独特的体裁范畴和其他文化、社会要素之间的关系；若是历史学家，那么他大概会关注每个时代特有的体裁及其系统和当时占据统治地位的思想体系之间的关联。③

　　在早期国内民间文艺学界，体裁作为"发展形式"的侧面主要在进化论的脉络中得到了重视。而随着直线型进化论思维的淡化，这种研究模式

---

　　① 参见山脇直司《言语の哲学と社会科学の论理——その関连史的考察》，田中克彦、山脇直司、糟谷启介编《言语・国家，そして権力》，新世社 1998 年版，第 216 页。

　　② 达维德・方丹：《诗学——文学形式通论》，陈静译，天津人民出版社 2003 年版，第 124 页。

　　③ ツヴェタン・トドロフ：《言语の诸ジャンル》，小林文夫訳、法政大学出版局 2002 年版，第 59—60 页。

逐渐由"传统分类条目"、"普遍形式"等基于共时性前提的研究模式所取代。到 20 世纪 80 年代后半期，体裁作为"发展形式"的侧面，以 1986 年在南宁召开的中芬民间文学搜集保管学术研讨会为重要契机，重新引起了关注。众所周知，由于民族认同的需要，芬兰民俗学以根据民间诗歌改编成的民族史诗《卡勒瓦拉》为支柱，积极参与了芬兰民族史的重写过程。因此，当它从保护和利用的角度讨论体裁时，自然优先考虑体裁作为"发展形式"的侧面，以突出民间文学通过它和特定历史、文化、社会背景之间的关系所反映的"民族性"。在这次研讨会上，国内研究者亲眼目睹了芬兰民俗学的实践，诸如张紫晨、乌丙安等国内学者还对体裁和社会文化语境、传播路线等之间的关系发表了看法。

尤其值得肯定的是，张紫晨在 1991 年出版的《民间文艺学原理》中首次把体裁明确定义为"民间文化中作为语言传承文化现象的重要表现形式"，并在描述体裁学不同于分类学的独立性时指出："目前，民间文艺学通常把民间文学体裁学作为支学来进行研究，而缺乏整体的理论探讨。……特别是对民间文学各种体裁的发展层次与横向联系，往往不加考虑。"张紫晨的这段话表明，当体裁学正式成为现有研究范式的组成部分时，体裁作为"发展形式"的侧面已经作为"不能不予以解决的问题"而受到了一定关注。当然，此时的张紫晨对体裁的理解或许是初步的。他仍然偏重于语言现实的自律性，把体裁视为"在自身发展中经过长期历史演进形成"的有机体。① 这种观点的偏颇，直到最近才得到了修正。吕微在讨论《中华民间文学史》的作者"从内在的无活动主体的立场进入历史叙事的初衷"时，便强调"活动主体在叙事表面的暂时缺失并不意味着逻辑主体从叙事底层被真正剔除"，② 并明确指出了"体裁无法逃避历史"③ 的事实。

最近有关地方体裁或现代性体裁的热烈讨论可以说明，如今仍有不少国内研究者按照第三种模式的思路，把某种体裁视为特定语境中得以发展

---

① 张紫晨：《民间文艺学原理》，花山文艺出版社 1991 年版，第 142—162 页。

② 吕微：《"内在的"和"外在的"民间文学》，《文学评论》2003 年第 3 期。

③ 达维德·方丹：《诗学——文学形式通论》，陈静译，天津人民出版社 2003 年版，第 125 页。

的文化载体。① 若要继续运用这种模式来取得更多的成绩，那么，我们在警惕直线型进化论思维的基础上，或许可以回到索绪尔的最初设想，从历时的层面对体裁进行动态考察。在过去一段时间里，后人对索绪尔思想的狭隘理解往往使得"历时态"沦落为一种"面的历史"，② 并使得历时研究成为"比较共时论"③ ——即复数的"共时态"或系统之间的简单比较。而只要回到原著便可知，对索绪尔而言，"历时态"主要是一种在连续的共时态和共时态之间得以生成的事件或变异本身，是解构共时态的各种力量的运动和流变，它并没有把古典物理学式的均质时间作为唯一基础。④ 在最近的索绪尔研究中，甚至有人把"历时态"定义为"正在复数的均质对立系统（＝共时态）之间运动着的不均质的差异所进行的暴力游戏"。⑤ 按照这种历时观看，所谓地方体裁或现代体裁可谓是一种陆续发生在系统之外的、不可还原的偶然事件，它们随时都可能进入系统并动摇体裁之间的关系，甚至可能改变整个系统。假如能够阐明这种毫无目的的、无法把握方向的偶发事件在此诞生和消失的系统生成·解体机制，那么，第三种研究模式完全有可能取得引人注目的成绩。

第四种研究模式把体裁理解为"话语形式"。关于话语，按照研究者不同的立场可以概括出不同的含义，大致有："大于句子的语言单位（结

---

① 关于现代性体裁，近年在国内学界连续出现了不少相关论文著作。虽然大多是国外研究成果的介绍或翻译，但现代性体裁——尤其是"都市传说"——如今成为国内研究者十分关注的话题。在地方体裁的研究方面，体裁作为"发展形式"的侧面更容易得到反映。国内已经积累了十分丰富的相关研究成果，其成就在叙事诗和民歌上面尤为明显。在近年来的个案研究中，研究者已经很自觉地面对地方体裁与地方社会之间的关系问题。如徐霄鹰在《歌唱与敬神——村镇视野中的客家妇女生活》中明确提出："现有的关于客家山歌的研究大多是把山歌作为一种文学或艺术形式。学者们用各种文艺理论去讨论山歌的历史渊源、功能、思想性、艺术性……总之，几乎没有人关注客家山歌作为一种民间文化，在现阶段的民间基层处于一种什么状态；更没有人关注山歌的主体——歌手或听众：他们/她们是谁？他们/她们如何看待和解释山歌？山歌与他们/她们的生活有什么关系？"见徐霄鹰《歌唱与敬神——村镇视野中的客家妇女生活》，广西师范大学出版社 2006 年版，第 8 页。

② 丸山圭三郎：《ソシュール小事典》，大修馆书店 1985 年版，第 75—76 页。

③ 立川健二、山田広昭：《現代言語論 ソシュール フロイト ウィトゲンシュタイン》，新曜社 2002 年版，第 46 页。

④ 参见フェルディナン·ド·ソシュール《一般言語学讲义》（Ferdinand de Saussure, *Cours de Linguistique Generale.* 4e ed., 1949），小林英夫訳、岩波书店 2003 年版。

⑤ 立川健二、山田広昭：《現代言語論 ソシュール フロイト ウィトゲンシュタイン》，新曜社 2002 年版，第 46 页。

构主义）"、"语言运用（功能主义）"、"发话（对结构主义和功能主义的扬弃）"等。① 这里先在如下意义上理解话语，来继续我们的讨论，即：所谓话语是言语（langue）被发话主体所继承，通过个人的发话行为（parole）而得以组织或实现的带有一定整体性的发话，其具体表现为句子的锁链。当我们如此理解体裁时，透过话语本身具有的潜力，可以窥视第四种研究模式的各种可能性。假设研究者从结构主义的立场出发，在体裁内部的语法结构或体裁之间的关系中，通过更有柔韧性和复合性的逻辑手段去解构困扰体裁学已久的二元对立模式，那么，体裁研究由此可能提炼出一些为了阐释社会·文化现象所必不可少的理论、方法论、概念或术语体系等；假如研究者立足于功能主义立场，在体裁和社会功能之间的关系中阐释特定社会成员"在何时、何地、对谁、如何"运用体裁来达到目的，那么，体裁研究或许可以导出体裁在特定语境中的某种运作规律；假如研究者融合以上两种观点，来把体裁视为一种经过语境化了的发话形式，那么，诸如体裁在交流中的作用机制、体裁概念和语言行为之间的互动关系、支撑体裁存在的背景知识、体裁所潜藏的权力性、有关体裁知识的管理等问题便陆续出现在研究者眼前。这些问题完全有可能使得体裁研究焕然一新，蜕变为富有挑战性的研究领域。

由于话语研究或会话分析在其他学科领域的发展，第四种研究模式的可利用知识资源相当丰富。其中，在体裁研究中可能较容易得到反映的就有：法国哲学家苟尔（J-J. Goux）的语言·货币理论、丹麦语言学家布勒达尔（V. Brøndal）的关系论、以英国语言学家哈里泰（M. K. Halliday）为中心的伦敦学派"选择体系功能语言学（systemic functional linguistics）"的语用域分析或体裁分析、美国社会语言学家海姆斯（D. Hymes）等人所提倡的交流民族志（the ethnography pf communication）、由加芬克（H. Garfinkel）倡导的常人方法论、美国社会语言学家甘柏兹（J. Gumperz）等人所提倡的行为互动研究等。除了这些其他学科领域的成果之外，当然还有在国内外民俗学领域得以发展的相关研究成果。如前面提到的交流民族志，它把社会文化的内容形式视为一种过程，重点探讨发话的结构和功能，在语言学和人类学的交界处逐渐确立了相对独立的研究领域和方法论。后来交流民族志与口头程式理论之间发生联

---

① 桥内武：《ディスコース——谈话の织りなす世界》，黑潮出版社 2000 年版，第 3—9 页。

系，成为所谓民族志诗学的共同起源，使得国内外民间文学研究产生了与体裁密切相关的问题意识和一定的具体研究成果。①

对第四种研究模式而言，这些有关话语的研究成果都可以成为其出发点，也可以成为引导研究者达到各自研究目的的指南针，但是不可以成为终点。事实上，第四种研究模式能否取得成绩，这在一定程度上取决于它能否从其他领域的理论观点中得出一种"理论感觉"，使之成为"发现问题的机能"，②并将其落实到民俗学或民间文艺学的脉络中去讨论体裁这种特殊的话题。对于那些已存在于国内民俗学或民间文艺学脉络中的相关理论，也同样需要如此。如民族志诗学在其诞生的背后，存在研究者对当时以作家文学常规为基础的体裁分类法的一种深刻反思，我们有必要在吸收其理论观点的同时，还继承这种强烈的问题意识。又如既然体裁是为了"探讨口头传统的内部运作过程，揭示口头传统的创造力量"极其重要的"依据"之一，③那么，我们也有必要从体裁学的角度继续追问，体裁为什么能够成为如此重要的"依据"、它究竟在"口头传统的内部运作过程"中如何运作等问题。总之，为了把这些研究成果真正成为体裁学的可利用资源，第四种研究模式需要采取一定的策略，努力把它们与体裁拉近。

第三、第四两种研究模式，可谓是国内体裁研究借此切入未知领域或半未知领域的有效视角。因此，与前两种研究模式相比，它们或许可以使得体裁研究发挥出更多的潜力。为了保障这种潜力的充分发挥，当我们运用后两种研究模式在特定文化语境中讨论体裁时，还有一点是十分关键的，即：要"宽容地对待分类"。人类学有关分类的最近研究表明，"社会文化环境下运用的分类可以不是单一的、划一的、一致的、集体性的、强制的、整体性的、最终的、甚至也不是系统性的。分类可以是有意识的综合，甚至相互矛盾，个体可以随着时间推移或是在同一时刻否认或承认完全不同的分类框架"。④既然在特定社会文化语境中讨论体裁，第三、第四种研究模式需要把流通于特定社会的体裁理解为一种不排斥逻辑矛盾的

---

① 关于民族志诗学的发展背景，参见巴莫曲布嫫、朝戈金《民族志诗学》，《民间文化论坛》2004 年第 6 期。

② 孙歌：《民间文学：另一些思路和可能性》，《民间文化论坛》2005 年第 1 期。

③ 尹虎彬：《古代经典与口头传统》，中国社会科学出版社 2002 年版，第 4 页。

④ 奈杰尔·拉伯特、乔安娜·奥佛林：《社会文化人类学的关键概念》，鲍雯妍、张亚辉译，华夏出版社 2005 年版，第 32 页。

柔韧性较大的组织，而不是根据科学逻辑来创建合理的、无法适应现实的理论假设。否则，即使回到特定文化语境，研究者也大概难以抓住体裁在多样现实中的动态机制。

以上，简述了体裁研究的四种研究模式。它们不过是将来的体裁研究可选择的若干草案，而非全部。事实上，它们是笔者仅从自认为重要的侧面把体裁连接于个人问题意识的结果，与体裁研究的真正重构还相距甚远。尽管如此，我们通过这四种研究模式，仍然可以理解到如下一点，即：今后的体裁研究需要继续反思传统体裁学，并在自省的基础上，自觉地建构多元化的研究方式。

（三）体裁研究的努力方向

多元化的体裁研究要想真正成为民俗学或民间文艺学的"重要组成部分"，那么，它当然需要在研究对象、概念术语体系等方面被编入到整个学科框架之中。而在此之前，将来重构的体裁研究本身，首先需要成为带有一定整体性的组成部分。体裁研究越是需要趋向多元化，这种整体性越是成为关键。一方面，今后的体裁研究可以把体裁作为中心话题，展现出自由的多元化趋向和自身的可能性；另一方面，它也要从共同的关怀出发，最终落实到这种关怀之中。

那么，体裁研究作为民俗学或民间文艺学的"重要组成部分"，最终要回到其中的共同关怀是什么？亦即，多元化的体裁研究赖以保证整体性的共同追求是什么？在笔者个人看来，那便是促使人们对人类话语多样性的认识。事实上，认识人类话语的多样性，向来都是体裁研究最根本的努力方向。不用说近年来的口头传统研究，早期研究者建构体裁系统的尝试，本来是在多样化的语言现象中建立"反对无知的壁垒"[①] 的努力。甚至是寻找普遍性的体裁特征研究，我们从中同样可以看出研究者对这一共同目标的追求。即使有些研究者只满足于体裁之间的二元对立（即通过与体裁 B 之间的比较给体裁 A 下定义），从现象的多样性中抽出单个的完整体裁之后并没有将其在整个系统中定位，他们的本意或理想大概也不在于把富有个性的文本概括为抽象的统一体并使之客体化，而在于根据自己发

---

① 奈杰尔·拉伯特、乔安娜·奥佛林：《社会文化人类学的关键概念》，鲍雯妍、张亚辉译，华夏出版社 2005 年版，第 33 页。

现的规律去认识现实的多样性。

令人遗憾的是，在过去的体裁学中，研究者往往把"认识多样性"和"感知差异"混淆在一起。正如日本德国地域文化研究者足立信彦（N. Adachi）所指出，A 和非 A 这种区分不过是有关差异的知觉，只有我们把非 A 视为 A 在不同条件下得以实现的另一种可能性之后，亦即只有我们把二者视为彼此不相同的个别又属于同类的群体之后，认识多样性才成为可能。体裁分类本来是这种需要极其微妙的平衡的行为，借用足立的话来说，就如"在区分于差异和同一性的绳子上面所进行的走绳表演"。[①] 偏于哪一方，研究者也难免在主体和客体、多样性和单一性、无序和有序、部分和整体之间进退两难。因此，"无论从哪方面讲，体裁都处于中间地位"，[②] 成功的体裁研究也是一种十分微妙的"平衡艺术"。[③] 而直到今天，我们已经多次失衡落地。由此产生的"作家文学"与"民间文学"、"散文体"与"韵文体"、"神圣的"与"世俗的"等之间的对立状态乃至敌对关系，尽管在近二十年来的研究中有所消解，但至今仍在民间文艺学领域留有痕迹。

体裁研究需要在个体的差异性与类型概念的统一性之间不断来回，在二者相互交替力量的场所，去思考现实的多样性。假如体裁研究承担得起"文学的科学"[④] 的美誉，并真正能够展开"体裁的高等数学"，[⑤] 那么，这不仅是因为它能够抽象出一种借此可以进行客观区分的本质性特征，也不完全是因为它能够对数量庞大的资料进行合理的分类，而更多的还是因为体裁研究帮助我们有组织地感知、设计和思考人类多样化的语言现象。笔者认为，在这一点上，体裁研究可以获得不同于一般分类学的学术价值。由于这种共同追求和价值，体裁研究在将来的研究范式中，可以作为必要的组成部分而生存下去。

---

① 足立信彦：《言语·人種·多樣性》，田中克彦、山脇直司、糟谷启介编《言语·国家，そして権力》，新世社 1998 年版，第 47—49 页。

② 达维德·方丹：《诗学——文学形式通论》，陈静译，天津人民出版社 2003 年版，第 107 页。

③ 足立信彦：《言语·人種·多樣性》，《言语·国家，そして権力》，新世社 1998 年版，第 49 页。

④ ツヴェタン·トドロフ：《言语の諸ジャンル》，小林文夫訳、法政大学出版局 2002 年版，第 448 页。

⑤ ヘルマン·バウジンガー：《世间话の构造》，荒木博之编訳《フォークロアの理论—历史地理的方法を越えて—》，法政大学出版社 1994 年版，第 169 页。

小　结

体裁学伴随中国现代民间文艺学或民俗学而诞生。它在中国十分讲究体裁的文学传统、中国民间文艺学或民俗学力求成为一门科学的总体动向、研究者努力确认民间文学的文化或审美价值的人文关怀等复杂交错的历史或思想背景之下，承担了特定的学科任务。通过体裁学的知识框架，体裁作为"体裁"在一定秩序中得以认识。国内数量庞大的资料由此得到了整理和保管，民间文艺学的学术规范增加了严密性，研究者也获得了彼此可理解的共同学科话语。从此意义上而言，体裁学仍是民间文艺学的名副其实的"重要组成部分"。

而近年来，体裁学开始失去了整个研究范式的支持，过去并无影响范式运行与发展的问题由此得以显化。面对这种趋势，本书表明了基本立场，即：体裁本身是我们难以摒弃的、富有可能性的概念，因此我们在轻易摒弃体裁之前，应该用新的方式去认识和叙述体裁。在此基础上，本书提出了不同于体裁学的体裁研究，并初步设计了四种研究模式。虽然这些研究模式不过是草图，仍然可以显示未来体裁研究的一个去向，即：体裁研究要自觉地建构多元化的研究方式，并为了认识人类多样化的语言现象而作出努力。

本书《日常叙事的体裁研究——京西燕家台村的拉家为个案》所采用的，便是第四种研究模式。在后面的章节中，我们将体裁视为经过一定的语境化而得以组织的话语形式，试图从如下四个步骤来展开论述：

1. 走近体裁存在于其中的社会文化语境；

2. 挖掘"民间社会"有关体裁的话语；

3. 描述体裁的实践过程；

4. 观察互动中的体裁。

最后在结论中，我们再把正文中的观察或分析结果提升到理论层次，重新界定日常生活中的体裁概念、体裁区分以及体裁系统，并思考这次重新界定在当前的学科现状与理论环境中所具有的意义。

第 二 章

回到田野

——燕家台人的生活世界

凡是懂得斋堂话的人，大概都懂得拉家是什么。他们不仅懂得拉家的所指，或许还每天都在拉家。在京西，这样的农民至少有四万人。他们生活在斋堂、清水两镇的一百余个自然村落。本书所关注的燕家台人与燕家台便是其中之一。

作为体裁研究的第一步，我们首先要回到体裁存在于其中的特定社会。对拉家而言，这一特定社会首先意味着燕家台人在此每天实践拉家的"燕家台"。这里的"燕家台"不同于地图上的地名，也不同于官方用来评估的统计数据，而是一个日常的经验世界，是燕家台人的生活世界。那么，燕家台人的生活世界是怎样的世界？换言之，我们应该回到哪里？

下面，将得自燕家台人的声音资料作为主要依据，分别从空间框架、乡土表象以及日常生活方式等角度，对燕家台人体验中的"燕家台"进行简单的描述。至于更详细情况，参见本书附录3完整版民俗志。

一　燕家台的空间框架

（一）位于"山里头"的燕家台

门头沟区属于太行山余脉，境内总面积的 98.5％为山地。该区西部为北京西山的中心，海拔 1500 米左右的山峰超过一百六十余座。清水镇燕家台村便位于门头沟西部山区。

从北京城区到达燕家台村，首先需要顺着 109 国道（即京拉公路）往西走。在蜿蜒的山路四周，便是连绵起伏的山岭。随着地势的上升，顺道而流的永定河便消失在眼下，代之出现险峻的岩壁、碧绿的水库、繁茂的树林、大小不一的村落。

图 2—1　位于"山里头"的燕家台村

在 109 国道上走七十余公里之后，再从上清水村口转入上燕路，继续向北走九公里。公路一边是褐色的石壁，另一边则是宽阔的耕地。高大粗壮的核桃树与杏树，无序地散落在这些十分整齐的"棒子（即玉米）地"或梯田之中。在广阔的耕地中间，风格较为统一的房屋聚集在一起，构成了独立的村落。由上燕路相连接的村落有上清水、梁家台下、梁家台上、李家庄以及燕家台。其中，燕家台为上燕路的终点，地势最高，海拔约有700 米。从燕家台村口遥望周围，其北、东、西三方都是连绵不断的山岭，分别为老口子山、墨云山以及西坨山。再从村前台俯瞰南边，便是深邃的山沟，称"狸狐沟"。① 这条狸狐沟中的溪涧，是出自老口子山与墨云山之间的东涧（又称东龙门涧）。它与出自老口子山与西坨山之间的西涧（又称西龙门涧）在村前台下汇合，燕家台的旧称"二龙台村"便由此而来。其溪水顺流而下，直到上清水村汇入清水河。

燕家台人把地处深山的燕家台称为"山里头（或称'山里'）"，并自称为"山里头的（或称'山里的'）"或"山里（或称'山里头人'）人"。

（二）"山里头"与"山外头"的区分

在燕家台，人们习惯把空间划分为"山里头"与"山外头"两种，并把这两种空间的居民分别称做"山里头的"与"山外头的"。在燕家台人看来，燕家台属于"山里头"。于是，他们自称为"山里头的"，又称"出村"为"下山"、"下去"、"去底下"，称"回村"为"上山"、"上来"等。

仅从词面上看，这种空间划分方式似乎把地理区位特征为主要依据。而燕家台人却很少把东部山区居民称为"山里头的"，反而把那些生活在东部平原地区的居民称为"山里头的"。可见，他们有关山里山外的划分，并非以严格的地理区位特征为唯一依据。

关于"山里头"与"山外头"之间、或者"山里头的"与"山外头的"之间的区分，笔者对随机抽选的 25 位燕家台人进行了提问："这儿的人都说山里头、山外头，山里头的、山外头的，这是什么意思？哪儿不一样？"从回答内容看，燕家台人区分二者的标准至少有如下三种：

1. 一般意象。如王德云："山外头就是高楼大厦，山里头就是平房。"②

2. 外观举止。如赵正英："（山外头的）跟我们不一样，穿西服、皮鞋什么的，长得也白。"③

3. 口音。如杨维花："山外头的就是说话跟咱们不一样的。"④

从中可以看出两点：第一，燕家台人有关山里山外的划分所反映的，是他们从视觉、听觉上形成的一种空间感觉。换言之，燕家台人通过"山里头"、"山外头的"等词汇来进行划分的，主要是一种习惯性的"生理空

---

① 2007 年初燕家台村计划填埋"狸狐沟"以修建公园。目前工程尚未结束，现仍存在"狸狐沟"。

② 声音资料。王德云（女，1950 年生）口述；西村于 2005 年 4 月 5 日在药房笔录。

③ 声音资料。赵正英（女，1940 年生）口述；西村于 2005 年 4 月 7 日在赵正英家中笔录。

④ 声音资料。杨维花（女，1955 年生）口述；西村于 2005 年 4 月 5 日在药房笔录。

间"或"直觉空间",而不未必是所谓"几何学空间"或"度规空间";① 第
二,燕家台人根据自己有限的经验和知识,创造了"山里头"与"山外头"
之间或"山里头的"与"山外头的"之间的界限。由于这种界限不在于地
图上,而在于燕家台人的经验和知识之中,因此它是无形的,也是流动的。

不难看出,在以上三种区分标准中,一般意象的作用为最小,口音的
作用为最大。当燕家台人与非燕家台人相遇时,他们据此最终判定此人是
否"山外头的"的依据还是凭借听觉的口音和"乡音难改"诸如此类的既
成观点。关于这一点,有一位"山里头的"做了如下解释:

> 一九六三年冬天有一伙城里头的大学生,一个姓苏的先生领着,
> 到煤窝搞"四清"来了,还嚷嚷着搞啥地理地质调查。鼓糨仨多月,
> 硬说山里头和山外头的界限是三家店、龙泉务;东边和西边是以永定
> 河为界。俺爹一听说就找苏先生去了,说:
> "苏先生,山里头和山外头,东边和西边,可不是你们那个分法。
> 我们这半拉是以说话的口音分。南半拉房山,南山鸟儿话不好听,铁
> 橛(jue)山那边,野三坡音儿发艮也不好听。北半拉,口外话臭板
> 子味更难听了。大寒岭那边岭东沟子和南山鸟儿音儿差不多。只有青
> 白口以东,离京城越近,京味越重;返回来离京城越远,斋堂味越
> 浓。城里头人、东边的和山外头的,说我们是斋堂人,说的是斋堂
> 话。说斋堂话的就是西边的,就是山里头人。"②

彩图1为斋堂方言的分布示意图。图中,绿色圆圈表示使用斋堂话
的主要村落。值得注意的是,有些燕家台人,即使把那些位于村东平原
地区的清白口、付家台等称为"山里头",也未必把位于村西山区的江
河村(彩图1中蓝色圆圈)视为"山里头"。这里至少有两种原因:一
是因为江河村原属于河北省,直到后来才被规划为门头沟区;二是因为
清白口、付家台等村落属于"斋堂话圈",而由河北人和外来人口构成

---

① 恩斯特·马赫:《认识与缪错——探究心理学论纲》(Ernst Mach, *Knowledge and Error, Sketches on the Psychology of Enquiry*, Translation from the German by T. J. McCormack. D. Reidel Publishing Company, 1976),李醒民译,华夏出版社2000年版,第332—348、391—393页。

② 刘铁梁主编《中国民俗文化志北京·门头沟区卷》,中央编译出版社2006年版,第323页。

的江河村是在清水镇唯一不使用斋堂话的村落。而无论如何，可以肯定的一点是，拉家作为斋堂方言，存在于这些被划归为"山里头"的各村，并为那里的"山里头的"所共享。因此，彩图1实际上也是拉家的分布示意图。

（三）村内与村外的区分

1. 燕家台与其他"山里头"各村

燕家台地处深山，却不是一个偏僻的孤村。反之，它正处于古道的十字路口，沿溪的天然通道始终把它与周围村落联系在一起。[①] 直到维修公路并开通长途汽车线路之后，[②] 燕家台人与其他"山里头的"之间的日常来往更加频繁。此外，自辽开泰元年（公元1012年）到1952年，燕家台与其他"山里头"各村同属一个行政区域——宛平县。[③] 北京地区第一个民主政府"宛平县抗日民主政府"建立后，燕家台人与同一区内成员同舟共济。到1952年宛平县改名为京西矿区之后，燕家台村变为燕家台乡，诸如李家庄、梁庄台上、梁庄台下、梨园岭、椴木沟、柏峪等村落被划归于其中。直到京西矿区更名为门头沟区后，燕家台先后被划归为斋堂公社、清水公社、清水乡以及清水镇，又与煤窝、斋堂、清水、齐家庄、黄塔、洪水峪、塔河、杜家庄、梁家铺等村落之间产生了平常的交流、定期的来往以及共同的归属感。其中，椴木沟是由20世纪20年代从燕家台迁移的人口而形成的村落，燕家台人现仍认为"原来是燕家台的"[④]。他们还认为，梨园岭与燕家台的陈姓都是在明清时期随军而来的，原是"一家人"。[⑤]

对多数燕家台人而言，以上提到的所有村落大概都是较为亲近的"山里头"。即使有些村落早已从地图上消失，仍然作为一种被记忆的亲密空

---

① 参见政协北京市门头沟区文史资料研究委员会编：《京西古道》，香港银河出版社2002年版，第88页。

② 详见北京市公路局、北京市公路局门头沟分局编：《门头沟公路志》，文津出版社1995年版，第52页。

③ 在历史上，宛平县所辖县域和县内区划有所变动。自1939年3月至1944年9月，由于抗日工作的需要，宛平县还依次称为昌宛联合县、昌宛房联合县等。详见门头沟区档案史志局编著《门头沟区建制沿革》，内部资料，2002年。

④ 声音资料。赵永清（男，1935年生）口述；西村于2005年6月6日在赵永清家中录音。

⑤ 声音资料。李永照（男，1948年生）口述；西村于2005年6月6日在圈门录音。

间存在于燕家台人的拉家之中。

2. 村界

当然，这些"山里头"与燕家台之间的亲密关系并不意味着二者的界限相对模糊。燕家台人有关燕家台与其他"山里头"各村的区分意识，十分明显地体现在他们添加给其他"山里头的"的诸如"柏峪的"、"李家庄的"等地名或标签上面。而这种贴标签之所以可能，便是因为二者之间存在双方都认可的村界与村域。

关于村域，在燕家台最普遍的说法是"从这儿看见的山都是村儿的。"在燕家台，村界可以说是由少数人所掌握的知识。那些被公认为"会拉家"的男性老年人，便是其主要保管者。他们十分一致地认为，燕家台与邻村以"流水"为界。这里的"流水"指的是雨水的流向。假如按照雨水流向来划分界限，那么，燕家台的大概村域如彩图 2 所示。彩图 2 中，蓝色圆圈表示位于燕家台附近的村落，红色圆圈为燕家台，在其周围的红线表示村界，村界内部则是燕家台的村域。

当然，绝大多数的燕家台人不会经常游走如此广阔的村域。村界平时只是一种潜在的知识，直到燕家台人在居民区外进行某种插曲式的季节性活动（如"采茶"、"采山蘑"等）时，或者直到村域内的某些事象被视为一种可利用的资源（如"侃山"、"搞旅游"等）时，才得以显化，进而获得极其重要的意义。此时，村界让燕家台人认识和判断燕家台的集体财产是什么、利用这些财产正当与否，有助于避免燕家台与邻村在归属问题上发生令人尴尬的争议。另外，村域内的某些地点与燕家台人的特定历史经历密切相关。即使这些地点不再属于燕家台人的日常活动范围，仍然保留着约定俗成的地名，并随时都可能出现在燕家台人的拉家之中，包括：燕家台抗日政府的所在地"中涧峪"、燕家台人曾经用来计时的"黑猪石塘"、在拆毁庙宇前每年举办天仙会的"娘娘洼"等。由此可见，即使村界在一般情况下是隐形的，它仍然把燕家台人现在的集体财产、过去的记忆和体验、将来的发展计划等密封其中。燕家台的村域由此成为各种潜在资源的储存所，或者说成为对燕家台人有意义的空间。

3. 居民区与非居民区

燕家台人据此划分村域的村界是无形的。但在门头沟区，包括燕家台在内的不少村落村口，有一个划分居民区和非居民区的有形界限——"过街楼"。① 这些过街楼一般都位于行人必经之村口或隘口，中间往往设有大门或城台上供奉着神像。一方面，它通过引人注目的形色与刻在门额上的村名，告知此内为居住区内部；另一方面，通过大门或殿堂内的神像，阻止不利于村民生活的外来者侵入其内，以维护村民生活区的安全和秩序。

图 2—2　燕家台的过街楼——"圈门"

在燕家台，过街楼被称"圈门"。此地原有一座观音庙，曾经作为燕家台的村口而存在。按理来说，一座普通庙宇难以成为村口。因为即使它能够发挥出维护村内秩序的作用，很难起到代表村落的象征作用，除非它是一座特殊的庙宇。而燕家台的观音庙正是如此。据赵永清等人的回忆，观音庙的瓦头上原有 11 条龙，其中有一条龙便是多余的"插龙"，是直到铺好所有瓦头后才插入其他 10 条龙之间的"做错了的货"。由于从上燕路来到燕家台的人首先看到的建筑是观音庙，观音庙上面又是罕见的"插龙"，② 久而久之，他们把这座观音庙视做代表燕家台的象征物。

如李永照：

> 我爷爷那候儿啊，要是我们这边儿的人见到了外村儿的〔就问：〕"你去过燕家台没有？"

---

① 《门头沟区三次文物普查统计表》所提到的区内过街楼只有 22 座，而包括燕家台村"圈门"在内的部分过街楼尚未得到统计。参见北京市门头沟区文化文物局编《门头沟文物志》，北京燕山出版社 2001 年版，第 335—363 页。

② 如明朝廷为保京师安全，设立兵马司，在各街道口立栅栏，白天开门，夜间关闭，由士兵值宿。石厂村的过街楼本来是建于明朝的栅栏，在其门额上刻有："万历庚辰岁石厂东栅栏孟秋盖造。"又如 1996 年修缮琉璃渠过街楼时出土的《琉璃局文昌东阁记》碑记载："阁之上，东向供奉文昌、三官，足以消除灾祸。"参见刘义全《门头沟过街楼》，中国人民政治协商会议北京市门头沟区委员会、文史资料研究委员会编《门头沟文史》第九辑，内部资料，2000 年。

"去过燕家台。"

"燕家台有一个观音庙，你知道不？观音庙是怎么回事呢？"

说不上来，你就连去都没去过燕家台！（笑）[1]

1941 年，"日本"在燕家台建立据点时把这座观音庙改建为炮楼，两年后又烧毁它而撤退，其砖石瓦块长期无人清理。直到 1952 年，当时的村委书记赵永成才利用这些建材修建了现在的圈门。[2] 1977 年，自燕家台至河塘的长途公共汽车线路正式开通。为了建立车站，圈门左侧的城壁被拆除。

图 2—3 左为修建车站前的燕家台村台前示意图。在 1977 年之前，从上燕路进入居住区有三条可选择的途径。其中，①是正入口，行人最为频繁。②与③分别通达设在居民区东西部的小入口，利用者大多为住在附近的少数居民。图 2—3 右为现在的燕家台村台前示意图。

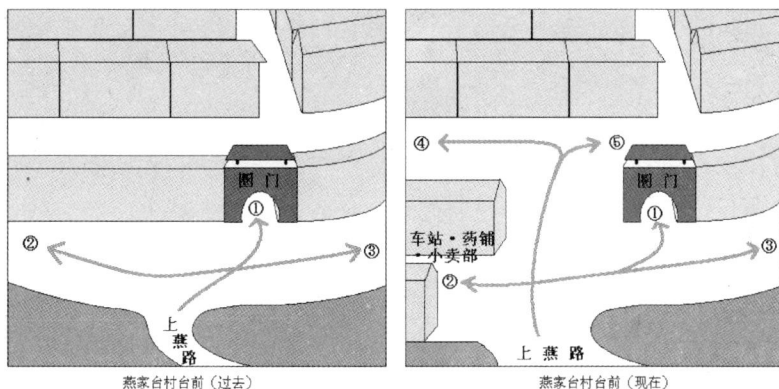

燕家台村台前（过去）　　　　燕家台村台前（现在）

图 2—3　燕家台"圈门"修建情况示意图

当拆除圈门左侧的城壁后，燕家台扩大了台前面积，并在此建立了车站、药铺以及小卖部。从此，从上燕路进入村内，又多了一条可选择的途径（④—⑤）。由于利用②的人流增加，而且历史较短的圈门未能构成燕

---

① 声音资料。李永照口述；西村于 2005 年 6 月 7 日在圈门录音。

② 声音资料。李永忠（男，1936 年生）口述；西村于 2005 年 3 月 24 日在赵永清家中录音。

家台人在上燕路与圈门之间的习惯性移动路线，这一新增的线路基本上替代了①，事实上成为燕家台的正入口。

尽管如此，圈门在燕家台人与非燕家台人眼中，仍是代表燕家台的建筑。由于村内缺少其他标志性建筑，从上燕路到东西龙门洞的旅客必定看到圈门，因此燕家台村委或旅游公司在编印旅游地图时，一般都用圈门的图案来表示燕家台的居民区。据燕家台出生的地方精英赵永高，由于燕家台是"农村工作的多项试典之地，市区干部来此人多，一见该过街楼之照片便会亲切地说道：这是燕家台"。① 圈门也是少有机会拍照的燕家台人首选的常规背景之一。圈门、"燕家台"、燕家台村形象等，由他们的联想紧密联系在一起。因此可以说，尽管圈门不是进入居民区的唯一入口，燕家台人与非燕家台人也借此识别燕家台与非燕家台，或者区分居民区与非居民区，使之成为一种象征性的村口。

（四）燕家台人与外界之间的接触

无论是有形的，还是无形的，燕家台的界限在燕家台人的经验世界中都带有一定的模糊性。② 而一个行政单位之所以能够成为熟悉的乡土社会，首先是因为它相对封闭，由此能够产生一定的归属意识或地方感觉。虽然燕家台和邻村之间只有大概的村界，在居民区与非居民区之间只有象征性的村口，但燕家台人通过与非燕家台人之间的交流，不断地塑造、调整和强化相应的空间意识。

1. "臭板子"

无论是过去还是现在，与燕家台人关系最密切且接触最多的"山外头的"，大概是河北人。由于燕家台与河北省分别位于"天门关——老口子——小龙门"三处关口的南北，燕家台人称河北省为"口外"。自古以来，燕家台与"口外"保持着平常的来往，由此形成了较为稳定的通婚圈。今天，与燕家台人接触最多的河北人，仍是嫁到燕家台的河北妇女。

但燕家台与"口外"之间的这种频繁交流，并不意味着燕家台人与河

---

① 赵永高：《清水镇的过街楼》，《清水镇书稿》8，内部资料，2004 年 11 月。

② 关于界限的"不明确特性"或"模糊特性"，参见［英］埃德蒙·利奇《文化与交流》(Edmund Leach, *Culture and Communication*. Cambridge University Press, 1976)，郭凡、邹和译，上海人民出版社 2000 年版，第 34 页。

北人之间的关系是平等的，是和谐的。假如燕家台人到了"口外"，往往作为"南关客人（指来自关口南部的客人）"受到款待。即使有些河北人在背后把燕家台人叫做"老侉子"，他们仍然倾向于表示一定好感。[①] 相比之下，在燕家台，河北人被称为"臭板子"，不存在如同"南关客人"的尊称。事实上，燕家台人往往十分骄傲地认为自己是首都居民，[②] 倾向于鄙视外地人，尤其鄙视河北人（如"臭板子，谁给钱就跟谁走"）。除非他们之间有着较好的朋友关系，[③] 河北妇女嫁到燕家后，仍有可能在背后被称"臭板子"。即使燕家台人与河北人之间的孩子一直生活在村内，他（她）作为燕家台人的身份未必得到认可（如"××其实不是燕家台的"、"他（她）爸跟臭板子生的"）。与河北人之间的不平等交流，似乎使得燕家台人在"城里人看不起山里人，山里人看不起臭板子"[④] 这种心理机制中得以平衡。

有必要注意的是，燕家台人对河北人的这种排斥，未必意味着前者对后者的完全否定。如下一段为男性中老年燕家台人讨论"臭板子"时，经常谈到的插曲：

> 我们到他们那边儿，人家都说：
> "喂？您是哪儿来的客人哇？"
> 我们这边儿，见人就是：

---

① 可以说明这一点的例子，便是河北人对"臭板子"的理解。那些与燕家台人经常"打交道"的河北人明知自己被称为"臭板子"，却倾向于善意地解释该词。如"其实啊，臭板子不是这个意思，原来叫凑班儿，凑大伙儿，后来这儿的人说着说着就变成臭板子了。"声音资料。李永照口述；刘铁梁提问；西村于2006年1月26日在赵永清家中录音。

② 这种自豪感的形成，或许与燕家台的历史地位有关。自辽开泰元年（1012）宛平县建制到1952年县制撤销，燕家台被划归为河北省的时间只有24年。在其余的916年间，燕家台始终作为城市或都城的"倚廓县"，或者作为北京地区第一个民主政府"宛平县抗日民主政府"的主力，在职能和权限上享受了特殊待遇，又承担了特定的历史任务。直到1952年被划归为北京市京西矿区之后，燕家台与北京市区之间的各种经济来往还得到了政府的特殊照顾和支持。详见门头沟区档案史志局编著《门头沟区建制沿革》，内部资料，2002年。

③ 对个别河北人而言，"臭板子"可能会是一种亲切的"昵称"或借此"说笑话"的素材。如两个关系要好的燕家台人与河北人见面后，前者说道："咳，臭板子！"后者则应答："你的板子那么香？没见过你的胯儿。"他们通过"对骂"的形式，公开地称对方为"臭板子"或"老侉子"，以此表示彼此之间的亲近与信任关系。

④ 声音资料。赵永清口述；西村于2005年4月12日在赵永清家中笔录。

"嗨！哪儿的!?"

没礼貌。他们比我们更礼貌。①

上面插曲可以说明，燕家台人所排斥的河北人，主要是他们在"山里头"、尤其在村域内相接触的河北人。这些河北人来到燕家台后，有的打工，有的挖煤，有的成婚。换言之，他们在燕家台占据燕家台人的岗位，利用燕家台的自然资源而获利，还占有燕家台的土地财产。即使燕家台人未必能够利用也未必真正需要村内的所有资源，这些资源被视为"村儿的"，有必要作为燕家台人随时可利用的一种共同财富而潜在于村域内。"自己留着也没（mù）用，还是舍不得给别人"② 这种心态，使得河北人几乎变为越过村界而侵入村域内部的侵略者。

在村里"搞企业"的李某，大概是一个典型的例子。李某生长在燕家台，是一位公认的"能人"。但他是"他爸跟臭板子生的"，因此始终没有得到燕家台人的完全认同。1979 年，李某在燕家台村西创办了戏装厂，并雇用了大批燕家台人。而生意做得越"红"，他与燕家台人之间的"矛盾"也越深化，最终导致了戏装厂的停办。1984 年，燕家台的四个生产队联营在两岔口投资 38 万元开采，而打了三年岩石却不见煤。停工八个月后，李某便承包此地，请专业工程师勘测。该窑从 1989 年开始出煤，平均年产约 5000 吨。1990 年，李某又与李家庄人合伙在红杏树港口开窑。到 1994 年刚开始出煤时，该窑与齐家庄窑打通，因双方协商未决而暂时停止开采。③ 然而，当李某与齐家庄之间发生纠缠时，燕家台村大队和燕家台人置之不理，始终没有露面。这与其说是因为大队和燕家台人把此事判断为李某的私人问题，不如说是因为他们认为李某不是燕家台人，与自己无关。对"出头人"的妒忌本来是一种常见心态，如果这位依靠村产并与非燕家台人合作来"出头"的不是本村人，那么，燕家台人对他的妒忌如何是可想而知的。

直到两岔口窑停办后，李某主要把"口外"作为"地盘"来"闯"。

① 声音资料。赵永清口述；西村于 2005 年 4 月 12 日在赵永清家中笔录。

② 声音资料。赵正英口述；西村于 2005 年 6 月 7 日在赵正英家中笔录。

③ 关于李某的采煤过程，可参见赵正有、李明元《煤窑洞采煤简介》，《门头沟文史》第八缉，内部资料，1997 年 1 月。

虽然每次回到燕家台，李某与燕家台人之间并不出现明显的隔阂，但他对燕家台村委与燕家台人的不满仍未消解。在李某眼中，"这个村儿不行，关键是人的思想观念太封闭，谁比你过得好，就过来压着你"。他对燕家台的这种评价似乎可以说明一点，即：即使"臭板子"长期住在村内，甚至得到了"能人"这种积极评价，只要他的个人行为威胁到了燕家台人的共同财产或利益，平时潜在于二者之间的界限可能会立即显露。

2."搞旅游的"

燕家台人往往敌视那些利用燕家台的各种资源而获利的"山外头的"。而"山外头的"对村内资源的占有一旦成为不可动摇的事实，燕家台人便把这些资源与燕家台隔离开来，进而在村域内部创造出一种新的界限。一个典型的例子，便是由"搞旅游的"所承包的村内景点。

在燕家台村域内部有北京地区最大的嶂谷——龙门涧。龙门涧包括东涧和西涧两条大峡谷，燕家台便处于东西两涧之间。龙门涧被誉为"京西小三峡"的自然风光与低于北京市区的凉爽气候，使之成为一个绝好的旅游景点。从 20 世纪 70 年代末，外地旅客开始来到龙门涧，并以每天五角左右的住宿费逗留在燕家台。1983 年，燕家台正式开放为旅游区。在 1986 年的"新北京 16 景评选活动"中，龙门涧还被列为 40 个风景名胜点之一。随着旅客的增多，燕家台大队于 1984 年开办了一家旅馆，并在涧口开始收 10 元的门票。随之，部分燕家台人也开办了私人旅馆"农家乐客栈"，当时的住宿费已经上升到每天 10 元。① 在这一段时间里，龙门涧作为旅游资源，为燕家台带来了实际的经济利益，从而成为名副其实的共同财产。

问题是，除了利益，龙门涧同时还为燕家台人带来了众多烦恼和潜在的威胁。每年从 4 月中旬开始，外地旅客陆续来到东西两涧观光或"避暑"。而从 3 月底到 5 月底，燕家台人正忙于春耕。此时"老农民干了一天活累得慌"，他们对那些每夜"唱歌、跳舞、说话"的旅客难免有所意见。20 世纪 70 年代，燕家台的赵某与一名外地旅客因此发生了争吵，两人还动手打架，最后导致了赵某的死亡。这位外地旅客对赵某的亲属付给 1800 元了结了此事。② 这一事件，至今影响着不少燕家台人

———————

① 声音资料。赵正英口述，西村于 2005 年 4 月 9 日在赵永清家中笔录。

② 声音资料。赵正英口述；西村于 2005 年 4 月 11 日在赵永清家中笔录。

对外地旅客的看法。燕家台村委于 20 世纪 90 年代修建直通东涧的公路，其实也是"为了村里的安全考虑"。① 从此，旅行社的客车和个体旅客的轿车基本上不经过燕家台居民区。即使有些旅客在村内住宿或到居民区内来观光，"不待见"外地旅客的燕家台人一般不会主动与他们交流。虽然龙门涧是燕家台人的共同财产，但他们对这笔财产所具有的潜在危害性似乎有着清醒的认识。

在此情况下，燕家台村内出现了一些个体的"搞旅游的"。1995年，东涧由一位自称湖南人的聂某所承包，李正福和李正富等燕家台人又分别承包了东涧口的张仙港（音 jiàng）与西涧。而在承包东涧期间，这位聂某"不搞建设"、"不交租金"，与燕家台之间纠缠不休，双方最后打官司，甚至打到了中级人民法院。② 由于东涧向来都是燕家台开发旅游的重点所在，西涧和张仙港的经营也陷入了停顿状态。直到燕家台大队收回东涧时，因资金困窘，李正福和李正富便放弃了承包权。而对于这一切，燕家台人大多是冷眼旁观。这次纠缠事件所带来的"麻烦"，大概足以影响燕家台人对开发旅游业的信心、对村域内景点的占有意识等。

图 2—4　面目全非的东涧口

1999 年，由清水镇政府"打个桥"，燕家台村委把东涧、西涧、张仙港、老君观（通仙观的俗称）、墨云山、黑云洞等六个景点的承包权，转让给门头沟区石龙公司。到 2000 年 6 月 30日，石龙公司在燕家台村域内建立了"龙门涧度假村"。度假村的建设改变了东西两涧一带的景观：在东涧口出现了以龙为图案的大门和龙的雕塑，同时可接待百余人的旅馆、餐厅以及各种娱乐厅；在被改名为"鬼谷"的西涧口，多了一个鬼的雕塑。在不少

---

① 声音资料。赵永清口述；西村于 2005 年 4 月 11 日在赵永清家中笔录。
② 声音资料。赵红星（男，1960 年生）口述；西村于 2005 年 4 月 7 日在张仙港录音。

燕家台人看来，这些都是"搞旅游的胡搞的"。他们认为，石龙公司把张仙港叫做"京西悬空寺"，又在东涧口长城遗址上挂起"古炮台"的牌子，也是"胡搞的"："古炮台原来根本不在那儿，村后头儿的老口子就是古炮台。"①

这一系列的"胡搞"，似乎淡化了燕家台人对这些景点的熟悉感。今天，他们大多认为燕家台村域内的各种景点"和村儿没关系"，甚至直接称之为"石龙的"，以此把现在的景点区别于他们记忆中的、"以前的"景点。② 如今，燕家台村域内以龙门涧为主的景点，事实上脱离于燕家台人所谓的"燕家台"，几乎成为属于石龙公司的空间。这似乎意味着，燕家台人对这些景点赋予了新的价值，使之成为一种异质空间。在此意义上而言，这种异质空间赖以成立的界限，便是众多燕家台人和"搞旅游的"之间的隔膜，是前者对外地旅客的反感，是前者对旅游开发的冷清。由于每到旅游旺季，石龙公司的门头沟职员集体上山，③ 外地旅客数量逐渐增多，燕家台人对他们的厌烦情绪④重现，因此这种界限也带有规律性地得以显现乃至强化。

3. "回来避暑的"

以上是燕家台人通过对非燕家台人排斥，来明确其空间感觉的情况。在另一种情况中，燕家台人与非燕家台人定期进行相对友好的交流，以二者之间的差距强化相应的空间意识。这里所列举的例子，是"回来避暑的"。

"避暑"是易于引发燕家台人自豪感的一个词。他们经常通过"这儿的气温比北京低五六度"、"蚊子少〔或没有蚊子〕"、"什么菜都有"、"这么一盘野菜在饭店里起码也得 20 块"、"咱们这儿都喝泉水"等固定说法来描述夏季的燕家台，以强调它作为避暑地所具有的优势。每到夏季，龙门涧的旅客数量激增。除了外地旅客，那些在"山外头"成家立业的燕家台人、被这些儿女接到"山外头"度过晚年的"有福气"的燕家台人等，

---

① 声音资料。李永忠口述；西村于 2005 年 3 月 4 日在赵永清家中录音。

② 同上。

③ 石龙公司的门头沟职员，平时在门头沟城区上班，每到旅游旺季便集体搬到"龙门涧度假村"。在旅游淡期，龙门涧景区只有少数打工者，其中包括七位燕家台人。

④ 如有些外地旅客在东涧放鞭，而在燕家台人看来，节日时放鞭是庆祝或"热闹"，平时放鞭则是"玩儿"或"胡搞"。有时，旅客不分节期而放的鞭炮声一直持续到深夜。

都要回到燕家台"避暑"。燕家台的常住人口把这些非常住人口统称为"回来避暑的"。

在燕家台,"回来避暑的"一词至少具有两种内含,即:他们或他们的儿女"有出息"、他们在"山外头"另有一套房子。"回来避暑的"与其他常住人口曾经共同生活在燕家台,这一方面是他们进行友好交流的基础;另一方面又凸显出他们如今在经济能力、生活方式等方面的差距。从"山里头"出去的"有出息"且"孝顺"的儿女,把年迈的父母接到"山外头"的"楼房",并保留村内的老房子好让他们在凉爽又熟悉的老家度过炎热的夏天——这大概是众多燕家台人所梦想的幸福晚年的生活图景。而正因为如此,燕家台的常住人口也倾向于把那些已经实现理想的少数人区别于自己。

每到夏季,"回来避暑的"随带"山外头"的各种信息来到燕家台。在与他们之间的友好交流中,常住人口作为燕家台人的自我意识便得以强化。直到夏季过后,"回来避暑的"又回到"山外头"。此时,以理想和现实之间的距离为实际内容的"山里头"与"山外头"的界限又浮现在二者之间。

以上,大致描述了燕家台人有关燕家台的几种空间划分方式。但无论是哪一种,所有划分都意味着人为界限的创造,通过自己人与他者之间的交流而得以塑造和调整。这种流动的界限,在不同的上下文中便成为燕家台人所谓燕家台的空间框架。

二　作为"乡土"的燕家台

燕家台作为燕家台人亲自体验到的生活世界,存在于如上空间框架内部。但框架内部的空间未必就是我们要回到的那个燕家台。因为燕家台人所谓的燕家台,不仅是他们眼前的实体,而且是其中充满着意义的空间——"乡土"。假如"我们在一个与过去的事件和事物有因果联系的脉络中体验现在的世界",[①]那么,燕家台作为乡土的表象,在很大程度上来自燕家台所经历的历史之中。下面,继续描述燕家台自"开先那候儿"

---

① 保罗·康纳顿:《社会如何记忆》(Paul Connerton, *How Societies Remember.* Cambridge University Press, 1989),上海人民出版社 2000 年版,第 2 页。

至"文革那候儿"结束前所经历的历史，以继续走近燕家台人经验中的燕家台。

（一）传说中的燕家台

对现在中老年燕家台人而言，20世纪20年代以前的燕家台基本上存在于"传说"之中。燕家台人往往将其分为"开先那候儿"与"老人那候儿"两个时段。

1. "开先那候儿"的燕家台

燕家台人所谓"开先那候儿"，主要指现在老年燕家台人的上两三代老年人出生之前的时代。"开先那候儿"的历史知识，主要包括现在中老年燕家台人从当年还在世的老年人那里听说过的各种"传说"、地方精英提供给他们的各种考古知识等。

关于燕家台的起源，燕家台人有比较一致的看法，即："这儿商代就有人。"虽然少数人要把燕家台的开端再推前一点，甚至要推前到"开天辟地"，[①] 多数燕家台人却都断言这是"胡编"。他们之所以把燕家台的成村时间确定为商代，主要是因为1981年

图2—5　"开先那候儿"的大石臼

在西涧发现了商代窖藏贝币百余枚。这次考古发现几乎改变了燕家台人的口述史。如过去，燕家台人把存放在村内"大臼"和"南臼"的大石臼视为"原始时代"的或"新石器时代"的遗留物。而如今，更多的燕家台人则认为这些石臼仍是商代的古人所遗留下来的。与商代贝币同样，它们主要作为"这儿商代就有人"的依据而被编入到燕家台人的口述史之中。

---

① 声音资料。李兴华（男，1928年生）口述；西村于2005年6月4日在李兴华家中录音。

至于燕家台的具体成村时间，燕家台人缺少统一的说法。[1] 但无论在何时成村，目前在燕家台极其普遍的说法认为，此地在正式成村之前是一座"大能人"的"古坟"，后来朝廷修建众多庙宇来"压着"古坟，以免再出能人。由于在燕家台村域内确实出现过"尽庙"的罕见奇观，又在居民区内发现过"大窟窿"与古人遗骨，此种说法被视为史实。[2]

燕家台的成村意味着各户在此定居。关于村落姓氏，燕家台人的看法相当一致。在"不知什么朝代"，蔡家、燕（或雁）家与袁家、赵家与李家依次来到燕家台落户。其中，"燕家早就没了"，袁家也不知去向，"得罪神仙"的开村户蔡家也始终没有增加户数。[3] 赵李两家从河北省涿鹿县南榆岭逃荒来到燕家台之后，赵家也一直无子，后来因接由李家的儿子才保留了后代，"从此赵李不分"，[4] 至今发展为"大户"。[5]

今天，几乎所有的燕家台人都否认燕家是在燕家台最初落户的姓氏。甚至有些人认为燕姓实际上是雁姓的误传，在燕家台从未有过燕姓。而这种说法之所以在燕家台能够成立，主要是因为燕家台人解释村名的来历另有一种说法。

如赵永清：

　　西　村：大伯〔bai〕，燕家台为什么叫燕家台？这村儿的名字是

---

　　① 由于现门头沟区境随着佛教的兴盛在唐代迅速增加了村落数量（尹钧克：《门头沟的村落所谈》，《门头沟区档案史料》第 1 期，2000 年 6 月，内部资料），燕家台村域内又曾经是"尽庙"，明《重修通仙观碑铭并序》还记载老君观为"汉唐二代之古迹"，我们可以把燕家台的成村时间最晚推定为唐代。燕家台一词始见于元《重修通仙观碑铭并序》。其中记载："宛平县之北二百里许，乡曰斋堂堡，为清水，有观曰通仙，实清和大宗师旧隐也。……真隐士之所栖处，俗呼为燕家台焉。"燕家台一词还散见于明清时代的文献和文物上，包括《宛署杂记》、《析津志辑佚》、《齐家司志》、《顺天府志》、造于乾隆甲寅年（1794）的圣泉庵娘娘殿木匾、铸于清同治二年（1863）的癍疹娘娘铁磬等。其中《宛署杂记》写道："……曰龙窝村，又五里曰梁家庄，又三里曰李家庄，又五里曰燕家台、曰柏峪村，又五里曰天津关。"可见，明代燕家台一带的村貌与现在基本相同。

　　② 声音资料。李兴华口述；西村于 2005 年 3 月 26 日在赵永清家中录音。

　　③ 声音资料。赵永高（男，1944 年生）、李永举（男，1925 年生）口述；西村于 2005 年 9 月 15 日在李永举家中录音。

　　④ 声音资料。李永照口述；西村于 2005 年 6 月 7 日在圈门录音。

　　⑤ 在燕家台村委 2004 年所做的统计中，不见燕、袁两姓。蔡、赵、李三家的户数分别为 7、74 和 91。见北京市门头沟区清水镇燕家台村民委员会《清水镇燕家台村农业户口花名册》，内部资料，2004 年 11 月。

怎么来的？

　　赵永清：原来是二龙台。就是，东西龙门洞两条龙，正好，这么下去，那么下去〔用手指画 Y 型来表示东西两洞〕，抱着〔村子〕，叫二龙台。原来呢〔nia〕，据说呢〔nia〕，皇上想在这里采坟。这就，皇上想到这里采坟。他们〔指皇上派来的人〕看了以后，〔村民就商量说：〕

　　"不行，他们要来，得采了坟呢，伐很多人，跟走。不跟走，看看也得，该杀的得杀了。改名吧。"

　　"出啥名儿呢？"

　　"皇上怕晏驾，就晏驾台吧。"

　　〔就这样，燕家台〕改名叫晏驾台。皇帝那时候儿在这个当坟墓，后来一来呢〔nia〕，楸槁挂着晏驾台（笑）。〔皇上看了之后说：〕

　　"这个，这个可不吉利。"

　　他就不来了。后来，不来了。这个〔后人〕把那个晏驾台的晏，改成燕子的燕，〔叫〕燕家台。

　　西　村：这是真的？

　　赵永清：这倒是真的。①

　　由于村域内存在"二龙台"的命名依据东西两洞，目前在燕家台及其邻村内没有燕家，② 燕家台曾经确实被叫过"晏驾台"，③ 因此"二龙台——晏驾台——燕家台"基本上成为燕家台人普遍用来解释村名的固定框架。

　　2. "老人那候儿"的燕家台

　　燕家台人所谓"老人那候儿"，主要指现在老年燕家台人的上两三代老年人所生活的时代。有关"老人那候儿"的历史知识，包括现在中老年

---

　　① 声音资料。赵永清口述；西村于 2005 年 3 月 28 日在赵永清家中录音。

　　② 据李永举的考察，房山区佛子庄、黑龙关、二道沟等地的燕姓都来自燕家台。有的燕家每年还到燕家台村域内的燕家祖坟扫墓。李永举：《神秘的燕家台》，《门头沟文史》第十三辑，内部资料，2004 年 12 月。

　　③ 在张仙港娘娘殿的木匾（乾隆甲寅年）与磬铸（康熙二十八年）上，均见"晏驾台"一词。刘义全《门头沟文物见闻》，中国文联出版社 2004 年版，第 86 页；赵森林：《燕家台叫过"晏驾台"》，《门头沟文史》第九辑，内部资料，2000 年 12 月。

燕家台人根据儿时的模糊记忆而追溯的经历、他们从当年还在世的老年人那里听说的所见所闻或各种说法等。

1451年，明朝廷在燕家台村域内建立位于天津关口与洪水口之间的隘口"老口子"，又在1571年修建烽火台"古炮台"。[①] 此时，陈、高、柴、史四家，随军来到燕家台，以留守关道。[②] 这些"额外小官"与官兵家属在普通百姓居民区的上方建立了独立的居民区，称"官上"。两个居民区由一块"谁也不能动"的空地"灯场"相分割。

图2—8为"老人那候儿"的燕家台基本村落布局，图中蓝色圆圈便表示当年人口较密集的两种居民区。到民国初期以前，两种不同阶层的居民很少通婚，甚至缺少日常的平等交流，只有正月十五晚上在"灯场"举办灯会时才有机会彼此接近，故称"官上在军村为民，灯场相隔军民分，东河吃水分上下，唯有过节进一门。"[③]

从彩图3还可以看出，"老人那候儿"的燕家台是个"尽庙"的村落。其村域内至少存在过九座"大的"庙观，另外在山中有"许多"小庙供奉着龙王爷和土地爷。燕家台人认为，这些庙观的修建与燕家台曾经为"古坟"的历史有关，为的是避邪，或者是压制"古坟"而避免再出"能人"。[④] 其中，"大的"庙观各自都有来历。如老君观为鲁班在一夜间"紧修"而成。[⑤] 又如张仙港是从"娘娘庙"发展而来[⑥]等。另外还有各种"传说"依附于庙观境内的部分物象上面，包括张仙曾经借用蔡家的牛来拉上去的碾子、[⑦] 曾经变人调戏妇女的"狮子猴儿"[⑧] 等。在"老人那候儿"，燕家台

---

① 详见北京市门头沟区志编纂委员会《北京市门头沟区志》，送审稿，第848—849页。

② 赵永高：《燕家台村姓氏谈》，仅把陈、高、柴三姓视为随军而来的"军户"，认为史姓是"后来结婚、投亲而来的"。而赵永清、李兴华、李永照、李永忠等中老年燕家台人十分一致地认为史姓仍是"军户"。

③ 李永举、赵正有：《正月十五天仙会》，赵永高、韩立宝主编《京西风物琐谈·龙门涧》，奥林匹克出版社2000年版，第158页。

④ 声音资料。李兴华口述；西村于2005年6月8日在李兴华家中录音。

⑤ 声音资料。李兴华口述；西村于2005年3月26日在赵永清家中录音。据《宛署杂记》、《重修通仙观碑铭并序》等文献，老君观是元清和真人尹志平所建。而绝大部分燕家台人对此一无所知。

⑥ 声音资料。李永忠口述；西村于2005年3月24日在赵永清家中录音。也有人认为，张仙港是张仙死后，燕家台人为他建的。

⑦ 声音资料。李正福口述；西村于2005年4月11日在张仙港录音。

⑧ 声音资料。李永照口述；西村于2005年6月7日在圈门录音。

人平时在此乘凉、拉家、下棋、看戏，或者晒干粮食、存放物品等，到了规定时间便举办庙会，或者在特定情况下举行各种仪式，包括龙王庙、张仙港、娘娘洼的求雨仪式、五道庙的"送三"仪式、由六个村落共同参与的天仙会、联村供奉的张仙港三月三庙会等。①

今天，"老人那候儿"有关庙观及其活动的各种历史记忆，往往都在"迷信"与"规矩"之间摇摆。这种价值取向，不但使得"老人那候儿"的燕家台成为茫昧的封建社会，而且使之成为按照不同于今天的逻辑而运行的传统社会。因此，现在中老年燕家台人，一方面否定当时"民间邪教"十分盛行，人人抽鸦片，还坚信"鬼火"、"木日鬼"、西涧闹鬼等各种"迷信"，进而体现出当时的老年人与接受共产主义教育或理念的自己之间的代差；另一方面又肯定当时人们都遵守"有道理"的祸祸礼（即禁忌）而行事，各种巫术行为更"灵"，以表示他们对老年人"经验"的尊重和依托。

后一种观点，似乎折射出现在中老年燕家台人对"老人那候儿"的一种怀念。这种怀念，在他们的口述史中，甚至使当时的燕家台成为"老宝、老古，都有"的"风水宝地"。

如李兴华：

> 光龙门涧的讲解员，他们讲解的，就是我嘴里说出去的，我这个说出去。为什么呢？东涧下边儿有个饮马槽。你上那儿饮过马？不是着〔zhe〕。那个地方，原先那个时候儿，出了个金马军，这是个宝啊。它在那儿喝水，就在那儿喝水，像村里，像在河草里种点儿地的，它起地来，使着庄稼来。到后来，人们这么传说，说是哪儿哪儿有这个饮马军。南方能人来，就取去走了。这是宝贝。这个地方啊，从前就有宝。从前那个时候，老宝、老古，都有。这候儿，什么都没有了。现在啊，得禁山整林，该哪一天就哪一天，该修正喊着修正，这往后在山里喊着该有什么喊着有什么。咳，我这

---

① 关于这些庙观活动，可参见李兴荣《燕家台忆旧》，中国书店（未刊行），1997 年 6 月；李永举：《神秘的燕家台》，《门头沟文史》第十三辑；赵正有：《旧时燕家台村的祈雨方式》，《门头沟文史》第十三辑；李永举、赵正有：《娘娘洼》，赵永高、韩立宝主编《京西风物琐谈·龙门涧》，奥林匹克出版社 2000 年版。

个说的是笑话的事儿。[①]

除了金马军，据说价值连城的老爷庙彩绘、娘娘洼境内"山里头"最大的铁钟"朝阳钟"、曾经出土的西寺庙"佛头"与"十八斤重的铁杆帅盔"、村域内三处关口的明代"大铁炮"等，都早已被拆毁或不知去向。燕家台居民区内的九棵古树，有的因为庙宇不兴旺，有的因为燕家台人没有理睬它托梦的要求，有的因为被"日本"强迫，几乎都枯死或被砍去，现只剩下原老爷庙境内的一棵千年古松与南台树龄约三百余年的"核桃王"。这些消失了的"宝"，似乎为"老人那候儿"附加了今天的燕家台人再也无法拥有的独特价值。

当然，燕家台人对"老人那候儿"的怀念，始终把"我们这候儿（或称'我们那候儿'）"作为比较对象。它说明了燕家台人用来比较的"我们这候儿"，虽然比"老人那候儿"更加"科学"，却不总是意味着"好时光"。事实上，现在老年人有关"我们这候儿"的历史记忆，首先与他们的艰难经历——抗日战争——紧密联系在一起。

（二）个人经历中的燕家台

1. 抗日战争与"日本在的时候"

20 世纪 20 年代末，启蒙思想在宛平县得以普及。随着"新时代"的开始，燕家台结束"迷信"的"老人那候儿"，并以抗日战争的爆发为契机，转入基于个人经验的"我们这候儿"。

1938 年 3 月，平郊第一个抗日民主县级政权——宛平县政府在东斋堂建立。在此之前，中共北方局、中共北平市委、八路军等分别派人在"山里头"进行了"抗日根据地创建工作"。[②] 由于多数燕家台人通过与其他"山里头的"之间的交流，事先对此有所了解，在卢沟桥事变爆发当年便迅速组织了游击队。后来在燕家台人心目中成为"英雄"的赵永成，便是其主力之一。[③]

---

① 声音资料。李兴华口述；西村于 2005 年 6 月 8 日在圈门录音。
② 门头沟区档案史志局编著《门头沟区建制沿革》，内部资料 2002 年，第 95 页。
③ 关于赵永成的战绩，可参见胡瑞林《丁玲笔下的赵大栓——赵永成的革命事迹》，赵永高、韩立宝主编《京西风物琐谈·龙门涧》，奥林匹克出版社 2000 年版。

　　1938 年夏天，地方抗日宣传大队进驻燕家台，建立了以赵永成为首的"抗日村政权"，并组织了诸如农民救国会、青年救国会、妇女救国会、儿童团、抗日自卫队、模范队、"青抗先（即青年抗日先锋队）"等群众组织。燕家台由此成为解放区，凡是留在村内的燕家台人几乎都参与到"支前运动"之中。他们在黑夜里"运粮"或"送情报"，利用庙观的铁钟制造了炮弹，还卖掉天仙会所有"家当"用来做军鞋、制造武器等。

　　"日本"的飞机于 1939 年开始出现在燕家台及其周围村落上空。由于燕家台的正处在古道"十字路口"，从四方可能遭到攻击，因此村域内外建立了众多村内哨所与联村哨所。[①] 凡是能搬动的东西，燕家台人几乎都送到村外藏起来，至于一时运不走的粮食便埋在地下。他们还把铺席、锅碗瓢勺、粮食等装在篓子中，每当哨所发出警报便动身进山。

　　20 世纪 40 年初，"日本"开始进攻燕家台，同年秋天，在清水建立了据点。燕家台人遵照"上级号召"搬到村域内的深山之中。右图九为当年燕家台人的主要避难地点示意图。从中可以看出，自"日本"开始进攻燕家台后，燕家台人主要顺着东涧、西涧、北坡等三条山沟或山路往北逃跑。这三条山沟或山路最终在中峪涧汇合。另外，在东西两涧的几乎所有避难地点附近都有一条通达中峪涧的山路。[②] 在山中避难期间，中峪涧事实上成为抗日活动的中心。当时燕家台村抗日政府便设在此地。

　　全村搬迁之后，由于不见人影，"日本"时常在燕家台村域内"搜山"。在山中避难的燕家台人，白天只好憋住气，隐藏在假柏树林、庙宇、石堂等地，直到黑夜才敢活动。"被日本发现了就被打骂，万一被看见就开枪被打死"，当时年仅 15 岁的赵正琴便提心吊胆地度过了每一天。[③] 当赵正英于 1941 年出生时，她的父母怕婴儿的哭声招来敌人，便把她放入石坑中并用石头封死洞口，甚至有一次差点把她"掐死"。[④]

---

　　① 村内哨所主要设在老爷庙、观音庙以及西南角的小榆树底下；联村哨所则分别设在燕家台与清水、梨园岭、柏岭村等三村之间。可参见菖蒲、桂芳《抗战中的"联村哨所"》，《门头沟文史》第九辑，内部资料，2000 年 12 月。

　　② 声音资料。赵永清口述；西村于 2005 年 3 月 28 日在赵永清家中录音。

　　③ 声音资料。赵正琴（女，1924 年生）口述；西村于 2005 年 3 月 28 日在赵永清家中笔录。

　　④ 声音资料。赵正英口述；西村于 2005 年 6 月 4 日在赵永清家中笔录。

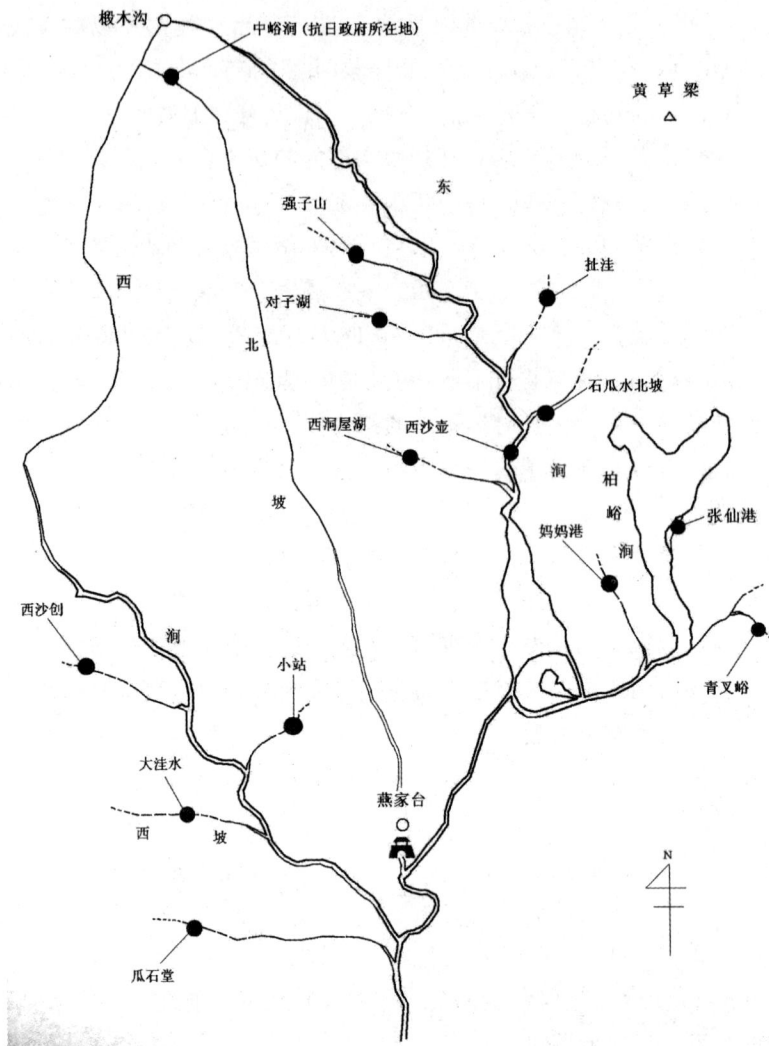

图 2—6　"日本在的时候"燕家台人主要避难地点（东西两涧）

当年流行的民歌把这一段山中避难生活描写为："鬼子建据点呀，四面铁丝围呀，临近村里的房屋变成大河滩呀，百姓无处住呀，山沟盖草铺呀，十家八家子呀，挤在一个屋哇，烧火就冒烟呀，两眼泪不干哪，盼望着八路呀赶快来救咱哪。"[①] 李永举则把这一段避难生活比喻为"近于原

————————

① 王树增：《回忆抗战时期的宛平巾帼》，《门头沟文史》第九辑，内部资料，2000 年 12月，第 39 页。

始人的生活"。① 在山中避难的两年期间，燕家台人饮用泉水，吃野菜野果充饥，又用火镰、火石和火绒来引火。盐的缺乏，直接威胁着他们的存活。赵正书、赵正凤、赵正英等老年人回忆，她们当年没有见过精盐，家里用来做饭的只有"腌菜剩下的盐水"。② 石淑丽、连生琴、陈国体等老年人则回忆，他们用来做饭的盐是那些在外参与抗日工作的家属，先把衣服泡在盐水中，然后再"穿回来的"。当他们再把这件衣服泡在水中时，盐水就变为污浊的"黑水"。③

"日本"于 1942 年 8 月 26 日再次进攻燕家台，并炸毁观音庙建立了"大炮楼"作为据点。同年初秋，山中避难者按照区委的决定下山回到了居民区内。从此，燕家台在燕家台人的口述史开始转入"日本在的时候"。回村后，按照驻村"日本"的吩咐，燕家台的"青抗先"改称"自卫团"或"青年团"，民兵从此以"自卫"的名义展开了地下活动。除了青年团和自卫团，几乎所有 60 岁以下的男劳动力都为"日本"做过活或者参与了某些抗日活动。而与这些集体劳作或作战相比，现在老年燕家台人更愿意拉家个别燕家台人在"日本在的时候"的英雄行为或战绩，如"游击队打二岭"、"赵永成斗汉奸队"、"陈国亮骗取手榴弹"等。由于这种选择倾向的存在，在燕家台人有关"日本在的时候"的口述史中，自然出现了"患难与共的所有燕家台人"与"留下战绩的少数本地英雄"之间的关系模式。就如一张具有收藏价值的精美刺绣一样，其背景是均值的燕家台人度过的日常生活，绣花便是精彩的个人英雄业绩，其余的一切都被忽略。燕家台在"日本在的时候"的最后一张绣花，当然是"日本"于 1944 年 2 月炸毁炮楼而撤退，赵永成带领抗日骨干凯旋而归，全村举办五天大戏，以庆祝"燕家台的第二次解放"。④

　　石淑丽：日本撤的那一天啊，赵永成、李正全、李忠清，他们在

---

① 李永举：《燕家台村的抗日斗争》，《门头沟文史》第十辑，内部资料，2001 年 12 月，第 57 页。

② 声音资料。赵正书（女，1922 年生，现住在梁家蒲）、赵正凤（女，1935 年生，现住上清水）、赵正英口述；西村于 2005 年 6 月 8 日在赵永清家中笔录。

③ 声音资料。石淑丽（女，1930 年生）、连生琴（女，1925 年生）、陈国体（男，1925 年生）口述；西村于 2005 年 9 月 16 日在陈国体家中录音。

④ 李永举：《燕家台村的抗日斗争》，《门头沟文史》第十辑，第 68 页。

后山上爬着喽。赶到日本走了，他们就是，咱们燕家台不是个台哇？他们就是从这个台下来的。我都见来着。我们不是在官上住着哇？他们升得，举得高高的，走得慢慢的，乐得下来的。就说：

"鬼子走了！解放了！"他们就是这么下来的。

连生琴：鬼子走了以后，全村游行。唱大戏。唱戏唱歌。唱了好几天。①

2. 战争的结束和新时代的开始

1945 年 8 月 15 日，"日本"宣布无条件投降后，大多撤退到北平城内，八路军则集结在北平郊外。燕家台随之恢复了"老据点"的美誉，那些"跟着八路长大"②的燕家台人继续埋头于支援前线运动之中。解放战争爆发后，在"扩军归队运动"的口号之下，至少有 36 名燕家台人参军离开了燕家台。③ 而男性青壮年人的参军，自然增加了其他燕家台人的负担。当时，燕家台的男劳动力从早到晚"抢种"、"抢收"、"运粮"；④ 凡是满 18 岁的妇女，在帮忙农活的同时，还要做军鞋和军装。即使"你不会做也得找人做"；⑤ 老年人则在家里做饭、洗衣裳、"抱孩子"："那候儿孩子多，可累着来。"⑥

1947 年农历四月二十八日药王庙会当天，正开展支前运动之际，土改工作组首次来到燕家台。燕家台在中老年燕家台人的口述史，由此进入下一个时段——"土改那候儿。"虽然燕家台早在 1932 年便建立了农业协会，"土改"本身毕竟是属于"新时代"的一种新政策，无论是土改工作组，还是后起的"贫农团"都"没经验"，直到土改工作组把具体事务与

---

① 声音资料。石淑丽、连生琴口述；西村于 2005 年 9 月 16 日在陈国体家中录音。关于燕家台人在张仙港的避难生活，可参见西村真志叶《庙会的裂变——以北京市门头沟区燕家台村的张仙港三月三庙会为例》，《百花山》（民俗专刊），2005 年第 3 期。

② 声音资料。陈国体口述；西村于 2005 年 9 月 16 日在陈国体家中录音。

③ 据李永举，当初参军的燕家台人共有"一排"。一个排包括三个班，一个班由 12 人组成。声音资料。李永举口述；西村于 2005 年 9 月 17 日在李永举家中录音。

④ 声音资料。赵永清口述；西村于 2005 年 9 月 21 日在赵永清家中录音。

⑤ 声音资料。石淑丽口述；西村于 2005 年 9 月 16 日在陈国体家中录音。

⑥ 声音资料。连生琴口述；西村于 2005 年 9 月 16 日在陈国体家中录音。

权力交给贫农团之后，工作难免"走了样"。① 假如用一句话来概括绝大多数燕家台人在土改当年的状况，那大概可以说是"吓得慌"。当时，有些地主和富农因"吓得慌"，而在山中自尽或跑出村外；虽然中农不在于贫农团的"斗争"范围，只要他们下命令便不得不把地主"打得死来活去"，由此还是"吓得慌"；② 甚至是贫农，尽管获得了重新分配的耕地乃至房屋，眼看着地主和富农的遭遇，仍然"吓得慌"。事实上，即使贫农成分的燕家台人怀有"你打了我，骂了我，我就跟你揍"③ 这种报仇心理，在约 100 名贫农团团员中采取实际行动的只有十余人，而绝大多数的贫农都"不敢"，甚至直接"没啥意见"。

燕家台人的"吓得慌"情绪，一直持续到 1947 年末。同年冬天，宛平县根据地掀起了所谓"复查"。从此，燕家台村党支部恢复了实权，不合理的农民成分划分也得到了一定的调整。在"复查那候儿"，燕家台逐渐恢复了原来的平静。不久，赵永成从察南地区（现涿鹿、怀来两县）回到燕家台，狂热的支援前线运动得以平息，长达 940 年之久的宛平县建制被撤销。随之，战争在燕家台基本上成为过去，燕家台人记忆中的燕家台也彻底摆脱了"吓得慌"的"土改那候儿"，开始进入它的下一个时段——由赵永成的村落建设推进的发展时期。

1948 年，"打了一辈子仗"的赵永成回到燕家台，并从 1950 年 6 月担任新中国成立后第一任燕家台村党支部书记职务。燕家台人有关赵永成的评价，从"英雄"、"忠臣"开始转变为"好村长"、"好书记"。赵永成在任期间，实施了各种村落建设工作，包括："山里头"第一批农业生产互助组的建立④；初级农业合作社的率先试办、高级合作社的顺利成立以

---

① 冉起来：《土地改革》，门头沟区档案史志局编印《门头沟档案史料》第一期，内部资料，2000 年 6 月，第 27 页。

② 声音资料。赵勤英（女，1923 年生）口述；西村于 2005 年 9 月 18 日在赵勤英家中录音。

③ 声音资料。李永举口述；西村于 2005 年 9 月 17 日在李永举家中录音。

④ 据《北京农业社会主义改造资料》，1946 年 2 月，在门头沟区掀起了生产自救、重建家乡运动，各村成立了生产拔工组。自 1950 年春至 1952 年底为门头沟区建立与推广互助组阶段。赵永成建立的互助组便属于斋堂地区第一批农业生产互助组（见中共北京市委党史研究室、中共北京市委农村工作委员会、北京市档案馆编《北京农业社会主义改造资料》（上），中国社会出版社 1991 年版，第 3—4 页）。关于燕家台的互助组，另可参见赵正有《三个互助组》，《门头沟文史》第十三辑，内部资料，2004 年 12 月。

图 2—7　如今还在使用的西涧水管道

及合作化的提前实现①；大力推动燕家台经济效益的果园开发②；燕家台的新标志"圈门"的修建；燕家台人由此解决饮水问题的西涧引水工程的竣工③；在老爷庙的基础上进行的小学建设；通过赵永成私人关系而顺利完成的输电工程；至今维护燕家台"唱戏"传统的礼堂建设；赵永成亲自担任院长职务的燕家台乡卫生院的建立④；农具修配厂的建立和农业机械化的初步实现；在"大跃进"期间陆续进行的诸如柞蚕、制糖萝卜、制糖、养蜂、烧灰、酿酒、沼气和自制尿素等各种项目的开发和试验；在"山里头"十分难得的鲜奶供给等。由

---

①　京郊农村农业合作社的试办始自 1952 年。第二年，赵永成便试办了初级农业合作社，并于 1956 年成立了高级农业合作社，提前实现了合作化。

②　1951 年，赵永成召开党员大会，并动员栽种果树。直到两年后，燕家台在前后两台共栽植了两千余棵苹果树、梨树以及桃树。到 1956 年开始结果，当年的苹果产量为 8000 斤，总收入为 5200 余元（0.65 元一斤）。详见菖蒲、桂芳《战争年代是英雄和平建设亦好汉》，赵永高、韩立宝主编《京西风物琐谈·龙门涧》，奥林匹克出版社 2000 年版。

③　虽然燕家台由东西两涧所包围，由于地高水低，取水十分困难。由于易受自然因素的影响，东西两涧的泉水涌出量本身也不稳定。1949 年以前全村共有 1361 亩耕地，而其中能够利用山泉浇灌的只有 200 亩。于是，赵永成于 1952 年冬天发动引水工程，直到 1954 年春天建立了长 2000 米的引水渠道。两年后，因缺少防冻设施，渠道渗漏影响通水。赵永成又决定改明渠为管道，仅用 1 个月时间，2000 米管道工程全部完工通水。制管修渠工程的完成，不仅彻底解决了人畜饮水问题，还增加了灌蔬菜、果园 120 亩。参见北京市门头沟区水利志编辑委员会编《门头沟区水利志》，内部资料，1994 年 11 月；菖蒲、桂芳《战争年代是英雄和平建设亦好汉》，赵永高、韩立宝主编《京西风物琐谈·龙门涧》，奥林匹克出版社 2000 年版，等。

④　1956 年，京西矿区 418 个初级农业生产合作社，合并成 172 个高级社。随之，乡村个体开业的中医，相继组成联合诊所。同年 4 月，在燕家台乡成立了联合诊所，年底改名为燕家台乡卫生院，由乡长赵永成兼院长。燕家台乡卫生院主要负责燕家台乡内各村的医疗卫生保健与防疫工作。详见赵正有、吕仁《燕家台大队的医疗卫生工作》，《门头沟文史》第九辑，内部资料，2000 年 12 月。

于李家庄、梨园岭、椴木沟、柏峪乡等邻村自 1956 年至 1958 年划归为燕家台乡，赵永成在此期间实施的部分村落建设工作，还为这些同乡的"山里头的"带来了直接效益。

以上村落建设，大多在 20 世纪 50 年代到 60 年代初得以施行。现在中老年燕家台人往往把这十余年视为燕家台"发展最快的时候"或"最好的时机"。在此期间，互助组的成立让燕家台人的做活方式从"光顾个人"改变为"我帮你做活，你帮我做活"；引水工程的完成，不但改变了燕家台过去的取水和用水方式，还改变了过去的通婚圈；① "龙虎渠"的完工基本上奠定了"李家庄、梁庄离开了燕家台就活不成"② 的关系模式；小学的建立进一步加强了燕家台与邻近"山里头"之间的关系；农业机械化还让不少男性燕家台人取得了拖拉机驾驶证，又使得石磨、油灯等过去的生活用具逐渐消失。简言之，赵永成的村落建设确立了燕家台在"山里头"的突出地位与燕家台人"先进"的自我意识。

事实上，"先进"是每次回顾赵永成实施村落建设当年时，现在老年燕家台人往往强调的一点。就如中央在燕家台实行的各种试点工作所说明，当年的燕家台"干啥都是典型，干啥都走到头儿。"③ 当然，正因为是"先进"，赵永成的村落建设也曾经遇到了各种障碍。而这些阻力在现在中老年燕家台人的口述史中，就像是为了突出赵永成的坚定意志和项目成果而必要的情节曲折。如今，赵永成在燕家台人心目中仍是他们所敬慕的、甚至所崇拜的"英雄"、"好书记"。这不仅是因为赵永成不屈各种阻力而"为村里做了很多好事"④，而且是因为他一辈子"留在'村里'"，"没有下去买楼房"⑤。在中老年燕家台人的相关记忆中，赵永成的个人威望、其成功的村落建设以及当年旋起国内的社会改革热潮等融为一体，似乎构成了他们对这一段时间的美好印象。即使他们因沉重的任务"受过

---

① 关于这一点，菖蒲与桂芳说道："以前燕家台的姑娘都是远嫁外村，外村的姑娘不进燕家台，这修水上台之后，上下邻村的特别是清水的姑娘来燕家台结婚的可真不少。"见菖蒲、桂芳《战争年代是英雄和平建设亦好汉》，赵永高、韩立宝主编《京西风物琐谈·龙门涧》，奥林匹克出版社 2000 年版。

② 声音资料。赵正英口述；西村于 2005 年 9 月 22 日在赵永清家中笔录。

③ 声音资料。石淑丽口述；西村于 2005 年 9 月 15 日在陈国体家中录音。

④ 声音资料。赵勤英口述；西村于 2005 年 9 月 17 日在赵勤英家中录音。

⑤ 声音资料。赵正英口述；西村于 2005 年 6 月 6 日在赵正英家中录音。

苦"，同样如此：

> 石淑丽：我们这儿呢〔nia〕，黑价那时候，打上以前旧社会的煤油灯，挖坑，栽苹果树。过去，这儿〔指灯场周围的果树园，后来此地变为民房〕就是那个地方。
>
> 陈国体：苹果园。原来是葡萄园来着。
>
> 石淑丽：整个儿都是葡萄树。那一片儿是苹果树。赵永成那候儿，我们都吃过苦。一个女的，一个男的，男的拿镐刨〔音译〕，我们拿啥，栽苹果树。我们民工都得去，搬石头，饿得直不得。赵永成回去就说：
>
> "回去弄点儿菜，买点儿酒。吃点儿喝点儿。"
>
> 栽苹果树、修管子，这都是他干的好事儿。①

3. 动荡岁月

门头沟区制于 1958 年 5 月正式建制后，燕家台划归为斋堂公社，逐渐被卷入到"大跃进"、"人民公社化"等社会改革热潮之中。斋堂公社刚成立不久，燕家台先后建立了"一大二公"的各种产业、公共设施以及组织制度。而在"生、老、病、死、衣、食、住、行，统一管"② 的岁月里，现在中老年燕家台人印象最深刻的一点可以说是"食"。于是，他们往往把人民公社化初期泛称为"吃食堂那候儿"。1958 年，燕家台居民区内出现了四所食堂。刚开设时，食堂所供应的饭菜较为丰盛："馒头、油条都有。小米、糕、黑面儿馒头、白面儿馒头都有"③。虽然四个生产队在原则上利用自己的食堂，但燕家台人"哪儿吃得好就上哪儿"，甚至有些人还特意"打听哪村哪天吃啥，就往哪村赶"。④ 此时，他们"净吃好的净喝好的"，享受了一段"好时光"。⑤

除了丰盛的饭菜，燕家台人在"吃食堂那候儿"初期还享受了符合他们趣味的文艺生活。虽然燕家台地处在深山，却是一个有百年戏曲传统的

---

① 声音资料。石淑丽、陈国体口述；西村于 2005 年 9 月 16 日在陈国体家中录音。
② 声音资料。赵永清口述；西村于 2005 年 6 月 4 日在赵永清家中录音。
③ 声音资料。赵勤英口述；西村于 2005 年 9 月 17 日在赵勤英家中录音。
④ 声音资料。赵永清口述；西村于 2005 年 6 月 4 日在赵永清家中录音。
⑤ 声音资料。赵永清口述；西村于 2005 年 6 月 5 日在赵永清家中录音。

山村。[①] "这个村儿想唱
就唱"[②] 的风气，一直延
续到今天。村内不仅有
"老人那候儿"传下来的
"旧戏"或山梆子，还有
后学的河北梆子。其业
余剧团"燕家台梆子剧
团"，[③] 至今保持着在门
头沟区数一数二的水平
与声誉。现在中老年燕
家台人十分骄傲地认为，

图 2—8　礼堂

自 1958 年至 1959 年期间，北京市舞蹈学院、戏曲学院、中国电影学院、
东方艺术学院的师生之所以被下放到燕家台，是因为燕家台是以"好唱
戏"而闻名的村子："凡是搞文艺的，区委都把他们送到这儿来。"[④] 当
时，这些"搞文艺的"与燕家台人相处得十分好。他们白天集体劳动，晚
上则一起唱戏。燕家台的业余演员和后台工作者学会了各种"武功"、"唱
功"、化妆等技术，还把这些"搞文艺的"师生带来的"京剧本子"改编
成山梆子，由此增加了不少剧目。由中国电影学院的师生拍摄的几部电
影，也都是这一段时间里的作品。燕家台在这些"搞文艺的"的设计策划
之下，还修建了"山里头"独一无二的戏剧舞台"礼堂"。

---

　　① 燕家台的百年戏曲传统，是现在以男性为主的燕家台人经常引为骄傲的一点。据李永
举，在五道庙对面的旧戏楼台墙上，曾经写有一条约 130 年以前的顺口溜："板主李永富，全家
都辛苦。汉于修戏箱，老婆补彩裤。家产全卖光，上山住草铺。"在燕家台流行 7、8 路五虎棍，
便是在 1892 年前后的事。李永举：《神秘的燕家台》，《门头沟文史》第十三辑，内部资料。

　　② 声音资料。石淑丽口述；西村于 2005 年 9 月 16 日在陈国体家中录音。

　　③ 据该剧团团长李永照、主要演员李明全、赵显春等人的回忆，当初燕家台的娱乐生活相
对贫乏，于是李鸿儒号召富户捐出一笔钱，从河北省怀荣县狼山班请来一位叫做"袁老疙瘩"的
师父学习山梆子。后来，由于鸦片和社会动荡，燕家台的山梆子戏逐渐衰退，直到李鸿儒之子李
兴聚重新创立小戏班"聚和班"后，又进入了十多年的兴隆。在顶峰时期，该戏班的活动范围达
到了 500 到 600 多里，还"唱垮了两个专业班子，下清水的宽顺班、斋堂的六和班都给唱垮了。"
在"文化大革命"结束后，李兴聚之子李永照重新组织了戏班，并命名为"燕家台梆子剧团"。
见声音资料。李明全、赵显春口述；西村于 2005 年 4 月 2 日在礼堂笔录；声音资料。李永照口
述；西村于 2005 年 4 月 4 日在赵永清家中录音等。

　　④ 声音资料。赵永清口述；西村于 2005 年 6 月 6 日在赵永清家中录音。

　　然而，"吃食堂那候儿"的好景并不长。1959年，"搞文艺的"师生陆续回到北京，代之下放来的"北大的"师生不懂戏曲，只会"搞实验"。[1] 几年的"白吃白喝"并"天天唱戏"的"好时光"，也减弱了燕家台人对劳动的积极性。[2] 食堂开始"供不起"这些"能吃能喝"又"抢着〔被〕管饭"的燕家台人，其供应食物从面食逐渐变为诸如杏叶粥、𥻗子粥等"稀的"。[3] 不久，食堂从原来的四所减少为两所，还引进了饭票制度。但到了1961年，食堂甚至连"稀的"都"报不起了"，最后因"都吃光"而解散。[4]

　　食堂解散之后，大队分配和指示所有劳动任务。农民户则每天按照工分来领取粮食，年前再按照一年的积分领取现金。与其他"山里头"各村相比，燕家台的兑换率相对较高。[5] 当时担任生产队队长的李明全由此十分骄傲地说道："那候儿我们这儿是在门头沟最先进的。收入高，生活得好，在北京都很出名"。[6] 尽管如此，由于家中的老幼较多，物资又有限，这些粮食还是"不够吃"，有些日常用品"有钱也买不上"。[7] 燕家台人称"吃食堂那候儿"之后的时段为"低标准那候儿"，普遍地认为其艰苦仅次于山中避难时期。

　　如赵永清与赵正英：

　　　　赵正英：低标准那候儿，坐月子尽喝小米粥，稀稀儿的。我那个大闺女，你姐，才两岁来着。不吃妈妈〔指母乳〕了，她瘦得直不起脖子了。这样〔垂下头向左右摇晃〕，抬不起头。俺生赵胜〔指赵正英的儿子〕那候儿，天天给他喝小米粥，稀稀儿的。有时候再搁点儿杏叶儿，也没〔mù〕别的。

　　　　赵永清：那候儿的小米粥都是稀稀儿的，跟水一样。要是你把筷

---

① 声音资料。赵永清口述；西村于2005年6月6日在赵永清家中录音。

② 声音资料。李明全（男，1930年生）口述；西村于2005年10月27日在李明全家中录音。

③ 声音资料。赵正英口述；西村于2005年6月5日在赵正英家录音。

④ 声音资料。李兴华口述；西村于2005年6月5日在李兴华家中录音。

⑤ 在燕家台，1个工分可兑换6分到1角钱左右，而在梁家浦1个工分只能兑换4、5分钱左右。声音资料。赵正书口述；西村于2005年10月28日在赵永清家中录音。

⑥ 声音资料。李明全口述；西村于2005年10月27日在李明全家中录音。

⑦ 声音资料。赵勤英口述；西村于2005年9月17日在赵勤英家中录音。

子在碗里一搅，有点儿劲儿，那说明这碗粥还不赖，不稀（笑）。

赵正英：俺家的小孩儿都是喂小米粥养大的。他们天天喝好几碗，可喝几碗都没〔mù〕用，有啥用呢〔nia〕，都是水，老吃不饱，都是瘦溜儿瘦溜儿的。知不道是怎么过来的。①

在"低标准那候儿"，燕家台人因缺少粮食"饿得直不得"，又因集体劳动而"使得慌"。② 尤其是妇女，她们要和男性"一样干活，工分还比男人少"。③ 若有小孩，她们趁早把孩子送到托儿所或幼儿所。其中有条件的，"拿着小米饭、小米粥，拿着奶子"准备好小孩当天的饭菜；没有条件的则在休息时间抽空到托儿所去喂奶。由于"找人看孩子，〔孩子的母亲〕得拿出两分，可心疼着来"。④

燕家台人在"低标准那候儿"的生活水平，以1960、1961年为底线，在随后几年里逐渐得到恢复。而生活水平刚见好转，燕家台在他们的记忆和表述中再次经历了下一个动荡时期——"四清那候儿"与"文化大革命那候儿"。

燕家台人所谓"四清那候儿"包括1964年的"小四清"与1965年的"大四清"。在"小四清那候儿"，四清工作组进驻燕家台，成立了以贫农团为前身的"贫协会（即贫下中农协会）"。贫协会在正式授权之后，每晚召开了批判会。由于情况与"土改那候儿"相似，信息传来后，燕家台的地主李某因"吓得慌"而上吊自尽，也有些地主躲进山中。但这次批判的主要对象并不是地主，而是基层干部，尤其是掌握财政的会计。

---

① 声音资料。赵正英、赵永清口述；西村于2005年6月5日在赵永清家中录音。

② 此时，赵永成正在实行各种村落建设。以燕家台总收入中比重较大的果树栽培为例，燕家台大队果树专业队于1958年共栽种了苹果树2800棵、大桃1300棵、板栗6190棵、葡萄563棵、花椒树20200棵、桑树11000棵、还对部分果树进行了打药、修剪；1960年，对77000棵核桃树进行了药物防虫，并栽种了苹果2800棵、大桃1300棵、其他果树57953棵；1962年，再次扩大果园40亩，以苹果、大桃、葡萄为主。此外，共有31万多棵"老人那候儿"留下来的果树与1950年因宛平县政府的指示而栽种的果树零散在耕地中或荒坡上。无论是栽树，还是打药修剪，还是秋收，当年燕家台人的劳动任务十分沉重。参见吕仁《燕家台的果树》，《门头沟文史》第十辑，内部资料，2001年12月；《门头沟区志》（送审稿），第355页。

③ 声音资料。赵勤英口述；西村于2005年9月18日在赵勤英家中录音。

④ 同上。

1966 年 6 月，"大四清那候儿"刚结束不久，燕家台的学生们又组织红卫兵，并与四清工作组、贫协会等一起召开会议，对"外头儿来的"的中学校长和教师进行批判。与此同时，红卫兵也着手"破四旧"。在此期间，村内的家谱、天九牌、旧书、旧画等均被烧尽。村域内的娘娘洼、张仙港、龙王庙等庙观及其佛像全部被拆毁。从"老人那候儿"传下来的所有旧戏装也同样如此。对众多燕家台人而言，这几乎是他们在"破四旧"期间最令人心酸的记忆之一。

烧毁旧戏装后，燕家台停止了几乎所有的唱戏活动。演员们只能在耕地里偷偷地对唱几句，礼堂也从娱乐场所变为"批判大会"会场。由于参加会议也打工分，几乎所有燕家台人都参加了每一届批判大会。与"小四清那候儿"、"大四清那候儿"不同，"文化大革命那候儿"的批判大会有着一个明确的批判对象——赵永成。在"文化大革命那候儿"，地主出身并赫赫有名的赵永成被视为一名"头名头的走资派"。[①] 事实上，"文化大革命那候儿"的几次批判大会都是"为赵永成开的"。[②] 问题是，赵永成为燕家台做了许多"好事儿"，在燕家台人心目中始终是一个"英雄"、"好书记"。于是，围绕着赵永成，燕家台的红卫兵便分出了"太阳升"和"东方红"两个派别。前者为燕家台人所谓"红卫兵"，其主要观点便是"批判到底"；后者又称"卫东军"，认为赵永成"有功"，努力保护所有批判对象。直到"文化大革命那候儿"后期，又出现了另一个派别"斗批改"。这三派红卫兵在腕章上写明自己的派别，每天通过广播、贴大字报，相互"对骂"。[③]

今天在不少老年燕家台人的记忆中，"文化大革命那候儿"的燕家台就如"土改那候儿"一样"乱"，但并没有导致"吓得慌"情绪的重现。这主要是因为"文化大革命那候儿"的斗争对象为少数干部，而且它所谓斗争基本上都是非武力斗争。燕家台人在"文化大革命那候儿"的非武力斗争中经历的，与其说是"吓得慌"，不如说是委屈与尴尬。那些"挨整"的批判对象在"你干啥事也不行，不干啥事更不行"[④] 的局面中进退两

① 声音资料。李永忠口述；西村于 2005 年 10 月 28 日在赵永清家中录音。

② 声音资料。赵永清口述；西村于 2005 年 10 月 28 日在赵永清家中录音。

③ 声音资料。赵永清口述；西村于 2005 年 6 月 8 日在赵永清家中录音；声音资料。石淑丽口述；西村于 2005 年 6 月 8 日在石淑丽家中录音。

④ 声音资料。李永举口述；西村于 2005 年 9 月 15 日在李永举家中录音。

难。其他燕家台人与这些批判对象一起"侃山"、学习"毛主席语录"，还同样用最"新鲜"的"毛主席胸章"来装饰自己，而面对"满地都是"的大字报却又"不敢说不敢言"。①

燕家台始于"小四清那候儿"的政治风波，持续到 1976 年。这一

图 2—9　当年最"新鲜"的毛主席胸章

年，那些"跟着八路长大"的燕家台人为"周总理"和"毛主席"的去世悲痛万分，在村西岗子岭"革命烈士纪念碑"前举办了追悼会。在燕家台人的回忆中，燕家台以这次追悼会为重要转折点，基本上摆脱"搞社会主义"的狂热思潮和"斗批改"的社会动荡，转入相对稳定的下一个时段。

自"文化大革命那候儿"至今，现在中老年燕家台人较普遍地将其概括为"现在这候儿"。与前面几个时段不同，"现在这候儿"似乎缺少全村参加的特定事件，因此，燕家台人在这一时段的记忆散落在个人或小规模的群体上面，彼此之间的联系也相对较弱。作为燕家台的历史，现在燕家台人所叙述的过去主要把"文化大革命那候儿"作为终点。他们相对一致的口述史，在编制"燕家台的历史"的同时，还创造了一个"具有特定历史的燕家台"。

三　燕家台人的生活现场

我们所要回到的燕家台，位于特定的空间框架之内，并处在连续的历史进展之中。它是"现在这候儿"的燕家台人在此经营"山里生活"的生活现场。最后，大致描述"现在这候儿"的燕家台与燕家台人的日常生

---

① 声音资料。李明全口述；西村于 2005 年 10 月 27 日在李明全家中录音。

活，以了解燕家台人所谓燕家台此时此刻的基本概貌。

（一）"现在这候儿"的燕家台

改革开放后，大队的村落规划、主要产业的变化、人口的变动、个体经商的出现等，构成了"现在这候儿"的燕家台不同于"老人那候儿"的村貌。

在"文化大革命那候儿"结束之前，燕家台村域内的所有庙观都被拆毁。有的变为圈门，有的变为礼堂，有的变为小学，有的变为制糖厂，有的则变为一片废墟。直到 20 世纪 80 年代末老君观的最后一位主持富安过世时，[①]"尽庙"的燕家台便成为过去。从抗日战争时期开始，其他姓氏陆续来到燕家台。据燕家台村村委和门头沟区统计局的统计，2004 年燕家台共有 32 个姓氏、230 户、554 人，其规模在清水镇 33 个村落中排列第四。[②] 随着人口的增加，"现在这候儿"的燕家台扩大了居民区面积，并在"灯场"盖满了民房，事实上取消了"老人那候儿"的燕家台分为两个居民区的基本布局。如今，陈、高、柴、史等官兵后裔与其他姓氏在婚姻或居所上的制约早已成为过去，只留下了"官上"、"灯场"等地名。同样，在多姓杂居的居民区内，至今保留着"蔡家帮子"、"赵家胡同"等地名。到"老人那候儿"的古树消失之后，燕家台人依然把这些古树生长的地方叫做"小榆树前头儿"、"大槐树那儿"等。

彩图 4 是现在燕家台村落布局示意图现在燕家台人分别叫做"大乡"、"大场"的地点，也是原燕家台乡大队与"大谷场"的所在地。燕家台乡于 1958 年撤销后，燕家台大队、北京市交通局、个体经商等在"大乡"分别修建了 929 支线长途汽车站（青 1）、修车厂（青 2）、磨坊·水房（紫 1）、小卖部、药铺以及公厕；又在"大场"修建了村邮站（紫 2）。在"大乡"和"大场"中间为圈门（红 1），在圈门背后则是燕家台村党支部（紫 3）。目前，圈门一带是在燕家台行人最频繁的地方。作为交流场所，

---

① 关于富安去世的时间，燕家台人的记忆比较模糊。从访谈结果来看，富安大概死于 1983 年至 1990 年期间。

② 参见燕家台村村委会《清水镇燕家台村花名册、建党时间、干部奖励情况材料》，2004 年 11 月，内部资料；北京市门头沟区统计局《北京市门头沟区统计年鉴（2004 年）》，2004 年 4 月，内部资料。二者的统计数字有所出入。在《北京市门头沟区统计年鉴（2004 年）》中，燕家台的户数和人口分别为 254 户和 604 人。本文依从了燕家台村村委的原始数据。

此地便成为燕家台最大的拉家场地。

　　除了党支部、村邮站、磨房以及水房，燕家台大队还管辖礼堂（紫4）、蓄水库（紫5）、水塔（紫6）、果园和养鸡场（紫7）、发电站（紫8）、旅馆（紫9）、公园（紫10）等场所。除旅馆和公园以外，这些场所仍是在赵永成施行村落建设期间所建，或者是在他工作的基础上修建而成。但历经"吃食堂那候儿"的动荡岁月和改革开放以后的体制变化，燕家台因赵永成的村落建设而改变的村貌，仍然发生了变化。

　　如赵永成于1952年在老爷庙旧址修建的燕家台小学（红3），由于独生政策的普及和学龄儿童的减少，[1] 于20世纪80年代关闭，至今变为用来搁置煤炭的废墟。[2] 又如自20世纪80年代后半期出现"封山育林"的口号后，从燕家台基本上消失了那些

图2—10　原燕家台小学校

"养羊户"、"养牛户"在山中放牧的景观；村内的大队养牲场也变为附近居民在此烧垃圾的废墟；为了得到由大队每年补发的"补偿金"，燕家台人在耕地集中采种"棒子"、豆类以及果树等，不再种植影响玉米产量的麦子。[3] 再如门头沟政府于1983年决定把燕家台开放为旅游区之后，大队把旅游开发设定为改革开放后的发展目标，在西涧口建了旅馆，并修建了分别直达东西两涧的两条公路。石龙公司承包东西两涧、老君观（红2）、张仙港（红5）等景点，建立了"龙门涧度假村"。

　　面对燕家台在"现在这候儿"发生的变化，燕家台人在适应的过程中

---

　　① 据现任燕家台村委主任（村长）李文良介绍，2004年燕家台的育龄妇女共有174人，其中已婚141人，未婚33人，领证（独生子女证）60人。"单生子女政策搞得相当不错。"声音资料。李文良口述；西村于2005年3月21日在李文良家中录音。

　　② 2007年年初，此地又被人承包，如今变为个人旅馆。

　　③ 为了推广"育林"以改善首都的环境，大队每年给采种"棒子"或豆子者补偿一亩地30元，给种果树者则补偿70元。

也形成了与之相应的生活方式。如燕家台小学和中学关闭之后，村内的学龄儿童一般都在清水、斋堂等地上学。由于"又舍不得，又不放心"，[①] 只要条件允许，家长便搬到学校附近"陪读"，直到周末和孩子一起回村做活。再如燕家台大队以旅游开发为主的发展路线，使得"搞旅游"成为部分燕家台人的重要经济来源。虽然那些"占不了光"并"不待见"外地旅客的众多燕家台人对此采取"不管"的态度，[②] 每到旅游旺季，那些开"农家乐客栈"的个体户纷纷到洞口"拉客"，有些燕家台人还在旅馆"打临时工"。

图 2—11　冬季的"侃山"实景

"侃山"，也是燕家台直到"现在这候儿"才出现的一种谋生方式。今天燕家台人所谓的"侃山"不同于过去所谓"侃山活"，而是燕家台村委根据北京市和北京市郊区农村于 2004 年 12 月签订的协议，为了减少城乡经济差距而实行的养山就业制度。对平均年收入 3650 元[③]的燕家台人来说，"侃山"的月工资 400 元仍是一个不小的数目。养山就业制度实行以后，每年的报名人数逐渐增加。每天有100 余名燕家台人分组到周围山中，在"巡逻防火灾"的名目之下打柴、做针线活、"拉家"。这如今成为"现在这候儿"的燕家台不同于过去的常见景观。

无论从哪方面看，燕家台人在"现在这候儿"享受着不同于过去任何

---

① 声音资料。安久兰（女，1955 年生）口述；西村于 2005 年 3 月 29 日在安久兰家中录音。燕家台小学关闭后，安久兰跟随小学五年级的儿子到了清水。为了交纳一年 400 元的学费和杂费、每月 40 元的房租费以及 20 元的水费和卫生费，她还在清水找了一份工作。而绝大多数的家长在外地没有工作，承受着较大的经济压力。

② 参见本章一（四）"搞旅游的"项。

③ 北京市门头沟区统计局《北京市门头沟区统计年鉴（2004 年）》，2004 年 4 月，内部资料。

一个时段的现代生活。他们每天用来煮饭的是电饭锅，用来炒菜的大多是煤气灶。每逢过节，他们都要花钱"找人"做豆腐。而这些"做豆腐的"使用的也不是过去的石磨，而是"电磨"。每到冬季，他们和"老人那候儿"的燕家台人同样吃"涮羊肉"，但他们用的是电炉，吃的则是已经切成片的冷冻羊肉。除了萝卜、山药（即土豆）、白菜等"冬天三宝"，他们在冬季还可以买到各种蔬菜。农忙时节，"使得慌"的燕家台人也用不着下厨做饭，而买些冷冻食品或即食食品来"垫补垫补"。如今中间设有"二门"的四合院大多被改造为结构更合理、外贴瓷砖并设有不锈钢防盗门的"新房"。室内外安装暖气、洗衣机、太阳能热水器的家庭也不再是少数。至于冰箱、电视、缝纫机，今天反而很难找到没有这些家用电器的家户。由高粱制造的"炊帚"、用"棒子皮"编织的"草拍子"、利用植物油点火的"火把棍儿"等日常用具，开始由更耐用的"铁丝"、里装海绵的坐垫、塑料的打火机等所取代。至于吊车、葫芦瓶、酒篓、油灯、折叠式枕头等"老人那候儿"的日常用具已经基本上成为无人使用的"古董"。

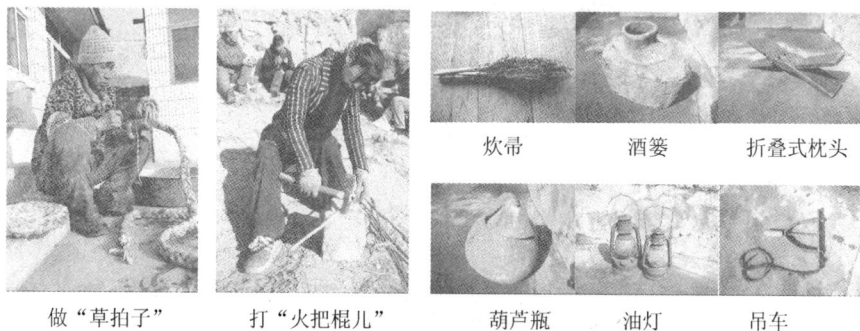

炊帚　　　　酒篓　　　　折叠式枕头

做"草拍子"　　打"火把棍儿"　　葫芦瓶　　　油灯　　　吊车

图 2—12　开始或已经成为"古董"的各种日常用具

"现在这候儿"的燕家台在通讯、交通、传媒等多方面的现代化，使得村域内部、村内与村外、"山里头"与"山外头"之间的交流变得更加方便、频繁。过去，燕家台人打电话主要是为了"问候外地的亲朋好友"、"订货"、"谈生意"，而如今"打麻将缺人"、"叫家人回家吃饭"等都有可能成为燕家台人拿起话筒的正当理由。随着"手机电塔"的建立，已有不少青壮年燕家台人随身携带手机或小灵通。他们"有什么事儿"便乘坐929支线长途公交车、"面的"、"嘣嘣儿车"、个人小轿车而出村到外。每到假期或夏季，这些车辆便运来"来旅游的"、回家探亲的儿女或"回来避暑的"。目前，绝大多数的燕家台人在家中安装了有线电视。为了收看天气预报，每到晚上 19 点半左右，那些出来"溜达"或"串门子"的燕家台人便从大街、胡同上消失。除了天气预报，各种文艺节目、大陆港台以及韩国的电视剧在燕家台大受欢迎，尤其在"老娘儿们"的拉家中，电视剧的剧情几乎成为不可缺少的常见话题。

图 2—13　秧歌晨练

"溜达"也罢，看电视也罢，打麻将也罢，这些都是在"老幼都上地挣工分"的时代结束后才出现的娱乐方式："那候儿一年都有活，就怕你不动事儿了。那候儿的人哪像现在这候儿〔的人〕，没事干，打麻将啊、玩儿啦。那候儿可不。"① 在燕家台人的表述中，"锻炼身体"与"玩儿"基本上是同义词，仍然是直到"现在这候儿"才出现的一种说法。天气晴朗的早晨或傍晚，总有些老年燕家台人出现在北京市体育局于 2004 年捐建的健身公园。他们利用各种健身仪器来"锻炼锻炼"。为了"锻炼身体"，每天早晨有些"老娘儿们"还在"大场"、健身公园、礼堂等地扭秧歌。除了秧歌，她们还从电视上不断地学习健美操、太极拳、"手盒舞"、"跳劲儿"等"新鲜"的各种舞蹈。不难想象，这种娱乐方式的多样化分散了燕家台人对拉家的兴趣，至少减少了他们每天花在拉家上面的时间。虽然在"现在这候儿"的燕家台还有几个被公认的拉家能手，其他燕家台人却很少专门去听他们拉家"书"或拉家"故事"。尤其在村内学校的关闭之后，这些拉家能手可能直接找不到他们的听众。尽管如此，拉家仍然是一种最简便的传统娱乐或最基本的交流方式。每天晚上，在大街胡同的路灯下面都会有人拉家。也有不少人带着手电灯"串门子"去拉家，直到天黑才

① 声音资料。赵永富（男，1934 年生）口述；西村于 2006 年 2 月 12 日在圈门录音。

回去。

　　对绝大多数的燕家台人而言，他们的生活条件如今得到了明显的改善。他们的现代生活无疑比"老人那候儿"更加方便，比"低标准那候儿"更加富裕，比赵永成实施各种村落建设时更加悠闲。尽管如此，当燕家台人在整个村落史中评估"现在这候儿"的燕家台时，却未必给予积极评价。男性中老年燕家台人倾向于追念和羡慕燕家台过去的某一时段，并对"现在这候儿"的燕家台表示危机感乃至失望；① 女性中老年燕家台人则更倾向于参照来自其他"山里头"各村或"山外头"的各种信息，认为"现在这候儿"的燕家台还不够方便、现代。换言之，通过燕家台人对"现在这候儿"与过去某一时段、或对燕家台与非燕家台之间所做的比较，"现在这候儿"的燕家台被编入到特定的价值体系之中。

（二）燕家台人的山里生活

　　只要"现在这候儿"的燕家台在特定的价值体系中得以定位，它自然获得对燕家台人而言的现实意义。对"现在这候儿"的燕家台人而言，燕家台不仅是一种有意义的社会空间，更是他们在此经营"山里生活"的生活现场。一方面，燕家台的空间框架与它作为乡土的表象，影响燕家台人的日常生活方式；另一方面，燕家台人通过日常生活的实践，去感知燕家台的空间框架与它作为乡土的表象。

　　燕家台人的山里生活，随着季节的变化而变化，并把阴历作为主要计时单位。从总体上看，燕家台人一年的山里生活大致可以分为"初春—初夏"、"盛夏"、"初秋—初冬"、"严冬"等四个阶段。

　　1. 初春—初夏

　　由于地势的关系，燕家台的气温平均低于北京市区 5℃左右。直到春分过后，冬天的寒气才逐渐为迟来的春暖所取代。随着气温的上升，冻僵

---

　　① 如李永忠为燕家台在"现在这候儿"所面临的老龄化趋势而担忧："现在我们这村儿啊，主要靠外地打工，别的没有。年轻的都出去了。"又如燕家台班子剧团缺少接班人的现状，让李明全心疼不已："老演员都死了，年轻的都出去了，他们也不喜好这个。"又如李兴华在听到村内发生盗窃案的消息后，便感慨说道："那候儿，秋天的时候咱们打捞核桃，捞地里的核桃，黄黄的，没人敢检。这候儿呢？你锁着门还敢抢着锁去的（di）。"均为声音资料。李永忠口述；西村于 2004 年 3 月 24 日在赵永清家中录音。李明全口述；西村于 2005 年 10 月 27 日在李明全家中录音。李兴华口述；西村于 2006 年 2 月 12 日在圈门录音。

的涧水和泥土开始融化，在一片褐色的山景中逐渐掺入一些绿色。燕家台人由此进入以"寒食"和春耕为中心的春季生活之中。

图 2—14　"弄了不少哈？"

从"寒食"前一周左右开始，燕家台人背起里装铁锨的背篓，分别到居民区周围的"棒子地"去"找渣滓（即刨除并烧毁去年收割后剩下的玉米根）"以备春耕。由于年轻人大多出外打工，不浇水而"靠老天爷"的土质僵硬，因此，燕家台人大多认为"找渣滓"时"最累"。与此同时，燕家台人也开始为豆子"搭架子"。由于用来做架子的"蓝荆子"一旦开花就变软，他们趁早上山砍伐理想的"蓝荆子"，并分多次背回家中"慢慢藏"。假如其他燕家台人在街上看到了，一般都会"打个招呼"："弄了不少哈？"、"还要多少？"这似乎可以说是在准备春耕期间最常闻的季节性问候语。

始自"找渣滓"或"搭架子"的春耕，中间在"寒食"期间暂时停止。或许因为燕家台在宛平县建制期间深受了辽、金、元朝重视清明节的影响，[①] 或许因为这是燕家台人唯一上坟的日子，"寒食"自古以来都是最受重视的节日。村外的非常住人口，即使不回来过年，"寒食"前两天都要回到村里祭祖："生活富起来了，想起祖宗来了。"[②] 村内的常住人口早在"寒食"前两周便开始拉家外地的儿女回家与否，并为过节时的饭菜和供品而操心。

燕家台人所谓"寒食"包括"上新坟"、"上老坟（或称小清明）"、"大清明"三天。在"上新坟"前一天上午，与死者有血缘关系的或平常

---

① 最早谈及北京城区与"山里头"的地方史志《析津志辑佚》记录："清明寒食，宫廷于是节最富丽。"［元］熊梦祥著、图书馆善本组辑《析津志辑佚》，北京古籍出版社 1983 年版，第 202 页。

② 声音资料。李文良口述；西村于 2005 年 3 月 23 日在李文良家中录音。

来往的燕家台人，提前把三升面粉送到"上新坟人家"，借此最后一次"上供"。第二天凌晨，"上新坟人家"便到坟地祭祀刚过世的家属，回家后便请村内外的亲朋好友吃饭。清明节当天为"上老坟"。燕家台人的祭祖以上两代为界限。至于其他"老祖宗"，因

图2—15　"送面"到"上新坟人家"

"太远"① 或"知不道叫啥"② 便不予以供奉。此日上午，周围山中鞭炮声四起，燕家台便笼在烟雾之中。由于清明节不算公假，上完坟、吃完早饭之后，回家祭祖的外地儿孙便开始离开燕家台。

　　"上老坟"后的"大清明"为"和尚上坟"的日子。但到老君观的最后一位主持富安去世之后，此日已经没有和尚上坟。对"现在这候儿"的燕家台人而言，"大清明"大概意味着清水小学校的学生到东涧革命烈士碑上坟的日子，似乎失去了节日的意义。此时，以"上老坟"为高峰的节日气氛迅速下降，燕家台人开始恢复原来的生活节奏。

　　虽说"寒食，寒食，过了寒食还得冷十天"，③ 由于"春天不忙，秋后无粮"，④ "寒食"刚结束，燕家台人便"上地"着手春播与春耕。虽然在春耕期间还有由石龙公司举办的张仙港三月三庙会，燕家台人几乎没有把这座"石龙的"庙宇及其庙会视为他们日常生活的组成部分。⑤ 庙会当天，燕家台人在张仙港脚下的"棒子地"，整天种菜、"埋山药"，或者上

---

　　① 声音资料。杨维花口述；西村于2005年3月30日在药房笔录。

　　② 声音资料。王德云口述；西村于2005年4月1日在赵永清家中笔录。

　　③ 这是在燕家台极其普遍的说法，也十分适合燕家台的气候特征。李永照认为，过去老人说的寒食，实际上是"寒十"。声音资料。李永照口述；西村于2006年3月24日在赵永清家中录音。

　　④ 声音资料。赵永清口述；西村于2004年4月7日在赵永清家菜园笔录。

　　⑤ 详见西村真志叶《庙会的裂变——以北京市门头沟区燕家台村的张仙港三月三庙会为例》，《百花山》（民俗专刊），2005年第3期。

午做农活下午打麻将、找人拉家。与之相比，位于燕家台与李家庄村界的药王庙及其庙会，作为一种"老人那候儿"的记忆，仍然存在于燕家台人的生活之中。虽然药王庙早在"文化大革命那候儿"被拆毁，"现在这候儿"的燕家台人，每逢四月二十八依然保持食用油条和凉粉的习俗。[①]

图2—16　"老娘儿们"修公路

张仙港三月三庙会之所以没有得到石龙公司的充分重视，有一个原因在于阴历三月三还不到旅游旺季，不能期待太大的经济效应。燕家台的旅游旺季，直到"五一"才迎来高潮。为了迎接旅客，在"五一"前两周左右，石龙公司的门头沟职员集体上山，并与燕家台职工一起对"龙门涧度假村"进行准备工作。燕家台大队和个体的旅馆、"农家乐客栈"也开始整修设备和周围的树木。除了旅游业，在"五一"前两周，燕家台大队和部分燕家台人也还着手修路、盖房、整治果树。此时，还有不少"山外头"的打工者来到燕家台，集体住在西涧口的"大棚"之中。

　　"五一"期间，各种车辆不断地出现在上燕路上。无论是在旅馆临时做活的打工者，还是经营"农家乐客栈"的个体户，还是盼望儿女回家的中老年人，燕家台人又开始忙于接待工作。此时，最劳累的"找渣滓"已经结束，燕家台人的精力也比"寒食"期间更为充足。因此，他们可以把外地朋友带到东涧观光，与"寒食"期间未能回家的"闺女"边拉家边绣鞋垫，采摘公路边的杨柳嫩芽或"香椿叶儿"来做些"新鲜菜"等。

　　"五一"再过20天左右，香椿树又长出嫩芽，燕家台人便二次采摘"香椿叶儿"。此时在阴历上是端午。但端午并没有受到燕家台人的重视，

---

　　① 阴历四月二十八之所以食用油条和凉粉，似乎与药王无关，主要是因为"开先那候儿，天热了，夏天的庙会都卖油条和凉粉。"声音资料。赵永清口述；西村于2005年6月4日在赵永清家中录音。

除了"现在这候儿"的燕家台人，"过去老人们都不过"，[①] 甚至"开先那候儿都不怎么过"。[②] 端午前后便是芒种。正如燕家台的俗语"芒种，抢种"所形容的，燕家台人始于"寒食"前的春耕直到芒种才结束。

2. 盛夏

春耕结束以后，燕家台人暂时进入短暂的农闲期，把一天的时间分配到做家务活、打麻将、拉家、"锻炼身体"等各种活动上面。等到"菜园子"和"棒子地"出苗或杂草丛生时，他们便开始上地，间苗、除草、打农药等。到收

图 2—17　"除二遍"

获之前，燕家台人一般共上两三次地，分别称"除一遍"、"除二遍"、"除三遍"。由于每次上地间隔两周左右，在"除遍"期间，农闲期和劳作期反复交替出现。到"除三遍"之后，燕家台人进入较长的农闲期，偶尔给"菜园子"浇水、打药，至于"棒子地"完全"靠老天爷"。

随着日晒时间的变长与气温的上升，燕家台开始被一片绿色所包围。夏至过后，"菜园子"结满了各种蔬菜、葡萄以及金银花等。每天早上，燕家台人背负篓子或手持菜篮子，到各家的"菜园子"去摘菜。由于各家播种的菜种不同，燕家台人经常把摘好后的蔬菜、水果、茶花等送给其他燕家台人。这种出现在燕家台人之间的交换行为，似乎可以说是在盛夏生活中不可缺少的交流方式。除了"菜园子"，此时山沟中的杏子树也挂满了果子。这些"老辈子留下来的"杏子树被视为"谁愿意摘谁就摘"[③] 的共同财产。除了杏子树，东西两涧周围的各种山菜、野菜都是燕家台人所分享的村产。

直到大暑，燕家台便迎来盛夏。虽然夏季气温低于北京城区，或许只

---

① 声音资料。赵正英口述；西村于 2005 年 6 月 6 日在赵永清家中笔录。

② 声音资料。赵永清口述；西村于 2005 年 6 月 6 日在赵永清家中录音。

③ 声音资料。赵正英口述；西村于 2005 年 6 月 7 日在赵永清家中笔录。

有外来者才能感觉到这里的凉爽，但对常住人口而言，夏季的燕家台仍然"很热"。他们开始喝"凉白开（即凉水）"和"黄豆水分粥"[①]等凉粥，还凉吃各种蔬菜，以"驱热"。但燕家台相对凉爽的气候，仍然引来不少"山外头的"和"回来避暑的"。每年"回来避暑的"的人数都有一百人以上，村内人口在盛夏期间便达到高峰。由于盛夏期间农活较少，家中有丰富的蔬菜，燕家台的常住人口一般都欢迎他们的到来。燕家台的常住人口和"回来避暑的"每天一起打麻将、"锻炼身体"、拉家，以此进行带有季节性的交流。

　　3. 初秋—初冬

　　燕家台短暂的夏季持续到处暑。白露过后，气温开始下降，"回来避暑的"陆续下山。此时，"棒子地"变为一片黄土色，散落在"棒子地"上的核桃树也挂满了果实，在"菜园子"还有大量的蔬菜需要储存。燕家台人由此结束夏季的农闲期，转入以秋收为中心的秋季生活之中。

　　从白露前后，燕家台人便开始忙于秋收。在秋收期间，他们每天清晨背着篓子，纷纷到各家的"棒子地"收割各种粮食。从"棒子地"运回到家中的粮食，经过必要的处理之后，分别在库房、床底下等阴凉处储存到下一年。"菜园子"的部分蔬菜，也分别经过晒干、腌制，腌后再晒干等必要处理而得以储存。正如"老人那候儿"的俗语"六月的草，腊月的宝"[②]所形容，燕家台冬季缺菜，这些被存放的蔬菜将会成为燕家台人的冬季生活乃至春季生活中不可缺少的食物。

　　白露过后，承包核桃树的燕家台人，请村内的亲属或好友帮忙打

图 2—18　"打核桃"

---

　　①　即掺入少量黄豆的小米粥。冬季的小米粥称"粘粥"，要又热又粘；夏季的小米粥则称"黄豆水分粥"，要凉，也不可煮烂。

　　②　声音资料。赵永清口述；西村于 2005 年 4 月 6 日在赵永清家中笔录。

核桃。也有不少住在"山里头"的儿孙、亲家兄弟等为此回来帮忙。从村外请来帮手的燕家台人，在家中摆酒席，恭敬的款待他们。对于村内的帮手，则按照"你帮我，我帮你"的劳动原则，等到他们"打核桃"时帮忙。直到打完核桃之后，燕家台人还多次到"棒子地"，捡拾当时没有"拾净"的若干核桃。只要首次"拾核桃"结束，那么，这些剩下的核桃事实上被视为"谁愿意捡，谁去捡"的共同财产。因此，他们趁早在自家核桃树下"拾净"所有核桃，与此同时，抢先到别人家的"棒子地"捡拾。在"拾核桃"期间，收购核桃的卡车来到燕家台。买卖核桃是每年都出现在燕家台人和其他"山里头的"或"山外头的"之间的季节性交流，在其中"便宜不卖，留着自个儿吃"的燕家台人始终占据主导地位。

在"老人那候儿"，秋收期间的八月十五是较受重视的节日。而在"现在这候儿"的燕家台，已经无人进香拜月兔，只留下了"小的给老的"送月饼、各家吃毛豆的"老规矩"："老人那候儿都说月亮是个兔。兔爱吃毛豆，毛豆是给它吃的。这候儿的人都知道月亮不是个兔（笑）。不科学啊。"[1] 由于阴历八月十五未必是周末，它和阳历"十一"也较为接近，因此，回家过节的外地儿女大多是住在"山里头"各村的非常住人口，至于住在"山外头"的非常住人口很少回村。与"五一"同样，"十一"期间的929支线长途公交车的客运量大幅度增加，从上燕路断断续续上来各种车辆。到"十一"结束时，离村人数远远多于进村人数。这主要是因为那些"回家避暑的"一般都在过完"十一"之后开始离开燕家台，直到过年乃至"寒食"时再上山回村。

此时，燕家台的气温下降到10℃左右，早晨与夜晚都较寒凉。寒露便是燕家台的秋天末梢，直到寒霜，转入漫长且严酷的冬季之中。

4. 严冬

寒露过后，燕家台的"菜园子"和"棒子地"开始冻僵，东西两涧的涧水也逐渐结冰，四周则变为弥散白雾的灰色山景。在农闲期的闲适与节日前后的忙碌之中，燕家台人便度过以春节为中心的冬季生活。

秋收结束后的燕家台进入一段农闲期。"老人那候儿"的"过年"，始于冬至并持续到阴历"二月二"。但在"现在这候儿"的燕家台，冬至却没有特殊的节日活动，燕家台人照样去"侃山"、做家务活，并在悠闲的

---

[1]　声音资料。赵勤英口述；西村于2005年9月17日在赵勤英家中笔录。

气氛中打麻将、串门子、看电视等。"现在这候儿"的燕家台人所谓"过年"始于小年。虽然灶火边的"灶爷"及其祭祀活动在"文化大革命那候儿"消失，但是"现在这候儿"的燕家台人至今保留了小年当天下午吃素饺子的"老规矩"和"老人那候儿"的套语——"灶爷走了，我在家就是最大的了"。[①] 对"现在这候儿"的燕家台人而言，小年也是大队发放独生子女费的日子。此日，忙于做家务活、准备过节的燕家台人，抽空到燕家台党支部去领取或"代领"独生子女费。

图 2—19　年前"搞卫生"

小年前后，燕家台大队组织"侃山"的燕家台人在村内进行"搞卫生"。由于"搞卫生"与"侃山"同样算工分，只要早上听到村委广播此日为"搞卫生"，燕家台人便准备扫厨、铁锨、背篓，分别到大街、狸狐沟等地扫地、烧埋生活垃圾。与此同时，"燕家台梆子剧团"为初二的演出进行年前排练。在燕家台人看来，有百年传统的唱戏不同于"玩儿"。因此，与"搞卫生"、"侃山"同样，剧团团员参加排练也算工分。团员们每天上午八点半至下午两点、晚上六点至九点准时到礼堂，维修舞台设备、准备道具、排练剧目、合奏乐器等。

从腊月三十左右开始，外地的儿孙和未婚女儿纷纷回到燕家台。但与"寒食"不同，此时天气寒冷，有些老年燕家台人被接到"山外头"的儿孙家，因此，在"过年"时的燕家台不见人口激增的现象。腊月三十上午，仍有不少燕家台人遵守"老人那候儿"的"老规矩"，供奉已故的父母和祖父母。当天下午，这些"请回来过年"的已故家属与燕家台人一起吃"豆子米饭"和长寿面作为"接年饭"。饭后，他们都在家"守岁"，大街胡同几无人影。在"老人那候儿"，"守岁"意味着男性燕家台人在院

---

① 声音资料。赵永清口述；西村于 2006 年 1 月 22 日在赵永清家中录音。

子里燃烧"柏树圪垯（即柏树根）"，并把火看到天亮以"避邪"；而"现在这候儿"的"守岁"主要是常住人口与外地亲属边拉家边打麻将或收看春节联欢晚会，为的是等到初一凌晨零点放鞭炮。

从正月初二上午开始，邻村乃至"山外头"的亲属陆续来到燕家台"拜年"，外地儿孙和青壮年常住人口也在村内"串门子"。那些换上新衣裳的老年燕家台人则留在家中，忙于接待。在"老人那候儿"，已出嫁的女儿只有过了"破五"后才能允许"出远门"回家。而由于假期的关系，"现在这候儿"的燕家台人已经基本上取消这种"不科学"的"迷信说法"。这些来自村外的非常住人口与外地亲属，在"破五"前后陆续离开燕家台，有些"请回来过年"的已故家属也再被"请回去"。虽说"十五过后总算把年过完了"，[①]但是无论是在"老人那候儿"还是在"现在这候儿"，燕家台都没有十五吃元宵的"老规矩"。自从娘娘洼的天仙会消失，燕家台在正月十五也没有任何节日活动。直到"破五"上午放完最后一次鞭炮，燕家台人便扫地，开始恢复原来的生活节奏。

与"十五"同样，自龙王庙被拆毁，"二月二"如今也成为一种仅存在于挂历上或记忆中的节日，只留下了"二月二不动针"的祃祃礼。[②] 在"二月二"前后，东西两涧的涧水开始融化，每天都会有不少喜鹊飞到冰面来喝水。但燕家台的严冬直到张仙港的"张仙泉"融化时，才被视为结束。只要"张仙泉"融化，东西两涧的涧水就不再结冰，燕家台人以此为标志，又开始转入他们的春季生活。

从总体上看，燕家台人在季节的推移中，构成了相对一致的生活节奏和时间安排。我们稍后谈到，这种生活节奏与时间安排使得拉家编入到"熟悉的社会"之中，并赋予它与之相应的位置。与此同时，拉家又组织和维持着这种相对一致的生活节奏和时间安排。若无拉家，他们的"山里生活"甚至难以正常运行。

---

① 声音资料。赵永清口述；西村于 2006 年 2 月 12 日在赵永清家中录音。

② "老人那候儿"的燕家台人规定，在阴历正月二十三至二月初二之间不做针线活。这 10 天称"讳日"，有"全天讳"和"半天讳"之别，每个"讳日"都有相应的前因后果，如正月二十八动针则感染肋膜炎、二月初一动针则患上梅毒等。其中，"二月二"上午禁止动针的原因，便是此时龙王要"抬头"，动针怕伤了龙眼。今天，不少老年燕家台人仍然遵守这一"老规矩"，而中青年燕家台人往往认为这是"老人那候儿"的"迷信说法"。

小　结

本章对燕家台人所谓"燕家台"做了大概的描述。它是燕家台人根据特定的空间感觉、历史记忆、日常活动安排来建立的生活世界，是他们通过与外部之间的交流、知识的传承、日常生活的实践等渠道而体验到的一种主观世界。在此意义上的"燕家台"，或许是相对于"山外头"而言的"山里头"，或许是在"开先那候儿"曾经被皇帝看好的风水宝地，或许是燕家台人生长于此的生活现场。但无论如何，燕家台人把相关的社会文化知识连接于"现在这候儿"的"燕家台"，使之成为他们的故乡，并生活在其中。

当然，本章的描述只是笔者通过一定的体系化手续而建构的产物，任何一个燕家台人在原理上都无法承载这种均质的、全面的社会文化知识。尽管如此，为了反思传统体裁学，我们仍有必要提出"回到田野"的口号乃至宣言，并将其作为本研究的起点。正如上述，传统体裁学将体裁视为书面文本的集合体，并在类型化或抽象化的过程中摒弃了每个文本所折射的地域性。在其知识框架内部，体裁的生态信息被忽略，或者消失在统计数字的背后，原有的地域性与多样性为普遍性与同一性所取代。在此情况下，我们首先必须走近被研究者主体，走近他们在此实践体裁的生活世界。这有助于我们认识到一点，即：虽然拉家是日常生活中极其常见的语言活动，也不是燕家台特有的话语形式，但对正在"燕家台"经营"山里生活"的燕家台人而言，它仍然是唯一的，也是不可缺少的。同样，本书所关注的拉家不是"聊天儿"的方言土语，也不是在其他地方被叫做"拉家常"、"拉呱儿"的类型，而是燕家台人在燕家台所理解、实践、运用的那个拉家。

在确认这一点的基础上，我们从下一章开始，将40岁以上的中老年燕家台人大概地视为一个具有相近背景的共同体，继续考察拉家在他们眼中是怎样的一种体裁。

第 三 章

体裁概念的共同理解及其位相

——燕家台人眼中的拉家

拉家是什么？关于拉家的含义，我们可以在第二章的基础上缩小其范围，即：拉家是燕家台人正在他们的生活世界中所理解、运作和实践的体裁。只要涉及"燕家台人"，这里所谓体裁便不再是普遍性概念，它自然远离严格的科学性原理，并依附于特定社会成员的逻辑与生活形式。

从日常生活的经验层面看，拉家仍是一种模糊的日常概念，燕家台人又在不自觉的情况下运用它。而这种概念的模糊性或运作的不自觉性，并不影响他们之间的沟通。这主要是因为燕家台人对拉家的概念及其运用方式达成了一定的"共同理解"①。这是燕家台人眼中的拉家，也是我们所要理解的体裁概念。作为体裁研究的第二步，本章从燕家台人的日常经验或生活实践的层面，倾听他们有关拉家的话语，观察拉家反复出现在怎样的典型场景中，以描述燕家台人如何理解与运作拉家概念。

---

① 常人方法学中，共同理解又称"背后期待（background expectancies）"。叔茨便是最早对此进行记录的社会学家。他在有关日常生活世界的现象学研究中，将其称为"日常生活的态度（attitude of daily life）"，并把通过这种态度而看见的日常性场面叫做"不言自明的、被公认的世界"。本文便采用了常人方法学的倡导者加芬克的术语。参见ハロルド・ガーフィンケル《日常活动の基盤―当たり前を见る―》，ジョージ・サーサスほか《日常性の解剖学―知と会话―》，北泽裕、西阪仰訳、マルジュ社2004年版。

一　燕家台人的拉家概念

(一) 基本分析工具的导入——非拉家

对燕家台人而言，如何理解和运作拉家概念都是不言而喻的常识[①]，正如常人方法论的各种实验性研究成果可以说明，为了把握这种共同理解并对此进行描述，最简便的方法，便是人为地创造出这种共同理解的不在场。就如我们在教会小孩走路时会发现自己平时如何伸出左右两臂来取得平衡一样，平时视而不见的常识，在与不具备这种常识的他者之间的交流中易于显化。笔者在预备调查与早期专题调查中，利用自己作为外来者的身份而获取了声音资料。但为了阐释对这些资料，我们还需要一些基本分析工具。这里所要导入的基本分析工具，便是与拉家相对应的操作概念——"非拉家"。

虽然拉家在燕家台是极其常见的语言行为，却不是燕家台人唯一的话语形式。除了拉家，燕家台人的生活世界中还存在着多样化的各种话语形式，拉家乃是其中之一。与拉家同样，这些话语形式在燕家台几乎都有专称。有的明确被区分于拉家；有的几乎被认同于拉家；有的按照语境的不同，既可能被区分于拉家，又可能被认同于拉家。由于我们只需用来突出拉家属性的参照对象，暂且不论燕家台人在不同语境下对此有何看法，因此凡是他们通过不同于拉家的名称而命名的话语形式，本书称之为非拉家。就如潜意识只存在于与意识之间的关系中，这里所谓非拉家不是实体，也不是简单意义上的现象，而是与拉家之间的一种关系。它通过拉家，作为影响拉家的作用，存在于拉家之中。

那么，在燕家台，这种非拉家可命名和指涉的体裁主要有哪些？显然，即使我们努力搜集燕家台人的所有非拉家，只能是徒劳无益。下面，只列举一些笔者通过三种渠道而搜集的若干常见话语形式名称。

---

① 这种常识也可以说是英国社会学家吉登斯（A. Giddens）所谓"在人类社会互动中被视为理所当然的公有知识（Mutual Knowledge）"。［英］安东尼·吉登斯：《社会学方法的新规则——一种对解释社会学的建设性批判》（Anthony Giddens, *New Rules of Sociological Method: A Positive Critique of Interpretative Sociologies.* Blackwell, 1993），田佑中、刘江涛译，文军校，社会科学文献出版社2003年版，第180页。

首先，笔者通过与燕家台人的长期相处，从燕家台人的自然表述中获取了若干的常见非拉家名称，包括："说话儿"、"聊天儿"、"闲聊"、"拉古"、"吵架"、"闹意见"、"骂人"、"说笑话"、"胡拉家"、"胡说"、"胡编"、"广播"、"打电话"、"唱词"、"调查"、"发言"等。由于燕家台人在自然条件下所提到的体裁名称相对有限，笔者另外采取了两种人为操作：

1. 在燕家台村域内遇见正在说话的燕家台人时，对参与说话者或周围的非参与者进行了提问："干啥呢？"面对笔者的提问，66 位（18 组、4 位个体）被提问者，对说话者的语言行为做了与之相应的命名，包括："说话儿"、"聊天儿"、"拉古"、"讲故事"、"商量"、"说笑话"、"胡拉家"、"骂人"、"闹意见"、"个人磨叨"、"汇报"、"说书"、"研究"、"探讨"、"说悄悄话"等。

2. 从燕家台出身的地方精英所做的记录中挑出反复被使用的体裁名称，对随机抽选的 30 位燕家台人进行了提问："知道××（非拉家名称）是啥意思？"笔者所提到的体裁名称有"批评"、"调查"、"造谣"、"评书"、"讲神话"、"传说"、"谚语"、"歇后语"等。其中，对"批评"、"造谣"、"评书"、"讲神话"、"传说"，所有被提问者都回答"知道"，并运用相对一致的解释框架对此进行了阐释；而"歇后语"和"谚语"似乎不属于燕家台人的语用常识，有 27 位被提问者回答"不知道"，回答"知道"者也主要根据语音或发挥联想来推测语义，如"歇后语是不是刚结婚的两口子说的甜言蜜语？"[①]"谚语（被提问者将其理解为言语）可能是说话的方言土语"[②] 等。

通过观察与提问，共搜集到了 25 种非拉家名称。其中，有些名称往往与其他名称同时出现，如"大伙儿在吵、闹意见"、"他们又闹意见了，早些个瞅见××骂她老爷子来着"、"××他都是个人胡编、胡说"、"大伙儿一块儿研究研究，探讨探讨"等。为了论述方便，这里把燕家台人经常并举连用的几种非拉家名称，归纳为一种。另外，被提问的 30 名燕家台人均把"传说"理解为"从一个人到另一个人传话"，既指"现在这候儿的人相互传开的话"又指"过去的老人传下来的话"。总的来说，将"传说"理解为"现在这候儿的人相互传开的话"者大多为女性，她们往往把

---

① 　声音资料。陈全芳（女，1960 年生）口述；西村于 2005 年 4 月 10 日在小卖部录音。

② 　声音资料。李文学（男，1957 年生）口述；西村于 2005 年 3 月 29 日在李文学家中录音。

"传说"放在一个时段中理解，并较普遍地认为它是"不好"的，就如"造谣"一样；把"传说"理解为"过去的老人传下来的话"者大多是男性，他们往往将其放在两个以上的时段去理解，其中有三位被提问者还纠正笔者，"从古代流传下来的，这个传给那个人。拉家个传说在这儿叫拉古"。① 因此，这里暂且将这两种意义上的"传说"分别纳入"造谣"与"拉古"之中。与此相似，所有被提问者基本上都认为"神话"是"想象中的古代故事，就像咱们拿来唱戏的《三国演义》、《西游记》"，是一种"胡说"。② 其中有两位被提问者纠正笔者："这边儿的人不说是拉家个神话，就说拉古。"③ 因此，这里也不单独列举"讲神话"，将其归纳为"讲故事"、"胡说"以及"拉古"。

至此，我们确认了燕家台人的 21 种常见话语形式，将其作为本书所谓非拉家的主要指涉对象，即："说话儿"、"聊天儿（闲聊）"、"拉古（传说、神话）"、"说书（评书）"、"唱词"、"讲故事（讲神话）"、"说笑话"、"胡拉家（胡编）"、"胡说（胡编、讲神话）"、"闹意见（吵架、骂人）"、"商量"、"说悄悄话"、"造谣（传说）"、"广播"、"打电话"、"研究（探讨）"、"汇报"、"批评"、"调查（采访）"、"磨叨"、"发言"。

（二）拉家的概念外延

在初步把握燕家台人的常用话语形式之后，笔者向随机抽选的 140 名中老年常住人口提问"拉家和××（前面 21 种非拉家名称）是一样吗？"，并请他们对这些非拉家与拉家进行了区分。由于被提问者的回答内容，因年龄与性别的不同而显示出了不同的倾向，下面按照被提问者分别体现在年龄和性别层次上面的区分倾向进行概括：

从表 3—1 中，可以看出如下几点：

1. 不同年龄层次的燕家台人，对拉家有着相对一致的看法。一方面，他们根据这种看法，将拉家明确区别于诸如"调查"、"研究"、"发言"、"汇报"、"广播"、"批评"、"闹意见"、"造谣"、"胡说"、"磨叨"、"唱词"

---

① 声音资料。赵永远（男，1953 年生）口述；西村于 2005 年 3 月 27 日在赵永远家中录音。

② 声音资料。梁万庆（男，1963 年生）口述；西村于 2006 年 1 月 21 日在礼堂录音。

③ 声音资料。李兴华口述；西村于 2005 年 3 月 26 日在赵永清家中录音。

等非拉家；另一方面，又根据同样的看法，往往把"聊天儿"、"说笑话"、"讲故事"等非拉家认同于拉家。尤其是 70 岁以上的男性老年人，他们对拉家具有较为狭窄的固定理解。随着年龄的下降，这种理解的相对一致性逐渐变得模糊。

表 3—1　　　　　　　中老年燕家台人有关拉家与非拉家的区分

年龄性别	与拉家同样与否	参照非拉家																			
		聊天儿	说话	调查	研究	发言	汇报	广播	批评	商量	说悄悄话	闹意见	造谣	胡拉家	胡说	磨叨	电话	唱词	说书	拉古	说笑话	讲故事
70 岁以上男性	同样	20	2														1		19	18	2	
	不同		18	20	20	20	20	20	20	20	20	20	20	20	20	20	19	20	1	2	18	20
	不知道																					
69—55 岁男性	同样	24	11	1	2	2	1			2	1			4	1		8	1	9	11	23	23
	不同	1	14	24	23	25	24	25	25	23	24	25	25	21	24	25	17	24	16	14	2	2
	不知道																					
54—40 岁男性	同样	23	9		2	1	3			2	2		1	7			21		4	11	24	23
	不同	2	16	25	23	24	22	25	25	23	23		24	18	25	25	4	25	21	14	1	2
	不知道																					
70 岁以上女性	同样	20	6							7	4		1	4			18			3	25	23
	不同		14	19	20	20	20	20	20	18	21	25	24	21	25	25	7	25	25	22		2
	不知道				1																	
69—55 岁女性	同样	25	17		1					7	4		1	4			18			2	25	23
	不同		8	25	24	25	25	25	25	18	21	25	24	21	25	25	7	25	25	22		2
	不知道																			1		
54—40 岁女性	同样	25	21				1			9	5		1	7			22			3	24	24
	不同		4	25	25	25	24	25	25	16	20	25	24	18	25	25		25	25	22	1	1
	不知道																					

2. 代差最明显地体现在"拉古"、"说书"、"胡拉家"、"电话"等非拉家上面。年龄较大者对"拉古"和"说书"有着近于拉家的理解；年龄较小者则对"胡拉家"有着近于拉家的理解，并往往认为通过"电话"仍然可以拉家。

3. 性别差异最明显地体现在"拉古"、"说书"、"商量"、"说悄悄话"等非拉家上面。男性对"拉古"和"说书"的理解与拉家相对接近；女性对"商量"和"悄悄话"的理解则更接近于拉家。

假如我们再参考青少年燕家台人的区分倾向，可以更清楚地看到以上三点：

表 3—2　　　　青少年燕家台人有关拉家与非拉家的区分①

年龄性别	与拉家同样与否	参照非拉家																				
		聊天儿	说话	调查	研究	发言	汇报	广播	批评	商量	说悄悄话	闹意见	造谣	胡拉家	胡说	磨叽	电话	唱词	说书	拉古	说笑话	讲故事
39—20岁男性	同样	13	2			2					3	3			9	1		12	2	3	14	14
	不同	2	13	15	15	13	15	15	15	15	12	12	15	15	6	14	15	3	13	12	1	1
	不知道																					
20岁以下男性	同样	10	6	3	1		2		5	3	4		3	7	4		10	1	1	1	7	6
	不同		4	7	6	10	6	10	5	7	6	10	7	3	6	10		7	5	5	3	4
	不知道				4													2	4	4		
39—20岁女性	同样	15	10			1					7	7			3	9		14		3	15	15
	不同		5	15	14	15	15	15	15	8	8	15	12	6	15	15	1	15	15	11		
	不知道																			1		
20岁以下女性	同样	10	7	5	2		1		3	7	7	2	3	7	3		10			1		6
	不同		3	5	6	10	8	10	7	3	3	8	7	3	7	10		7	5	3	10	4
	不知道				2		1											3	5	6		

显然，与中老年燕家台人相比，青少年燕家台人对拉家的理解相对松散，拉家与各种非拉家之间的界限更加流动。虽然中老年燕家台人体现在"说悄悄话"与"商量"上面的性别差异仍然存在，但"拉古"与"说书"并没有在男女青少年燕家台人之间形成明显的区分倾向。这并不是因为他们一致认为这两种非拉家不同于拉家，而是因为他们已经开始不解其意。

---

① 正如上述，由于村内学校的关闭和外出打工者的增加，燕家台的人口老龄化较为严重。这里的青少年燕家台人大多是周末从学校回家的学童、"寒食"期间回村上坟的年轻打工者，而不是常住人口。因此，表3—2中的统计只是参考数据。

无论是男性还是女性，所有青少年燕家台人对"胡拉家"、"胡说"、"悄悄话"、"批评"等非拉家有着近于拉家的理解。尤其是"打电话"，已经成为他们拉家的常用手段。

从以上统计结果中，我们在一定程度上可以了解燕家台人有关拉家与非拉家的分类感觉。如被提问的 70 位男性中老年燕家台人中，有 94％认为"聊天儿"与拉家同样，却无人认为"广播"与拉家同样。这意味着，"聊天儿"与拉家在男性中老年燕家台人的分类感觉中是十分接近的体裁，而且他们意识到，即使用"聊天儿"来取代拉家一词也不会出现严重的交流障碍；同样，在男性中老年燕家台人的分类感觉中，"广播"与拉家之间存在较大距离，而且他们还意识到，由于这两种不同名称的体裁一般不可能混淆在一起，假设用"广播"来取代拉家一词，他们与别人之间的交流难免出现混乱。亦即，在不同年龄与性别层次的燕家台人的分类感觉中，拉家与各种非拉家之间分别保持着被认为适当的距离。换而言之，拉家与非拉家根据燕家台人对拉家的共同理解，在彼此之间形成了一定的关系性。

彩图 5 为不同年龄与性别层次的燕家台人，根据有关拉家的共同理解而组织的拉家与非拉家之间的关系性示意图。

图中最中心的圆圈表示，被提问者在被提问与解答的过程中始终放在中心位置的拉家。在中心圆圈外边的圆圈表示非拉家与拉家在燕家台人的分类感觉中所保持的距离。各种非拉家根据燕家台人的共同理解，在其中可以获取与之相应的位置。从里到外依次指示：将其认同于拉家者的人数占总数 80％以上的非拉家、将其认同于拉家者的人数占总数 79.9％—60％以上的非拉家、将其认同于拉家者的人数占总数 59.9％—40％以上的非拉家、将其认同于拉家者的人数占总数 39.9％—20％以上的非拉家、将其认同于拉家者的人数不到总数 20％的非拉家。

非拉家与拉家在燕家台人分类感觉中的距离，似乎可以说明非拉家在燕家台人的日常经验中可能被命名为拉家的概率。亦即，在燕家台人的分类感觉中，越是接近拉家的非拉家，在生活层面可能被命名为拉家的概率越高，反之亦然。至于"广播"、"闹意见"、"磨叨"等部分非拉家，燕家台人对此进行明确的区分，将其命名为拉家的概率几乎为零。这种非拉家能够在与拉家之间构成相应关系的最大距离，或者说是可能被命名为拉家的非拉家的无限集合，在原则上——而不是作为严格意义上的规则——构成了燕家台人所谓拉家的概念外延。在日常生活的层面，它并非是潜在于燕家台人抽象思维中的精神论现象，而是作为一种命名而存在。

当然，当我们用象征符号来区分概念时，界限便成为不可忽略的重要因素。英国人类学家利奇（E. Leach）曾经把界限比喻为划在地面上的分界限，并指出界限只能存在于对象之间，我们无法对对象本身划分界线，而划在地面上的分界线本身占有面积，这种界限便成为一种非 A 非 B 的"无主地带"。① 沿着这种观点看，诸如"调查"、"研究"、"汇报"、"造谣"等，便可以说是处在这种"无主地带"的非拉家。虽然它们在燕家台人的日常经验中被命名为拉家的概率相当低，却仍然保留着这种可能性，随时都可能进入拉家的概念外延之内。而一旦进入拉家的概念外延内部，即使这些非拉家原来可能被命名为拉家的概率很低，甚至可能是"低概率中的低概率，异常中的异常，例外中的例外"，这种低概率也可以存续下去，也可以形成"局部的和暂时的高概率"。②

如笔者于 2005 年 3 月 25 日在赵永清家中举行了集体座谈，参与者有 1 位男性中年人、3 位男性青少年人、4 位女性青少年人。当时，座谈会的气氛比较活跃，笔者与参与者之间多次出现了与拉家无关的各种话题。当笔者第一次提问"调查和拉家一样吗？"时，男性中老年人立刻否认，几位青少年人也点头同意了他的观点。而李晰羽一旦指出"一样，她（指笔者）现在调查咱儿，就是拉家"之后，其他所有参与者便改变原来的看法，重新回答"调查"可以算是拉家。这次座谈会中，"调查"被命名为拉家的概率达到了 100%。虽然这在燕家台人的日常经验中或许意味着一种反常现象，座谈会的参与者由此改变的看法仍有可能影响"调查"原来在燕家台人分类感觉中的位置，进而"在杂音和无序的大洋中创造出高概率的小岛和网络"。③

当然，在现实的互动过程中，拉家与非拉家会发生更加复杂的关系。只有概率，我们无法把握这种复杂性。关于体裁的概念外延或概念界限问题，我们将在第五章进行更具体的描述。这里先确认如下一点，即：燕家台人在日常经验中命名为拉家的体裁与非拉家之间，并不存在严格的界

---

① 埃德蒙·利奇：《文化与交流》，商务印书馆 2000 年版，第 34 页。

② 埃德加·莫兰：《方法：天然之天性》（Edgar Morin, *La méthode. 1. La nature de la nature*. Editions du Seuil, 1977），吴泓缈、冯学俊译，北京大学出版社 2002 年版，第 313 页。

③ 埃德加·莫兰：《方法：天然之天性》，北京大学出版社 2002 年版，第 314 页。

限，其"无主地带"是流动的。诚如布勒达尔的关系论所说明的，在拉家与非拉家之间的"无主地带"，无疑存在"既是拉家又是非拉家"的体裁，也存在"既不是拉家又不是非拉家"的体裁。[1] 但我们从生活层面关注作为日常概念的体裁，毕竟不是为了根据科学逻辑来创建合理的、无法适应现实的理论假设。而且，模糊不清的概念外延本身，属于命名主体正在使用的体裁概念。因此，面对这种存在于拉家概念的边缘处却用拉家无法命名的体裁，我们毫无必要将其视为研究者主体必须排斥的逻辑矛盾。反之，我们应该将其他理解为语言现实的多样性在柔韧性较大的社会文化空间中的一种体现。

（三）拉家的概念内涵

假如拉家与非拉家在日常生活的层面不存在严格界限，那么，有一个问题便出现在我们面前，即：燕家台人如何能够把拉家区分于非拉家，又把某种语言活动命名为拉家？这里且不论它在不自觉的区分过程中如何，仅从访谈结果看，其问题的答案，似乎在于那些被提问者在解答的过程中反复提到的"像"、"差不多"、"不像"等语汇之中。这些语汇可以说明，燕家台人对拉家与非拉家的区分是一种经验性行为，其分类感觉主要取决于他们有关非拉家与拉家如何"像"、如何"不像"的共同理解。那么，接下来的问题是，在燕家台人看来，各种非拉家应该在哪一点上被区分于拉家，又在哪一点上可以被视为拉家？换而言之，拉家在燕家台人的眼中应该是一个怎样的体裁？

1. 拉家与非拉家的自觉区分

在调查期间，笔者从所有被提问者中，选出表述能力或合作程度较高的 49 位燕家台人，进行了单独访谈与集体座谈。在单独访谈中，笔者关于 21 种非拉家提问"拉家和××（非拉家名称）哪儿不一样？"，请 12 位燕家台人依次对此进行解释；在集体座谈中，笔者对 4 组、37 位燕家台人提问了同样的问题，并请他们对拉家与非拉家展开了自由讨论。从调查结果看，燕家台人在如下几方面对拉家达成了相对一致的理解，并把这种理解作为依据或框架，在判断某种非拉家能否算做拉家的同时，对拉家的

---

① 参见山田広昭《ブレンダル论理的构造主义者の両义性と徹底性》，立川健二、山田広昭：《现代言语论——ソシュール フロイト ウィトゲンシュタイン》，新阳社 2002 年版。

特性进行了解释：

（1）复数参与者之间的直接互动

从上图3—1可以看出，所有年龄层次的男女燕家台人都相当一致地认为，"磨叨"和"广播"不同于拉家。这意味着在燕家台人的理解中，"磨叨"和"广播"是离拉家甚远的体裁，几乎没有被命名为拉家的可能性。那么，这两种非拉家借此区别于拉家的依据是什么？

就"磨叨"，被提问者一致认为"个人磨叨不叫拉家"，因为拉家需要"你说我听，我说你听"。在燕家台人的日常表述中，"磨叨"还有"跟别人磨磨叨叨"的含义。但他们认为，这种"磨叨"同样不能算做是拉家，因为"跟别人磨叨，别人就不用听。"[1] 同样，"广播"之所以不能算做是拉家，是因为"广播也是单方向的，不想听也要听。"[2] 可见，燕家台人用来将"磨叨"和"广播"区别于拉家的重要标准，是"你说我听，我说你听"。换而言之，两个以上的参与者以对话循环——借用常人方法论的术语来说是"说话者的循环组织（organization of speaker turns）"——为基础的互动，被视为拉家的特性。

出自同样的原因，诸如"汇报"、"传说"、"故事"、"唱词"、"说书"等非拉家，在燕家台人的分类感觉中，可能拉大与拉家之间的距离。因为"拉家是双方随便聊，汇报是单方向的"，[3] "传说就是咱听老辈子传下来的"，[4] "故事跟拉家差不多，但是故事就是一个人讲给别人，拉家是相互讲，你说一句我说一句"，[5] "唱词不是拉家。唱戏是一种文艺，拉家没有观众"，[6] "说书就是一种文艺吧？不算个拉家。跟咱没关系，咱是观众"[7] 等。

值得注意的是，"你说我听，我说你听"意味着发话者和听话者之间的交替现象，拉家的对话循环赖以进行的参与者互动，必须在"我"与同

---

[1] 声音资料。李永照口述；西村于2005年3月27日在吕广云家中录音。

[2] 声音资料。吕广云（男，1957年生）口述；西村于2005年3月27日在吕广云家中录音。

[3] 声音资料。吕广云口述；西村于2005年3月27日在吕广云家中录音。

[4] 声音资料。安久兰口述；西村于2005年3月29日在安久兰家中录音。

[5] 声音资料。吕广云口述；西村于2005年3月27日在吕广云家中录音。

[6] 声音资料。吕辉（女，1978年生）口述；西村于2005年3月27日在赵永清家中录音（由于被研究者主体的年龄关系，仅为参考资料）。

[7] 声音资料。安久兰口述；西村于2005年3月29日在安久兰家中录音。

一个参与者之间进行。被理解为传话的"传说"之所以在其分类感觉中远离拉家，有一个原因便在于"传话就是他跟你说啥，你跟我说啥"，[①] 这种"你"介于"他"和"我"之间的间接互动未必被视为拉家的特性。类似的情况还见于"拉古"和"说书"。在女性中老年燕家台人看来，"拉古"和"说书"往往意味着她们"听老辈子传下来的"或"听过去书上的"，也就是"你说我听"的。由于"你"始终介于"过去的老人"和"现在的我"之间，而且她们在听完之后未必能够像"会拉家"的男性中老年人那样转入"我说你听"的过程，因此这两种非拉家在她们的分类感觉中可能会远离拉家。与"拉古"、"说书"相比，"讲故事"在其分类感觉中是更接近于拉家的非拉家，这仍是因为她们在"讲故事"的过程中能够作为发话者参与对话循环。我们可以用杨维花的话来概括这一点："故事，是我给你讲故事，你听着；传说，是我听你传说；神话，是有人给你说古老的儿时的传说。"[②]

（2）参与者的友好关系与恶意的缺席

除了"磨叨"与"广播"，被提问的所有中老年燕家台人一致否认"闹意见"为拉家。在他们的分类感觉中，"闹意见"与拉家保持着难以交错的较大距离。这种距离主要产生于燕家台人对拉家的另一种看法，即：虽然"闹意见"也是复数参与者之间的直接互动，但它不能算做是拉家，因为"拉家是友好的，闹意见、吵架都不是友好的。"[③]

"拉家是友好的"这一说法，至少蕴含着两种含义。首先，实践拉家的群体需要以参与者之间的友好关系为基础。这可以说是燕家台人有关拉家实践群体的组织原则。"汇报是我跟上级汇报"、"研究是大伙儿开会研究研究"、"发言就是大伙儿开会发表自己的看法"、"批评是你工作做得不理想，我批评你"，从这些表述中可以看出，这四种非拉家的参与者之间未必存在友好关系，其实践群体也未必是参与者基于友好关系而自愿组织的群体，因此，这些非拉家在中老年燕家台人的分类感觉中可能远离拉家。当然，对中老年燕家台人而言，无论是"我"所汇报的"上级"，还是与"我"一起开会的"大伙儿"，还是"我"所批评的"你"，完全可能

---

① 声音资料。李永忠口述；西村于 2005 年 3 月 24 日在赵永清家中录音。

② 声音资料。杨维花口述；西村于 2005 年 3 月 22 日在药房中录音。

③ 声音资料。陈全芳口述；西村于 2005 年 4 月 10 日在小卖部录音。

意味着他们所熟悉的其他燕家台人或"山里头的"。由于他们和这些"上级"或"大伙儿"之间完全可能建立友好关系，因此，这三种非拉家在远离拉家的同时，却保留被命名为拉家的可能性，并处在拉家概念外延的边界处。同理，"批评"之所以被青少年燕家台人命名为拉家的概率高于中老年燕家台人，有一个原因便在于批评他们的往往是诸如"我妈"、"学校老师"等关系友好的成年人。

当然，参与者之间的友好关系，不但是拉家的实践群体赖以成立的组织原则，同时又是拉家的实践群体努力实现的组织目标之一。当燕家台人提及拉家的对话循环时，一定将其描述为"你说我听，我说你听"，而不会描述为"我说你听，你说我听"。"你"优先于"我"的地位，似乎意味着参与者之间的友好关系是他们努力建立和维持的结果。关于这一点，我们可以把李永照所做的如下解释作为旁证："拉家的拉字，就是拉拉关系，有这么个意思。"①

"拉家是友好的"的另一种含义，便是拉家的话题与实践过程不含有针对某人的恶意。亦即，拉家的友好性质不仅体现在参与者之间，还体现在非参与者——尤其是其他燕家台人——身上。"造谣"之所以远离拉家，其重要原因便在于此："造谣就是跟你胡说，是有点无中生有这么个意思，是一种贬义词，拉家友好的。它不是一件坏事情。"② 不难看出，在中老年燕家台人的理解中，"友好"一词直接牵涉了他们的道德观念。相比之下，虽然青少年燕家台人也了解拉家所具有的友好性质，但他们所理解的这种友好性质似乎更多地体现在参与者身上，"友好"一词也未必牵涉其道德观念。在青少年燕家台人看来，针对非参与者的诽谤可以成为能够证明参与者为关系极好的"铁哥儿们"的证据。因此，他们将"造谣"命名为拉家的可能性大于中老年燕家台人。

（3）参与者的无限制性与话题的一般性

不同年龄层次的燕家台人有关"友好"一词的不同理解，也明显地体现在"说悄悄话"上面。在中老年燕家台人、尤其在男性老年燕家台人看来，"悄悄话"是离拉家较远的非拉家。因为"拉家，跟谁都可以拉家。

---

① 声音资料。李永照口述；西村于 2006 年 3 月 24 日在赵永清家中录音。

② 声音资料。陈全芳口述；西村于 2005 年 4 月 10 日在小卖部录音。

悄悄话，人多了就不说"。① 这里，参与者在一定程度上的无限制性，被视为拉家的特性。由此可见，他们所谓拉家的"友好"是一般性质的。亦即，并非只有关系友好的参与者才能拉家起来，那些尚未建立友好关系的参与者同样可以把拉家作为社交手段，建立较好的人际关系。而青少年燕家台人对"友好"一词的理解相对狭义。他们往往认为能够"说悄悄话"的参与者是"铁哥儿们"，并将"说悄悄话"命名为拉家："悄悄话只能跟一个、比如跟她（指被提问者的好友）一个说，我跟她说悄悄话是拉家。"②

由此看来，由中老年燕家台人组织的拉家实践群体，似乎可以具有大于青少年燕家台人的灵活性和容纳程度，尽管为了实现"你说我听，我说你听"的对话循环，拉家的实践群体无法拥有过多的成员（"一件事儿，大家不知道，就用广播说给大伙儿听；拉家就是三四个人之间的事儿"③）。且不论实际情况如何，他们认为，拉家应该在实践群体成员的"友好"气氛中进行，即使其他人半路上参与或偶然听到拉家的内容，该群体内的"友好"气氛不会因此而遭到破坏，而且这些非成员与原成员之间还可以建立友好关系。

另外，参与者的无限制性，不仅意味着拉家是任何人都可以参与的交流活动，同时意味着拉家是任何人都能够参与的交流活动。为了无限制的参与者进行"你说我听，我说你听"的对话循环，拉家的话题有必要是一般性的。换言之，在拉家的实践过程中，每个参与者根据他们所共享的知识，都能够理解发话者的发话内容，并能对此发话。越是成员不固定的拉家群体，话题的一般性越是成为关键。可以说明问题的例子，便是"没（mù）干啥"。当笔者提问正在说话的燕家台人"在干啥"时，他们往往回答说："没干啥，咱们在拉家。"他们实际上用"没干啥"一句来表示：我们并不是在说什么重要的特殊事情，反之，正因为没有特殊事情才说些不很重要的事情，假如你愿意就可以参与我们的拉家，假如有什么重要的特殊事情就可以打断我们的拉家。这种"没干啥＋非拉家"的解释方式，

---

① 声音资料。赵显春（男，1934 年生）口述；西村于 2006 年 1 月 21 日在礼堂录音。

② 声音资料。李青竹（女，1989 年生）口述；西村于 2005 年 3 月 25 日在赵永清家中录音。

③ 声音资料。贾秀兰（女，1955 年生）口述；西村于 2005 年 3 月 27 日在贾秀兰家中录音。

经常用在"说笑话"、"聊天儿"、"讲故事"等非拉家上面。而在燕家台人的分类感觉中，这些非拉家都十分接近于拉家。

与之相反，诸如"汇报"、"商量"、"说话"、"拉古"等非拉家的参与者，因话题的特殊性而受到一定的限制。因此，这些非拉家在燕家台人的分类感觉中可能远离拉家："有事儿就商量，没事儿就拉家"①、"你有啥事，你对我说，这就是汇报，不叫拉家"②、"说话和拉家不一样。有事就说话，没事就不说话。拉家就是闲聊，有事就不拉家了"③、"拉古心里有目的，不是拉家"④。老年燕家台人与青少年燕家台人在"打电话"和拉家的认同程度上显示出一定差异，其原因之一便在于此。前者往往认为"有事就打，没事儿还打什么电话？"⑤；后者则认为"有事就打电话说，没事也可以打听打听"⑥。简言之，"有的通过电话聊天儿，但打电话也不一定是拉家"⑦。

有必要注意的是，不同性别的中老年燕家台人对"一般性"的理解略有不同。女性中老年燕家台人的拉家中十分常见的话题，便是每天的菜谱、电视剧的剧情、发生在村内的"新鲜事儿"、春播的菜种、外地亲属的回村时间等。显然，这些话题反映出一定的及时性。对她们而言，话题的"一般性"似乎意味着日常生活的现时反映，如"我们都说：'吃的啥呀？'——'米饭炖猪肉。'拉家就是平常对话"⑧、"拉家就是平平常常，有什么说什么"⑨、"传说就是很早以前流传下来的古老的东西，不叫拉家。拉家是比较现代的东西"⑩ 等。因此，在女性燕家台人的分类感觉中，"拉古（包括传说）"、"说书"等非拉家可能与拉家之间保持着一定距

---

① 声音资料。李永霞（女，1987 年生）口述；西村于 2005 年 3 月 27 日在礼堂录音（参考资料）。

② 声音资料。王德云口述；西村于 2005 年 3 月 23 日在药房中录音。

③ 声音资料。李永照口述；西村于 2005 年 3 月 27 日在吕广云家中录音。

④ 声音资料。陈良花（女，1937 年生）口述；西村于 2006 年 1 月 21 日在礼堂录音。

⑤ 声音资料。李兴华口述；西村于 2005 年 3 月 26 日在赵永清家中录音。

⑥ 声音资料。赵远栋口述；西村于 2005 年 3 月 27 日在合作社录音。

⑦ 声音资料。赵永远口述；西村于 2005 年 3 月 27 日在礼堂录音。

⑧ 声音资料。杨维花口述；西村于 2005 年 3 月 22 日在药房中录音。

⑨ 声音资料。王德云口述；西村于 2005 年 3 月 23 日在药房中录音。

⑩ 声音资料。陈全芳口述；西村于 2005 年 4 月 10 日在小卖部录音。

离："传说，多少年以前的人传下来的那算拉家？我觉得不像。"① 虽然
"讲故事"的内容也是发生在过去的事件，但它所叙述的过去离现在较接
近，故事背景又有泛指的特点，因此未必影响女性中老年燕家台人"讲故
事"为拉家的观点。如王德云：

> 王德云："传说"属于"拉古"，不属于"拉家"。
> 西　村："拉古"和"拉家"不一样吗？
> 王德云："拉古"和"拉家"不一样。"拉家"是我们到这里来
> "闲聊"、"说笑话"。"拉古"就是说以前的事儿。唐朝、明朝那候儿
> 的事儿。
> 西　村：那"讲故事"呢？"故事"也不是说以前的事儿？
> 王德云："讲故事"说的是现在的事儿，也有些"故事"说的是
> 以前的事儿，但它不属于"拉古"。"故事"可以说昨天的事儿，"拉
> 古"就是说多少年以前的。②

　　相比之下，男性中老年燕家台人，尤其是男性老年人往往断言"拉
古"与"说书"都是拉家。"拉古是拉家的一种，拉家过去的历史就是拉
古"、③"说书跟拉家差不多。'拉家个书'就是拉家过去书上的东西"，④
从这些回答看，"过去的历史"在他们看来似乎不是特殊的话题，话题的
"一般性"也未必取决于其及时性。这大概是因为男性中老年人的历史叙
述能力与历史嗜好，都高于女性中老年燕家台人。

　　事实上，在"现在这候儿"的燕家台，仍有不少男性中老年燕家台人
能够叙述从古至今的历史，⑤"你说我听，我说你听"的对话循环仍然可以
出现在他们的"拉古"或"说书"之中。只要他们作为"拉古"或"说书"

---

① 声音资料。安久兰口述；西村于 2005 年 3 月 29 日在安久兰家中录音。

② 声音资料。杨维花口述；西村于 2005 年 3 月 23 日在药房中录音。

③ 声音资料。赵正英口述；西村于 2005 年 3 月 23 日在赵正英家中录音。

④ 声音资料。李永照口述；西村于 2005 年 3 月 27 日在吕广云家中录音。

⑤ 男性中老年燕家台人普遍具有的历史叙述能力，似乎与燕家台村的百年戏曲传统有关。事
实上，笔者从男性中老年燕家台人那里听到的"古代故事"或"过去的历史"中，有相当一部分来
自他们"拿来唱戏"的古代小说。而且表述能力较突出的男性中老年人往往都是"燕家台梆子剧
团"的退休演员或现役演员、戏迷以及这些演员或戏迷的家属。详见本文第二章第二节（二）之3
"动荡岁月"。

的发话者与其他同样"会拉家"的男性中老年燕家台人之间产生一定的互动，那么，从古到今的历史便集中体现在"现在这候儿"的他们身上，这两种非拉家也从"我听你说过去的老人流传下来的"转变为"现在的你和我相互叙述过去的老人流传下来的"。亦即，对这些"会拉家"的男性中老年燕家台人而言，他们所"拉古"或"说书"的历史未必是离他们甚远的过去，也未必是只有少数人才能掌握的特殊知识，而是他们平时热衷于其中的普通话题，就像众多女性燕家台人经常拉家发生在村内的"新鲜事儿"一样。因此，男性中老年燕家台人很少根据话题的即时性把"拉古"和"说书"区分于拉家，二者在他们的分类感觉中相对接近于拉家。

（4）随意性与格式性的相对均衡

男女中老年燕家台人有关拉家的理解，还在其随意性与格式性的均衡上面显示出一定的性别差异。

从总体上看，中老年燕家台人一方面认为"拉家不是正式活动，拉家是随意的、不规范的"；[①] 另一方面又认为"胡说八道没谱，不叫拉家。胡拉家不是拉家"[②]。亦即，在他们的共同理解中，拉家虽然需要"随便"却不能完全"没谱"，应该在随意性与格式性之间取得一定的均衡。在这一点上，"闹意见"、"唱词"、"造谣"、"胡说"等非拉家可能会远离拉家："拉家就是你说个西，我说个东，随便讲，没有原则。闹意见、吵架、骂人也是随便讲，但是你骂我，我不能随便着"、[③] "唱词、唱戏属于搞文艺，不属于拉家。拉家是随便讲"、[④] "造谣就是跟你胡说，不是拉家"、[⑤] "胡说八道没谱，不叫拉家。胡拉家不是拉家"[⑥]。

但对这种随意性与格式性的均衡程度，男女中老年燕家台人的理解稍有不同。男性中老年燕家台人，尤其是老年燕家台人相对重视拉家体现在内容和形式两方面的格式性。就内容而言，他们比较在意情节的前因后果合理与否、有无可信性等。事实上，在所有被提问者中，否定"讲神话"、"传说"、"讲故事"、"说笑话"、"造谣"等非拉家为拉家并对此给定"不

---

① 声音资料。李永照口述；西村于 2005 年 3 月 27 日在吕广云家中录音。
② 声音资料。贾秀兰口述；西村于 2005 年 3 月 27 日在贾秀兰家中录音。
③ 声音资料。李文学口述；西村于 2005 年 3 月 29 日在李文学家中录音。
④ 声音资料。李琴淑（女，1938 年生）口述；西村于 2005 年 3 月 27 日在李琴淑家中录音。
⑤ 声音资料。李永忠口述；西村于 2005 年 3 月 24 日在赵永清家中录音。
⑥ 声音资料。梁万庆口述；西村于 2006 年 1 月 21 日在礼堂录音。

真实"、"个人胡编"、"胡说"等价值判断的,基本上都是男性中老年人。李文学之所以判断"唱词"为拉家,仍是因为"唱戏有故事情节。"① 就其内容的可信性,赵永忠还说道:"故事也有真的,也有假的。假的故事是神话,比如我们说的《西游记》就是神话。严格地来讲,它不算是拉家。说书是讲故事,讲过去的历史,可以说是拉家。"② 在此,他否认了"神话"作为"假的"故事被命名为拉家的可能性,同时肯定了"说书"作为发生在"过去的历史"被命名为拉家的可能性。③

除了内容,拉家在形式上还需要具备一定的格式性。关于这一点,男性中老年燕家台人反复说道:"拉家是一种形式。"④ 如李永照认为,"拉家是说话的一种形式。说一两句不是拉家,必须是你说一个事儿,我说一个事儿。"⑤ 在此,他自觉地意识到了拉家以"你"和"我"之间的对话循环。他们也认为,拉家的对话循环必须经过双方的努力保持足够的长度。如赵永高认为,参与者"必须好好地拉家。好好地,就是关键。拉家的'拉'字,指的就是拉家起来没完,没完没了",据此还断言"小孩儿没有拉家,他们是说着玩儿,那不叫拉家。"⑥ "说笑话"之所以在男性中老年燕家台人的分类感觉中远离拉家,其原因之一便在于"说笑话跟说相声差不多,两个人说着玩儿",⑦ 亦即,它缺乏拉家应有的格式性。男性中老年人对拉家格式性的重视,最明显地体现在"说书"上面。他们往往把"说书"明确地划分为"带弦儿"的"说书"与"光靠嘴说"的"评书"两种,认为后者才能算是拉家,甚至认为"评书是一种艺术,有一整套规矩。虽然都说是拉家,讲故事还是比评

---

① 声音资料。李文学口述;西村于 2005 年 3 月 29 日在李文学家中录音。

② 声音资料。李永忠口述;西村于 2005 年 3 月 24 日在赵永清家中录音。

③ 当然,他们判定内容的真假、可信与否,未必需要确凿的依据。如李文良在承认燕家台有关村名的"传说"没有"历史根据"的同时,断言"但肯定是事实"。实际上,正因为缺乏确凿的依据,有些传说才能作为一种权威性的解释框架,对"谁也不好说"的事项做出可信赖的解释,并令人盲目地相信和沿袭其解释内容。对这些传说来说,"专名"似乎足以成为其可靠性的来源,进而产生邹明华所谓"专名效应"。参见邹明华《专名与传说的真实(性)问题》,吕微、安德明编《民间叙事的多样性》,学苑出版社 2004 年版,第 97—108 页。

④ 声音资料。赵永高口述;西村于 2005 年 2 月 21 日在张万顺家中录音。

⑤ 声音资料。李永照口述;西村于 2005 年 3 月 27 日在吕广云家中录音。

⑥ 声音资料。赵永高口述;西村于 2005 年 2 月 21 日在张万顺家中录音。

⑦ 声音资料。赵正林(男,1937 年生)口述;西村于 2005 年 3 月 27 日在赵正林家中录音。

书差一点。"①

　　相比之下，女性中老年燕家台人更重视拉家的随意性。因此，她们对"说笑话"的认同程度远远高于男性中老年人燕家台人，对"说书"、"拉古"的认同程度又远远低于他们："说书不叫拉家，有故事情节，拉家没着"、②"传说纯属于胡说，你拉家两千年以前的事，谁也没见过，不是胡说那是啥？"③ 尽管如此，女性中老年燕家台人似乎也了解拉家既需要随意性又需要一定的格式性，甚至了解男性中老年燕家台人对拉家的格式性有着相对严格的要求。因此，她们往往坦白自己"不会拉家"或"我们都是胡拉家"，④ 并判断"男的比女的会拉家。"⑤ 事实上，"会拉家"一般都用在传统体裁学叫做民间叙事文学的体裁上面，不同于"能说"或"嘴巴厉害"，从而折射出她们对拉家格式性的理解。

　　（5）对交流对象的认同与对拉家的占有感

　　无论其年龄层次和性别如何，在所有燕家台人的分类感觉中，最接近拉家的非拉家便是"聊天儿"与"讲故事"。尤其是"聊天儿"，当燕家台人解释拉家何谓时往往将其视为拉家的同义词，说道："拉家就是聊天儿，聊天儿就是拉家。"⑥

　　与其他非拉家不同，燕家台人借此自觉区分拉家与"聊天儿"的标准，不完全在于拉家的实践过程，也不完全在于拉家的参与者，而主要在于他们运用拉家一词来进行交流的对方身份。几乎所有年龄层次的燕家台人都认为，"拉家是这儿的土语，城里人叫聊天儿"⑦ 或"老人们那候儿没文化，就说拉家；这候儿识字的都叫聊聊天儿。"⑧ 亦即，他们自觉意识到拉家为"老人们"常用的"土语"，并把有关"山里头的"和"山外头的"的空间意识、"老人那候儿"和"我们这候儿"的时间分段方式，

---

①　声音资料。赵永清口述；西村于 2006 年 4 月 5 日在赵永清家中录音。

②　声音资料。王德云口述；西村于 2005 年 3 月 23 日在药房中录音。

③　声音资料。安久兰口述；西村于 2005 年 3 月 29 日在李文学家中录音。

④　声音资料。杨维花口述；西村于 2005 年 3 月 22 日在药房中录音。

⑤　声音资料。王德云口述；西村于 2005 年 3 月 23 日在药房中录音。

⑥　同上。

⑦　声音资料。杨维花口述；西村于 2005 年 3 月 22 日在药房中录音。

⑧　声音资料。赵正英口述；西村于 2005 年 3 月 23 日在赵正英家中录音。

作为一种体裁区分的基本知识而利用。因此，"我们这候儿"的燕家台人有可能按照对方的身份而自觉替换能指。尤其是青少年燕家台人与"山外头的"的接触较多，他们可能将拉家命名为"聊天儿"的概率也相对较高。如李青竹：

西　村：你们不用"聊天儿"这个词？

李青竹：用，我在外头儿说话就说"聊天儿"。

西　村：在你们学校？是清水的那个？

李青竹：在清水我们都说"拉家"，我跟外头儿的人说"聊天儿"。①

李青竹正在上清水读初中。这里的"外头儿的人"指的是"说话跟咱们不一样的"外地同学，即那些不解拉家何谓的"山外头的"。

与"聊天儿"同样，燕家台人据此区分"讲故事"和拉家的重要标准之一，仍是他们运用拉家一词来进行交流的对方身份："讲故事跟拉家差不多，我们这儿都说拉家故事"、② "老的说'拉家故事'；现在这候儿的人说'讲故事'。"③ 由于"讲故事"往往被视为"哄小孩儿的"，④ 中老年燕家台人在与儿童的交流中，可能会自觉地采用"讲故事"一词。

中老年燕家台人根据他们的空间意识和时间分段方式，把拉家视为"老人们"常用的"土语"，并将其区分于"聊天儿"和"讲故事"。这自然意味着，他们能够感知燕家台自"老人那候儿"到"现在这候儿"的时间推移，并对自己作为"山里头的"的身份有着自觉意识。与此同时，它在一定程度上也反映了他们作为燕家台人对拉家所具有的一种占有感。我们从中可以了解如下两点：首先，文本内部规则未必是体裁区分的唯一依据，因为文本未必是体裁特征的唯一所在地；其次，由体裁之间的关系而构成的体裁系统未必是区分体裁的唯一场所，因为体裁系统本身仍是整个

① 声音资料。李青竹口述；西村于 2005 年 3 月 25 日在赵永清家中录音。
② 声音资料。陈全芳口述；西村于 2005 年 4 月 10 日在小卖部录音。
③ 声音资料。陈良花口述；西村于 2006 年 1 月 21 日在礼堂录音。
④ 声音资料。李琴淑口述；西村于 2005 年 3 月 27 日在礼堂录音。

社会系统的组成部分，体裁区分在它与其他社会概念系统之间仍然可以得以进行。

2. 拉家的概念内涵

以上五点，可以说是拉家的部分特性在燕家台人自觉意识中的反映。这种拉家的特性在燕家台人的意识中得到反映之后，实际上构成了他们以拉家为中心的分类感觉，并在有关拉家与非拉家的自觉区分中，作为一种分类依据而被利用。

当然，这种自觉区分不同于燕家台人在实际的实践层面所做的不自觉的命名。在不自觉的日常经验中，燕家台人命名为拉家的语言行为，未必完全符合其分类感觉，也未必具备由拉家概念构成的所有特性。就日常概念而言，我们无法像传统指称理论者那样，天真地相信自己能够把握其所有特性、概念的内涵是属性的组合、只有完全符合一个名称内涵的事物才是该名称的指称对象，等等。① 我们之所以重视由拉家概念构成的各种特性，首先是因为它们能够证实燕家台人有自己的分类感觉，因此在体裁研究中获得大于"研究对象"的主体性。其次是因为这些特性能够反映出拉家在燕家台人眼中"应该如何"，并在日常生活的层面作为他们认为应该遵守的一种实践方针或原则——不是作为他们必须遵守的规则——而存在。为了观察和阐释拉家在实际的实践层面"究竟如何"，把握燕家台人有关拉家的共同理解是必要的。

谁也不可否认的一点是，与其他任何日常概念同样，在日常生活的实践层面，不可视的拉家概念与可观察的拉家行为由任意的经验联系在一起。因此，二者之间通过命名发生的指涉关系也是经验性的，其中始终存在与非拉家之间产生另一种指涉关系的可能性。正如上述，只要不妨碍彼此之间的沟通，在日常生活的不同语境下，各种非拉家可能被命名为拉家，拉家也可能获取各种非拉家名称，拉家的概念外延也随之变化。这大概可以说是人类所特有的"无限的命名指涉能力"② 的一种体现。

---

① 涂纪亮：《中译本序》，克里普克·索尔：《命名与必然性》（Saul Kripke, *Naming and Necessity*. Basil Blackwell Publisher, 1980），梅文译，涂纪亮、朱水林校，上海译文出版社2001 年版，第 7 页。

② 鬼界彰夫：《ウィトゲンシュタインはこう考えた——哲学的思考の全軌跡 1912—1951》，讲谈社 2003 年版，第 80 页。

　　而这种体裁观,自然要求我们给予始终缠绕日常概念的一个根本问题的回答,即:既然拉家概念与非拉家之间不存在严格界限,而且拉家的概念与行为之间只存在经验性的指涉关系,那么,被命名对象的同一性是如何被保障的?

　　首先需要确认的是,当燕家台人在不自觉的日常经验中说"给大伙儿拉家一个来"时,或者在说"明个儿再下来拉家哈"时,他们用之命名的共同理解,本来就是一种不可分割的整体。在命名的过程中,燕家台人未必知道拉家的所有特性,也未必根据某种特定的特性对拉家与非拉家进行全面比较。他们只是在一种对自己的"命名指涉能力"相对盲目的状态下,把自己所看到的、听到的、感觉到的各种事项连接于有关拉家的共同理解。此时,无论有无根据,无论是否符合事实,他们可以确信该行为为拉家,也可以确信对方同样确信该行为为拉家,并不会想到他们其实还可以用其他非拉家名称来命名。

　　事实上,在我们的日常生活中存在许多这样的局面,亦即是不言自明的、根本想不到其他可能性的一种局面。这种局面,大概就是拉家概念赖以正常运作的基础。套用维特根斯坦的话来说,燕家台人之所以能够不自觉地运用模糊的拉家概念并顺利完成命名的过程,纯粹是因为这种命名过程是一种"习惯"。在人类"无限的命名指涉能力"的可能性与认识能力的局限性之间的反作用中,拉家概念之所以能够指涉相对一致的语言行为,仍是因为这种指涉行为是一种"习惯"。这里的"习惯"也可以说是我们从此开始思考的起点。假如在其背后寻找某种根源,我们的考察便会难免涉及"人类认识和研究所无法进入的一个神秘的领地"。[①] 关于这一点,我们将在第五章中继续详谈,现在只强调如下一点,即:虽然不可视的拉家概念与可观察的拉家行为之间指涉关系是"不可预设"的,是"毫无根据"的,甚至是"非理性"的,但"它就在那里——与我们的生活同样"。[②]

[①] 引自户晓辉 2007 年 1 月 24 日的邮件。特此致谢。

[②] ルートヴィッヒ・ウィトゲンシュタイン《確実性の問題》(Ludwig Wittgenstein, Über Gewissheit, *On Certainty*. Blackwell, 1970)、《ウィトゲンシュタイン全集》9、黒田亘訳、大修館書店 1976 年版;路德维希・维特根斯坦:《逻辑哲学论》(Ludwig Wittgenstein, *Tractatus Logico-Philosophicus*, translated by D. F. Pears & B. F. McGuinness. Routledge & Kegan Paul Ltd., 1974),贺绍甲译,商务印书馆 2005 年版,第 41 页。

　　燕家台人所谓的拉家，其中包括诸如"复数参与者之间相对平等的互动"、"参与者之间的友好关系和恶意的缺席"、"参与者的无限制性与话题的一般性"、"随意性与格式性的相对均衡"、"对交流对象的认同与对拉家的占有感"等特性。换言之，燕家台人无法想象拉家不具有这些特性，因此这些特性之间存在但是拉家的概念内涵不是所有这些特性的复合体，它永远都是"复合体以上的东西"。① 这主要是因为燕家台人在"无限的命名指涉能力"的可能性与认识的局限性之间反复进行的命名实践、通过命名实践而得以积累的经验、由这种主观的经验而形成的共同理解、拉家与非拉家之间相互转换的潜在可能性等本身，作为一种构成部分而被编入到拉家概念之中。由于燕家台人有关拉家的命名并不完全依赖于概念的严格定义，也不完全依赖于他们对概念的全面理解，而主要把判断的一致作为默许的前提，因此，概念内涵的不确定性并不会瓦解他们的命名过程。关于这一点，维特根斯坦说道：

　　　　"那么你是说，人们的一致决定什么是对，什么是错?"——人们所说的内容有对有错；就所用的语言来说，人们是一致的。这不是意见的一致，而是生活形式的一致。通过语言进行交流不仅包括定义上的一致，而且也包括（无论这听起来多么奇怪）判断上的一致。这似乎要废除逻辑，其实不然。——描述度量方法是一回事，获得并陈述度量的结果是另一回事。但我们叫做"度量"的，也是由度量结果的某种稳定性来确定的。②

　　我们应该认识到，日常概念的内涵在不同的语境下通过每次的命名实践而得以生成，因此日常概念在命名的现场始终是模糊的，而模糊的日常概念之所以成立，正因为它是模糊的。即使我们仿效修正主义社会学努力对模糊的日常概念下严格的定义，这种做法只能让研究者看到某些假说或理想类型，未必能够更明确地反映语言现实。既然从生活层面讨论作为日

---

　　① 广松涉：《事的世界观的前哨》，赵仲明、李斌译，南京大学出版社 2003 年版，第 66 页。

　　② 路德维希·维特根斯坦：《哲学研究》（Ludwig Wittgenstein, *Philosophical Investigations*, translated by G. E. M. Anscombe. Macmillan, 1953），陈嘉映译，上海人民出版社 2002 年版，第 134—135 页。

常概念的拉家，那么，我们有必要把目光从"理论假设"转向"实际现象"，去关注燕家台人理所当然地运用模糊的概念、并毫无障碍地经营生活的事实。

二　拉家概念在日常
生活中的位相

在燕家台人的生活层面提问拉家是什么，这实际上意味着提问被燕家台人认为拉家应该是什么。而在自然条件下，这是永远都得不到语言化的经验性命题。在特定的场合，燕家台人以绝对的自明性将某种行为命名为拉家，既不需要严密的定义，也不需要检验，就如我们称蓝色为蓝色一样。假如有人对燕家台人的判断提出质疑，那么，燕家台人不但否认他的主张，还会以为此人"有问题"。[①]

接下来的问题是：拉家作为一种"正如它们本来的那样，在逻辑上是完全有条理的"[②] 日常概念，究竟在怎样的状况下，实现这种判断的一致？又如何被编入到燕家台人的日常生活，并在他们组织行为互动的过程中发挥作用，进而成为其有意义的一部分？

（一）拉家场地在燕家台的布局

中老年燕家台人认为，拉家应该是任何人都可以参与的、公开的社交活动。按理来说，无论是在何时何地，他们都可以实践拉家，只要能够将说话者的行为互动联系到他们有关拉家的共同理解，即可称之为拉家。问

---

① 在这一点上，"燕家台人认为拉家应该是什么"与英国哲学家穆阿（G. E. Moore）用来批判观念论或怀疑论的命题（如"我知道我的手在这里"、"我知道自己以前没有远离过地球的表面"等）相似。传统哲学所重视的是，数学命题的可靠性与表达自己意识状态的命题的可靠性（如笛卡尔"我所思，故我在"），而穆阿的命题提出了另外一种可靠性。维特根斯坦在《可靠性的问题》一文中，通过与姆阿的对话，对叫做"知道"的语言游戏进行了探究，认为姆阿的命题是无法检验的经验命题的"界限"，进而使之从经验命题转换为逻辑命题。本文鉴于维特根斯坦"人在一定状况之下不可能犯错误"的观点，将有关拉家的共同理解视为一种基于社会认知关系的共同体逻辑。参见ルートヴィッヒ・ウィトゲンシュタイン《確実性の問題》、《ウィトゲンシュタイン全集》9，黒田亘訳、大修館書店 1976 年版。

② 路德维希・维特根斯坦：《逻辑哲学论》，贺绍甲译，商务印书馆 2005 年版，第 84 页。

题是，拉家需要一定的对话循环，因为"说一两句不是拉家"。[①] 为了"好好拉家"，燕家台人在居民区内建立和规定了若干的拉家场地：

　　彩图 6 为拉家场地在燕家台居民区内的布局示意图。每个数字表示每一个场地的所在地，与数字同样的颜色则表示主要利用者的居住区。从图中可以看出，拉家的常规地点一般都位于行人频繁的路口、商店门口，或者位于圈门或礼堂前面的空地。这些地点几乎都是不属于个人的公共场所，其公共性使得任何人在原则上都可以在此进行拉家。尽管如此，每一个拉家场地一般都把附近居民作为相对固定的利用者。他们从春季到秋季分别共享各自的公共空间，并利用空间的公共性进行一种范围较小的社区性交流。

图 3—1　拉家场地的各种座位

　　拉家场地的公共性，既取决于它所设地点，又依赖于利用者的操作。被设在每所拉家场地的各种座位，可以极端地表示了这一点。个体经营者在小卖部或者合作社前面摆设凳子或塑料泡沫；虽然"现在这候儿"的燕

---

① 声音资料。李文学口述；西村于 2005 年 3 月 29 日在李文学家中录音。

家台改变了村貌，在部分路口或个人家门口却特意留下了部分建材；礼堂、圈门在修建时还专门设计了并不实用的台阶。这些座位仅为了拉家而存在，在此意义上而言便是严格被限定其目的的共同财产。这些座位将燕家台居民区内的部分公共场所隔离于其他公共场所，使之成为公认的拉家常地。对燕家台人而言，这些场地与拉家之间的关系是不言而喻的，是不容置疑的。因此，一般情况下，凡是坐在此地说话的人们都被视为"在拉家"，甚至一个人坐在此地，都被视为"正等待有人过来拉家"。亦即，拉家场地与拉家概念之间存在一种相对固定的社会认知关系，命名者据此以无须说明的确信而进行命名，并排斥其他命名的可能。

另外值得注意的是，只要该拉家场地的主要利用者经过此地并被其他利用者所发现，那么，即使他不准备拉家，也要停下来说几句，甚至有必要交代他之所以不能拉家的正当理由；而只要在拉家场地的某人发现该拉家场地的其他利用者经过此地，那么，前者有义务提问后者"吃了？"、"上哪儿呢？"或者邀请前者参与拉家："坐会儿吧"。亦即，该场地的主要利用者在这一特殊的空间中，有必要采取特定的举动。而这种特定的反应，主要把燕家台人有关拉家的共同理解作为基础，即：拉家是在他们日常生活中极其常见的、公开的、友好的、随意的普通行为，也应该是在他们日常生活中极其常见的、公开的、友好的普通行为。这些特性与其说是拉家的自然属性，不如说是燕家台人通过彼此的行为互动而建构起来的。借用西阪仰的话来说，拉家概念"不仅是将语言连接于世界的，更是为了在公开的场合，对他者或者与他者组织行为活动而被参照的"[1]。燕家台人将有关拉家的共同理解作为框架，正在创建他们眼中的拉家。

（二）拉家在日常节奏中的安排

从前面可以看出，燕家台人在一定程度上需要对各自的拉家场地负责。出现于坐在拉家场地的利用者与路过此地的其他利用者之间的"打招呼"，可以说是燕家台人的日常义务行为。尽管如此，燕家台人不可能也没有必要整天对拉家场地负责，否则他们难以维持正常的村落生活，甚至连居民区内的自由移动都成为问题。实际上，上述公共场所，只有在特定的时间里才成为拉家场地，并约束燕家台人的行为。每到特定的时间，燕

---

① 西阪仰：《心と行为——エスノメソドロジーの视点》，岩波书店2001年版，第20页。

家台人自然而然地来到拉家场地，又自然而然地离去，至于在其他时间，它不过是无人的、因此可以略过的空地。这种拉家场地作为拉家场地发挥作用的特定时间，便是燕家台人基于拉家概念所共享着的拉家的时间。

类似的情况存在于家中的拉家。一般情况下，无论在外边拉家，还是在家中拉家，燕家台人对可实践拉家的时间达成了一定的默契，进而形成了拉家在日常生活节奏中的特定安排。

1. 燕家台人的两种生活模式

正如第二章所说，"现在这候儿"的燕家台人仍然经营着带有规律性的四季生活，而且为了适应每季生活的需要，还形成了一定的生活模式。总的来说，燕家台人的生活模式，按照从事农业的频率，可分为纯农户的生活模式和半农户的生活模式两种。在此，以赵正英和赵永清两位老人为例，具体描述燕家台纯农户和半农户的生活模式。

（1）纯农户的生活模式——以赵正英为例

赵正英出生于 1940 年。由于她的 4 个儿女都在村外，老伴又每天需要在村内坐班，包括三亩余"棒子地"、两块"菜园子"在内的所有耕地，都由赵正英一人照顾。为了适应每季生活的需要，赵正英带有规律性地更换如下五种时间分配方式模式：

a. "短天"农闲期的时间分配模式（参见彩图 7）

自秋收结束至春耕开始前的农闲期，燕家台人称之为"短天"。由于白天短、做活少，燕家台人在"短天"期间的起床时间相对较晚，一天只吃两顿饭，并把一天的时间主要分配在做家务活和各种娱乐活动上面。如赵正英在"短天"农闲期间，每天上午 6 点左右起床后，"看火（指给火炉添煤、柴，调整风门）"、做饭；9 点吃完早饭，又继续做家务活，如洗衣裳、补衣服、搞卫生、晒粮、处理生活垃圾等；每到中午都有几个"老娘儿们"到赵正英家来"串门子"，赵正英便给她的其他"将友"打电话。只要能凑齐足够人数便打麻将，人数不够则在家拉家或到别处去"串门子"；下午再做些家务活后，16 点半提前吃晚饭；吃饭后在村内"溜达一圈"或那些饭后"溜达溜达"的"老娘儿们"到赵正英家中拉家；晚上边做鞋垫边看电视，零点左右熄灯休息。

b. "长天"农忙期的时间分配方式（参见彩图 8）

随着日晒时间的变长，燕家台村从"短天"正式进入"长天"。所谓"长天"主要指春耕开始到秋收结束期间。在此期间，由于白天长，做活多，燕家台人往往早起晚睡，一天吃三顿饭，并把一天的时间和精力都集中在农活上面。如赵正英从"寒食"前后开始，把起床时间提前为凌晨5点，先喝一碗"稀的（指粥类）"来"垫补垫补"之后，上地做活；从早饭到午饭期间，赵正英也一直忙于农活；由于下午日晒，午饭后的时间一般都被安排在家务活上面，直到17点半再吃晚饭；饭后仍然在村内"溜达一圈"或与那些来"串门子"的"老娘儿们"在家拉家；晚上边做鞋垫边看电视，23点左右熄灯休息。

c. "长天"农闲期的时间分配方式（参见彩图9）

在"长天"期间，尤其在夏季的"除遍"期间，农忙期和农闲期反复交替出现。由于日晒时间长、"回来避暑的"长期在村内，"长天"农闲期的时间分配方式不同于"短天"农闲期的时间分配模式。如赵正英在没有农活的"长天"里照样5点左右起床，做些家务活后，到大场或健身公园去参加"锻炼身体"活动；吃完早饭后，做好在农忙时"顾不上"的各种家务活；虽然体力耗费量不多，由于家中有些来自村外乃至"山外头"的亲属回村避暑，赵正英也按照他们的习惯来吃午饭；到了中午，赵正英的"将友"陆续来到家中，或者赵正英自己到"老娘儿们"家中去"串门子"；由于家中的外地亲属都是"闲着没事儿"的老年人或假期中的儿童，赵正英取消饭后"溜达溜达"的习惯，留在家中做些家务活，边拉家边看电视，到23点左右熄灯休息。

d. "上班"时的时间分配方式（参见彩图10）

自"养山就业"制度落实以来，以"侃山"为谋生手段的燕家台人占实际常住人口的近一半。每天的准时"上班"已经构成了与之相应的时间分配方式。如赵正英在"上班"时，先在家中"看火"，吃完早饭便到"圈门"，与其他"侃山"者一起进山；"侃山"时间大体为上午9点至下午13点半左右；若是在"长天"回来后吃午饭，若是在"短天"则吃点东西"垫补垫补"；午饭后的时间安排与"长天"农忙期的时间分配方式基本上相同，主要用来做家务（有时是做农活）、吃完饭、"串门子"、看电视等。

e. 节日期间的生活模式（参见彩图11）

在燕家台最大的节日"寒食"和"过年"期间，由于平时很少回家的亲属大多要回村过节，燕家台大队给"侃山"的纯农户"放假"几天，地里的各种农活也暂时被搁置在一边，燕家台的纯农户由此调整原来的时间分配模式。如赵正英在节日期间，把起床时间提前到凌晨 5 点以前，为了"嫌冷"的众多外地亲属烧大量的煤炭，并准备丰盛的饭菜；由于节日期间的三顿饭都需要饮酒，吃饭时间长于非节日期间；赵正英把白天的剩下时间主要安排在家务活上面，而她在白天做的家务活相对轻松，边做活边享受与外地亲属的拉家；吃完晚饭后，一家人打麻将或看电视；等到每个人回到自己房间之后，赵正英开始准备第二天的饭菜，还做些诸如劈柴、端煤等"重活"，直到零点左右熄灯休息。

（2）半农户的生活模式——以赵永清为例（参见彩图 12）

与纯农户相比，季节变化对半农户生活模式的影响相对较小。每到农活繁忙的季节，燕家台的半农户只在不影响自己固有时间安排的前提下，帮助家中的纯农户做些农活。即使是在过节期间，他们也很少为此彻底改变原来的时间分配方式，往往只会增加吃饭时间或者饭后留在家中的时间。

如现任燕家台党支部治保主任的赵永清生于 1935 年，每天都需要在村邮站值班。他的生活模式通常一年四季基本上保持一致。无论是"长天"还是"短天"，赵永清在凌晨 6 点前起床后，先给村邮站的火炉"看火"、烧水，并在"大场"劈柴；8 点回家吃饭后，又回到村邮站来接电话，并广播叫人把前一天寄到燕家台的信件送到收件人手中；由于上午和下午都有一些被广播者来到村邮站，时而还有人拨打燕家台大队的值班电话，下午还有"送信的"来送信，因此赵永清一直都在此坐班，即使是在"长天"也没有吃午饭的习惯；除了需要广播者，每天上午下午，不少"老爷儿们"聚集在村邮站打麻将、拉家；吃完饭后的时间主要用在整理信件、"看火"、劈柴等做活与看电视上面，直到零点左右熄灯休息。

无论是在农忙时期，还是在节日期间，这种时间分配方式并无太多变化。每到"短天"的农忙时，赵永清在吃完早饭后多留在家中，把上午打麻将的时间稍微用在"菜园子"上面；每逢春节，他在不影响工作的前提下，利用打麻将和看电视的时间，来参加村内业余剧团的排练和演出；到外地亲属回家过节之后，他稍微提前一点回家吃饭、喝酒，饭后还多留在家中享受与外地亲属之间的拉家。

虽然以上两种模式分别把赵正英和赵永清两位纯农户和半农户作为例子，它们并不只是这两位燕家台人特有的生活模式。无论是"串门子"，还是打麻将，这些出现在他们每季生活中并成为其一部分的部分活动，都不是他们自己所能完成的。无论是赵正英，还是赵永清，他们每天按时进行这些活动，自然意味着在他们周围还有些人根据类似的时间分配方式而生活。事实上，现在 40 岁以上的中老年常住人口，大多把与之十分接近的时间分配方式作为他们经营日常生活的基础。这或许是因为他们生活在其中的燕家台是一个相对封闭的"熟悉的社会"，他们大多把同样的季节推移作为劳作的基础，在同步劳作的同时又共享着共同的非劳作时间。

2."使得慌"与"闲着"

劳作与非劳作的划分，可以说是中老年燕家台人赖以构造生活节奏的基础。无论是纯农户的还是半农户的，无论是"短天"的还是"长天"的，在他们的所有时间分配方式中，一天往往都被分为"应该劳作的时间"和"可以不劳作的时间"两种，各项日常活动都在这两种时间中进行定位，从二者之间带有规律性的更换中，便出现燕家台人的生活基调——"使得慌"与"闲着"。

按照上面的例子而言，诸如各种农活、广播、需要按时完成的或不能中间停手的部分家务活（如做饭、"看火"等）、剧团排练等，都是在"应该劳作的时间"中进行的行为活动，凡是进行这些活动的人一般都被视为在"使得慌"；而诸如"锻炼身体"、打麻将、"串门子"、看电视、"溜达"、拉家、"侃山"、未必按时完成的或可以中间停手的部分家务活（如洗衣裳、做鞋垫子、补衣裳等）、吃饭等便是在"可以不劳作的时间"中进行的行为活动，凡是进行这些活动的人一般都被视为在"闲着"。由于多种日常活动基本上都可以划归为"应该劳作的时间"或"可以不劳作的时间"之中，即使每个人所做的活动内容不同，燕家台人也可以同时处在"使得慌"或"闲着"的状态，进而共享类似的生活节奏。

有必要注意的是，"应该劳作的时间"和"可以不劳作的时间"也罢，"使得慌"与"闲着"也罢，这种划分不仅把这些活动的实际劳动量作为依据，还把他们有关劳作和非劳作的看法作为基础。事实上，在燕家台人的基本思路中，无论实际劳动量有多少，凡是正在做农活、"看火"等的人应该都在"使得慌"，因为进行这些行为活动的人不可能也不应该在"闲着"；同样，凡是正在打麻将、"锻炼身体"等的人应该都在"闲着"，因为只要"使得慌"便不可能也不应该进行这些活动。从此意义上而言，燕家台人在"应该劳作的时间"和"可以不劳作的时间"的基础上构成的"使得慌"与"闲着"这两种生活基调，也可以说是他们据此划分各项日常活动、并给定价值判断的一种标准。假如有人违背这种标准，在不恰当的时间中进行不恰当的行为，那么，他的行为随时都可能引起其他燕家台人的质疑，甚至可能让他在"熟悉的社会"中得到诸如"爱出风头"、"爱美"、"懒人"、"没出息"、"败家子"等各种"标签"。

对生活在相对封闭的"熟悉的社会"中的燕家台人而言，这种"标签"必将或多或少地影响他们的人际关系乃至正常的日常生活。因此，燕家台人对"应该劳作的时间"和"可以不劳作的时间"、或者对"使得慌"与"闲着"之间的划分，往往都十分敏感。如在上面的例子中，每当半农户需要对原来的时间分配方式进行调整时，他们只会把"可以不劳作的时间"改为"应该劳作的时间"，而一般不会把"应该劳作的时间"改为"可以不劳作的时间"，这实际上也是他们这种敏感性的体现。出自同样的顾虑，即使燕家台人在"应该劳作的时间"中"歇会儿"，为了展示自己只是因"使得慌"而休息，而不是在"闲着"，他们也避免休息时间过长，更不会进行那些"可以不劳作的时间"里所做的活动来彻底放松。[①]

一个典型的例子便是拉家。从"拉家就是闲聊，有事就不拉家了"[②]这种表述中可以看出，燕家台人认为，拉家应该只在"可以不劳作的时间"中进行。因此，即使有些人在做农活时——亦即在"应该劳作的时间"中——"歇会儿"并与别人说话，说话者一般不会把自己的行为命名为拉家，别人也不会将其命名为拉家。假如别人把他们在"应该劳作的时间"中的说话判定为拉家，那么，他同时判定说话者为"闲着"，拉家由此成为违背常规的"胡拉家"，随时都可能遭到批评。而正如上述，这种被批评为"胡拉家"的拉家，在燕家台人看来未必是拉家。

此外，拉家还可以更清楚地折射出，燕家台人对"使得慌"与"闲着"之间的划分所具有的这种敏感性。正如上述，拉家是燕家台人在"可以不劳作的时间"中进行的活动，那些需要多人参与的同类活动大多把它作为开头。打麻将也罢，"串门子"也罢，每当燕家台人在"可以不劳作的时间"中欲与另一个或几个燕家台人进行某种活动时，前者首先往往向后者"打招呼"，并积极地引导后者进入拉家的过程之中。此时，他一般

---

① 燕家台人所谓"闲着"是一个人在"可以不劳作的时间"中的状态，因此不同于"应该劳作的时间"中的"歇会儿"。在这一点上，"闲着"与德国哲学家皮珀（J. Pieper）所谓"闲暇"十分接近。参见约瑟夫·皮珀《闲暇——文化的基础》（Josef Pieper, *Was Heßit Philosophieren*. Koesel-Verlag GmbH&co., 1995），刘森尧译，新星出版社 2005 年版。

② 声音资料。李永照口述；西村于 2005 年 3 月 27 日在吕广云家中录音。

都遵守"你"优先于"我"的对话循环规则，先提问对方目前的状态（如"干啥去来着？"、"在家来？"、"吃了？"），并根据对方的反应，来测探他是否"闲着"。而除非有些非常规性事件在身（如生病、接待客人等），那么，对被测探的燕家台人而言，唯一能够拒绝拉家的正当理由，便是"使得慌"。因为那些"使得慌"的人被视为不可能也不应该拉家，假如违背这种基本看法，他们的拉家便成为应该纠正的"胡拉家"。而且在燕家台人的共同理解中，拉家的参与者应该是友好的，无限制的。假如他们在没有正当理由的情况下拒绝拉家，那么，这种拒绝可能被视为另有原因，别人完全有可能给他们贴上"不理人"、"光顾个人"、"爱美"等"标签"，他们和别人之间此后的交往也由此可能会出现令人尴尬的障碍。因此，只要被提问的燕家台人确实在"闲着"、并肯定自己目前的状态已经透露对方自己在"闲着"，那么，他有必要应答对方的"打招呼"，通过"没干啥"、"进来吧"等回答来表示自己能够与他拉家。即使两口子正在饭桌上认真商量某些事，即使老娘子正在收看电视剧看得十分入迷，他们也同样需要遵守这一规则。

为了判断某人在"使得慌"还是在"闲着"，拉家无疑是燕家台人最常用的手段之一。通过拉家的反复实践，燕家台人可以大概把握其他燕家台人"使得慌"和"闲着"之间的循环规律。无论是为了避免自己的每季生活与其他燕家台人相差太远，还是为了在"可以不劳作的时间"里与别人共同进行某些活动，从结果来看，每天的拉家促使了燕家台人"应该劳作的时间"和"可以不劳作的时间"的时间分配在总体上的统一，进而使得"使得慌"和"闲着"之间的循环规律趋于一致。

（三）拉家群体与成员类型

正如上述，虽然拉家成员在原则上不受限制，而每一所拉家场地却把附近居民作为主要利用者，这些居民一般都在相对固定的时间来到各自的拉家场地，并构成了成员相对固定的拉家群体。如"长天"的农闲期，在燕家台行人最频繁的圈门与大乡一带，依次出现五个拉家群体：从上午 8 点左右，929 支线利用者和接送者开始来到此地，随之出现欲与这些人拉家的男性老年人；929 支线在上午 8 点半准时出发后，接送者陆续离开此地，这些"老爷们儿"也暂时解散，直到上午 11 点左右又聚集在一起；到了下午，带着小孩的妇女和其他中年妇女开始出现，由她们组织的拉家群体，到 15 点左右基本上取代由"老爷们儿"构成的拉家群体；在吃晚饭时间，圈门一带成为无人的空地，到 17 点半左右又出现饭后"溜达"的"老娘儿们"；为了收看天气预报或电视剧，这些"老娘儿们"基本上在 19 点半以前离开此地；到 21 点以后，出现由年轻的非常住人口或外地打工者组织的拉家群体。

在燕家台，每个人的私人生活在时间安排和活动地点上是相对公开的。由于这种相对公开性，燕家台人可以在常规地点找到能够进行拉家的或者愿意与之拉家的人，进而构成成员相对固定的拉家群体。虽然"跟谁都可以"是拉家群体的组织原则，"跟谁都可以"却未必意味着"必须跟任何人进行拉家"，这里的"谁"在燕家台人反复进行的日常交流过程中自然被选择。因选择而出现的拉家群体成员的相对固定性，同样体现在家里的拉家之中。总的来说，燕家台人在露天进行的拉家中主要根据性别、年龄层次、居住地点等来组织群体，而在家中进行的拉家不限于此。

在拉家群体的组织方面，燕家台人利用萨萨斯所谓"成员类型装置（membership categorization device）"。[①] 如依次出现在各个拉家场地的拉家群体，便是诸如"邻居"、"老人"、"男人"等类型的复合运用。出现在家中的拉家群体，除了这些以居所、年龄层次、性别为基础的成员类型框架之外，还适当采用诸如"一家子"（"侄子"、"外甥媳妇儿"等）、"朋友"（"将友"、"铁哥儿们"等）、"熟人"（"某某他老娘子"、"原来一个生产队的"等）、"邻居"（"住在后院儿的"等）等类型框架。尤其在燕家台人"串门子"到某人家里进行拉家时，成员类型的选择范围自然小于露天的拉家。其中不包括诸如"大队书记"、"小卖部老板"、"治保主任"、"学校老师"等以职业或职称为基础的成员类型。

---

① 会话分析的创始人萨萨斯，关注自然语言的类型化（categorization）的习惯性实践，对常人方法学有关"方法"的问题进行了探讨。人们认识现实的方法受到日常会话中的类型化的影响，他把这种社会成员用来类型化的实践称为"成员类型装置"（略称 MCD）。它是指某一未分类集体用来对成员进行分类以突出集体特征的可利用装置："所谓类型化装置是如下成员类型的集合。亦即，它至少包括一个类型，并适用在包括复数成员在内的集体上面。这时，通过某种适用规则的利用，至少有一个集体成员与一个类型装置要素被组合在一起。因此，装置是对集合加上适用规则的东西。"エマニュエル・シェグロフ、ハーヴィー・サックス：《会話はどのように終了されるのか》，《日常性の解剖学—知と会話—》，北泽裕、西阪仰訳、マルジュ社 2004 年版，第 97 页。

　　无论是露天的拉家，还是家中的拉家，为了进行友好、平等、随意的拉家，燕家台人在选择相应的成员类型框架以后，都需要采取一些符合该框架的行为。如赵正英到药房买药，药房的老板娘杨维花问她最近的病情。而她们之间的互动行为之所以被命名为拉家，而不是"交易"或"诊病"，是因为他们在交流过程中将"亲戚"这一类型框架优先于"顾客"与"老板娘"，并分别采取符合自己作为"叔伯嫂"或"外甥媳妇儿"的行为举止。同样，只要赵红星与赵永清在"村委书记"与"治保主任"的成员类型框架内部进行交谈，他们的行为互动再随意，也难以超出"汇报"、"开会"、"研究"等之外。为了进行拉家，他们还有必要采用"邻居"、"叔伯"与"侄子"、"父亲他哥们儿"与"赵永成家小子"等类型框架，并在所选类型框架内部进行交流。我们由此可以说，那些采用符合拉家的成员类型的燕家台人，在常规地点或者在相对固定的时间里，彼此给定"闲着"或"使得慌"的判断，并按照判断结果，把他们的活动联系到拉家或其他体裁概念。

　　另外，当燕家台人与非燕家台人进行拉家时，他们还对对方贴上诸如"山里头的"、"原来是燕家台的"、"回来避暑的"、"柏峪的"等标签，进而把双方归纳为可进行拉家的成员类型中。换句话来说，为了把与非燕家台人之间的语言交流命名为拉家，燕家台人有必要相应的类型框架套在非燕家台人身上。这里所谓"可进行拉家"的成员类型，主要意味着"可认同对方"的成员类型。这种所选成员类型的可认同性，在与"山外头的"的拉家中尤其成为关键。"票友"也好，"亲家"也好，假如他们从"山外头的"身上不能够找到可以认同的成员类型，他们易于感到"不自在"或"说不到一块儿"，进而"拉家不起来"。从此意义上而言，燕家台人利用在拉家中的成员类型框架，创建了美国休闲研究者凯利所谓"我们的圈子（we group）"。这种圈子以社会认同为基础，燕家台人通过拉家群体内部相对统一的行为方式和各种常规，规定了什么是圈内的，而什么又会是圈外的。[①] 事实上，当燕家台人与被视为圈外的"臭板子"、"搞旅游的"、"山外头的"等进行交流时，他们一般不会将其命名为拉家。这不但是因

---

　　① 约翰·凯利：《走向自由——休闲社会学新论》（John R. Kelly, *Freedom to be: A New Sociology of Leisure.* University of Illinois, 1987），赵冉译，李斌校译，云南人民出版社2004年版，第125页。

为这些人不解拉家何谓，也是因为燕家台人意识到拉家作为"老人们"常用的"土语"应属于"我们的圈子"，用在这些圈外人士身上便容易觉得"不对口"。

可以说明问题的例子，便是"聊天儿"与拉家。正如上述，燕家台人按照对方的身份，分别运用这两种体裁名称。假如燕家台人对这两种所指的自觉替换仅仅是因为"山外头的"不解拉家何谓，那么，即使他们对"山外头的"不提拉家一词，事后仍有可能对其他燕家台人提及自己"跟'山外头的'拉家来着"。然而，在燕家台人的口述中，"山外头的"和拉家很少同时出现。这或许是因为燕家台人避免对"我们的圈子"的成员，用"我们的圈子"的话语，来表示自己与圈外的人们之间的交流。而不管其原因如何，可以确定的一点是：对燕家台人而言，"山外头的"不属于拉家概念的适用范围，拉家与"山外头的"不应出现在同一个句子中，否则违背燕家台的语用习惯。这种语用习惯是"山外头的"与拉家概念之间的内在关系，借用维特根斯坦的话来说便是拉家概念的"语法"。

实际上，上述拉家的各种特征、常规地点、相对固定的时间都在一定程度上都构成了拉家概念的"语法"。这里所谓"语法"指的是"对象的内部性质"，即："一个属性，如果不能设想它的对象不具有它，它就是一个内部属性。"[1] 换句话来说，"无法设想某一对象不具有某一属性"也意味着"可以从某一对象本身非经验性地、必然地引导出某一属性"。对燕家台人而言，只要有两个以上的人在拉家的常规地点说话，不可能不是拉家；两个"使得慌"的燕家台人说话不可能是拉家。由此可以说，他们在特定的场合不可能犯错误，立足于对象内部属性的推论而做出一致的判断。日本哲学家鬼界彰夫（A. Kikai）便把这种推论称为"对象的逻辑"，并指出了这是一种基于社会认知关系的共同体逻辑。[2]

实际上，我们在前面努力把握的燕家台人有关拉家概念的共同理解，以这种共同体逻辑为基础。它在一定程度上制定概念的运作与行为实践，

---

① 路德维希·维特根斯坦：《逻辑哲学论》，贺绍甲译，2005 年版，第 50 页。

② 鬼界彰夫：《ウィトゲンシュタインはこう考えた——哲学的思考の全軌跡 1912—1951》，讲谈社 2003 年版，第 210、238—245、296—301 页。

并通过作为规范或制度的侧面，将拉家概念连接于叫做燕家台的社会空间。这里似乎蕴含着一个启示，即：拉家概念只有在燕家台人以拉家为中心的话语制度之下才能具有作为体裁的意义和价值，在其外部或许不过是一种普通话"聊天"的方言土语，或者是研究者主体用来研究的学术体裁概念的"模板"。

最后，我们举例说明这一点，并以此为本章的尾声。正如上述，通过拉家，燕家台人每天都在了解别人的生活，让别人了解自己的生活，并现时传播发生在村内外的各种事件以及他们对这些事件的看法。在每天的拉家中，燕家台人也有机会把有关燕家台自古以来的各种知识连接于"现在这候儿"的燕家台，由此培养出他们作为燕家台人的自我意识。当笔者提问为何要拉家时，不少燕家台人以带有困惑的表情反问笔者："不拉家干啥呢？"这种带有困惑的反问，不仅意味着燕家台人的娱乐方式相对较少，更是意味着拉家已经成为他们日常生活不可缺少的一部分，他们不但无法想象不拉家的生活，也根本没有不拉家的想法。

2005年清明节刚结束不久，由于气温突然下降，耕田土壤冰冻，燕家台人的春耕停顿了几天。此时，燕家台人"短天"农闲期的时间分配方式正在向"长天"农忙期的时间分配方式而转换，又突然有了把"长天"农忙期的时间分配方式暂时更换为"长天"农闲期的时间分配方式的必要。因此，在这几天内，燕家台人分别采用这三种时间分配方式，他们平时较为一致的"使得慌"与"闲着"之间的循环规律由此出现了脱节。4月4日，采用"长天"农闲期时间分配方式的赵正英在家"闲着"，而她的"将友"并没有按时来找她。由于"憋得慌"，赵正英先后跑到大街、小卖部找人拉家，而居然见不到一个人影。最终赵正英又跑到礼堂，"好不容易"找到几个"闲着"的燕家台人，与他们拉家了一会儿。

从赵正英的例子可以看到，对燕家台人而言，拉家的意义似乎远远大于无事可做的燕家台人在休息时间进行的娱乐。"闲着"是相对"使得慌"而言的、具有价值的一种生命状态，"可以不劳作的时间"又是燕家台人赖以组织日常生活的基础之一。因此可以说，"闲着"的燕家台人在"可以不劳作的时间"中进行的拉家，与"使得慌"的燕家台人在"应该劳作的时间"中进行的农活同样，都是为了经营正常的日常生活而必不可少的一种生存手段。

小　结

本章从燕家台人的日常经验或生活实践的层面，重点描述了燕家台人有关拉家概念的理解与运作方式。

首先，通过与操作概念非拉家的比较，大概把握了拉家的概念外延，并描述了拉家在燕家台人眼中的五种基本特性。由此得出的基本发现有三种：

1. 拉家概念与非拉家在燕家台人的分类感觉中保持着相应的距离，这种距离可以说明后者在燕家台人的日常经验中可能被命名为拉家的概率。从理论上而言，非拉家可能被命名为拉家的非拉家的无限集合，构成了燕家台人所谓拉家的流动概念外延。

2. 以拉家为中心的分类感觉，源自拉家的特性在燕家台人意识中的反映。无论是属于文本内部，还是属于文本外部，这些可叙述的特性可以反映出拉家在燕家台人眼中"应该如何"。它们在有关拉家与非拉家的自觉区分中，作为一种分类依据而被利用；又在日常生活的层面作为一种燕家台人认为"应该遵守"的实践方针或原则而发挥作用。

3. 在日常生活的层面，体裁概念与所指行为之间只存在经验性的指涉关系，被命名对象的同一性不完全依赖于概念的严格定义或命名主体对概念的全面理解，而主要由判断的一致而得以保证。

以上三种发现又分别或者共同引导出了本书关于体裁概念或体裁分类的三种基本观点：

1. 体裁概念在日常生活的层面，它并非是潜在于燕家台人抽象思维中的精神论现象，而是作为一种命名的努力而存在。

2. 当体裁特征在命名的过程中成为体裁划分的依据时，文本未必是这些特性的唯一所在地，由体裁之间的关系而构成的体裁系统也未必是区分体裁的唯一场所。

3. 体裁作为日常概念在本质上是暧昧模糊的。假如对此下定严格定义，它从而变为其他，并远离它的实际。

其次，将前面的发现与观点放回到自然条件下，关注了暧昧模糊的拉家概念在日常生活中如何顺利运作，从中得出了如下基本发现：

　　燕家台人在常规地点、相对固定的时间、特定成员类型框架内，以绝对的自明性将某种行为命名为拉家，并按照判断结果，把彼此的行为互动联系到他们有关拉家的共同理解上面。

　　这一基本发现引导出了更深层次的另一种发现，即：

　　命名实践与作为命名结果的名称，根据以社会认知关系为基础的共同体逻辑而发生联系，成为一种话语制度。

　　亦即，在这一制度之下，怎样的人在怎样的状况中将怎样的对象命名为拉家、命名后这一名称如何被使用等，都是事先决定的。由于拉家概念在一定程度上还制定概念的运作与行为实践过程，最后得出了一个启示，即：在燕家台人以拉家为中心的话语制度之下获得具有作为体裁的意义和价值。换句话来说，则是：

　　民间的体裁概念只能存在于它所构成的话语制度之中，通过与特定社会成员之间的认知关系，成为在特定地域的日常生活中不可缺少的地方体裁。

　　这也是目前学界的共识。而从观念上的思索与具体的调研工作得出了同一个观点，这当然不是意味着我们可以对此忽略或到此停止思考，而是意味着这一观点足以成为未来体裁研究的可靠的立足点。关于这一点，本书将在第五章和结论中进一步探讨，这里暂且不谈。下面，我们从访谈的现场转入拉家的实践过程，具体描述燕家台人在特定的话语制度之下如何运作拉家概念。

第 四 章

体裁的实践[①]

——拉家的开始·展开·结束

　　无论是可观察的具体概念，还是不可观察的抽象概念，传统的语言观往往视概念为一种符号，认为概念是我们有关某一所指的这样一个观点，即："这是怎样的东西"。沿着这种语言观看，再具体的概念都只能存在于观念之中。而本书采用的则是另一种语言观，即将概念理解为使用者的感觉、情感、认识、态度、语言和身体动作等融为一体的行为举止，是我们生活在其中的语言游戏。[②]

---

　　① 本书所依赖的理论方法以维特根斯坦派的常人方法论为主，而且本章讨论的焦点主要在于拉家的实践按照"概念语法"而得以组织的过程（亦即其讨论的重点不在于正在展现的程式化行为本身，而是正在组织程式化行为的知识或逻辑）。因此，这里有意回避了如今在民俗学和民间文艺学界广泛取得认可的"表演"一词。这主要是为了突出基本立场而采取的措施，本文仍然重视表演理论在从交流互动的意义上界定语言艺术时所能发挥出的有效性。

　　② 借用日本哲学家鬼界彰夫（A. Kikai）的话来说，传统语言观所谓的概念属于"内容主义的意义概念"，认为句子（命题）本质上是一种世界肖像，概念所叙述的是有关世界的某种事实。在它看来，概念的意义无疑是它所叙述的内容，其真假主要取决于概念的意义与现实之间一致与否。而这种内容主义的意义概念，显然有一个致命的弱点——它难以说明非叙事文的意义（如"哎呀，你看，怎么搞的！"关于这一点，参见刘魁立《民间叙事机理谫论》，《民俗研究》2004 年第 3 期）。为了说明这种非叙事文的意义，我们还是有必要回到"命令"、"叙述"等行为本身，并观察和说明这些行为在生活中分别承担了怎样的角色。由此得到说明的意义，也就是概念在我们生活中所扮演的角色，这便是相对内容主义的意义概念而言的"功能主义的意义概念"。维特根斯坦通过"语言游戏"而达到的意义概念，属于这一范畴。虽然笔者不完全认为内容主义的意义概念是传统语言观的"误解"或"幻想"，但同意鬼界彰夫的如下观点，即：只有通过功能主义的意义概念才能说明语言行为的意义。因此，本文主要采用维特根斯坦的概念观作为前提。参见鬼界彰夫《ウィトゲンシュタインはこう考えた——哲学的思考の全軌跡 1912—1951》，讲谈社 2003 年版，第 246—327 页。

以此为前提，本章对拉家的体裁概念与行为互动之间的关系——亦即燕家台人如何把拉家概念作为手段维持行为的一贯性——进行讨论。

正如第三章所说，某种行为互动之所以被命名为拉家，其原因之一便是参与者将自己的活动连接于拉家概念，或者通过与拉家概念密切相关的成员类型来理解自己和对方。前一章所讨论的问题，实际上是燕家台人在特定的行为互动中参照怎样的概念，或者说是燕家台人用拉家概念如何把握特定的场面并借此如何对彼此进行类型化。本章则从另一个角度，描述燕家台人在一种必须被命名为拉家的场合，如何参照拉家概念以组织特定的行为互动。这两个问题是一个事物的正反两面，二者共同构成"作为概念语法的行为互动的组织化手续"。[①]

一 拉家的开始

从访谈结果看，燕家台人大多认为拉家应该需要"复数的参与者"。在他们的分类感觉中，"个人磨叨"由此远离拉家，几乎无人把二者混淆在一起。而"一个人怎么可以拉家？"这种反问，不仅意味着拉家需要有复数人，还意味着拉家首先需要彼此意识到对方为参与者的他者的存在。即使复数的人同时处在拉家的常规地点，只要没有人察觉到其他人的存在，或者只有一方知道另一方的存在，那么他们也无法构成拉家实践群体。同样，假如没有把彼此理解为知道如何拉家因而可以进行拉家的人，那么这些复数人的行为互动也无法被连接于有关拉家的共同理解。

因此可以说，燕家台人所谓拉家，应从复数参与者的"相遇"开始。以此为开端，燕家台人往往通过"打招呼"、空间操作等手段判断当前的情况是否适合拉家，或者使得当前的情况更适合拉家，并根据社会关系而组织拉家实践群体，以备展开拉家。

（一）相遇

本书所谓"相遇"，指的是不同的主体构成潜在的拉家实践群体的过

---

① 西阪仰：《心と行为——エスノメソドロジーの视点》，岩波书店 2001 年版，第 21—22 页。

程，而不是主体与主体之间的物理性接触。① 假如没有彼此意识到对方存在的复数参与者，拉家实践群体也就不存在，但这并不意味着复数参与者

---

① 当然，我们有必要意识到主体与主体之间的相遇其实是一个复杂的过程。主体 A 与主体 B 的相遇，不但需要 A 发现 B 的存在，B 发现 A 的存在，而且需要 A 意识到 B 发现 A 的存在，B 意识到 A 发现 B 的存在，直到 A 和 B 都把彼此视为能够进行拉家的存在以后，他们才能构成一个潜在的拉家实践群体。那么，在此过程中，参与者如何获知对方的存在，并确定对方有着可用来实践拉家的知识？这实际上是行为互动研究的老问题。对此，以往的研究者主要从现象学的上下文中得出了答案，认为参与者在可预设对方合理性的情况下利用归纳和推论的模式，借此确认对方的知识。如当燕家台人 A 见到燕家台人 B 时，假如 A 的视线朝向 B，而且 B 能够预设 A 有足够的合理性，那么，B 可以推断 A 发现了 B 的存在；在能够预设 A 的合理性的情况下，B 还可以推断 A 能够推定 B 做了这样的推断；B 通过同样的归纳性推论模式，可以无限地下定类似的推断，A 也是如此。这种推论性归纳模式可概括为一个公式（Ka（x）：a 知道 x）：Kb（Ka，c）→ Kb（Ka（Kb（Ka，c）））。而这种过于合理的模式难免有所偏离实际，很容易引起质疑，如相对自我存在的自明性而言，他我是否如此模糊不清？我们是否只能通过如同数学解题一般的方式才能理解他者？从日常语言的实践层面看，答案似乎是“否”。另外，从“在这种相遇的过程中，参与者如何获知对方的存在，并确定对方有着可用来实践行为互动的知识”这种问题设计中可以看出，过去行为互动研究的讨论起点往往都是“参与者如何把对方的意向与自己的意向重叠在一起”。对此，日本社会学家西阪仰（A. Nishizaka）从维特根斯坦的上下文中提出了质疑。他认为，假如主体 A 对主体 B 的意向只能浮现在 B 对 A 的意向之中，那么，这些彼此封闭的主体永远无法构成共同体，不仅如此，既然本该从外部连接不同主体的规范也只能出现在各自的意向之中，那么，共同体还是无法出现。这便是所谓“行为互动的矛盾”。对于“行为互动的矛盾”，我们也许还可以这样提出质疑：“认识他者的存在，是否等于‘我’有着如同他者的经历，或者可以进行如同他者的思考或行为？”答案还是否定的。因为，即使我以自己为标准能够推论他者，那些如同自己一样思考和体验世界的存在也称不上是他者，就如一个忠实的部下被称为上司的“左右手”，他只能是叫做“我”的组织的组成部分。关于这一点，日本系统研究者永井俊哉（T. Nagai）做了很好的阐释。永井认为“我”之所以意识到某一行为者为他者，是因为他能够做出不同于“我”的选择，而这个可能的他我便是相对于自明的自我而言的他者。当然，可能的他者不同于现实的他者。即使是他我在我看来具有如同自我一样的自明性，为了理解某种行为举止的具体含义，还是必须依靠推论。若有人一定要说破唯我论，那么反而陷入苦恼，以为“我的他者理解根据间接的推论，始终摆脱不了不确定性。”在此，我们还是跟随永井转换思维，这样理解他者，即：“我不能完全理解他者。在他者心中存在不确定的不透明性。因此，我无法完全预测和控制他者的行为。正因为如此，此人才会成为对我而言的他者。如果我知道该行为者的一切，而且能够自由控制，那么该行为者是身体的扩展部分，而不是他者。……直到发现自己无法完全理解他者时，我们才理解他者。”由于论旨的关系，这里对“行为互动的矛盾”不做更深入的探讨，只确认本文所采取的基本认识或前提：首先，认识他者只需暧昧的推论；其次，共同体或社会不是各个主体对他者的意向之集合；再次，共同体或社会也不是因外部的规范控制和综合不同主体的意向而成的集合体。参见西阪仰《心と行为——エスノメソドロジーの视点》，岩波书店 2001 年版，第 21—22 页；永井俊哉：《他我は存在するのか》，《縦横无尽の知的冒険》，プレスプラン2003年版，第 194—197 页。

的集合体就是拉家实践群体。从此意义上而言，拉家实践群体也是存在于人与人之间的共同体或社会。下面，引一个例子具体说明这一点。

2005 年 6 月 6 日"长天"农忙期的下午 18 点左右，A1 和 A2 坐在大臼（图 3—2 拉家场地在燕家台居民区内的布局示意图中③）的拉家场地。饭后出来"溜达溜达"的 B1、B2 以及 C 分别路过此地。其中，A1、A2、B1、B2 为该拉家场地的固定利用者，C 为该拉家场地的非固定利用者。与其他拉家场地相同，该拉家场地的座位以背面为墙，A1 和 A2 坐在此地可以瞭望其他三方。

图 4—1 中，阴影部分表示 A1 和 A2 的可视阈。可见，凡是出现在蔡家帮子或大臼上的人影都有可能进入他们的视野之中。最初，A1 和 A2 主要把视线朝南，偶尔看看对方，但他们的视线都可以越过对方，分别看到东西两个方向。在"可以不劳作的时间"里，他们以一定的正当性期待其他参与者的出现。由于这种"背后期待（background expecta-ncies）"[①] 的存在，若没有其他参与者出现，在常规时间和常规地点等待的固定利用者易于产生一些社会上被构造的情绪，包括困惑、猜疑等。他们还可能相互提问或讨论（如"今天怎么没人来呢（nia）"、"准是家里来人了"等）。

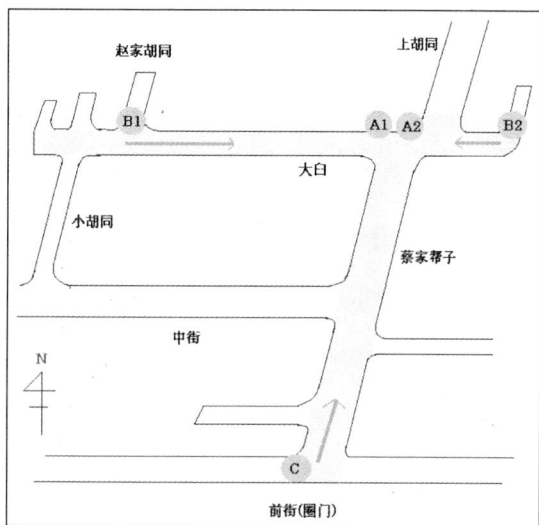

图 4—1　大臼拉家场地上的"相遇"

---

① "背后期待"是指社会上被标准化的特征。虽然这种特征是"视而不见"的，但社会成员期待它存在于日常场面的背后，并将其作为解释图式而利用。过去研究日常活动的社会学家往往对此不予关注，叔兹有关"日常生活的态度（attitude of daily life）"的系列研究仍属于例外。加芬克给予叔兹的研究以很高的评价，并把它作为起点，做了进一步的探讨。如今，"背后期待"成为常人方法学的基本概念之一。参见ハロルド・ガーフィンケル《日常活动的基盤—当たり前を見る—》，ジョージ・サーサスほか《日常性の解剖学—知と会話—》，北泽裕、西阪仰訳、マルジュ社 2004 年版。亦可参见本文第三章第 69 页注释①。

　　这种背后期待，同样出现在大臼拉家场地的固定利用者 B1 和 B2 身上。B1 从赵家胡同下来后，先在路口停步而遥望大臼拉家场地，之后开始走近其他利用者；B2 直走到大臼的拉家场地也停步。B1 也罢，B2 也罢，平时完全可以不顾 A1 和 A2 分别往小胡同或上胡同而去。但在拉家的常规时间和地点，他们主动承担了自己作为"大臼拉家场地的固定利用者"的成员类型，并按照"属于该成员类型的人现在要到大臼拉家"的期待，在 A1 与 A2 的可视域采取了一定的行为模式。亦即，当 B1 与 B2 在特定的场合采用适当的成员类型和背后期待时，这些类型和期待作为他们所要遵守的规范而流通于 A 和 B 之间。

```
1 A2：那是谁呢？
2 (5.0)
3 A1：那是老○吧
4 B2：不是着．那是……老○他
侄子，小×
5 A2：(1.5) 是．是小×
6 A1：上去吃老△他们的喜面呗
7 (10.0)
```

案例 1　2005 /6 /1 /18：00 ［大臼］

　　与 A、B 不同，C 是大臼拉家场地的非固定利用者。当他从前街转入蔡家帮子并出现在大臼拉家场地的可视域内时，在场的固定利用者开始猜测 C 为何人。首先，A2 的提问引起了其他人的注意。A1、B1、B2 由此转身观察蔡家帮子上的人影。随后的 5 秒钟的沉默，不是简单意义上的停顿，而是属于 A1、B1、B2 的沉默。此时，他们当中至少有一个人首先要做出反应。他们在这 5 秒钟之内相互争夺或推让最初发话的权利。这仍是该拉家实践群体成员都可以观察到的背后期待，随后的 A1 和 B2 的发话也与之相呼应。

　　大臼拉家场地的固定利用者对蔡家帮子上的人影进行观察、猜测以及议论，而 C 走到离他们五米远左右时立刻停止了发话。这与其说是怕 C 听见他们在议论他，不如说是他们认为不应该让 C 察觉到自己被议论，不管 C 真的察觉到了还是没有察觉到。正因为如此，在这一会话资料中，参与者们都把面部或身躯朝向 C，始终没有与其他参与者相对而看。这时，大臼的固定利用者视 C 为该拉家场地的非固定利用者。不仅如此，C 也主动承担这一成员类型，并按照"不属于该成员类型的人现在未必到大臼拉家"的背后期待，只喊一声"嫂子"，朝上胡同方向而去。

　　案例 1 蕴含着许多值得思考的问题，如 A1 和 A2 从何时开始发现了对方的存在？B1 和 B2 是专门出来拉家还是打算到别处去？C 是否知道自己被议论？但本书所要做的不是心理学考察，因此这些问题不会引起我们的太多兴趣。这里重要的仍是如下一点，即：B 与 C 都了解大臼和蔡家帮子是大臼拉家场地的可视域，包括 A 的所有人在此都采用了适当的类型框架和行为。假如他们的实践具有社会意义上的某种秩序，或者说，假如我们能够确认"相遇"的时刻，那么，它便存在于他们的实践之中。正如上述，本书所谓拉家实践群体不是个体的集合体。当我们考察燕家台人如何构成拉家实践群体时，行为互动中可观察的事项才成为关键。借用西坂仰的话来说，这是因为"行为互动内部的举止陆续地赋予各种事象以可观察的形态，并把一个事象连接于下一个事象，社会秩序便在于这种方式之中"。①

（二）"打招呼"

1. "打招呼"的基本含义及其类型

前面的案例中，在场的燕家台人把彼此划分为"大臼拉家场地的固定利用者"与"大臼拉家场地的非固定利用者"两种成员类型。在拉家的常规时间和常规地点，这两种类型分别带有了特殊的意义，即："应该进行拉家的"与"未必进行拉家的"。亦即，假如参与者在适当的情况下采用适当的类型框架，那么，他们的背后期待通过"n 是 X（即大臼拉家场地的固定利用者现在可以应该拉家、大臼拉家场地的非固定利用者现在未必拉家）"的模式，发挥出较强的规范力量。我们从"相遇"后面的"打招呼"中，也可以看到这种规范力量的存在。

（1）处在非拉家与拉家之间的"打招呼"

关于"打招呼"，我们首先要交代一点，即：并不是所有的燕家台人都认为"打招呼"属于拉家。具体来说，被提问的 37 位中老年燕家台人中，有 31 位否认"打招呼"为拉家，因为"说一句不叫拉家，拉家要说半天，在路上见个面，打个招呼那就不叫拉家"。②肯定打招呼为拉家者则认为，"打招呼也属于拉家，'吃了？''吃了''家里来了人了没着？'也可以说是拉家"。③

---

① 西阪仰：《心と行为——エスノメソドロジーの视点》，岩波书店 2001 年版，第 42 页。
② 声音资料。陈全芳口述；西村于 2005 年 4 月 10 日在小卖部录音。
③ 声音资料。陈良花口述；西村于 2006 年 1 月 21 日在礼堂录音。

　　显然，这两种命题在不同的语境中都可以成为真命题。如在前面的案例1中，大白拉家场地的固定利用者 A、B 与非固定利用者 C 之间的"打招呼"是他们之间的唯一对话，因此不符合燕家台人"拉家要说半天"的观点；而固定利用者 A 和 B 之间的"打招呼"作为一种打开交流的窗口而发挥作用，假如他们能够成功进入下一个环节，那么燕家台人据此认为"打招呼"是拉家，至少认为它可以算作是拉家的一部分。一般情况下，"打招呼"的双方或一方处在固定位置时，他们的"打招呼"容易被连接于拉家。反之，假如"打招呼"的双方都处于移动状态，他们之间难以出现一定长度或次数的对话，也就难以被连接于拉家。

　　(2) 打招呼的两种模式

　　英国社会语言学家肯顿（A. Kendon）在有关"问候互动"的研究中，把发生在一个问候互动中的区别性手势和话语称为"致意（salutations）"，并按照参与者之间的距离，将其分为"远距离致意（distance salutation）"和"近距离致意（close salutions）"两种。肯顿指出，远距离致意可能就此为止，在另一些时候也可以成为在更近的范围内进一步互动的前奏。这样的近距离致意有几个特征，包括参与者致意的位置明确、互相朝向的方式较为独特等。肯顿由此确认了一点，即："近距离致意于是就可以说是发生在一个独特的空间和朝向框架内。显然，建立这样一个框架是参与者共同完成的。"[①]

　　在某一拉家场地的固定利用者所做的"打招呼"中，我们可以看到类似的现象。2006 年 9 月 18、20 日从 18 点至 19 点半，笔者把摄像机和录音笔分别隐藏在图 4—2 的位置上，对大白拉家场地固定利用者之间的"打招呼"做了记录。

　　18 点 12 分，A 出现在该拉家场地，并坐在座位上等候其他人。直到录像结束前，共有七位固定利用者出现在大白上。其中，有四个人（这里把这四个人统称为 B）从赵家胡同进入 A 的可视域内。他们首先在胡同出口停步遥望 A，然后移动到 B1 或 B2 的位置。当 B 移动到 B1 位置时，他们在胡同出口处招呼 A，他们的"远距离致意"中都出现了有关 B 去

---

　　① 亚当·肯顿：《行为互动——小范围相遇中的行为模式》（Adam Kendon, *Conducting Interaction Patterns of Behavior in Focused Encounters*. Cambridge University Press, 1990.），张凯译，社会科学文献出版社 2001 年版，第 169 页。

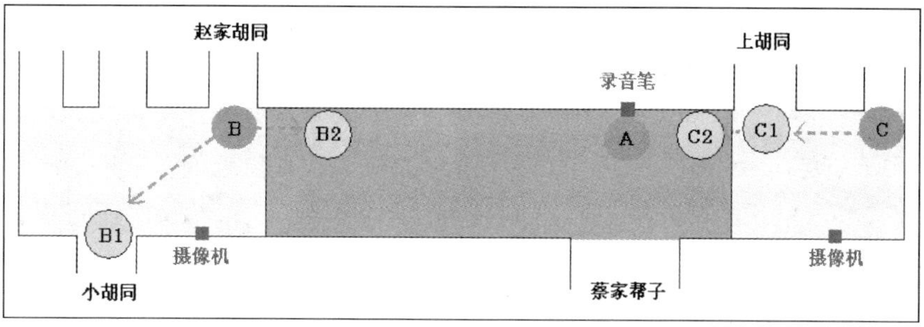

图 4—2　大臼拉家场地固定利用者之间的"打招呼"

向的提问或描述（如"上哪儿去哇?"——"去溜达溜达"）。而当 B 移动
到 B2 的位置时，他们在移动过程中招呼 A 或应答 A 的招呼。这可以说是
相对"远距离致意"而言的"近距离致意"。同样，其他三个人（这里统
称为 C）进入 A 的可视域之后，去上胡同者在 C1 位置停步招呼 A，并在
"远距离致意"中明确了自己的去向；去 C2 位置者则在移动过程中招呼
A 或应答 A 的招呼，亦即做了"近距离致意"。

从前面的描述中，可以确认几点：

a. 在某一拉家场地的可视域内，该拉家场地固定利用者负有"打招
呼"的义务；

b. 若有哪位固定利用者不参与拉家，他有必要在进入该拉家场地的
可视域之后不久主动招呼其他参与者，并告知自己的缺席；

c. 固定利用者之间的"近距离致意"出现在移动方没有其他路可走
的范围内（图 28 中是蓝色范围内）。在此范围内，他们把"移动方必然走
到该拉家场地"、"该拉家场地的固定利用者现在可以拉家"等经验作为前
提，进行一种可连接于拉家的交流。

至于某一拉家场地的固定利用者与非固定利用者之间的"打招呼"，
似乎不存在肯顿意义上的"远距离致意"和"近距离致意"之分。

如 2006 年 10 月 6 日在大臼拉家场地所做的记录中，无论是其他拉家
场地的利用者，还是为了过中秋节回村的非常住人口，当大臼拉家场地的
非固定利用者（这里统称为 D）从大臼拉家场地的可视域转入其他胡同
时，他们并没有在胡同入口处（D1、D2、D3）向该拉家场地的固定利用
者 A 进行"远距离致意"。即使移动到没有其他路可走的范围内（图 29
中是蓝色范围），他们也是直走到与 A 十分接近的位置（D4、D6）之后

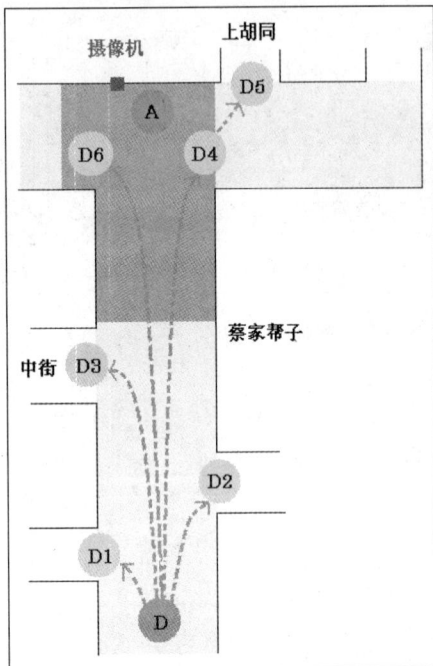

**图4—3　大臼拉家场地非固定
利用者的"打招呼"**

才招呼 A。仅从距离上看，他们之间的"打招呼"是"近距离致意"，但他们几乎都是到此为止，并没有使之成为"在更近的范围内进一步互动的前奏"。另外我们还可以注意到，某一拉家场地的固定利用者与非固定利用者所做的"打招呼"，基本上都由后者先发话。这里的 D 仍是如此。他们招呼 A 之后，有的直接离去，有的则停步。即使停步与 A 进行对话，除非有 A 的邀请，D 不会主动坐在大臼拉家场地的座位上。这里，A 与 D 似乎都认为大臼拉家场地属于 A。至少可以肯定的是，A 与 D 分别承担了"大臼拉家场地的固定利用者"或"大臼拉家场地的非固定利用者"的成员类型，并采取了适合当前语境的行为。这是他们在拉家的常规时间和常规地点被期待的行为，我们从中仍然可以确认某种规范的存在。

有必要补充的是，这里所谓"规范"不是简单意义上的行为模式。无论是拉家场地的固定利用者，还是非固定利用者，他们在现实的实践层面当然有可能采取违规规范的行为。重要的是，他们在违规规范之后会怎么做。如笔者在大臼拉家场地所做的记录中，有几位固定利用者从赵家胡同进入该拉家场地的可视域之后，并没有在胡同出口处停步，也没有遥望该拉家场地确认是否有人，而是匆匆忙忙地往上胡同方向而去。此时，大臼拉家场地的其他利用者基本上都关注此人，有时还议论其去向。实际上，他们通过关注、议论等方式，说明了此人违背背后期待的行为是与平时不同的一种"违规"。一般情况下，在场的固定利用者对这种违规行为比较宽容，据此判断此人"有事"，不宜参与只有"闲着"的人才会进行的拉家（如"她今天不来了"——"有事呗"）。

值得注意的例子，便是案例 2。案例 2 中，固定利用者的违规行为经

过其他利用者的提醒而得到了
修正。2006 年 3 月 28 日下
午，B 没有准时到燕家台大队
领取"独生子女费"，直到晚
上大队广播叫她之后才动身。
当 B 从赵家胡同横过大臼时，

1	A：还没领费？
2	B：啊. 没着. 响午炸豆腐来着. 吃了？
3	A：吃了. 哈┐哈
4	B：　　　┘哈哈

案例 2　2006 /3 /27 /18：13 ［大臼］

在大臼拉家场地的 A 对她大声发话。A 知道 B 之所以"违规"的理由，
通过开玩笑的方式表示他对 B"有事"状态的理解。这里重要的一点是，
A 的玩笑之所以能够成为恰当的玩笑，是因为它符合当时的情况与他们
的成员类型。对此，B 说明自己之所以现在"有事"的原因，紧接着按照
常规，弥补了她最初遗漏的"打招呼"（"吃了?"）。直到 A 和 B 分别应答
对方的招呼或笑声之后，他们事实上修正了当初的违规行为，同时确认了
违规行为已被修正的事实。

　　由此可以看出，参与者通过彼此之间的行为互动把某人的违规行为标
示为"不同寻常"的违规。假如没有违规，他们的行为便被视为"平常的
行为"，可以顺利地被连续于下一个行为。这便是我们所要把握的规范，
是作为实践而存在的规范。①

　　2. 非拉家的打招呼与拉家的打招呼

　　正如上述，作为拉家的一部分，"打招呼"首先必须是"近距离致
意"，参与者通过彼此之间的行为互动需要将其连接于拉家的下一个环节。
当然，无论是拉家，还是非拉家，"近距离致意"意味着参与者从此进入
下一个交流环节的窗口，因此，并不是所有的"近距离致意"都被连接于
拉家。重要的是，当"打招呼"作为打开交流窗口的操作而发挥作用时，
先发话的一方自然要有一个为什么必须打开交流窗口的理由，拉家的特征
便在于参与者对这种理由的理解方式上面。

　　（1）非拉家的打招呼

　　下面，引一个案例，具体说明这一点。在案例 3 中，A 到邻居 B

────────

　　①　关于作为实践的规范，日本社会学家山田富秋（T. Yamada）还指出，成员们对这种规
范的遵守或违反自然构成与之相应的主体间的理解、社会性结果等，从此意义上而言，它不完全
是从经验上可以确认的实证性概念，还带有一定的先验性质。参见山田富秋《会话分析を始めよ
う》，好井裕明、山田富秋、西阪仰：《会话分析への招待》，世界思想社 2001 年版，第 15—16
页。

```
1  A：吼～
2  B：吼～
3  A：还没做饭呢?
4  B：没着. 就是. 煮点儿豆子. 后远儿再做豆子米饭
5  A：噢. 你这儿有暖瓶没┐  着? 俺们家的都给做活的┐  用了
6  B：            ┘ 有             ┘  这边儿
```

案例 3   2006 /6 /2 /11：17 ［A 家院子］

家，首先喊一声告知自己的到来并测探屋里有人与否。B 则迅速发出同样的声音来告知自己的存在。随后 A 的提问与 B 的回答构成了有关 B 状况的描述，但这里的描述不完全是 A 为了确认 B 的状况是否符合拉家而进行的测探。因为案例 3 是发生在长天农忙期上午的语言事件，此时属于"应该劳作的时间"，A 事先知道 B 的状况不适合拉家。同理，B 知道 A 知道 B 的状态不适合拉家，也知道 A 不是过来拉家，因此，她并没有把相应的提问（如"你做了?"）提供给 A。按理来说，B 对目前状况所做的自我陈述中，蕴含着 A 由此可展开话题的线索。然而，A 对此并没有做出更多的反应，紧接着说明自己的来意，B 则迅速与之呼应。

案例 3 中的"打招呼"，不会被燕家台人视为拉家的一部分的"打招呼"。因为，在他们的共同理解中，"拉家是在没有事儿的时候说"，[①] "有事就不拉家了。"[②] 在 A 和 B 都知道 A 因有事而来的情况下，他们之间的"打招呼"显然难以被连接于拉家。

关于这一点，"打电话"仍是很好的例子。正如第三章所说，被提问的多数中老年人否认电话为拉家，认为"有事就打，没事儿还打什么电话?"[③] 而肯定"打电话"为拉家者则认为"有事就打电话说，没事也可以打听打听，可以说是拉家。"[④] 在这里，观点的分歧显然出现在"有事"与"没事"之间，在其背后存在一种有关拉家的共同理解，即："有事"

---

① 声音资料。陈全芳口述；西村于 2005 年 4 月 10 日在小卖部录音。
② 声音资料。李永照口述；西村于 2005 年 3 月 27 日在吕广云家中录音。
③ 声音资料。李兴华口述；西村于 2005 年 3 月 26 日在赵永清家中录音。
④ 声音资料。尚远栋口述；西村于 2005 年 3 月 27 日在合作社录音。

的人不会拉家，"有事"的人与"没事"的人同样不会拉家。由此可以看出，即使案例 3 中的 A 和 B 是"燕家台人"，是"同一个拉家场地的固定利用者"，这些可进行拉家的类型框架不适于当时的状况。A 和 B 在拉家的非常规语境中所被期待的是另一种关系。根据这种背后期待，他们通过行为互动的具体实践，把彼此作为多年的"邻居"而定位。①

（2）拉家的打招呼

相比之下，当"打招呼"成为拉家的一部分时，成员们未必提及特定的理由来说明打开交流窗口的理由。有时，他们还反而通过一种别人可以观察到的方式来明确这种理由的不在场。

1	A：老○～
2	B1：哎～. 进来～
3	A：哈哈. 还没吃完？
4	B1：没着. 你吃了？再吃点儿吧
5	A：不吃. 刚吃了
6	B1：吃了啥饭
7	A：捏饺┐子……
8	B1：　　└坐会儿. 坐会儿. 我们明天也捏饺子吃. 想吃肉了
9	(7.5)
10	A：这是啥电视呢？
11	B1：这是《新娘》(1.5)哎. 这个电视《新娘》叫什么来着
12	B2：我忘了
13	B1：切. 好看着呢. 坐这儿看会儿

案例 4　2005 /3 /23 /18：02［B 家］

如案例 4 中，A 在短天农闲期的晚上"串门子"到 B 家，此时 B 知道 A 是因"没事"而过来"串门子"。因为在燕家台"使得慌"与"闲着"的生活节奏中，

---

① 关于类型应用的"准确性"与"适宜性"之间的差异，美国社会学家萨克斯（H. Sacks）首次做了深入的探讨。他在有关成员类型的系列研究中还指出，有一种期待让各类型的成员必须通过特定的方式与同一个类型集合的成员发生联系。本文有关成员类型的论述在很大程度上依赖于萨克斯的基础研究。如エマニュエル・シェグロフ、ハーヴィー・サックス《会話はどのように終了されるのか》,《日常性の解剖学—知と会話—》，北泽裕、西阪仰訳、マルジュ社 2004 年版。

A 和 B 对"A 和 B 现在都没事"这一点达成了判断的一致。① 我们从 A 进屋后的第一个发话中，可以观察到这种判断的一致。在话轮 3，A 首先发出笑声，问道："还没吃完？"这一问句显然不是用来确认事实的问句，因为"B1 与 B2 正在吃饭"的事实就在 A 眼前。A 的问句与问句前面的笑声表示的则是另一种事实，即："A 平时都在这个时间来'串门子'，现在 A 和 B 家应该都吃完晚饭，但她和平时一样来到 B 家后却发现他们还在吃饭。"在话轮 4 中，A 并没有在"你吃了？"和"再吃点儿吧"之间给予 B 以回答的时间。因为 A 已经猜测和了解"A 以为 B 家现在应该吃完晚饭，于是她与平时一样吃完晚饭'串门子'来到 B 家，但今天她却发现他们还在吃饭。"她们根据个人的经验与共同体生活的同类性而下定判断。此时，A 与 B 可进行拉家的成员类型，同样被编入到她们的判断赖以成立的语境之中。如话轮 9 的沉默，这是既属于 A 也属于 B 的沉默。假如 A 找 B"有事"，或者假如 B 饭后还"有事"，那么，他们都可以在沉默中表态。而话轮 9 的沉默持续了 7.5 秒之久。虽然 B1 在前面劝 A "坐会儿"，表示欢迎 A 的到来，但她却把视线一直集中在电视屏幕上，放弃了下一个发话权。A 则根据 B1 的举止与当前的状况对她的期待，提供了适当的话题，并明确了自己"闲着"的状态。

从案例 4 可以看出，拉家实践群体成员在拉家的常规场景中选择符合拉家的成员类型，并在通过"打招呼"打开交流窗口的同时，明确表示自己并没有之所以必须打开交流窗口的理由。案例 4 中的 A 与 B1 由此转入拉家的下一个环节——展开。关于拉家的展开方式，稍后再谈，这里先强调两点：

首先，只有"闲着"的燕家台人在"可以不劳作的时间"里才会拉家，这不仅是燕家台人对有关拉家的事实所做的描述，燕家台人通过行为

---

① 需要注意的是，"判断的一致"不同于"思考结果的一致"，而是维特根斯坦所谓"生活形式的一致"。对此，我们无法给出符合逻辑的依据。若有人从"判断的一致"或"生活形式"的背后寻找它们之所以一致的原因，最终还是如同维特根斯坦一样遭到挫折，尽管这也是十分有意义的努力方向。既然事物在证明其必然以前都是偶然的，我们的生活之所以还没有经历过严重的不一致仍是偶然的。重要的是，在我们面前只有"不管怎样就是如此"的事实，我们要把这一事实作为出发（而不是最终要阐释的目的）。参见路德维希·维特根斯坦《哲学研究》，陈嘉映译，上海人民出版社 2002 年版，第 134—135 页；永井均：《ウィトゲンシュタイン入門》，筑摩书房 1998 年版，第 167—170 页；本文第三章第一节（二）"拉家的概念内涵"之 2。

互动的实践，正在创造这种事实。

其次，这种事实被编入到燕家台较稳定的日常生活节奏之中，它通过燕家台人的期待、理解、判断、利用等行为互动，构成属于燕家台的社会秩序。换言之，只有在燕家台人的日常生活实践中，"没有规律可循"的、"随便"的拉家才会显示出一种具有社会意义的秩序。

（三）拉家的空间及其操作

假如复数的燕家台人在"相遇"后把"打招呼"连接于拉家，那么，他们之间自然出现基于社会秩序的空间。这种空间不是物理学意义上的空间，而是"行为互动空间"。[①] 所谓行为互动空间，一方面指参与者通过具体行为互动而组织的空间；另一方面又指他们用来组织行为互动的资源。

那么，燕家台人如何创造拉家的行为互动空间，又如何在行为互动空间中组织拉家？下面，作为拉家开始环节的最后一个环节，对拉家的空间及其操作方式进行描述。

1．操作领域

当我们思考拉家的行为互动空间时，设在每个拉家场地的座位布局首先引起我们的注意。燕家台拉家场地的座位，或以一面靠墙，或高低相差较大的台阶，若有多个座位则排成一行。这些座位大多靠着公路或胡同，其布局大概与交通的便利有关。问题是，有些座位离公路或胡同很远，即使将其摆成其他形状并不妨碍交通，但它们还是以一面为墙。且不论其缘由，拉家座位的这种布局为每一个拉家场地创造了十分开阔的可视域。其固定利用者坐在这里可以不顾背后而瞭望左右前三方，这便是他们在当前的拉家中可操作的互动空间。

肯顿把个人面前延伸的互动空间称为"工作面（transactional segment）"，并指出其方位和朝向取决于个体如何安置身体、如何确定身体的朝向以及怎样摆设四肢。[②] 但正如西坂仰所言，"工作面"基本上可以向任何方向延伸，而且行为互动空间的关键不在身体的物理性位置或方向，而

---

① 西阪仰：《心と行为——エスノメソドロジーの视点》，岩波书店 2001 年版，第 30 页。
② 亚当·肯顿：《行为互动——小范围相遇中的行为模式》，张凯译，社会科学文献出版社 2001 年版，第 223 页。

在参与者表现在身体上面的意向。① 因此，本书把拉家的参与者正在使用的互动空间称为拉家的"操作领域"，以便区别于肯顿所谓"工作面"。

我们每个人都有自己的操作领域。直到与其他人"相遇"并共同实践某种行为时，我们往往按照一定的方式排列自己，以便使得自己的和其他人的操作领域发生交叉。这种复数的参与者共同创造的身体排列，肯顿称之为"F-组合"。所谓"F-组合"是一种"框架"，为"相遇"后的行为互动创造出界线。② 燕家台人叫做拉家的行为互动，同样存在于其中。只要处在拉家的框架内部，即使不说话，此人也被视为该拉家实践群体的成员；同理，只要位于框架外部，即使听到框架内部的参与者所拉家的内容，此人也不被视为该拉家实践群体的成员。假如有人要参与拉家，或者有人要让别人参与，那么，此人首先有必要把个人的操作领域与其他成员共享的操作领域交叉在一起。为此，他把个人的操作领域挪到共同的操作领域内部，或者把共同的操作领域扩展到个人的操作领域。从此意义上而言，"打招呼"实际上也是用来把个人的与共同的操作领域相互交叉的方式之一。

如发生在 2006 年 10 月 8 日傍晚的案例 5 中，固定利用者 A、B、C 聚集在大臼拉家场地，把身体排成一排。虽然他们偶尔也把面部朝向其他参与者，但其时间十分短暂，很快便把面部朝向路面。此时，他们实际上通过身体布局或面部方向，在创造、维持以及使用一种开放且范围较广的共同操作领域。在其内部，他们进行的行为互动不仅是拉家，同时也是另一种行为互动——"等候"。由于拉家场地的拉家在时间和成员两方面十分固定，A、B、C 在拉家的常规时间与常规地点期待着其他固定利用者的到来。换言之，基于一定的背后期待，他们把各自的操作领域在路面上交叉在一起，在由此产生的共同操作领域中进行着一种叫做"等候"的行为互动。

随后，另一个固定利用者 D 出现在大臼拉家场地。一方面，D 把自己的身体移动到 A、B、C 的共同操作领域内部；另一方面，A、B、C 通过注视，把共同操作领域的界线设定在 D 的位置上。个人的操作领域与

---

①　西阪仰：《心と行为——エスノメソドロジーの视点》，岩波书店 2001 年版，第 32—35 页。

②　亚当·肯顿：《行为互动——小范围相遇中的行为模式》，社会科学文献出版社 2001 年版，第 221—253 页。

共同的操作领域相互交叉的时刻，也是拉家实践群体成员"相遇"的时刻。在由此发生的共同操作领域内部，D与A、B、C达成作为大臼拉家场地固定利用者的关

1-1 A: 吃了？	2-1 (7.5)
1-2 D: 吃了	2-2 D: ○○还没下来？
	2-3 A: 没着. ××也没下来

案例5　2006／10／8／18：42〔大臼〕

系，并利用产生自成员类型的规范性而转入"打招呼"环节。

首先，D以一种符合"闲着"的人的速度走向该拉家场地；A、B、C则以同样符合"闲着"的人的姿势对此给予关注。虽然他们都要拉家，但根据"拉家心里没有目的，很随便"[①] 等共同理解而隐藏这种明确的目的。在拉家的共同操作领域，D的移动应被视为无目的的"溜达溜达"，A、B、C的关注应被视为因无所事事的结果。随着D与A、B、C之间的距离逐渐缩短，他们的共同操作领域也缩小其范围。直到A和平时同样招呼D、D和平时同样与之呼应时，他们排斥D"有事"的可能性，进而从潜在的拉家实践群体成为平常的拉家实践群体。

案例5中，B与C没有发出声音。尤其是C，她在A和D的"打招呼"中，甚至在随后长达7.5秒钟的沉默中没有做出任何反应。而不做反应本身也是一种反应，在行为互动中可以成为信息含量较多的动作。[②] D

---

① 声音资料。陈良花口述；西村于2006年1月21日在礼堂录音。

② 康顿、奥古斯顿发现，听话者的动作流可以和说话人的预留在节奏上协调起来，进而确认了行为互动的同步现象。以此为起点，肯顿在说话者动作与听话者动作的关系中，进一步确认了行为互动在动作层面的协调现象（参见亚当·肯顿《行为互动——小范围相遇中的行为模式》，张凯译，社会科学文献出版社2001年版，第96—123页）。说话者与听话者在拉家的实践过程中协调动作，这仍是在本文资料中十分常见的现象。而正因为如此，一旦有人拒绝乃至破坏这种协调，其他成员容易赋予此人的行为以意义。拉家实践群体成员通过彼此之间的行为互动而创造这种意义，并将其利用到当前的行为互动之中。

由此了解他们仍在等待其他拉家实践群体的成员，避免从"打招呼"直接进入拉家的展开环节，先提问其他人的参与状态，然后与 C 并肩而立。亦即，D 配合其他成员维护她们用来"等候"的共同操作领域，并在其中进行当前应该进行的行为互动。直到此时，因 D 的出现而缩小其范围的共同操作领域便恢复了原貌。

有必要强调的是，只有个人的与共同的操作领域作为一种事实交集在一起，这还不足以构成拉家的行为互动空间。从案例 5 不难看出，这两种操作领域必须在参与者对拉家的意向上面相互交叉，此外，诸如拉家相对固定的时间、地点、类型框架、有关拉家的共同理解等都有必要被编入其中。

2. 位置移动与角色转换

正如上述，拉家场地的座位布局可以创造出一种开放的、随时可接受其他利用者的共同操作领域。即使是没有固定座位的拉家，这种适合"等候"的横向排列在其开始环节十分常见。

案例 6 (a) 2006／1／22／9：26［东山］

如案例 6 发生在 2006 年 1 月 22 日"上班"时间。有 9 位"侃山"的燕家台人背靠岩壁排成一行，在创造其共同操作领域的同时，在其中等待其他小组成员（a）。随后，A 进入其操作领域之中，首先与等候方保持一定距离，对整体成员进行了非针对性的"打招呼"（b）。对此，等候方至少有一个人应该与之呼应。B 根据这种背后期待，在随后的沉默中做出了应答。在此，B 实际上代表其他 8 位，在与 A 之间建立了等待者与被等待者的关系。在这一关系中，A 也主动代表其他被等待者提供了有关"老〇"的信息。在话轮 5 的沉默中，A 走向其他成员并坐在该排列最右边的位置。虽然 A 在话轮 3 的发话仍属于被等待者，但他把声音变小，使之变为无需回答的"个人磨叨"，并没有继续代表其他被等待者而发话。

需要注意的是 A 在话轮 5 的位置变化。他从被等待方的位置移动到等待方的位置，这直接与 A 从被等待者到等待者的角色转换相对应。由

2-1	A：都来了？
2-2	（3.0）
2-3	B：没着. 老〇和××都没来
2-4	A：我出门的时候老〇没在家. 大门门着
2-5	（4.0）

案例 6（b）　2006/1/22/9：26［东山］

于拉家在原则上是任何人都可以参与的交流活动，因此，"闲着"的拉家实践群体的成员需要创造和保持"闲着"的状态，以备随时接纳新的参与者。为此，拉家实践群体往往都要保留一种用来"等候"的共同操作领域，后来的成员必须在其中从被等待者转变为等待者。由此可见，从被等待者到等待者的角色转换，是晚来的成员从"打招呼"转入拉家的展开环节而必不可少的一种手续。假如缺少这一手续，此人难以作为该拉家实践群体的成员得到其他成员在角色上面的认同。

如案例 7 同样发生在 2006 年 1 月 22 日 "上班"时间。晚来的小组成员 A 在被等待者的位置"打招呼"之后，直接坐在那里，并没有移动到等待者的位置（a）。此时，A 仍然是该拉家实践群体的潜在成员。不久，其他小组成员 B、C、D 陆续来到此地，并站在 A 与等待方之间。此时，等待方与 B、C、D 重新构建他们用来进行"打招呼"或"等待"的共同操作领域，结果占据了等待方与 A 之间的共同操作领域（b、c）。A 或许本来就不想拉家，或许错过了转变为拉家实践群体成员的恰当时刻。不管怎么样，仅从结果看，她没有被其他人视为可以拉家的成员，在后面的展开环节中事实上也没参与拉家，而始终保持着"有事"的状态（d）。

从案例 6 可以看出，参与者的位置移动与他们的角色转换之间存在一定的对应关系。而从被等待者到等待者的角色转换，同时也意味着参与者的参与方式在从"被等待"到"打招呼"、从"打招呼"到"等待"的流程中所发生的变更。正如西阪仰所言，"行为互动空间的构成·重构，无疑是参与者用之进行活动的参与方式之构成·重构"。[①] 与任何行为互动

① 西阪仰：《心と行为——エスノメソドロジーの视点》，岩波书店 2001 年版，第 36 页。

案例7　2006 /1 /22 /a. m9：10 ［东山］

相同，拉家有它特定的参与方式。案例 7 中的 A 之所以未能成为拉家实践群体成员，其原因之一便在于她没有按照拉家的参与方式，通过特定的身体布局组织一种可进行拉家的角色。

由此可以说，行为互动空间是参与者把身体的布置作为外框，在此组织适合当前语境的特定角色的一种空间。在这一空间内部，燕家台人通过行为互动"相遇"，把自己和其他人定义为拉家实践群体成员，并在彼此之间达成特定的关系。

3."闲着"的人

当我们分析拉家特有的参与方式时，极其重要的一点便是"闲着"。第三章谈到，"闲着"是相对"使得慌"的一种生活状态。诸如"一家子"、"朋友"、"熟人"、"邻居"等成员类型，只有在燕家台人处于"闲着"的状态时，才有可能成为拉家的成员类型。与此同时，属于该成员类型的成员在拉家的常规时间与常规地点有必要共同创造和维持"闲着"的事实。就此意义上而言，参与拉家的方式实指如何在"闲着"的状态下创造和维持"闲着"的事实，而拉家的行为互动空间正是参与者有关"闲着"的知觉得以组织的框架。

一般来说，处于"闲着"的参与者随时都必须准备接纳新的成员，新的参与者或其他"有事"的人也随时可以加入、打断乃至终止参与者"闲着"的状态。前者的义务、后者的权利以及二者的安排，这些都是他们用来组织行为互动空间的规范性手续。这一点在饭桌上的拉家中尤为明显。

正如第三章所说，在燕家台，"吃饭"是属于"可以不劳作的时间"的活动，正在吃饭的人被视为属于"闲着"的状态。在案例8中，A中午"串门子"到了亲戚D家。正在吃午饭的亲戚B、C、D、E应答A的"打招呼"并劝A"吃饭"。此时，A似乎没有顾虑自己的到来与存在是否妨碍其他人的进餐；其他参与者也似乎没有顾虑A的到来与存在是否妨碍他们的进餐。这里重要的不是他们究竟有没有这种顾虑，而是他们没有通过别人可观察的方式把这种顾虑表现出来。实际上，这是"闲着"的A在"可以不劳作的时间"里对"一家子"所拥有的权利，也是"闲着"的B、C、D、E在同样的条件下所要承担的义务。

这种权利的要求与义务的实行，通过参与者的身体挪移和共同操作领域的重新定位得以实现。首先，A蹲在D的背后，D的转身和挪移打开了原来以饭桌为中心封闭的共同操作领域。在A与其他人之间，由此出现了他们用来进行"打招呼"的操作领域。在其内部，B、C、D、E的视线、举止以及劝说，为A赋予了该拉家实践群体的潜在参与者的角色。在话轮2，A的回答与点烟的动作明确了他不参与"吃饭"的意志，直到C提及"你叔（shòu）"后才起身坐在D为他准备的座位上。

诚如美国社会学家、人类学家斯考伦夫妇（R. Scollon & S. W. Scollon）有关"面子"的研究所表明的，人们在社会结构中的地位与他们在语言事件中的位置之间往往存在直接的关系。[①] 因此，参与者的成员类型与它所依赖的"礼貌（面子）体系"，无疑产生了A就座的义务和B、C、D、E让A就座的权利。但在案例8中，社会属性和社会关系未

---

① 参见［美］罗纳德·斯考伦、苏珊·王·斯考伦《跨文化交际：话语分析法》（Ronald Scollon and Suzanne Wong Scollon, *Intercultural Communication—A Discourse Approach*. Blackwell Press, 1995），施家炜译，社会科学文献出版社2001年版。

必是 A 之所以就座的唯一原因。① 事实上，A 是完全能够以符合礼节的方式拒绝"叔"或其他长辈的邀请的。正如第三章所说，"有事"便是他为此可以利用的理由。问题是，假如 A 因"有事"而来，那么，他必须在移动到饭桌之前提出来。因为 A 的就座必然重新闭合因为他而打开的共同操作领域，一旦进入其内部，他必然成为该拉家实践群体的"闲着"的参与者。在案例 8 中，A 从原来位置到饭桌的移动，进而实行了他的义务。A 的就座不但维护了 B、C、D、E 等人作为"叔"或长辈的"面子"，还通过 B、C、D 都能够观察的方式，明确了他"闲着"的状态。B、C、D、E 据此确认 A 是与平时一样"串门子"来的"一家子"，继续拉家因为 A 而中断的话题，至于 A 是否吃饭喝酒完全不予以关注。

1-1 B: 吃了? 再吃点儿吧	2-1 C: 所以我说, 下半年到煤
1-2 A: 吃了	窑, 先干半年
1-3 C: 再吃点儿. 喝点儿酒	2-2 : (4.5)
1-4 D: 坐这儿来. 拿杯	2-3 C: 你说. 家里没钱. 伺候
1-5 C: 是好酒. 你叔给你倒好	老人怎么伺候? 是不是
酒还不喝?	2-4 D: 咳. 你说这个

案例 8　2005/6/2/12：47［D 家院子］

---

① 在社会地位和成员类型之间的关系问题上，笔者个人更倾向于美国社会学家戈夫曼（E. Goffman）的观点，即："说话被社会组织。但问题不是怎样的人通过怎样的语言对怎样的人说话。说话是在相互认可的情况之下，以符合礼节的方式进行的一种微观行为系统，亦即它是作为行为互动而得以组织的。"除了戈夫曼，爱里克森（F. Erickson）、叔鲁兹（J. Shulz）根据对不同民族人士的具体交涉所做的分析，得出了类似的结论："面试的性质及其结果最受影响的，不是固定且规范性的社会认同，而是在当前的状况之下每次出现的社会认同"。转引自西阪仰《相互行为分析という视点——文化と心の社会学的记述》，金子书房 2004 年版，第 75 页。

一般而言，与拉家场地相比，饭桌、将台、火炉旁的共同操作领域更加封闭、固定。而且在这些封闭的操作领域内部，参与者需要与拉家同步进行"吃饭"、"打麻将"、"取暖"等其他活动。因此，原有的参与者为后来的参与者敞开操作领域的时间相对较短。假如后来的参与者在这些场合参与拉家，那么，他有必要在"打招呼"时迅速改变身体位置，进而恢复为他敞开的操作领域。

如案例9中，A照例到将友C家去"打麻将"。而这一天中午，A的儿子回村吃饭，A比平时晚到了一小时左右。A到C家时，A的将友们已经找人凑齐人数，正在"打麻将"。

1-1　B: 吃了？	2-1　A: 咳. 先打这个
1-2　A: 嗯. 吃了	2-2　　: (3.5)
1-3　C: 你打？	2-3　A: 打这个. 正这打
1-4　A: 你打. 我先坐会儿	2-4　E: 打这个？ 拆了？
1-5　B: ○○来了没着？	2-5　A: 拆了可以打这个, 他在等着你打这个
1-6　A: 来了 ⌐ 又走了	2-6　E: (1.5)不拆. 不好走
1-7　B: └ 南风. 又走了？	2-7　B: 你打这个. 好. 看我的哈. 东风. 哈哈
1-8　D: 我也来南风. 他娘的	

案例9　2005/10/27/14：08［C家］

首先，坐在对面的B发现了A的到来。A则应答B的招呼，并通过符合礼节与适合"没有准时到场的将友"这一成员类型的方式委婉拒绝C

的邀请，坐在沙发上。此时，B、C、D、E 都需要关注将台上的棋局，不宜转身。换言之，他们分别用来"打麻将"与"打招呼"的操作领域难以长时间并存。B 在 A 的发话尚未结束之前插入的"南风！"一句，便很好地说明了这一点。在话轮 8，D 又在 A 还没有回答之前插话，事实上使得 A 完全处在 B、C、D、E 等人的操作领域之外。在原有参与者的身体位置和面部朝向都不宜改变的情况下，A 主动起身走到 E 的背后，并用手指和代词"这个"来指示一个麻将牌。对此，E 并没有把面部朝向 A，而用同一个代词"这个"来应答。A 与 D 之所以能够用"这个"来指示同一个麻将牌，实际上是因为他们的操作领域发生了重叠，并根据同样的意向共同实践着一种行为互动。更为重要的是，二者的操作领域之所以发生重叠，是因为 A 把个人的操作领域挪移到了 B、C、D、E 的共同操作领域内部。此时，A 在其中从潜在的拉家实践群体成员变为该拉家实践群体的成员之一。

在案例 9 中，A 通过身体位置的改变，成功地参与到麻将桌上的拉家之中。假如晚来的参与者在"吃饭"、"打麻将"、"取暖"等场合要参与拉家、却没有在"打招呼"时改变身体位置，那么，他往往需要等待其他参与者在原有的操作领域所进行的活动结束。之前，他一般只有在其他参与者主动为他敞开操作领域并对他发话时，才做出与之相应的发话。这可以说是晚来的参与者对当前的活动与这些活动的参与者应该表示的一种尊重或礼节，实际上也是他作为"闲着"的人所要承担的义务。假如他既不把自己的操作领域挪移到其他参与者的共同操作领域内部，也不等当前的活动结束而离去，那么，他与原有参与者之间的"打招呼"自然不被视为拉家的一部分。不仅如此，假如应该"闲着"的人匆匆离去，往往会引起其他参与者推测此人是否"有事"，甚至可能引起"不理人"、"憋不住"等社会性情感乃至评判。因此，一般情况下，晚来的参与者以符合"闲着"的人的方式，抽烟、绣鞋垫子、"溜溜"院子，从容地等待。其他参与者便以适当的频率对此人发话或给予关注，直到当前的活动结束。

由此可以说，参与者从"相遇"到"打招呼"、从"打招呼"到拉家展开环节的转移，并不是一种机械的自然过程，而是他们在人为的"闲着"状态中努力实践的结果。

无论是拉家场地的开放性操作领域，还是饭桌、将台、火炉旁的封闭性操作领域，只要参与者从拉家的开始环节转入展开环节，那么，这些操作领域都需要通过参与者身体位置的重新定位，来创造出一定的半开放性。首先，参与者缩短彼此之间的距离，把身体移动到彼此看见对方身体或表情的位置。与此同时，他们把身体排列成圆形、U 字形等形状，进而构成一种不同程度的封闭性操作领域。即使参与者把身体排成一横，其操作领域通过参与者的身体或面部的朝向变化，仍然可获得一定的封闭性。

如案例 10 中，A 和 B 最初面对面拉家，到 C 出现之后便招呼 C，并重新安排身体布局，坐成一排。每当发话或听话时，B 把身体和面部朝向A 或 C，分别在与 A、C 之间构成了共同操作领域。虽然 A 与 C 的个人操作领域在物理性空间中没有重叠在一起，但他们把 B 作为媒介仍然构成了共同操作领域。凡是用来拉家的操作领域，都需要一定程度的封闭性，否则参与者就"拉家不起来"。

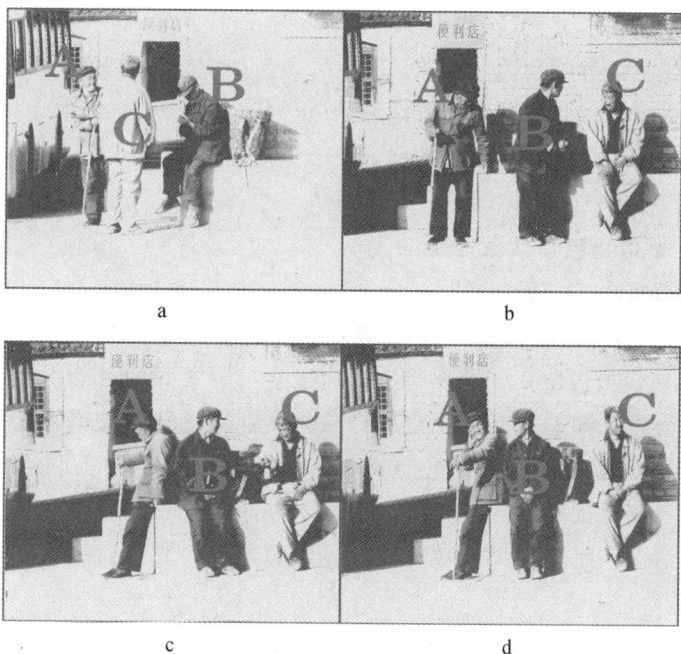

a　　　　　　　　　　b

c　　　　　　　　　　d

案例 10　2006 /10 /09 /8：17［前街 929 车站］

重要的是，潜在的参与者一旦出现，或者说参与者与潜在的参与者一旦"相遇"，原来相对封闭的操作领域立刻得以开放，经过"打招呼"再次恢复原来的封闭性。换个角度来说，直到随时可开放的封闭性操作领域得以形成时，拉家实践群体的成员从拉家的开始环节转入下一个展开环节。

二　拉家的展开

我们在第三章谈到，燕家台人认为拉家应该是"你说我听，我说你听"的过程，是"没谱"的，也是"随便"的。这些共同理解，可以说是燕家台人在其展开环节所能体验到的拉家的显著特点。据此，我们从常人方法论的角度设计一个问题，即：假如燕家台人在拉家的展开环节实践"你说我听，我说你听"，而且从这种带有规律性的行为模式中感知它的"没谱"或"随便"，那么，他们为此需要怎样的方法或手续？

首先，我们参照会话分析的已有成果，把构成拉家的最小单位设定为话轮（turn）①，在此基础上，分别从话语角色、话轮替换系统、话题的组织、协调动作等角度，对拉家的展开环节进行描述。

（一）话语角色与话轮替换

1. 话语角色

关于参与者的社会成员类型，本书在第三章做了简述。而在拉家的实践过程中，尤其在其展开环节上，除了参与者之间的社会关系，参与者与话语信息之间的相互关系也同样成为关键。参与者与话语信息之间的相互关系，也是"话语角色（discourse role）"。这里所谓话语角色，是指参与者在每次的行为互动中，为相对整个活动行为——而不仅仅是对一个发话——而言的局部性关系所界定的角色。其中包括发话者、听

---

①　话轮是构成会话的最基本单位，也是会话分析的基本分析单位，指一个发话的顺序。凡是可能出现在发话的开始与潜在终点之间的，都可以构成话轮，如一个单词、一个句子、一段叙事等。假如把会话的基本单位为一个话轮，会话的基本结构便是"在一个话轮中只有一个人发话，而且反复出现发话者的替代"。本章的会话分析主要参考了萨克斯、谢古洛夫、萨萨斯、西阪仰、山田富秋、好井裕明等人的已有成果。

话者、受话者等。①

　　下面，继续描述燕家台人在拉家中如何组织话语角色，又如何布置各自的角色，进而构成拉家。

　　（1）话语角色的生成

　　若有人要承担发话者的话语角色，那么，他首先需要听话者。只要参与者都相信当前进行的活动为拉家而不是"个人磨叨"，听话者必须是该拉家实践群体的其他成员。更为重要的是，拉家实践群体成员有必要以符合拉家的方式对发话的成员给予关注，只有在这种听话者的关注中，发话者才能承担发话者的角色。我们引一个例子具体说明这一点。

　　案例11发生在2005年1月23日"寒食"筹备期间。A和B为老两口子，当时在房间里还有来"串门子"的邻居C。在话轮1，A看着日历发话，但他模糊了"今个儿是"的后半部分——"几号来着？"此时，"今天是二十三号"的事实，通过日历的形式已经摆在他们面前。在了解老伴B有每天翻日历的习惯的情况下，A明问"几号来着"显然是不合适的。但A必须引起B对日期的关注，因为A提问日期实际上构成了下一个发话内容的上下文。于是，A只说出前半句话就沉默，借此把没有说完的后半句话作为一种可观察的形式出现在他与其他参与者之间。在"你说我

───────────

　　①　诚如戈夫曼所言，参与者在行为互动中围绕着一个发话可以达成各种关系，假如把参与者分为"说话者"与"听话者"两种，研究者在会话的结构特征研究中易于犯下简单化的错误。与之相比，戈夫曼、英国语言学家托马斯（J. Thomas）等人所细分的话语角色有着更多的实际意义。如托马斯将话语角色分为"谈话生产者"和"谈话的接收者"两种，并把二者分别分为说话者·作者·传递者·代言人·传声筒、受话者·旁听者或观众·旁观者或无意中听到者·窃听者等不同类型。而问题是，他们的话语角色概念，虽然在会话的基本结构特征研究方面具有很强的操作性，还是难免过于强调特定角色的集合在不同场合的通用性或适用性，至少，我们难以借此在具体语境中说明参与者如何共同组织拉家的话语角色。而说话者作为说话者的角色与听话者作为听话者的角色，这些都是通过行为互动而实现的。换言之，组织话语角色也意味着组织行为互动的参与方式。因此，我们在此把话语角色理解为"参与者在每次的行为互动中对整个活动行为而言的局部性关系所界定的角色"。西阪仰把这种话语角色称为"参与认同"。而正如西阪仰所言，他所谓"参与认同"还谈不上是完整的工具性概念。为了有效利用会话分析的已有成果，这里在重新界定的基础上还是保留了"话语角色"一词。关于话语角色，参见ジェニー・トマス《语用论入门——话し手と闻き手の相互交涉が生み出す意味》（Jenny Thomas, *Meaning in Interaction: An Introduction to Pragmatics.* Longman Group Limited, 1995），浅羽亮一监修、田中典子、津留崎毅、鹤田庸子、成濑真理訳、研究社2001年版；西阪仰：《心と行为——エスノメソドロジーの视点》，岩波书店2001年版；俞东明：《话语角色类型及其在言语交际中的转换》，束定芳主编《中国语用学研究论文精选》，上海外语教育出版社2003年版等。

1 A: 今个儿是

2 ：(2.5)

3 A: 是(1.5)二十三. 二十四了吧

4 B: 二十三

5 A:《 》

6 B: 唔?

7 A:《 》

8 B: 二十三号. 星期一

9 ：(6.0)

10 A: 老〇说. 我们给他做点儿豆腐. 那就做呗. 哈哈

11 ：(4.0)

12 A: 咱们有的是. 我也不太(2.5)赶到××他们回来了(2.0)不回来就拉倒. 哈哈

13 ：(7.0)

14 A: 还是做一斗. 不做多了. 看到了

15 B: 你问来着?

16 A: 啊. 不做多了. 和他说了. 他说行

17 ：(18.0)

18 A: 赶到他们都回来了. 回来了就一天吃三顿. 儿子家. 哈. 忘了就忘了

案例 11—1　2005/1/23/5：50〔A家〕

听，我说你听"的拉家中，A 可以期待其他参与者连接下一个话轮。或者说，拉家的基本结构（即"在一个话轮中只有一个人发话，而且反复出现发话者的替代"）与他们对拉家的共同理解，赋予 A 的期待以一定的正当性。然而，在场的 B 与 C 都没有连接下一个话轮。于是，A 亲自连接话轮 3 再次核实日期。一方面，他明确表示自己之所以看着日历还要问今天为几号，是有理由的；另一方面，他从所有参与者中选择 B，针对她提出了疑问。此时，A 的重述实际上把其他参与者的沉默标志为违规。B 在话轮 4 中所做的回答，则对此做了修正。B 的回答内容本身是 A 所预想到的，他也不打算与 B 争论准确的日期。于是，A 只是小声为自己做辩护，面对 B 的提问和重述，他也没有做任何的反驳。

接着，A 从话轮 10 开始提及"寒食"筹备期间做豆腐一事。在话轮 10，A 用笑声结束了这一轮发话，但 B、C、D 还是没有连接相应的笑声或句子。于是，A 连接话轮 12，继续说明之所以要做豆腐的理由。值得注意的一点是，A 期待着 B 对他的发话做出应有的反应，比如把视线朝向 A、提问、搭腔等。在话轮 12 中，他的期待通过停顿、停顿后的不完整的句子、朝向 B 的视线等，获得了可观察的形式。亦即，在当前的情况下，该拉家实践群体的所有成员都可以据此判断 A 期待着 B 做出应有的反应。假如 B 此时还不做任何反应，那么，她的行为不但违背了"你说我听，我说你听"的规范，也不符合"拉家是友好的"[1] 的共同理解。不仅如此，B 的行为甚至可能让人以为她对 A 的发话乃至 A 本人另有"看法"。而在案例 11 中，B 正是对 A 的发话乃至 A 本人另有"看法"。她有意违反有关拉家的规范和共同理解，通过别人可观察的方式进行了表态。具体地来说，B 始终把视线朝下做针线活，直到 A 在话轮 14 明确主张自己的观点之后，才朝 A 看并做出了提问。在话轮 16，A 接到 B 的提问，继续发话。这里，A 的发话实际上是重述，而 A 所重述的便是他在 B 没有做出任何反应时所说的内容。

从行为互动的角度看，A 的重述可以加深我们对话语角色的理解。我们首先可以了解到，某人之所以成为发话者，不仅是因为他对拉家实践群体的其他成员发话。除了发话的事实，此人还需要他的发话所针对的听话者的关注。亦即，假如听话者不予以关注，那么，即使发话者的发话被听话者听到了，它在行为互动意义上也是无效的。只有在听话者的关注中，他才能承担发话者的角色。正因为如此，A 在得到 B 的视线之后，重述他在 B 没有关注时已经说过的内容。除了发话者，听话者也是如此。某人之所以成为听话者，不仅是因为他听到了拉家实践群体成员的发话内容。除此之外，此人还需要关注发话者，并对他所做的发话做出应有的反应。借用西坂仰的话来说，"听话者只有通过发话者没有确认自己没有关

---

[1]　声音资料。陈全芳口述；西村于 2005 年 4 月 10 日在小卖部录音。

10A：老〇说. 我们给他做点儿豆腐. 那就做呗. 哈哈
　　　　BBBB　　　　　　BBBBBBBBBBBBBBBBB
　B：
　C：AAAAA　　　AAA BBBBBBBB　　AAAA
11　：(4.0)
　A：BBB
　B：
　C：
12A：咱们有的是. 我也不太(2.5)赶到××他们回来了(2.0)不回来
　　　　　BBBBBBBBBB
　　就拉倒. 哈哈
　　BBBBBBBBBBBBBBBCCCCCCCC
　B：
　C：　AA　　　　　　　AAAAA BBBB　　　AAA
　　BBBBBAAAA
13　：(7.0)
　A：BB
　B：
　C：
14A：还是做一斗. 不做多了. 看到了
　　　　　　BBBBBBBBBB
　B：
　C：　　　　　　　BBBBB
15B：你问来着?
　　　AAAA
　A：BBBB
　C：BBBB

注他，才能继续作为'听话者'而存在"。① 由此可以说，一个人的话语角色是通过参与者之间的行为互动而实现的。这仍是会话分析所确认的各种会话规则赖以成立的前提，如"当发话者把视线朝向听话者时，被关注的听话者必须也把视线朝向发话者"② 等。

"当发话者把视线朝向听话者时，被关注的听话者必须也把视线朝向发话者"，这是由美国社会语言学家古德温（C. Goodwin）所确认的一般规则。这里需要注意的是，"被关注的听话者必须也把视线朝向发话者"这一点。案例 11 中，该拉家实践群体的另一个成员 C 在话轮 10 和话轮 12 把视线朝向 A，对此提供了关注。但 A 作为发话者的话语角色并没有由此得到保障，因为 C 不是 A 所针对的听话者。于是，A 通过停顿和视线继续把 B 的无反应标示为"违规"。在话轮 10 和话轮 12，C 先看 A 然后再看 B，而在话轮 14 中只看 B。这意味着 C 根据当前的情况判断 A 是针对 B 发话的，下一个话轮应该由 B 来连接。于是，C 通过沉默和视线也把 B 的无反应标示为"违规"。可以说，A 的发话内容、停顿、视线等，实际上把听话者分为真正的受话者与旁听者两种。听话者 B 和 C 也据此了解 A 所做的划分，并认为他们应该按照这种角色划分做出适当的反应。

从案例 11 可以看出，拉家实践群体成员通过具体的行为互动，创造和承担各自的话语角色。在拉家的共同操作领域，他们对这些话语角色进行适当的安排，逐步地展开拉家。

（2）话轮替换系统

为了理解话语角色的安排问题，会话分析所谓"话轮替换系统（turn-taking system）"给我们提供很大帮助。在我们的日常交谈中，某一发话往往都很顺利地被连接于下一个发话，在两个发话之间很少出现沉默、重叠等现象。既然如此，那么会话中应该存在一种规则，由它来决定下一个发话者或安排发话的顺序。听话者根据这种规则可以预测当前的发话在哪里可能结束，亦即可以预测发话的潜在终点（possible-completion-points）。不仅如此，所有参与者据此可以预测话轮的替换现象，还可以做出必要的调整。美国社会学家萨克斯（H. Sacks）等人把这种规则系统

---

① 西阪仰：《心と行为——エスノメソドロジーの视点》，岩波书店 2001 年版，第 41 页。
② 转引自西阪仰《对话の社会组织》，《言语》1996 年 1 月号。

称为话轮替换系统。①

　　据萨克斯等人的基础研究与日本社会学家山田富秋（T. Yamada）所做的梳理，话轮替换系统按照如下几种规则而得以运作②：

表4—1：话轮替换系统的运作规则

［规则1］

　　a. 他者选择（Current-Selects-Next，简称C-S-N）：假如当前的发话者（Current Speaker）选择（Selects）下一个发话者（Next），当前的发话者停止发话，下一个发话者在话轮的恰当推移地点（transition-relevant-place）——亦即对当前发话者而言的潜在终点——获得下一个发话权。

　　b. 自我选择（Self-Selects，简称S-S）：假如当前的发话者没有选择下一个发话者，或者说假如没有规则1a得以运作，那么率先发话者，亦即自己选择成为发话者获得下一个发话权。

　　c. 自我延续（Current-Continues，简称C-C）：假如当前的发话者没有选择下一个发话者，而且其他参与者也没有主动发话，亦即规则1a与规则1b都没有得以运作，那么当前的发话者可以接着发话。但他没有必须要发话的义务。

［规则2］

　　假如在下一个恰当推移地点有效运行规则1c，如上三种规则按照1a—1b—1c的优先顺序重新被应用。

　　沿着这种观点再看案例11—1，那么，话轮1是话轮替换系统的运作规则（这里简称为话轮替换规则）1a与1b失效的状态，A采用话轮替换规则1c接着发话，并在话轮3的潜在终点重新采用话轮替换规则1a，制

---

　　① 关于话轮替换系统，详见山田富秋《会话分析を始めよう》，好井裕明、山田富秋、西阪仰《会话分析への招待》，世界思想社2001年版；黄延：《话轮替换系统》，束定芳主编《中国语用学研究论文精选》，上海外语教育出版社2003年版等。

　　② 山田富秋：《会话分析を始めよう》，好井裕明、山田富秋、西阪仰《会话分析への招待》，世界思想社2001年版，第5—6页。

定 B 作为下一个发话者。虽然 A 在话轮 1 与话轮 3 的提问内容相同，但在被发话者制定为下一个发话者的情况下，B 在话轮 3 要承受大于话轮 1 的规范力量，她作为下一个发话者所要承担的义务也大于话轮 1。同理，A 在话轮 10 与话轮 12，通过笑声和沉默把潜在终点标志化，并选择 B 作为下一个发话者。由于 C 判断下一个发话权应属于 B，因此保持沉默，没有采取话轮替换规则 1b。但 B 的无反应，让话轮替换规则 1a 失去效应。于是，A 重新采用话轮替换规则 1c 接着发话，通过"咱们有的是〔黄豆〕，我也不太〔吃豆腐〕"、"赶到××他们回来了〔也要吃豆腐〕"等正当理由努力说服 B。而这些不完整的句子可以说明，A 正在猜测 B 之所以不肯回答的原因，更确切地说，A 通过这些不完整的句子来告诉 B 自己正在猜测 B 之所以不肯回答的原因。正因为如此，他在话轮 12 中提前预测 B 的回答，插入了"不回来就拉倒"一句。直到话轮 14，A 把下一个发话权完全交给 B。此时，假如 B 还不肯承担下一个发话者的义务，她的弃权可能会引起 C 对他们老俩口及其家庭关系的各种猜疑。不仅如此，她的弃权还意味着"不理人"，这显然违背燕家台人有关拉家的"你说我听，我说你听"、"友好"、"随便"等共同理解。

"你说我听，我说你听"也罢，"友好"也罢，"随便"也罢，拉家在燕家台人印象中所具有的部分特性，在很大程度上指的是话轮替换系统得以顺利运行的状态。拉家实践群体的成员用之布置各自的话语角色，并分配相应的权利和义务。拉家之所以拉家，有一个原因也在于话语角色的布置或者权利与义务的分配，按照符合拉家的方式而得以进行。既然如此，我们接着要讨论的问题便是，究竟什么样的方式才适合拉家？

2. 拉家的话轮替换方式——调谐

首先引起我们注意的一点，便是燕家台人多么努力地创造拉家的"友好"气氛。总的来说，拉家实践群体成员在拉家的展开环节最常用的话轮替换规则便是 1a 与 1b，至于话轮替换规则 1c 很少出现。实际上，话轮替换规则 1a 或 1b 的多次运用意味着成员们十分顺利地替换话轮，话轮替换规则 1c 的多次运用则意味着成员们没有能够顺利替换话轮，实指"拉家不起来"的状态。

这种话轮替换规则 1a 或 1b 的有效运行，首先产生自拉家实践群体成员之间的"调谐"。这里所谓调谐是拉家的一种常见话轮替换方式，指参与者利用插话、笑声、声音大小的变化等来调解各自的观点立场或发话顺序，并在由此创造的"友好"气氛中顺利替换话轮。下面，引若干例子具体说明这一点。

（1）插话与调谐

1B：走了？○○媳子？

2C：嗯. 没有走

3B：住了. 住了不少哈? (3.0)哈　┐　哈

4C：　　　　　　　　　　　　嗯. 十三来的

5A：那是十号星期五来. 星期六一天. 星期天. 星期一下去.

　　上班　┐　儿的

6B：　　　　上班儿的

7C：十三来的. 她就是(2.0)上了几天班儿了

8A：他们在斋堂就是啥. 卖几天歇几天. 是吧?

9C：她. 她们不. 她们现在. 她就是. 她也有班儿. 是在门头沟上的班儿. 回来就在斋堂上

案例 12—1　2006／2／20／10：29［B家］

案例 12 发生在年后不久。此日，回村过节的非常住人口陆续下山，燕家台人开始恢复原来的生活节奏。上午，A"串门子"来到 B 家。两个人一边打毛衣，一边拉家各家过节期间的情况。过了 20 分钟左右，C 来到 B 家。由于 C 平时很少"串门子"到 B 家，A 和 B 立刻放下手中的毛线，开始准备茶水。等到三个人都坐沙发上，B 首先向 C 提问有关他家"媳子（即儿媳妇）"的问题。一般情况下，拉家实践群体经过"打招呼"转入其展开环节之后，首先发话的都是该拉家场地的户主或先来到此地的参与者。他们很少一开口就说到自己，而向其他参与者问一些有关家庭或日常生活的问题。这便是燕家台人所谓"你说我听，我说你听"中"你"优先于"我"的地位。在案例 12，成员们运用话轮替换规则 1a，十分顺利地完成了从话轮 1 到话轮 4 的话轮替换。

值得注意的是，在话轮 5 出现了 B 对 A 的复述。而 B 的复述并没有出现在其潜在终点。她预测 A 所要说的"上班儿的"一句，几乎与 A 同时发话。此时，A 和 B 不但做了内容同样的发话，还共享了同一个观点立场。从中可以看出燕家台人对拉家普遍具有的看法，即：燕家台人在拉家中未必主张个人观点，也未必否认别人的观点，因为拉家既不是"研究"，又不是"批评"，只要"大伙儿在一起随便说说、哈哈大笑"① 即可。即使当前的发话者需要纠正前一个发言内容，往往停顿一会儿或拉长头一个字来预告自己要说出一些否定性意见，至少一般都避免全面的否认。② 同理，被纠正者一般也都不会固执己见。

```
10 B：媳子不赖
11 C：她反正是不. 反正不是那个滴滴落落的┐       那个
12 B：                                            他大媳子大呀？
13 C：他媳子大
14 B：还是？
15 C：嗯
16 B：我听老×说(3.5)一到┐    是
17 A：                          不～啥
18 C：她也是农村的.
       反正也是农村出来的  ┐反正和农村的那个一样┐    呗
19 B：                          也                        也是农村出来
的？
20 C：也是农村的.
       她是潭柘寺的  ┐
21 A：哎呀我说.         也. 也别快快大大的┐
       啥也别快快大大的                     ┐
22 C：                    她反正不是快快大大的    我不是说俺家《  》
23 B：                                          就不待见那个快板儿大的
```

案例 12—2 2006／2／20／10：29 [B家]

---

① 声音资料。梁万庆口述；西村于 2006 年 1 月 21 日在礼堂录音。
② 在这一点上，本文的资料可以支持英国社会学家珀梅兰茨（E. Pomerantz）的观察结果，即：假如有人对前一个发话内容表示同意或赞成，那么这种构成同意或赞成的一对话轮，彼此之间的距离是十分接近的，其结构也相对简单；而假如有人对前一个发话内容表示不同意或不赞成，在他发话以前往往出现沉默、吞吐等，构成反对或不赞成的一对话轮由此拉开彼此之间的距离。珀梅兰茨把后者的话轮组织称为"非优先组织（dispreferred organization）"。参见山田富秋《会话分析を始めよう》，好井裕明、山田富秋、西阪仰《会话分析への招待》，世界思想社 2001 年版，第 30 页。

在话轮 9，C 按照符合拉家的方式对 A 的发话内容做了修正。对此，A 还是没有应答。接着，B 连接下一个话轮 10，在采用规则 1b 的同时，更换了话题。在不少情况下，当成员之间出现或可能出现意见的分歧时，其他成员主动承担仲裁者的角色，尤其是该拉家场地的户主或先来的成员优先承担这一角色。换话题便是他们十分常用的仲裁手段之一。在话轮 17，A 插话并阻止了 B 接着发话。A 也许顾忌 C 不愿意听"媳子的岁数比儿子大"这一话题，也许预测 B 围绕这一话题可能会说出 A 认为不应该对 C 直说的事情。不管怎样，A 的插话使得该话题成为应该回避的话题，此时 A 实际上承担了仲裁者的角色。

只要话轮替换系统顺利运行，插话一般都出现在前一个发话的潜在终点。如在话轮 19，B 最初要在她所预测的潜在终点连接"也是农村出来的？"一句，但 C 接着发话，于是 B 先停止发话，等到 C 发言完毕做了重述。换个角度来说，假如 C 在说完"反正也是农村出来的"后停止发话，那么 B 连接下一个发话是恰当的，不会被视为插话。相比之下，A 在话轮 17 所做的插话，完全忽略了潜在终点。A 由此中断了 B 的发话行为，甚至从她身上剥夺了选择下一个发话者的权利。亦即，这种插话"侵犯日常会话中本该平等分配的发话权利及其义务"。山田富秋将其视为"对规范性话轮分配规则的一种违规行为"，并指出插话往往反映出插话者与被插话者之间的权势差距。[1] 但在"友好"且"随便"的拉家中，拉家实践群体成员的插话，首先是为了阻止有人做出不适合当前情况的发话，或者是为了阻止有人"胡说"。其实，这对"随便"的拉家来说是十分重要的一点。虽然拉家是"随便"的，甚至可能是"什么都可以说"[2] 的，但不会因此而破坏"友好"的气氛，也不会因此变为"胡拉家"。

此外，拉家中还经常出现另外一种插话。在话轮 21，A 采用话轮替换规则 1b，通过"我说"一句宣布该话轮中的发话权属于自己，进而使得其他成员处在"你听"的位置上。这里，再次出现了 B 的插话。值得注意的是，直到确认 C 的"媳子"不是"快快大大的"之后，B 才把赞同

---

① 山田富秋：《会话分析を始めよう》，好井裕明、山田富秋、西阪仰《会话分析への招待》，世界思想社 2001 年版，第 9 页。

② 笔录资料。杨伟花口述；西村于 2005 年 3 月 22 日在药房录音。

A 的句子插入在其中。亦即，虽然 B 的插话阻止了 C 接着发言，亦即妨碍了规则 1a 的继续运行，但 B 的插话既没有"得罪人"又没有损害"友好"气氛。这便是拉家中十分常见的插话方式之一。在拉家中，只要不违背当前发话者的观点，那么，其他成员的插话是被允许的。后者完全可以通过插话重述前者的发言内容，或者表达与前者同样的观点立场。成员们一般不会把这种插话视为"对规范性话轮分配规则的一种违规行为"，来做出与之相应的标志化。

从以上可以看出，"拉家是友好的"，这是燕家台人自觉意识到的有关拉家的特征，也是他们用来顺利运行话轮替换系统的基本原则或方针，也可以说是他们有关拉家的一种信念。[①] 下面，我们不妨通过与非拉家"吵架"之间的比较，继续说明这一点。

2006 年 1 月中旬，李 ○○ 盖新房，与邻居 B 发生了纠纷。从此，B 几乎每天都在礼堂前"喊冤枉"。同月 21 日，李 ○○ 的拥护者 A 与 B 吵了起来。此时，A 和 B 分别在话轮 3、话轮 8 以及话轮 10 所做的插话，都没有出现

1A：你家伙. 李○○怎么麻烦你? **怎么麻烦你?**

2B：我说李 ┐○○

3A：　　　就让他把土拉去解决

4B：土拉去?

5A：**啊. 和谁土拉去**

6B：土拉去. 我没那个能耐

7A：**是啊.** 等 ┐ 着十五

8B：　　　怎么搞的. 你说的全都是废话. 和你说话说不进去

9A：《 ┐　　　　　　》

10B：┘ 和你说话说不进去

案例 13　2006／1／21／11：08 ［礼堂］

在前一个发话的潜在终点。其中，B 只有在话轮 2 因 A 的插话而放弃了自己的发话权，并承担了听话者的角色。换言之，A 只有在话轮 3 成功夺

---

① 在此，笔者采用了日本伦理学家大庭健的观点。大庭健认为，某种举止 B 只有在如下情况中才能成为行为 A，即：采取这一举止的人本身（1）把情况视为情况 S，（2）试图做行为 A，（3）怀有"在 S 中要用举止 B 来完成行为 A"这种信念。大庭健：《他者とは谁のことか——自己组织システムの论理学》，劲草书房 1999 年版，第 114 页。

取了 B 的发话权。但在后面的话轮中，无论是 A 还是 B，他们的插话都没有能够打断对方的发话。这意味着 A 与 B 都没有把自己的发话权让给对方，同时拒绝承担听话者的义务。因为，"吵架"、"骂人"与拉家同样"随便讲，但是你骂我，我不能随便听着。"① 另外，A 在话轮 5 与话轮 7 中表达了对前一个发话内容的反对观点。但 A 既没有停顿也没有拉长头一个字，而是迅速地把自己的发话连接在前一个发话的潜在终点。因为"吵架"不同于拉家，A 没有必要预告自己将要说出一些否定性意见，更没有必要与 B 之间建立"友好"的气氛。燕家台人对"吵架"有着不同于拉家的共同理解，用之具体展开"吵架"的话轮替换系统自然不同于拉家。

（2）笑声与调谐

回到案例 12。从话轮 25 开始，C 向其他成员介绍这位来自"山外头"的"媳子"不同于燕家台人的习惯。在部分话轮中还是出现了插话，这些插话大多是发话者对前一个发言内容的重述，A、B、C 由此取得了观点的一致。关于这一点不再赘述。这里要关注的，便是成员们的笑声。一般来说，当某人发出笑声时，其他人自然会期待着此人有应该发笑的原因。毫无原因的发笑，往往引起别人对发笑者的社会生活能力，借用西坂仰的话来说，"某人发笑时，让此人发笑的对象应该是透明的"②。

案例 12 中，话轮 26 与 27、话轮 27 与 28、话轮 33 与 34、话轮 42 与 43，分别都由笑声得以连接。换言之，在这些话轮中，下一个发话者都把自己的笑声重叠在当前发话者的笑声。这实际上意味着，下一个发话者通过一种可观察的方式告诉当前的发话者，自己了解她（或他）为什么发笑或对什么发笑。与此同时，下一个发话者通过笑声还表明，自己同样认为这件事情很好笑或值得发笑。关于这一点，话轮 33 与话轮 34 便是很好的例子。B 在话轮 33 提到的"老活话"是"老人那候儿"的燕家台人在"亲闺女"出嫁时一定要送给她套句。"现在这候儿"的很多年轻人是听不懂的。而在案例 12 中，A 并没有提问这句"老活话"的含义，而与 B 同时发出笑声，迅速连接了下一个话轮。这时，A 和 B 共享着这句"老活话"的趣味，并通过笑声表示他们一致认为这位"媳子"与燕家台人体现

---

① 声音资料。李文学口述；西村于 2005 年 3 月 29 日在李文学家录音。

② 西阪仰：《心と行为——エスノメソドロジーの视点》，岩波书店 2001 年版，第 40 页。

在"剩饭"处理方式上的不同是好笑的，是值得发笑的。

25 A: 啊. 反正我们吃菜吃饭. 要是剩点儿饭. 要不就是打扫了

26 B: 哈哈

27 A: 哈哈. 菜不多再加汤 ⌐ 哈哈
28 B: └ 哈哈. 哎呀这才好了

29 A: 她反正不当那个. 和我说是做得不赖. 剩点儿饭. 她不. 我是. 我是剩下才不啥. 搁那儿. 就剩下那么点儿. 就打扫吃了

30 B: 哈哈. 听你这句话就是一家油的. 哈哈

31 A: 真是一家油的

32 C: 她反正 ⌐ 不当他们
33 B: └ 我又说老活话. 你就求话到了老婆婆家. 准剥蚀
打扫了. 哈哈

34 A: 哈哈. 头一回儿来. 煎了点儿鸡蛋. 我是不吃. 煎的鸡蛋我多候儿都不戴吃. 剩了一小块儿. 她摆了一半儿. 和我说. 不吃? 等会儿凉了不好吃了. 你吃一块儿我吃一块儿. 我夹给她一块儿. 娘是我夹了一块儿. 她就白说话. 一点儿都不打扫

35 B: 哈

36 C: 我说你那一点儿都. 打扫了. 她说. 我不戴打扫. 剩下了就搁到那儿. 剩下再热. 就不戴事儿

37 C: 你得得

38 B: 听××也说. 我搁
39 C: ⌐ 我搁. 搁到哪儿? 以后再热着吃. 非
得打扫了 **盛着也吃**
40 B: └ 是 ⌐ 她. 她就

41 A: 要是我. 就不热. 就得打扫了. 哈哈

42 B: 夹给她一块儿鸡蛋. 得得. 是我夹的. 夹给她的. 打扫了. 赶到我走了. 我说那是我夹的. 你怎么也得吃. 我就不戴打扫. 给我夹了. 夹了就吃. 哈哈哈

43 A: 哈哈哈

案例 12—3 2006 / 2 / 20 / 10：29 ［B 家］

当然，有些发笑可能是一种反射性行为。即使如此，此人仍然可以利用自己无意中发出的笑声"友好"地取得下一个发话权，也可以让其他成员了解自己之所以发笑的原因进而实现共同"取乐"。① 只要笑声被编入到复数参与者之间的话轮替换系统中，或者说只要笑声在参与者之间的行为互动中获得某种社会意义，那么，它仍然可以构成拉家的秩序。借用古德温的话来说，发笑"作为一种社会现象而得以组织。为了赋予别人的知觉及其行为以形状，它可以成为极其重要的一种资源。"② 在此，我们只是强调一点，即：在拉家的话轮替换系统中，笑声可以成为成员们用来表示观点的一致并"友好"地替换话轮的一种资源。

（3）声音大小与调谐

最后，简单地描述调谐的另一种方式。案例 14 发生在 2006 年 10 月 8 日。由于刚过中秋节不久，此时燕家台人的拉家内容，以回村过节的非常住人口、他们的离村时间、各家的过节情况等为主。绝大多数人还不知道有一位燕家台人于 10 月 7 日在斋堂镇遇到车祸而身亡。

10 月 8 日上午，A 偶然得知此事之后，"串门子"来到了"一家子" B 家。两个人在"打招呼"之后，先后拉家了各家的

```
1A：啊. 那个不赖. 那好啊. 我呆会儿上《　》我又不
知道. 你死了还不见《　》
2B：乍儿？乍儿？
3A：老〇睡不着 你不知道？
4B：不知道. 啥事？
5A：没有了
6B：(2.5)小×？
```

案例 14—1　2006 /10 /8 /9：51 ［B家］

① 我们往往以为感情是自然表露的现象。其实，我们在行为互动中往往把感情当作一种工具，用之展开某些活动。最初注意到这一现象并认真进行探讨的研究者，大概是戈夫曼。戈夫曼指出，虽然感情的表露未必有一个明确对象，但我们用轻声说出诸如"哟!"、"是什么东西?"等，往往是为了让刚好在场的人们听得见。这种隐约的喊声，戈夫曼称之为"反应性喊叫（response cries)"。亦即，假如一个人突然在路上失衡，有可能引起别人对此人缺乏某些能力的怀疑。这时候，此人通过"反应性喊叫"，可以让别人知道自己之所以失衡是有特殊原因的（如在脚底上感到了刺痛、看到了意外的东西等)。本文在这里提到的发笑，也可以说是属于"反应性喊叫"的一种。参见西阪仰《心と行为——エスノメソドロジーの視点》，岩波书店 2001 年版，第 77 页。

② 西阪仰：《心と行为——エスノメソドロジーの視点》，岩波书店 2001 年版，第 229 页。

秋收进展、A 的视力、桌子上的点心等话题。直到话轮 1，A 才提及"小×遇到车祸而身亡"一事。此时，A 突然把声音变小、变快，通过 B 可以观察到的方式表达了自己的震撼。录音当时，室内只有 A 与 B 两个人，记录者在其他房间里，她们也不知道录音笔的存在。按理来说，A 未必改变声音大小与速度。而 A 又小又快的声音，使得声音资料无法辨认，甚至连坐在旁边的 B 都没有听清楚。于是，B 在话轮 2 向 A 提问。值得注意的是，B 与 A 同样把声音变小、变快。一方面，A 通过声音变化来告知 B，自己知道一件不应该大声说的事情；另一方面，B 根据 A 的声音变化来判断 A 知道她认为不应该大声说的事情，并在调节自己声音大小的情况下向 A 问究竟发生了什么。直到话轮 5，A 才明确告诉 B"小×遇到车祸而身亡"一事。而知道此事后，B 仍然没有改变声音大小，不仅如此，A 与 B 在下面的话轮中也一直保持着同样的声音大小和速度。这意味着 B 通过 A 可观察的方式告诉 A，自己同意了她"这件事情不应该大声说"的观点，并采取了同样的立场。围绕"小×遇到车祸而身亡"一事，A 与 B 达成了一定的连带关系。亦即，不管他们各自在心里想些什么，他们所要表达的是悲哀还是同情，A 与 B 通过同样的声音大小，彼此表示她们对此事共享着同样的观点和立场。

从以上可以看出，燕家台人在话轮替换系统的顺利运行中，努力赋予"你"优先于"我"的地位，尊重其他成员的观点，使得自己的观点与其他参与者趋于一致。这种调谐的话轮替换方式，也可以说是"不礼貌"[①]的燕家台人在"平平常常"的拉家中所遵守的一种礼节。若有人在每天反复进行的拉家中经常忽略这种礼节，那么，此人很有可能遭到其他燕家台人的"光自个儿说"、"嘴尖"等负面性社会评价，甚至可能遭到某种制裁，包括其他燕家台人不理睬此人、在拉家中经常剥夺此人的发话权等。[②]

---

① "我们这边儿的人都不礼貌"，这可以说是燕家台人的自我评价。参见本文第二章第一节之（四）"臭板子"项。

② 关于拉家的调谐现象，我们还可以从语言社会心理学的角度进行解释。正如第三章所说，拉家实践群体利用成员类型来创建"我们的圈子"（we group）。为了进入"我们的圈子"并在其中建立、维持友好的关系，这种心理收敛（psychological convergence）自然导致语言收敛（linguistic convergence）。亦即，"发话者说什么样的话，这取决于他怎么看对方、怎样调整与对方之间的关系"。这种观点后来产生了所谓融合理论（accommodation theory）。参见桥内武《ディスコース——谈话の织りなす世界》，黑潮出版社 2000 年版，第 117—123 页。

（二）话题的组织方式

1. 话题与话题的连接——不定中心

正如上述，"拉家是友好的"不仅是燕家台人自觉意识到的拉家的特征，同时也是他们用来顺利运行话轮替换系统的基本原则或方针，是他们有关拉家的一种信念。"拉家就是你说个西，你说个东，随便讲，没有原则"① 仍是如此。从表面上看，拉家实践群体成员"随便讲"，其实他们在"友好"的拉家中努力调节自己，规律性地运行话轮替换系统。若有违规者，其他成员不但可以适当地要求此人做出修整，甚至可以进行某种社会性制裁。既然如此，为什么在燕家台人看来拉家是"没谱"的，是"随便"的？这与拉家"不定中心"的话题组织方式有关。这里所谓不定中心，是指拉家实践群体成员隐藏之所以要拉家的目的，避免集中讨论一个中心话题，而陆续连接相关的或完全不相干的各种话题。

如前面案例14中的A，她在话轮1并没有明确告诉B"小×遇到车祸而身亡"一事，而把"B也知道此事"作为前提，表达了她的震撼。当燕家台人拉家其他人可能还不知道的"新鲜事儿"时，他的发话往往把"对方已知此事"作为前提。当然，这也许是因为信息提供者自己对"新鲜事儿"的信息量不多，顾虑对方的信息量大于自己。这实际上也是由萨克斯所确认的规范，即："不得说出对方显然知道的事"②。本书的声音资料可以说明，燕家台人同样遵守这一规范。问题是，即使信息提供者明知对方还不知道这一"新鲜事儿"，同样把"对方已知此事"作为前提。不仅如此，信息提供者还经常把"新鲜事儿"放在与其他话题同样的位置，表示自己只不过随口说说而已。即使此人多么希望快点说出"新鲜事儿"，甚至他（她）就是为了传播"新鲜事儿"才找人拉家的，但只要此人在拉家的常规时间和常规地点按照拉家的方式拉家，那么，一般都会隐藏这件"新鲜事儿"对自己的重要性或自己要拉家此事的意图。下面，再引案例14继续说明这一点。

---

① 声音资料。李文学口述；西村于2005年3月29日在李文学家录音。

② 转引自西阪仰《会話分析の練習——相互行為の資源としての言いよどみ》，好井裕明、山田富秋、西阪仰《会話分析への招待》，世界思想社2001年版，第51页。

1 A: 和老△家劈的棒子. 后半天上园子打的药. 准┐备
2 B: └没摆出来啊?

3 A: (1.5)**没~有**. 好啥. 才那么三畦. 也不强

4 B: 嗯得得

5 A: 你栽去吧

————(中略)————

6 B: 我等它干吧. 往里头剪剪. 哈哈

7 A: 你没听得见?

8 B: 啊?

9 A: 也听老◇说啊. 没见那个东西我眼也不行. 眼看不见

10 B: 你这么大岁数. 哎呀. 哈哈. 都是打针角. 不费眼

11 A: 这么大岁数也看见

12 B: 哈哈. 戴眼镜呗

13 A: 我不戴眼镜. 我也不多心那个

14 B: 不戴呢

15 A: 嗯. 我也不多心. 这是那┐个
16 B: └吃吧

17 A: 我不吃. 这是□□他们给你的?

————(中略)————

18 B: 啊. 那个不赖. 那好啊我呆会儿上《   》我又不知道 人
死了还不见《   》

19 A: 乍儿? 乍儿?

案例 14—2 2006/10/8/9：51〔B家〕

A与B从"打招呼"转入拉家的展开环节之后,开始拉家各家"棒子地"的秋收情况。无论从被选择的话题看,还是从话轮替换系统的运行状态看,她们的拉家与平时没有什么不同。而B平常的状态,尤其是

B在话轮6最后的笑声，正是成为A推测"B可能还不知道小×身亡"的依据。在话轮7，A直问B"你没听得见？"，但A仍然没有明确提及此事。于是，B在话轮8并没有明确回答自己知道与否。A在话轮9所做的发话中，引起B的注意的也不是"那个东西"，而是"眼看不见"。A接着连接下一个话轮，开始劝B戴眼镜。对B来说，A在话轮10和话轮12发话的内容显然违背了B的期待，也妨碍了B继续展开话题。在话轮16和话轮18，A重述了"我也不多心"一句。正如上述，重述前一个话轮的发话内容，可以调谐前后两个发话者之间的观点。而在话轮替换系统顺利运行的情况下重述自己前面的发话内容，这便是发话者用之换话题或结束拉家的常见手段，发话者借此可以表明自己对当前的话题已经无话可说（稍后详谈）。在案例14中，A通过重述中断了有关"眼镜"的话题。而在重新提及"小×遇到车祸而身亡"之前，她又注意到了桌子上的点心。在A和B之间由此出现了另一个话题，A便从"点心"这一话题出发，陆续连接了诸如"□□的婚礼"、"席面"等话题。直到话轮18，B在其潜在终点没有停顿，亦即没有把下一个话轮让给A，而直接进入了"小×遇到车祸而身亡"这一话题。之前，B一直隐藏着她之所以找B拉家的目的。因为，A知道当前的行为互动不是"悄悄话"，也不是"汇报"，而是只有"没事儿"的、"闲着"的人才做的拉家。她不应该承认自己"有事"要说，否则违背了"拉家是在没有事儿的时候说，不需要回答，很随便"[①] 的信念。

　　正如A所期待的，由她传播的"新鲜事儿"让B产生了震撼。下面A与B的发话集中在这一话题上面，但该话题只持续了8分钟左右。在长达40多分钟的声音资料中，A与B之间的话题从事故当天的情景开始，依次转移到直属家人的反应、该家最近刚过世的另一个家属、煤气对人体的害处、煤矿和车主支付的赔偿金去向、B家的儿子对B的关心、十五过节的情景、"棒子地"的秋收情况等。下面案例14—3便是其中的一个片段。

　　在话轮1、话轮3以及话轮5，A分别交代了她的老伴和儿子都不知道"小×遇到车祸而身亡"一事。而在话轮5的发言内容中引起B注意的，便是"感冒"。于是，A从话轮6开始谈起自己治感冒的经验。在话

---

① 声音资料。陈全芳口述；西村于2005年4月10日在小卖部录音。

1 A: 早些吃饭他也没说啊

2 B: 他那也知不道. 准知不道

3 A: 早些吃饭他也没说. 我还说. 十五那天个. ○○说十五. 回家过十五来. 和点面. 和点儿炸油香面. 谁也没来. 俺们俩吃的哈哈. 我说咧咧个还说回来呗. 列咧个也没回来. ○○

4 B: 唉呀. 咧咧个后晌那个啥. 列列个后晌不是

5 A: (1.5)咧咧个. 嗯. 后晌. 他有点儿活了. 事儿多. 我说. 你们回来啊? 他说我不回去. 我感冒得直不得

6 B: 他一发烧. 感冒. 我跟你说那个柴胡. 那个

7 A: 嗯

8 B: 后院儿不放心

9 A: 哈哈

10 B: 柴胡水那个管事

11 A: 我还是种着柴胡的

12 B: 还是?

13 A: 嗯. 有那个啥. 我说. 把它扔了

14 B: **别扔了. 可别扔了.** 那个管事儿着来

案例 14—3　2006 /10 /8 /9：51 ［B家］

轮 10 的发言内容中,"柴胡水"又引起了 A 的注意。她们又开始拉家这一新的话题。此时,"小×遇到车祸而身亡"不再是这次拉家的中心话题,甚至失去了与其他话题之间的联系。

这里需要强调的是,A 与 B 的拉家并不是围绕当初的"新鲜事儿"而展开,她们更多地关注当前发话者的发话内容。即使 A 或 B 在后面的话轮中再次提及这一"新鲜事儿",她们也未必连续采用话轮替换规则 1a,更多地采用规则 1b 来很快更换话题,或者采用规则 1c 来避免做出太多的发话。当然,这或许是因为 A、B 与死者没有血缘关系,此事对她们而言没有大于"新鲜事儿"以上的意义。但换句话来说,假如她们与死者之间有着亲近的关系,那么,她们不可能也不应该拉家,至少不可能通过拉家的方式来谈论此事。拉家毕竟是只有"没事儿"的、"闲着"的人在

"可以不劳作的时间"里进行的活动，拉家实践群体成员并没有义务必须拉家什么，也不应该要求其他参与者必须拉家什么。

事实上，成员们在"友好"的拉家中所要承担的最大义务，不是体现在拉家的话题选择方面，而是体现在他们的话语角色上面。作为听话者，成员有必要对当前的发话者给予关注，并在发话的潜在终点连接下一个话轮。假如听话者连接了其他话题，原来的发话者也有必要转换为听话者，对当前的发话者给予关注，并在发话的潜在终点连接下一个话轮。即使此人多么想继续拉家原来的话题，他也很少为此打断对方的发话或抢夺对方的发话权，一般都会等到新的话题得以展开并轮到自己发话时才重新提及。而随着话题的展开，此人完全有可能从中找到一个新的兴趣点。此时，他有可能连接下一个话轮，拉家新的话题。因此，从总体上看，他们的拉家似乎是"你说东，我说西"，出现了不定中心的话题连接方式。

就案例13而言，A不断地转换话题。但这不会被视为跑题。假如B硬要把话题拉回到她所要传播的"新鲜事儿"上面，那么，她的发话只能算是"说事儿"而不是"随便"的拉家，事实上B也没有那么做。至于A和B当时在心里想些什么，这不是本书要讨论的问题。重要的是，她们把当前进行的活动判断为拉家，并按照拉家的方式设计各自的发话与话语角色，用之实践拉家。

2. 话题的边界设计

(1) 话题的开端

正如上述，拉家实践群体成员在调谐的话轮替换方式中，带有规律性地分配和承担发话者或听话者的权利和义务。虽然当前的发话一般不会任意被打断，但参与者并没有义务始终拉家同一个话题。在拉家实践群体成员从听话者到发话者的话语角色转换过程中，前一个话题可以继续，也可以被替换。

需要注意的是，只有"你说我听，我说你听"的话语替换系统暂时中断，发话者才能拉家一个话题，其他参与者也才能承担听话者的角色及其义务。从此意义上而言，话题的连接意味着被中断的话语替换系统重新启动。那么接下来的问题是，拉家实践群体成员如何确认与暂停话语替换系统的运行，进而为当前的话题设置一个边界？

　　一般情况下，发话者在进入一个话题之前往往要做开场白，[①] 来预告他的话题即将开始。通过这种开场白，拉家实践群体成员可以在"某一话题即将出现"这一点上达成一致，顺利分配发话者或听话者的角色，进而在话轮替换系统的暂停中承担各自的义务。在很多情况下，发话者通过"我说"、"我说那个啥"、"我不是说了嘛"、"咳，你说这个"、"因为啥呢"等开场白，宣布自己是下一个发话者。出现这些标志之后，听话者往往对此给予关注或搭腔，对发话者下面的叙事表示同意。

　　当然，这些程式化的开场白未必出现在所有话题的开端。在不出现这些套句的话题开端，发话者通过其他方式把下面的叙事标志化，借此主张自己的话语角色及其权利。其实，这种起始方式很好地体现了拉家的特色。

　　先举一个例子。案例 15 发生在"小×遇到车祸而身亡"一事在燕家台刚传开不久。2006 年 10 月 8 日晚上，B"串门子"到了事故当事人的"老邻居"A 家。当 B 进屋时，A 因受惊而躺在炕上，两个人在结束"打招呼"之后，开始拉家此事。正如上述，当燕家台人拉家其他人可能还不知道的"新鲜事儿"时，往往把"对方已知此事"作为前提。在话轮替换系统的运行中，参与者测探和了解对方的信息量，并按照信息量的大小逐渐固定自己作为发话者或听话者的话语角色。这种"不得说出对方显然知

---

①　这种开场白类似于国内外民俗学者历来所关注的民间文学文本在开头或结尾部分的套句。在国内，这种前后套语尚未统一的名称。根据关敬吾的介绍，国外学者通常把民间童话的前后套句叫做"非历史性样式（ahistorisclu Stile）"。"非历史性样式"这种说法本身说明，国外学者把二者视为民间童话中一种普遍的构成要素。由于口头叙述的民间文学在一般情况下往往存在于日常叙事的上下文中，因此民俗学者往往把民间文学的前后套句视为讲人用来划分虚构故事与现实语境的一种装置，借此从现实的生活中抽取虚构的故事文本。这可以说是民间文学研究必需的基本手续。问题是，任何一种叙事都需要与现实性时间拉开距离，日常叙事的其他话题仍是如此。而且，我们也有必要认识到，假如仅从"现实——虚构"的层面讨论开场白或"故事叙述文本的出入口"，而忽略由此出现的话轮替换系统的中断现象，那么，即使回到田野也难以得出"文本边界的松散结构"以上的结论。事实上，从日常生活的层面看，无论是故事，还是其他话题，开场白的最大意义似乎不在于现实与虚构的划分。因为现实在日常生活的层面并非是简单意义上的认识对象，更是实践行为的对象，往往在此意义上与事物相联系；而虚构不但受到主体的支配，同时又引导主体的实践。因此可以说，这两种对立概念在日常叙事的现场有着更为动态的联系，至少根据"现实支配主体，虚构由主体而得以创造和支配"这种一般区别还是难以抓住日常叙事。参见关敬吾《散文伝承の构造——とくに、昔话と伝说、神话との关系》、《口承文芸研究》1978 年第 1 号；祝秀丽：《辽宁省中部乡村故事讲述人活动研究——以辽宁省辽中县徐家屯村为个案》，博士学位论文，北京师范大学 2002 年版，第 91 页。

道的事"的规范，在话题的开端经常被使用。

如案例 15 中的 A，在话轮 1 突然提及"我见来着，哪儿知道是他"一句，A 实际上借此强调了自己的信息量大于 A。B 在话轮 2 重述了 A 的发话内容，实际上通过 A 可观察的方式表明了"自己并没有亲眼见到"，

1A: 我见来着. 哪儿知道是他. 我咧	咧个
2 B:	**你见来着?**
3A: 是. 我见来着. 这个人在里头儿. 我不知道是他. 回来听说. 我接电话来着. 接了电话. 知不道往哪儿放	
4B: 你在哪儿见来着. 你说说	
5A: 我咧咧个上斋堂来着	
6B: 嗯	

案例 15   2006 /10 /8 /19：26 ［A 家］

同时承认了"如果 A 确实见过，那么 A 的信息量大于自己"。B 还在话轮 4 中核实 A 的发话内容，直到 A 准确提及"斋堂"这一地名，彻底把发话权让给 A。在话轮 6，B 通过搭腔对发话者下面的叙事表示同意，并表明自己在下面的叙事中承担听话者的角色和义务。

在话题的选择与话轮替换过程中，"不得说出对方显然知道的事"这一规范，可以发挥出较大的规范力量。假如发话者能够在话题的开端表示自己大于其他成员的信息量，便可以优先获得下一个发话权。其他成员把发话权让给此人之后，也主动承担听话者的角色和义务，并在话轮替换系统的暂停中给予关注或搭腔。这种起始方式只要求发话者拿出其他成员可能还不知道的信息作为下一个话题的开端，它与前面的话题未必有严密的逻辑关系。这仍是燕家台人对拉家的"你说东、我说西"、"没谱"等印象的重要来源之一。

另外，燕家台人之所以爱拉家"新鲜事儿"，其原因之一在于"别人可能不知道的事情"往往意味着"不知道的人会感兴趣的事情"。听话者对发话权的让步行为，以某种求知欲为动力。因此，假如"别人可能不知道的事情"未必意味着"不知道的人会感兴趣的事情"，那么，发话者有必要适当地引起和维持听话者的兴趣或注意。发话者为此采用的常见方法，主要有两种：

一是通过沉默、重述、笑声、声音大小变化等手段，引起听话者的注意。前面案例 11—1 便是很好的一个例子。首先，A 在话轮 1 说完"今个儿是"便沉默，省略了"几号来着?"一句。而当时在场的听话者

都知道今天是几号，而且知道"A可能不知道今天是几号"。因此，作为一个话题开端，A的发话缺乏适当的标志化作用。但这里的"提问日期"实际上是下面"寒食筹备期间要做豆腐"一事的上文。于是，为了继续叙事，或者说为了在下一个话题中获得发话者的权利，A在话轮3再次重述、沉默，借此引起其他成员对日期的关注。在下面的叙事中，A也不断地利用沉默，把听话者B的沉默标志为违规，努力引起与维持B的注意。

除了沉默或重述，笑声也可以起到同样的作用。正如上述，若有人发笑，听到笑声的人会期待此人必有之所以发笑的原因。因此，发话者可以利用别人猜不出原因的笑声来引起其他成员的注意，同时还可以告知他们自己知道值得发笑的事情。虽然这未必是"不知道的人会感兴趣的事情"，但发话者通过其他成员可理解的方式预示这一点。在此情况下，其他成员往往把发话权让给他，并在了解发话者"之所以发笑的原因"之前承担听话者的义务。而只要其他成员主动承担听话者的义务，那么，他们也会努力共享该话题的趣味，适当地发出笑声，以告知发话者自己已经了解他为什么发笑或对什么发笑，而且自己同样认为这件事情很好笑或值得发笑。此时，拉家实践群体成员通过彼此的行为互动，可以把"很多人可能不知道的事情"重构为"不知道的人会感兴趣的事情"。

当然，别人猜不出原因的笑声主要用来引起听话者的兴趣或注意，用来维持听话者的兴趣或注意还是相对较难的。为此，发话者需要具备着较高的叙事能力，亦即他要通过较高的叙事能力来突出话题的趣味并提高听话者的期待。因此，假如发话者对自己的叙述能力有自信，那么，他们经常把别人猜不出原因的笑声作为开端，并充分利用其他成员让给他的发话权，来建构"不知道的人会感兴趣的事情"。但这还是只有少数拉家能手才常用的一种起始方式。

二是亲自打断叙事，插入一些封闭性问题，并要求听话者回答，以引起听话者的关注。如案例16的A在春节贴年画的上下文中，对她的"将友"B提及她"有一年做了门神爷的梦"一事。虽然B不知道此事，但此事本身显然缺乏如同"新鲜事儿"一般的吸引力。B在话轮2并没有应答，也没有对A给予关注。为了引起B的兴趣，A在话轮3首先强调她的梦如何不同寻常。直到B通过搭腔对A作为发话者的角色表示认可之后，A才开始拉家梦的详细内容。到了话轮5，A突然又插入"就靠这边

> 1A: 我有一年做梦
>
> 2 : (3.5)
>
> 3A: 感到好像不是做梦. 不是. 你说醒了吧. 好像是做梦. 你说做梦吧. 又像不是做梦
>
> 4B: 嗯
>
> 5A: 一边儿一个. 那候儿还是糊窗户纸的那个门. 大炕. 一边儿一个丑媳子. 是托梦. 她们说是俩门神爷. 让我出来呢. **还不走. 给我走.** 我说. 就靠这边儿的这个?
>
> 6B: 啊

案例16 2006/1/23/13：27 ［A家］

儿的这个?"一句, 要求B回答。从表面上看, 这与话轮替换规则1a相似。但为了让B回答这种封闭性提问, A无须把下一个发话权完全交给B。此时, 话轮替换系统仍处在暂停状态之中。B的回答, 与其说是B从听话者向发话者的角色转换, 不如说是从旁听者向受话者的角色调整。旁听者与受话者对会话的参与程度显然不同, A的提问促使B更多地关注当前的话题。假如B违背A的期待对此忽略, 那么, B同时违背了她作为受话者的义务。而这是在"友好"的拉家中是不被允许的。

需要指出的是, 当案例16发生当时, A的老伴也在场。但他知道A"有一年做了门神爷的梦", 于是在该话题中始终保持沉默, 主动承担了旁观者的角色。由此可见, 只要有一个不知道此事的人在场, 那么, 发话者在遵守"不得说出对方显然知道的事"这一规范的同时, 仍然可以中断话轮替换系统的运行。此时, 听话者按照信息量的大小被划分为受话者与旁听者两种, 发话者主要针对前者进行发话。在很多时候, 发话者亲自对听话者做出这种区分。

> 1A: 我还和西村说. 明天我就不去了. 在家歇工
>
> 2B: 啊

案例17 2006/9/18/p19：01 ［B家］

如案例17中, A在提及自己对"社会主义新农村"试点工作的参与情况之前, 告知B自己已经对当时在场的笔者说过此事。听话者由此被划分为"知道此事的（西村）"与"还不知道此事的（B）"两种, 分别承担了旁听者或受话者的角色及其义务。

实际上, 民间文学在自然条件下之所以很少出现, 有一个原因便在这里。民间文学在相对封闭的社会空间中, 为该"熟悉的社会"的居民所熟知。因此，发话者在遵守"不得说出对方显然知道的事"这一规则的情况下，难以用之中断正在运行的话轮替换系统，也难以保证听话者的注意力或兴趣持续到故事的结束。

因此，民间文学在日常叙事中经常被压缩为一句话，把"所有成员都知道此事"作为前提，产生一定的修辞效果（参见案例18、19）。此时，这些被压缩成句子的民间文学文本，一般不会成为话题的开端。

> 1A：不吃就拉倒
> 2B：哈. 武大郎卖豆腐

案例18 2006／6／5／9：38［合作社前］

> 1A：哈哈哈哈
> 2B：切. 看你笑得傅丧官儿似的

案例19 2005／1／23／17：50［A家］

若有例外，那么该拉家实践群体的成员选择一个发话者并要求此人拉家（如"给我们拉家一个来"）、或者该拉家实践群体中存在还不知道此事的成员。

下面两个案例，分别是中老年燕家台人把不知道此事的年轻人或外来者（即笔者）作为受话者拉家的"故事"。

值得注意的是，案例21中，B在拉家"秦始皇派遣500个童男童女到日本找长生不老的药"之前，依次提及了"焚书"、"九经八书"、"五经四书"等词汇。这些词汇赋予B的发话内容以权威性，B则通过这种权威性展示自己的相关知识量大于所有知道此事的其他成员，于是优先成为发话者。与此同时，B利用这种权威性让其他成员成为旁听者，事实上提前阻止了他们打断B的话

> 1A：小白人儿走了. 哈哈
> 2B：哈哈跑了. 你懂喂？
> 3C：老人那候儿. 我小时候. 我爷也说来着
> 4A：记不得了吧. 哈哈
> 5C：我记不得⌐记不住
> 6B：　　　　　哈哈. 还小呗. 这候儿的人不说这个
> 7：(3.0)
> 8A：过去老人传说啊. 有宝. 小白人儿走了. 就是宝走了
> 9C：啊

案例20—1 2005／1／23／16：28［A家］

题。从另一个角度来看，这实际上反映了知道此事的旁听者对发话者所具有的影响力。一般情况下，只要知道此事的旁听者在场，发话者往往避免发话内容偏离旁听者所知道的内容，或者从旁听者已经知道的事情中找出一些他可能还不知道的事情。假如发话者的发话内容过于偏离旁听者所知

1 A: 不修还搜他. 你们日本人也是恶着来. 哈哈

2 B: (1.5)**哎呀**. 实际上. 日本人也是中国人. 你知道不知道?

3 西村: 不知道

4 B: 日本人. 在这个. 秦始皇焚书坑儒. 秦始皇原先是九经八书再为五经四书. 秦始皇把疆呢. 南修五道岭. 北修是万里长城. 就是万里长城往后啊. 再叫这个这个. **大～臣**. 大臣懂吧?

5 西村: 嗯

案例 21—1　2005 /3 /26 /11：24 ［A 家］

道的内容，那么旁听者完全有可能对此进行修正，甚至可能主张自己的相关知识多于发话者，由此夺取发话者的发话权并成为发话者。从此意义上而言，知道此事的旁听者也是潜在的发话者。围绕当前的话题，他与发话者随时可能交换话语角色。假如发话者从旁听者已经知道的事情中能够找到他可能还不知道的事情，那么，旁听者从潜在的发话者转换为听话者，发话者可以更自由地行使自己的发话权。

由此可见，只要拉家实践群体中存在一个旁听者，即使发话者成功中断话轮替换系统并开始拉家"很多人已经知道，只有个别人还不知道"的话题，他也未必能够将其持续到话题的终点。我们引案例 21—2 来继续说明这一点。

1 B: 鲁班修通仙观. 老君观. 那是没黑白儿紧着修

2 B: (1.5)原先那候儿. 靠着西南角那个角上. 没┐弄完

3 C: 　　　　　　　　　　　　　　　　　　┘东边儿

4 B: 啊?

5 C: 那是东边儿. 那个庙里头儿的东边那一段

6 B: 哪是东边儿呢. **西～边儿**

7 C: 哈. 你┐说这是

8 B: 　　└是西边儿. 通天道主那个. **那～个**上面. 那两棵松树是我～栽的。我还不知道?

案例 21—2　2005 /3 /26 /11：24 ［A 家］

在 2005 年的预备调查期间，笔者以拉家实践群体成员的身份参与了一次拉家，还主动采用话轮替换规则 1c，提到了近期要举办的张仙港庙会。其他成员开始连接话轮，依次拉家了张仙港庙会的复办情况、张仙的来历、"老人那候儿"的庙会盛景、燕家台村域内的其他庙观等。随后，B 开始对笔者拉家"鲁班修建

老君观"一事。而该话题刚开始不久,该拉家实践群体的另一个成员 C
对此提出了异议。B 和 C 开始争论时,被中断的话轮替换系统实际上开始
重新启动。首先,C 在话轮 3 插入"东边儿"一词,提醒 B 在话轮 2 的发
话内容中存在错误。正如上述,拉家的插话一般都是对前面的发话内容所
做的重述,或者是用来表示赞同的句子。即使发话者要对前面的发话内容
表示反对,他也往往避免立刻否认,而在发话以前停顿一会儿或拉长头一
个词。但在案例 22—2 中,C 违反这些常规,通过 A 可观察的方式,表
明了自己有着不同于 A 的观点。在话轮 8,B 又插入"是西边儿"一句,
通过 B 可观察的方式,同样表明了自己有着不同于 C 的观点。与其同时,
B 还提到老君观境内的"通天道主"和他亲自栽种的"两棵松树",借此
赋予自己的发话内容以权威性,并主张自己在该话题上面的发话权。

　　当有人拉家"故事"、拉家个"书"、"拉古"时,旁听者——尤其是
男性老年人——往往对此人的发话内容进行较为严格的核对。发话者的发
话内容一旦偏离旁听者所知道的内容,他们立刻提醒、纠正,甚至可能给
予"个人胡编"、"胡拉家"等评价。他们利用这种核对手续,主张、评比
各自的知识量。虽然它对燕家台的民间文学文本起到了德国民间童话研究
者安德森(W. Anderson)所谓的"自我修正作用",[①] 但对燕家台人而
言,这种"自我修正"与其说是目的,不如说是结果。中老年男性燕家台
人之所以强调拉家的格式性特征,其原因之一便在于这些民间文学是绝大
多数燕家台人所熟知的共同知识,若有人要拉家这些知识就必须经受其他
成员的核对手续。这实际上也是女性燕家台人之所以不肯随意拉家这些共
同知识,而更愿意拉家"新鲜事儿"的原因之一。[②]

　　另外,有人在受话者在场的情况下中断话轮替换系统并拉家"很多人
已经知道,只有个别人还不知道"的话题时,他不但需要经受其他成员的
核对手续,还要保障他们的兴趣一直持续到该话题的结束。与诸如"调

―――――――――

　　① 安德森指出,在多数情况下,讲述人曾经作为听众,从复数的讲述人那里多次听过同一
个类型的故事。在这位讲述人的心目中,这些不同类型的故事相互纠正,从中排除每个讲述人所
犯的错误,最终得到标准形态。于是,每个故事的传承,由有才华的讲述人的个性所承担,又由
"被动的传承人"所制约,经过上千年,围绕着一个基本形式而摇摆。吕蒂便主张,除内容外,
在文体上同样存在某种"自我修正作用"。见マックス・リュティ《ヨーロッパの昔話―その形式
と本質―》,小澤俊夫訳、岩崎美術社 2000 年版,第 132 页。
　　② 参见本文第三章第一节。

查"、"上课"、"汇报"、"研究"等非拉家不同，燕家台人的拉家没有把特定的制度作为背景，因此，只要听话者的兴趣减少或注意力转移，发话者就难以完成一个话题。为此，发话者在经受其他成员的核对手续的前提之下，通过提问、沉默、笑声、词汇的更换等手段，努力把当前的话题变得更加有趣、易懂，以满足不知道此事的受话者与知道此事的旁听者。①

实际上，无论是"很多人已经知道，只有个别人还不知道"的话题，还是"别人可能不知道的事情"，发话者能否引起和维持其他成员的兴趣，这直接意味着话轮替换体统的中断状态能否持续到话题的终点。说到底，燕家台人之所以拉家，甚至认为"不拉家干啥呢？"，② 这是因为拉家给他们带来乐趣。而"拉家是娱乐"只是一个方面，在另一方面，拉家的娱乐性也是拉家实践群体成员共同努力创造的结果。

（2）话题的终点

假如有一个话题在拉家实践群体成员的合作中顺利结束，那么，被暂停的话轮替换系统便重新开始运作。当然，话轮替换系统的重新运作并不是自动实行的，这仍是发话者与其他参与者通过彼此的行为互动而实现的。

话轮替换系统的重新运作，意味着听话者在该话题的终点连接下一个话轮，进而恢复话语替换系统的中断状态。为此，发话者首先必须通过一种可观察的方式，让听话者知道该话题的终点所在。诸如笑声、沉默、对前面发话内容的重述或总结、对听话者的关注等，这些便是发话者用来标示话题终点的常用手段。出现这些标志之后，听话者尤其是直接的受话者，按照发话者的期待做出应有的反应，包括点头、发笑、提问、重述前面的发话内容等。实际上，听话者通过这些反应来告知发话者，自己已经听到或理解了发话者在前面拉家的内容，亦即告知发话者自己已经实行和完成了听话者的义务。直到发话者对话题终点所做的标志引起听话者的反应之后，发话者才完成他作为发话者的义务，并在从发话者到听话者的角色转换中，顺利恢复他所中断的话轮替换系统。

---

① 由此出现的自然结果，便是原有文本的变异。关于这一点，笔者曾经在硕士论文的结论中做了简述。虽然该论文把文本内部的语用规则（文体）作为唯一一依据，但在否认讲述人的"遗忘"为文本变异的主要原因这一点上，笔者的基本观点至今没有发生变化。参见［日］西村真志叶《中国民间幻想故事的文体特征研究》，硕士学位论文，北京师范大学，2001年。

② 声音资料。陈良花口述；西村于2006年1月21日在礼堂录音。

如案例 20—2 中，B 与 C 在短天农闲期的晚上"串门子"来到 A 家。在拉家"小白人儿"的"故事"之后，A 首先通过沉默把终点标志化。但在话轮 11，B 与 C 都没有做出任何反应。正如上述，只要听话者不予以关注，那么，即使发话者的发话被听话者听到了，它在行为互动意义上是无效的。[①] 于是，A 在话轮 12 先总结和重述前面

```
                ——(前略)——
10 A: 这个时候儿呢. 你就赶紧把这个小白人儿呢. 系在红头
    上. 走不了了. 过去老人都那么说. 咱们这儿有宝. 村儿里哪
    儿都有宝

11  : (2.5)

12 A: 有宝. 你碰见小白人儿. 赶紧弄到红头上. 赶紧把小白
    人儿系上. 系在脖子上. 哈哈

13 B: 哈哈

14 A: 他就跑不了了. 都么说

15 C: 有宝. 咱们这儿哪儿有宝啊

16 A: 这候儿. 这候儿可不行

17 B: 都跑了呗. 哈 ┐  哈
18 A:           ┘    哈哈. 没～了
                ——(中略)——
19 C: 今天〇〇来过没着?

20 A: 没着. (1.5)她回来了?

21 C: 我早些个见来着. 坐老×的面的上来的. △△不是有病
    哇?
```

案例 20—2　2005／1／23／16：28［A 家］

的发话内容，然后通过笑声再次对话题的终点进行了标志化。在话轮 13，B 把自己的笑声与 A 的笑声重叠在一起，借此表示她已经听到和理解了 A 所拉家的话题内容。而 A 在话轮 14 再次重述，继续把话题的终点标志化。这是因为知道"小白人儿"的 B 在这里是一个旁听者，A 所针对的受话者是不知道此事的 C，在 C 做出反应之前，A 有必要继续承担发话者的义务。直到话轮 15，C 才对 A 所拉家的话题提出了自己的观点。需要注意的是，C 的观点并没有针对"小白人儿"，它所针对的是 A 在结尾提到的"老人那候儿"的说法——"村儿里哪儿都有宝"。按理来说，C 所表达的观点只能说明她已经听到和理解 A 所拉家的话题的结尾。而 C 对

---

① 参见本章案例 11—1。

结尾的理解，被 A 和 B 视为 C 已经理解了与结尾有逻辑关系的整个话题。此时，A、B、C 通过可观察的方式，在如下两点上达成了默契，即：他们已经完成了各自的话语角色所要求的义务；他们一致认为"小白人儿"的故事作为一种行为互动意义上有效的话题现在可以结束。从话轮 15 开始，A、B、C 在重新运作的话轮替换系统中顺利替换话轮，直到 C 开始拉家下一个话题时，再次暂停了话轮替换系统。

上面案例 20—2 中，A 在拉家"小白人儿"的"故事"之后，先后通过沉默和重述对话题的终点进行了标志化。假如这些标志得不到听话者的反应，发话者可能继续承担发话者的义务，展开当前的话题。

——（前略）——

1 A：第二天张仙又到蔡家来. 说. 老施主. 放了牛吧哈. 你拉了？拉了. 一看那个牛浑身一身汗. 可是牛还~在圈子里

2 B：啊

3 A：实际上这是牛的灵魂拉上去的. 就这么一道

4 D：哈哈

5 ：(2.0)

6 A：啊~张仙港. 那个地方. 现在还有半拉. 原先没有碾子. 就是张仙借蔡家的牛拉上去. 才有的. 那原先没有碾子吃啥呢？

7 B：(1.5)吃啥？

8 C：知不道

9 A：明末. 清初那个时候儿. 张仙跟他师父. 师徒俩在那个后头儿. 山洞里头儿修练

——（中略）——

10 A：就正着，后来才修的张仙港. 你们听我这个拉家呀. 没~完. 哈哈

11 B：他后来被人打死了没着

12 A：啊？

13 C：后来有人打死了没着. 张仙他师父

14 A：那我不~啥　啊. 可能被人打了

15 E：　　　　　傻鸡巴拉的. 去. 唤你奶

案例 22　2005 /6 /6 /14：53 ［圈门］

如案例 22 中，A 在圈门拉家场地拉家。该拉家实践群体人数较多，其中包括回村过周末的学龄儿童 B 和 C。当时 A 拉家的"故事"，其主要受话者便是 B 和 C，当时在场的四位中老年燕家台人主动承担了旁听者的角色。在话轮 3，A 插入了程式化的结尾套句"就这么一道"。这种程式化的结尾套句作为话题结

束的标志有着较大的规范性。事实上，在话轮 4，旁听者 D 立刻发出笑声，借此表示他在 A 发话时承担了旁听者的义务，亦即听到和理解了 A 所做的发话内容，他还知道 A 的话题现已结束。但在话轮 5，接着又出现了沉默。由于 A 是针对不知道此事的 B 和 C 拉家"故事"的，知道此事的其他四位男性中老年燕家台人便把下一个发话权让给她们。亦即，他们作为旁听者判断这里的沉默应属于 B 或 D，并期待着由她们连接下一个话轮。这仍是他们通过其他成员可观察的方式，表现出来的一种期待。但 B 和 D 对此没有做出应有的反应，被暂停的话轮替换系统也没有得以恢复。

于是，A 在话轮 6 继续承担发话者的义务，在与前面话题的逻辑关系中开始拉家另一则有关张仙的"故事"。为此，A 还拉长开头一个词、改变声音大小，借此对话题的开端做了标志化。到话轮 10，A 利用他个人常用的结尾套句（"听我这个拉家没完"）和笑声，再次标示该话题的终点。这一次，B 与 C 分别在话轮 13 和话轮 14 做出了反应。等到 A 做回答之后，另一个旁听者 E 在 15 接着做了发话。一方面，E 利用中年人与儿童这两种成员类型之间的权势差距，从 B 和 C 身上夺取了发话权；另一方面，他再次标示了 A 针对她们拉家的话题的终点。此时，由 A 中断的话轮替换系统重新得以运作，四位中老年燕家台人也完成和摒弃了旁听者的话语角色。

在上面两个案例中，发话者对话题终点所加的标志最终引起了其他成员的反应。当然，即使这种标志得不到其他成员的反应，发话者仍然可以结束当前的话题。

如案例 20—3 的 C，她在话轮 23 和话轮 25，利用沉默对话题的终点做了标志化。但 A 和 B 对此没有做出任何反应。尤其在话轮 25，C 放弃了发话者的角色，由此出现了长达 10.5 秒钟的沉默。换言

—— (前略) ——

22 C: 有钱. 娘的有钱不给.

23 　: (2.0)

24 C: 晌午□□去她家来着. 拿什么. 啊～反正去拿什么东西. 她回来和我说. ○○在炕上摆着一百块. 她还说那是老婆婆给她的一百. 正着摆着. 傻屄

25 　: (10.5)

26 A: 早些个听广播没着?

27 B: 啊. 听来着

案例 20—3　2005/1/23/16：28［A 家］

之，C 在话题的终点把发话权完全交给了 A 和 B，但 A 和 B 都没有主动接到它，话轮替换系统仍处在暂停状态之中。很显然，作为话题终点的标志，10.5 秒钟的沉默是过长的，是不同寻常的。而不同寻常的沉默在行为互动中可以获得不同寻常的意义，更准确地说，参与者可以利用不同寻常的沉默来构成不同寻常的意义。在此，A 和 B 通过沉默表示她们之所以不做反应的某种理由。直到话轮 26，A 对 B 提出了与 C 的话题完全不相干的问题，B 对此又迅速连接下一个话轮做了回答。此时，由 C 中断的话轮替换系统得到了恢复，C 的话题也被视为结束。尽管如此，A 和 B 并没有通过 C 所期待的反应来告知 C，她们已经听到和理解了 C 所拉家的话题内容，亦即没有告知 C 她们已经实行和完成了听话者的义务。这可以说是 A 与 B 有意对 C 的发话做出忽略，C 拉家的话题由此成为一种在行为互动意义上无效的话题。[①]

　　正如上述，拉家在话题的连接方式上有着不定中心的特点，获得下一个发话权的参与者完全可以连接与前面的话题不相干的话题。尽管如此，在连接新的话题之前，参与者一般都要围绕前面的话题替换若干的话轮。若有人直接连接下一个话题，那么，他所连接的话题往往都与前面的话题有关。这仍是他们对前一个话题所做的应有反应，也是拉家实践群体成员在每一个话题的终点所要遵守的规范。虽然发话者在听话者不做反应的情况下仍然可以结束当前的话题，但这种话题的结束方式显然不符合诸如"友好"、"随便"等燕家台人有关拉家的共同理解。从此意义上而言，案例 20—3 的 A 与 B 对 C 的话题终点所做的忽略是一种违规行为，C 的继续沉默也是对她们的违规行为所做的标志化。而 A 和 B 正是利用这种违规行为告诉 C，她们之所以违反常规是有理由的。这里重要的不是 A 和 B 之所以违规的真正理由是什么，而是 A 和 B 的忽略使得 C 的话题作为不适合当前情况的话题而结束，C 的话题由此失去了继续或稍后被拉家的机会。

　　有必要注意的是，A 和 B 采用的话题结束方式，只有在拉家的展开

---

　　① 当然，"在行为互动意义上无效的话题"不意味着这是对 C 没有任何影响。A 和 B 的忽略完全有可能损害 C 的面子，由此成为"威胁面子的行为（face-threatening act，简称 FTAs）"。关于 FTAs，参见ジェニー・トマス《语用论入门——话し手と闻き手の相互交涉が生み出す意味》，浅羽亮一监修、田中典子、津留﨑毅、鹤田庸子、成瀬真理訳、研究社 2001 年版，第185—193 页。

环节才违背燕家台人的共同理解。在拉家的结束环节，它仍然可以成为一种适当的话题结束方式。事实上，在拉家的结束环节，拉家实践群体成员经常利用这种话题结束方式，预告他们的拉家即将结束，并阻止话题的进一步发展，进而自然地结束拉家。若从结构主义的立场看，这种现象反映了其不言自明的原理——部分在整体结构内部的不同位置上获得不同的意义。而从常人方法论的角度看，我们从中还可以了解到如下一点，即：拉家的开始、展开、结束等分段以一种可观察的方式存在于拉家的实践过程之中，这种分段不仅是拉家实践群体成员在其实践过程中通过行为互动而生成的产物，同时也是他们用之实践拉家的一种资源。

三 拉家的结束

"闲着"的人在"可以不劳作的时间"里实践的拉家，它一般都不是按时结束，也不是完成某种明确的任务之后才结束。按理来说，拉家的结束应该任由兴致所至。但事实上，诸如"何时结束"、"如何结束"等问题，仍然作为拉家实践群体成员自己的问题而存在。[①]

根据美国社会学家谢古洛夫（E. Schegloff）、萨克斯等人的基础研究，为了结束拉家，该拉家实践群体的所有成员首先必须同时实现如下两点：

一、某一个发话结束后不引起下一个发话；

二、发话的终点被区别于其展开环节的停顿或沉默。

亦即，即使发话者停止发话，他未必能够结束拉家。只要存在话轮替

---

① "如何结束拉家是拉家实践群体成员自己的问题"，指的不是成员们在结束拉家时必须对此进行烦恼，而是拉家的结束应该被成员们视为"要明确完成的、亦即用来解决会话组织上的某种问题的东西"。的确，有时成员们可能很难顺利地结束会话，结束可能会成为一个让他们感到麻烦的问题。重要的是，"会话的结束可能成为麻烦的问题，但未必要成为麻烦的问题"。即使结束成为一个麻烦的问题，成员们也必须去解决。关于这一点，谢古洛夫与萨克斯在被誉为"会话分析的三大作"的《漫谈会话的结束方式》一文中做了充分的论述。本节的描述在很大程度上借鉴了其中的观点。参见エマニュエル・シェグロフ、ハーヴィー・サックス《会话はどのように终了されるのか》（Emmanuel A. Schgloff and Harvey Sacks, Opening up closings, *Semiotica*, 1972, Vol. 7, pp. 289—327.），《日常性の解剖学—知と会话—》，北泽裕、西阪仰訳、マルジュ社 2004 年版。

换系统赖以继续运行的适宜性（relevance），发话的停止本身不会被视为拉家的结束，而被视为出现在拉家中的沉默。假如发话的终点被视为沉默，那么，该拉家实践群体成员所要面对的问题是"如何处理一个发话在其潜在终点没有被连接到下一个发话的状态"。而在结束环节，他们首要解决的则是另一个问题，即："如何调整和停止一个发话在其潜在终点可以被连接到下一个发话的状态"①。

下面，分别从可结束标志、处理话题和替换话轮的方式、终极替换等角度，描述拉家实践群体成员在其结束环节如何解决这一问题。

（一）可结束标志及其运作

为了从拉家的展开环节转入其结束环节，拉家实践群体成员首先需要在二者的过渡环节标示拉家的结束，并用之调整话轮替换系统。我们按照会话分析的惯例，将展开环节与结束环节之间的过渡环节称为"前结束环节"，再把参与者用来标示拉家的结束的标志称为"可结束标志"。总的来说，可结束标志主要出现在发话与操作领域两方面。

1. 作为发话的可结束标志

作为发话而出现的可结束标志，也是会话分析所谓"可能构成前结束的句子（possible pre-closing）"。拉家实践群体成员主要用之独占当前发话者的发话权，或者用来阻止其他成员延续前面的话题。

如案例 23 中，B"串门子"来到 A 家。随着拉家的展开，她们拉家"新鲜事儿"的频率逐渐减少。下面由 A

```
1 A: 那候儿还有戏剧学校的. 我可想了
2 B: 呵呵
3 A: 走啊. 她们都哭. 我们也哭. 后来俺家的大闺女. 今年四十. 四十几了. ○○
4　 : (1.5)
5 A: 哎哟. 非要我认她干女儿. 俺家丫头还找了她一回
6　 : (1.5)
7 A: 哎呀. 住熟了. 可思. 走了可想了
8 B: 那可不
```

案例 23—1　2006/9/18/11：22［A 家］

---

① エマニュエル・シェグロフ、ハーヴィー・サックス：《会話はどのように終了されるのか》，《日常性の解剖学—知と会話—》，北沢裕、西阪仰訳、マルジュ社 2004 年版，第 184—185 页。

拉家的"吃食堂那候儿"的回忆，也不是"新鲜事儿"。因为 A 与 B 曾经是"一个生产队的"，B 十分了解 A 与当年下放来到燕家台的戏剧学院师生之间的情谊。在话轮 2，B 发出笑声，这是 B 在话轮替换系统的暂停状态中对 A 所做的搭腔。B 通过笑声，一方面允许 A 作为该话题的发话者继续连接下一个话轮；另一方面表态自己已经知道此事，对此没有特别要说的。接到 B 所放弃的发话权之后，A 从话轮 3 开始拉家有关"戏剧学校的"的回忆，其中 B 始终没有做出反应。直到话轮 7，A 通过"可想了"一句的重述，一方面强调自己之所以谈及 B 所知道的老话题是因为自己依然想念戏剧学校的师生；另一方面也承认了除此之外自己没有什么要注明的，进而对该话题的终点做了标志化。到话轮 8，B 通过可结束标志"那可不"来表示，B 不但知道 A 与"戏剧学校的"之间的情谊，还理解 A 依然想念她们。此时，A 和 B 通过彼此可观察的方式，表示她们在如下一点上达成了一致，即：A 对当前的话题已经说完了她要说的一切。若是展开环节，B 的反应和发话内容显然不适合"友好"的拉家，但在 A 和 B 已经难以找到对方感兴趣的话题的情况下，却可以适当地引导拉家的结束。①

　　除了听话者，当前话题的发话者同样可以运用这种可结束标志。如案例 24 中，A 在"大臼"拉家场地拉家有关 B 的过去。另外在场的成员 C 与 D 分别是 B 的"邻居"和"一家子"，对此十分了解。其中，只有 C 在话轮 3 发出了笑声。而在后面的话轮中，她与 D 一起承担旁听者的角色，保持沉默。A 在话轮替换系统的暂停中态中继续发话，他的受话者 B 则通过笑声与之呼应。问题是，关于当前的话题，A 难以提供在场的其他成员都不知道的信息，以吸引他们的兴趣。于是，他在话轮 6 首先拉长"啊"一词，一方面表示自己正在寻找下面的发话内容；另一方面主张发话权仍属于自己，其他人在当前的话题结束之前不该连接其他话题。之后，A 提及了 B 的老伴。B 的老伴当年的具体行为，B 是知道的，而 C 和 D 未必是知道的。再加上 A 改用的人称代词（"你"——"她"）看，A 的受话者不仅是 B 本人，同时包括 C 和 D。按理来说，如果 C 和 D 不知

---

　　① 当然，B 的反应和可结束标志，未必导致拉家的结束。但 A 可以据此判断，若要再次中断话题替换系统来拉家某一话题，那么她最好选择 B 可能还不知道的事情。随着拉家的展开，成员们在话题的选择上所要承受的压力也逐渐增加。

1 A：你这是心眼儿好. 该心眼儿好. 不是心眼儿好. 早死了

2 B：哈哈

3 C：哈哈

4 A：我说的是实话. 你还得. 有一年. 她气儿都不打了. 就这～么点儿气

5 B：哈哈

6 A：啊～. ○○. 抱着那个孩子. 一边儿喂小孩儿一边儿走过来. 眼泪灌掉着. 谁知道她又活了. 她活了还养活了两个丫头儿. 是不是?

7 B：哈哈

8 A：我常给他们说说. 说着玩儿. 我说的可是真格的. 一点儿都不是笑话. 多候儿也不能毁害人

9 ：(5.5)

案例 24—1　2006 /1 /27 /p. m16：48［大臼］

道此事，应从旁听者转变为受话者，对此表示应有的反应。但是，他们仍然没有做出任何反应。在话轮 6 最后，A 明确指定 B 为直接的受话者，并对此提出一个封闭性问题。面对 A 的提问，B 再次放弃发话权，只是通过笑声表示自己也知道此事，不打算对此再加其他的信息。于是，A 在话轮 8 自己总结这一话题，赋予这个未能引起其他成员反应的话题以一定的意义。这里 A 所采用的总结方式，便是"讲道理"。① 这仍是在燕家台人的拉家中十分常见的可结束标志。它作为一种难以违背的命令，或者作为听话者只能说"那是"的结论，能够阻止其他人继续展开该话题。②

一般而言，出现这种可结束标志之后，下一个发话者在话轮替换规则 1b 或 1c 中获得任意开始新话题的机会，并利用这一机会实现从展开环节到前结束环节、从前结束环节到结束环节的过渡。当然，这位发话者的新

---

① 燕家台人所谓"讲道理"包括教训与格言。诚如荷兰文艺学者、美学史家犹雷斯 (A. Jolles) 所言，教训与格言是两种不同的"发话形式"乃至"精神活动"。但从调查结果看，它们作为可结束标志而发挥出的作用，是相同的。详见アンドレ・ヨレス《メールヒェンの起源 —ドイツの伝承民話—》(André Jolles, *Einfache Formen—— Legend*，*Sage*，*Mythe*，*Rätsel*，*Sprunch*，*Kasus*，*Memorabile*，*Märchen*，*Witz*. Max Niemeyer Verlag, 1930)、高桥由美子訳、讲谈社 1999 年版，第 224—254 页。

② 笔者以为，讲述人之所以在讲述活动中常把教训或格言作为结尾，有一个原因便在于此。在一个人对知道此事的成年人讲述民间文学文本时，这种情况尤为明显。

话题完全有可能引起其他参与者的兴趣。如果有人要展开该话题，那么，该拉家实践群体便从前结束环节再次回到展开环节。实际上，这也是为什么谢古洛夫和萨克斯称之"可结束标志"——而不是"结束标志"——的原因。与"上课"的"下课铃"不同，发话内部的结束标志在拉家中只是它所具有的多种语用法之一，因此它始终处在"可能（possible）"的层面。① 这里重要的一点，便是虽然可结束标志未必能够引导成员们转入结束环节，但拉家的结束环节有必要以这种可结束标志而开始。

在上面的案例中，拉家实践群体成员通过可结束标志，来暗示或推论拉家的结束。② 而有时，发话者可能更明确地提示拉家的结束。如案例 25 与案例 26 分别是在"吃饭"与"打麻将"时出现的可结束标志。这种与其他活动同时进行的拉家，往往因该活动的结束而导致拉家的结束。案例 23—2 与案例 27—1 都是出现在"串门子"中的可结束标志。一般情况下，这些可结束标志需要由来"串门子"的一方提出，户主则有义务阻止一次此人的要求（如不要继续倒水、要离开等）。在拉家场地，类似的情况相对少见。这显然是"串门子"中的拉家实践群体成员运用"主人"与"客人"这一成员类型的结果。而无论是室内的拉家，还是露天的拉家；是单独出现在拉家中，还是出现在与之同时进行的某种活动中，这种明确的可结束标志一般都把"有事"作为结束拉家的正当理由。而其他参与者可用来阻止其要求的正当理由，几乎只有"还不碍事"。其约束力量相对较小，使用次数也相对有限，否则违背了燕家台人"有事的人不应该也不可能拉家"的基本原则。

另外需要强调的一点是，即使出现这种明确的可结束标志，拉家并不是立即结束。与相对不明确的可结束标志同样，下一个发话者利用这种明

---

① 参见エマニュエル・シェグロフ、ハーヴィー・サックス《会話はどのように終了されるのか》，《日常性の解剖学—知と会話—》，北泽裕、西阪仰訳、マルジュ社 2004 年版，第 198 页。

② 诚如托马斯所言，"暗示（imply）"和"推论（infer）"是两种不同的概念。前者是发话者的意志所生成的，未必为听话者所理解；后者则是听话者根据证据（包括语言的证据与和语言无关的证据）所创造的。问题是，这种区分在具体的会话分析中难以操作。如案例 23—1 中，B 通过笑声或沉默来暗示拉家的结束，A 则根据 B 的反应来推论拉家的结束，但这里的发话者是 A 而不是 B。因此，虽然本文慎重使用这两种概念，但没有过于强调二者的区别。参见ジェニー・トマス《语用论入门——话し手と聞き手の相互交渉が生み出す意味》，浅羽亮一监修、田中典子、津留崎毅、鹤田庸子、成濑真理訳、研究社 2001 年版，第 64—65 页。

确的可结束标志独占任意开始新话题的机会，并在其中实现从展开环节到前结束环节、从前结束环节到结束环节的过渡。

1A: 不吃了?	1A: 不玩儿了?
2B: 不吃了	2B: 不玩儿了. 四点了. 回去做饭

案例 25　2005 /10 /28 /9：09 ［A家］　案例 26　2006 /1 /18 /15：56 ［A家］

1B: 哎呀别倒了，俺们得走哇	1A: 几点了?
2A: 喝吧	2B: 四点. 呆会儿. 还不忙的

案例 23—2　2006 /9 /18 /11：22 ［A家］　案例 27—1　2005 /6 /6 /16：12 ［B家］

2. 作为操作领域的操作方式的可结束标志

我们在前面谈到，拉家实践群体成员把个人的操作领域与共同的操作领域交集在一起，并在由此构成的操作领域中进行拉家。当拉家进入结束环节时，该拉家实践群体成员以不同于其他环节的方式利用其操作领域。

首先，拉家实践群体成员在经过"等待"和"打招呼"进入展开环节之后，开始把身躯或面部朝向其他参与者，进而封闭原来相对开放的操作领域。虽然其他人随时可以参与他们的拉家，该拉家实践群体成员也随时为这些人开放其操作领域，但其操作领域有一定的封闭性。换个角度看，操作领域的封闭性也可以说是拉家进入展开环节的重要标志。此时，若是由少数人组织的小型群体，参与者把身体或面部频繁地朝向对方；若是成员人数较多的群体，随着拉家的展开，在群体内部往往出现多个小型群体。

如例 28—1 中，B、C、D、E 等人"串门子"来到了 A 和 F 家。经过"打招呼"，六人如图 4—4 就座。在话轮替换过程中，发话者把视线频繁地朝向坐在对面的听话者。坐在对面的参与者之间的视线，也是最长的视线。当发话者在这种最长的视线上发话时，即可获得最大的操作领域。即使发话者没有把视线转移到其他听话者身上，其他参与者事实上都处在他的操作领域之中（在案例 28 中，A 的身体位置和朝向使得 F 处在该拉

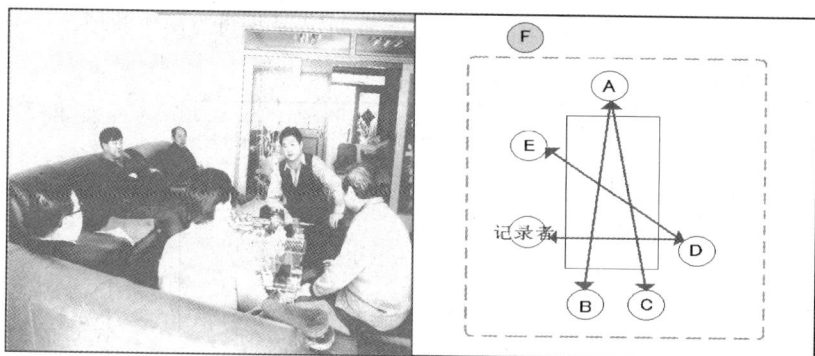

例28—1　2006/10/28/10：06［A 和 F 家］　　图4—4：拉家展开环节的视线示意图

家实践群体的操作领域之外。他在这次拉家中是一位潜在成员，不久离席到另一间房间）。在参与人数较多的拉家中，经常出现这种最大长度的视线交叉，或者说，参与者经常利用这种最大长度的视线来实现参与人数较多的拉家。需要注意的是，来自发话者的视线只能对部分参与者施加压力。被关注的听话者必须对当前的话题做出反应，包括搭腔、点头、表情变化、提问等，至于其他听话者则获得较大的自由。他们未必对发话者的发话做出反应，有的对此提供单方向的视线，有的倒水、吃点心，有的和坐在旁边的其他成员开始拉家其他话题。由于多数人共同参与的拉家，其话题趋于一般化，发话者难以引起和维持所有参与者的兴趣。因此，随着拉家的展开，往往越来越多的听话者在私下里拉家其他话题，原来的大型拉家实践群体由此分化为多个小型拉家实践群体（图4—5）。

图4—5　大型拉家实践群体中的小型群体

一般情况下，分化后，该拉家实践群体的整体性主要由倒茶水、干杯等所有参与者都要参与的行为互动来暂时得以恢复。但只要小型拉家实践群体封闭其操作领域并进入拉家的展开环节，那么，大型拉家实践群体的整体性便难以完全恢复。直到拉家的前结束环节，这种分化现象才自然地消失，在拉家实践群体的所有成员之间重新出现共同的操作领域。这便是出现在操作领域上面的可结束标志。

---

1 D: 咱们来了呢. 就是. 有东西呢. 咱们整个下来. 没有东西呢. 咱们也是喝点儿醇固福. 这半拉儿. **正着赖的.** 四个人. 不是俺们○○两个. 他们××俩. 这不是四个人?

2 : (1.5)

3 D: 然后呢. 到过年了. 就给点儿钱. 他们俩分的两千五. 每人两千五. 我这个可能. 可能是不好

4 B: ××窑的?

5 D: 啊

6 B: ××窑的?

7 D: 嗯. 他那个弄了个不少. 他偷着打. 黑价打的. 你看. 这半拉儿四个人. 他俩一人两千五. 给我俩两千五

8 E: 是你姑家的兄弟呗

9 D: 俺姑家的兄弟. 他们××俩每人两千五. 给俺们○○俩两千五

案例28—2   2006 /10 /28 /10：06 ［A 和 F 家］

如前面案例 28 中，户主 A 和 F 后来离席，B 和 E、C 和 D 分别构成了小型的拉家实践群体，并各自展开了拉家。之后，首先在 B 和 E 的拉家中出现了"可能构成前结束的句子"和较长时间的沉默。B 和 E 在沉默中先后把身体朝向桌面，由此打开了原来封闭在两个人之间的操作领域。这实际上是两个人的拉家在进入结束环节之前十分常见的现象，是两个人的拉家体现在操作领域上面的可结束标志。而案例 27 中，除了 B 和 E，还有其他参与者——C 和 D。于是，B 和 E 在取消由他们两个人组成的小型拉家实践群体之后，转变为当时室内唯一发话的 D 的听话者。换言之，B 和 E 对操作领域所做的改动，同时改变了他们的话语角色。随后，E 把目光朝向 D，B 则在话轮 4 插话向 D 提出问题。此时，他们实际上要求 D 对 B 和 E 作为听话者的角色给予认可。在话轮 4，D 把视线朝向 B，针对这位新增加的听话者做了发话（"他偷着打，黑价打的"）。此时，D 实际上承担了针对 B 而言的发话者的角色及其义务。到话轮 8，E 又插话提问 D，通过 D 可观察的方式主张自己的存在。直到话轮 9，D 把身体完全朝向桌面，分化的拉家实践群体由此得到了恢复。

正如上述，在多数人共同参与的拉家中，发话者往往选择一般化的话题，以保证所有人都能够理解自己的发话内容，并都有机会提问或连接下一个话轮接着发话。但正因为其一般性，这种话题难以引起和维持所有参与者的兴趣。因此，分化的拉家实践群体重新合并之后，参与者很少继续展开当前的话题。如果他们还要展开话题，重新合并的拉家实践群体可能又分化为若干的小型群体；如果他们不打算展开话题，该拉家实践群体由此使得当前的拉家自然地转入其结束环节。

　　与其他活动同时进行的拉家中，参与者在进入其结束环节之前同样敞开原来相对封闭的操作领域，并在其中调整话语角色。其典型的例子，便是饭后的"拉椅子"。如案例29中，A在表明自己吃完（"不吃了?"——"不吃了"）的同时，把椅子往后面挪移，进而在身躯与饭桌之间构成了空间。这种空间是A对"吃饭"这一活动的结束所做的标志化，其他成员不得再劝A继续参与该活动。但A并没有因"吃饭"这一活动的结束而立即离开。他通过挪移敞开原来以饭桌为中心封闭的操作领域，并继续留在其中，以符合"闲着"的人的方式抽烟、喝茶。按理来说，已经吃完饭的A可以专心拉家。但A与饭桌上的拉家实践群体保持距离，在后面的话轮替换系统中始终没有承担发话者的角色，不仅如此，他作为听话者也没有做出太多的反应。此时，该拉家实践群体中实际上出现了"正在吃饭的"和"已经吃完饭的"两种成员类型。A作为后者，主动承担了旁听者的话语角色。这里，A通过其他参与者可观察的方式，表示自己没有饭后立刻离开的理由，可以等待"正在吃饭的"把饭菜吃完。此时，A的行为一方面扩大了该拉家实践群体的共同操作领域；另一方面为该拉家实践群体赋予了"吃饭"后继续拉家的可能性。

　　随后，B、C、D等其他参与者也陆续把饭吃完，同样在与饭桌之间创造了空间，进而扩大了该拉家实践群体的操作领域。在被扩大的操作领域，他们并没有按照"正在吃饭的"和"已经吃完饭的"这两种成员类型，把原来的拉家实践群体分化为两种小型群体。这主要是因为"已经吃完饭的"的参与者在敞开原来封闭的操作领域之后，并没有将其封闭在同一类型的参与者之间。一方面，他们保持半开放的操作领域，在此等待E、F、G等其他成员把饭菜吃完；另一方面，在"正在吃饭的"的参与者所做的拉家中，保持着听话者的角色。由于缺少操作领域的封闭性，同时还要注意其他人拉家的内容，因此，即使"已经吃完饭的"的参与者之间拉家某一话题，他们也难以进入其展开环节。直到"已经吃完饭的"的人数明显超过"正在吃饭的"的人数时，后者在前者的拉家中开始承担听话者的角色。此时，他们还是没有在"正在吃饭的"之间封闭其操作领域。亦即，"正在吃饭的"和"已经吃完饭的"两种类型的参与者相互合作，维护该拉家实践群体的整体性，为饭后的拉家准备共同操作领域。

案例29中，等到"吃饭"这一活动结束，参与者搬走饭桌，进入了饭后的拉家。而下午还"有事"的A、B、F、G等人，在后面的话轮替换系统中分别利用一些作为发话的可结束标志，陆续离开了该拉家实践群体。这里重要的仍是如下一点，即：即使是与某种活动同时进行的拉家，该活动的结束不会立即导致拉家的结束。该活动结束后，参与者需要敞开原来封闭的操作领域并在其中调整话语角色，为随后的结束环节做出一定的准备。

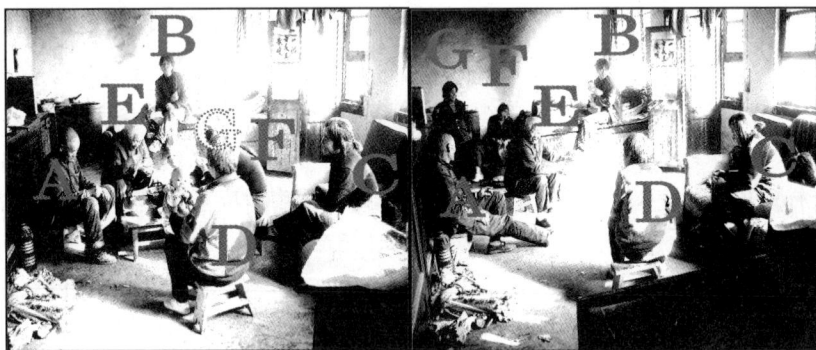

A、B、C、D已吃完饭时　　　　　　所有成员都吃完饭后
案例29　2005/10/29/11：17　［A家］

(二) 拉家的结束环节

1. 可结束标志的配置

正如上述，无论是怎样的可结束标志，它们未必能够导致拉家的结束。即使出现这些可结束标志，拉家实践群体成员仍有可能继续展开当前的话题。尽管如此，这些可结束标志可以保证他们从此转入拉家结束环节的一种适宜性。[1] 诚如谢古洛夫、萨克斯等人所言，假如拉家实践群体成

---

① 换言之，拉家实践群体成员可以借此适当地转入拉家的结束阶段，不管他们是否真的转入结束阶段。若是在拉家的展开环节，可结束标志不会有这种适当性，甚至可能违背燕家台人有关拉家的共同理解。参见本章案例20—3。

员对当前的话题不感兴趣，或者没有连接下一个话轮，那么，他们可以开始转入拉家的结束环节，或者借此理解当前的拉家应该转入其结束环节。这种可结束标志本身，可以成为参与者结束拉家的正当理由。[1] 若是与某种活动同时进行的拉家，该活动的结束也可以成为参与者转入拉家结束环节的正当理由。

需要注意的是，可结束标志必须被区别于"拉家不起来"的情况。假如拉家实践群体成员只因为不感兴趣或没有人连接下一个话轮而进入拉家的结束环节，那么，他们之间的行为互动本身可能不会被视为"你说我听，我说你听"的拉家，因为他们根本就是"拉家不起来"。拉家的可结束标志之所以能够成为拉家的一部分并导致拉家的结束，首先是因为参与者在它出现之前充分展开了拉家。从此意义上而言，如何结束拉家不仅是属于话轮替换系统的问题，同时也是有关位置的问题。

事实上，拉家实践群体成员适当地配置可结束标志并使之成为拉家的一部分，这意味着他们把结束环节区分于其他环节。如前面案例20—1中，A和B都没有连接C的发话，也没有做出任何反应。假如是在拉家的展开环节，A和B的行为显然不符合"你说我听，我说你听"、"友好"等燕家台人有关拉家的共同理解。因此，C作为发话者完全可以通过眼神、重复、沉默等手段，来要求和获得A应得的反应。[2] 但案例20—1中，C并没有要求A或B对他的发话做出反应，更没有进一步地展开该话题。A和B对C的忽略、C对发话者权利的放弃，只有在拉家的展开环节上才被视为"违规"。在拉家的结束环节，这些仍是十分常见的现象。假如案例20—1发生在拉家的结束环节，那么，A和B的忽略是他们对结束拉家的提议，而C放弃发话者的权利实际上也意味着他同意了A和B的提议。亦即，A、B、C在"现在转入结束环节"这一点上达成了一致，尽管他们的决议是无声的。此时，结束环节作为一种以结束拉家为主要目的的组成部分，被区别于拉家的其他环节。在其结束环节，参与者需

---

[1] 参见エマニュエル・シェグロフ、ハーヴィー・サックス《会話はどのように終了されるのか》，《日常性の解剖学—知と会話—》，北泽裕、西阪仰訳、マルジュ社2004年版，第207页。

[2] 详见本章案例11。

要遵守不同于其他环节的话轮替换规则，以共同停止话轮替换系统的继续运行。比如，假如案例20—1发生在拉家的结束环节，那么，C不应该不顾A或B的反应接着发话，也不应该强迫A或B继续充当听话者的角色。否则，C的行为不但不符合当前的语境要求，还违背了"拉家是随便的"的共同理解。

谢古洛夫、萨克斯等人还指出，参与者适当地进入结束环节之后，利用结束环节去解决如何配置"终极替换（terminal exchange，如'再见'——'再见'等）"的问题。① 除了终极替换，可结束标志的配置问题也是如此。结束环节的起始位置应有的适当性本身，通过拉家实践群体成员对可结束标志的利用而得以保证。在此意义上，笔者同意谢古洛夫、萨克斯等人的如下观点，即：如何结束拉家的问题，应从结束环节本身——不是在整个拉家过程中——得出答案，因为"完成结束环节，进而可以完成整个会话过程"②。

2. 从可结束标志到话轮的最终替换

本书所谓结束环节，是指从可结束标志到话轮的终极替换之间。其起始位置通过参与者对可结束标志的利用得到适当的定位。一方面，拉家实践群体成员共同议决何时进入结束环节；另一方面，结束环节向所有拉家成员宣布当前的拉家即将结束。面对拉家即将结束的事实，拉家实践群体成员有可能立即替换最后一个话轮而彼此离开，但这种情况还是相对少见。在更多的情况下，他们按照符合结束环节的方式处理话题并继续替换若干的话轮，然后再替换最后一个话轮。这种话题处理方式和话轮替换方式，常见有如下几种：

（1）结束环节的话题处理方式

在原则上，拉家实践群体成员不会把新的话题纳入到结束环节。当然，他们在实践的层面可能会提及、甚至展开一个新的话题。但结束环节仍然被拉家实践群体成员视为不应该提及或展开新话题的环节，他们在这一点上取得了观点的一致。正因为如此，当某人违背这一观点时，他往往把"呃?"、"没啥，就是"、"我和你说点事儿"等"误置标志（misplace-

---

① エマニュエル・シェグロフ、ハーヴィー・サックス：《会話はどのように終了されるのか》、《日常性の解剖学—知と会話—》、北泽裕、西阪仰訳、マルジュ社2004年版，第230页。
② 同上。

ment marker)"或"对照标志（contrast marker)"① 插入其中，进而对这一新的话题进行特殊的标志化。

如在案例 30 中，过来"串门子"的 B 与 C 分别在话轮 2 和话轮 4 宣布自己要离开 A 家的打算。与此同时，她们从原来的座位上站起来，向门口转身。这些出现在发话和操作领域两方面的可结束标志，首先把当前的拉家在其结束环节中定位。作为户主，A 在话轮 2 阻止了 B 和 C。之后，她从话轮 4 开始拉家"离村多年的李某因女儿在学校打架而回到燕家台"一事。这显然是 A 在前面的展开环节忘记拉家的或错过拉家的"新鲜事儿"。A 在提及此事之前，首先把"呃?"作为开头，提问 C 明天的行程。这便是 A 在不该提出新话题的结束环节上，为了拉家新话题而利用的误置标志。在此，A 实际上利用误置标志，假装她的提问之所以唐突，是因为她刚刚想起了此事。② 与此同时，她通过其他参与者可观察的方式，把新的话题纳入到结束环节。当然，C 的行程或"家长会"本身，只是 A 用来展开话题的上下文。到话轮 8，A 开始拉家"离村多年的李某因女儿在学校打架而回到燕家台"一事，但还没有明说。A 只是提问"你见××没着"，省略了后半部分（如"我见来着"）。这种"对照标志"所带来的效果，便是让 B 和 C 要求 A 充当发话者的角色，继续给他们拉家这一"新鲜事儿"。A 由此很自然地成为发话者，并能够在不该提出新话题的结束环节上拉家新的话题。

―――――――――――

① "误置标志"和"对照标志"均为会话分析术语。某种发话或行为应该出现在会话中的适当位置上，有时却出现在非常规地点（如两个陌生人交换若干的话轮后才介绍自己）。尽管有些发话或行为并没有规定好了的固有位置，有时却出现在它本来可以出现的位置之外（如被提问者在回答问题之前插入其他话题）。此时，发话者往往先插入"哎呀，不好意思才介绍自己"、"先不说这个"等相应的引言，来标示这一发话或行为在位置上的错误。会话分析把这种借此说明发话位置不恰当的引言称为"误置标志"。"对照标志"则指发话者省略话轮的后一半部分或者省略本该成对而出现的后一个话轮，通过对前半部分的强调，暗示他没有明说的后半部分内容。如当某人说"其实我今天还想说……不太好说，要不改天再和你说吧"时，省略了"今天还想说"后面的"别的"。而此人对前半部分所做的强调，使得听话者容易想到被省略的后半部分。假如听话者要求此人继续连接下一个话轮，那么新的话题可能得以展开。虽然它违反了"新的话题不适合出现在结束部分"的观点，但发话者对自己的违规行为提前进行了标志化，借此可以适当地展开该话题。

② 参见エマニュエル・シェグロフ、ハーヴィー・サックス《会话はどのように终了されるのか》，《日常性の解剖学―知と会话―》，北泽裕、西阪仰訳、マルジュ社 2004 年版，第 229 页。

```
 1 B: 天黑了. 俺 ┐俺得走哇
 2 A:          └  坐会儿
 3 C: 俺也走
 4 A: 呃? 你明个儿也上清水?
 5 C: 啊
 6 A: 开家长会?
 7 C: 啊. 开家长会
 8 A: 你见××没着
 9 B: (1.5)××回来了?
10 A: 啊?
11 B: 回来开会? 开 ┐开家长会?
12 A:            └ 切. 我和你说 ┐他那个丫头
13 B:                       └  啊
           ——(中略)——
14 B: 那可不呗
15 A: 坐会儿. 没事儿
16 B: 行了. 哈哈
```

案例 30　2006 /12 /3 /19：10 ［A 家］

从案例 30 可以看出，"不应该在结束环节提及或展开新的话题"作为一种规范而存在。一般情况下，拉家实践群体成员在其结束环节拉家的不是一个新的话题，而是在展开环节已出现过的话题。正如上述，拉家在其展开环节的话题连接方式具有不定中心的特点。而到了其结束环节，拉家实践群体成员往往从前面选出一个或若干话题进行拉家。此时，这些原来十分零碎的话题便有了一定的中心，并在"你说东，我说西"的拉家中成为一种带有整体性的、有意味的核心单位。

关于这一点，我们再引案例 14 来说明。正如上述，在案例 14 中，为了拉家"小×遇到车祸而身亡"一事，A"串门子"来到 B 家。而作为"没事儿"的"闲着"的人，A 隐藏她的目的，陆续连接了与之不相干的话题。B 知道此事之后，她们还是不断地更换话题。在这次拉家中，她们拉家"小×遇到车祸而身亡"一事的时间只占总体的 2%。而这种连续不断的话题更换，直到案例 14—4 的话轮 1，终于停止。

在话轮 1，A 通过"没事儿"一句阻止当前的话题继续展开。在随后的沉默中，A 和 B 把面部朝向桌面，由此敞开了原来封闭在两个人之间的操作领域。A 和 B 把这些可结束标志作为界限进入结束环节。刚进入结束环节不久，A 再次提及了"小×遇到车祸而身亡"一事。但她这次拉家的不是她在前面没有提到的相关信息，而是她对此事的看法。关于这一点，A 在发表看法之前，通过 B 容易理解的方式（叹气和"其实"）也做了表态。在后面的话轮中，这种"与前面出现过的话题有关的话题"事实上也没有得到展开。我们从中仍然可以看出"不应该在结束环节提及或展开新的话题"这一规范的存在。尤其是主要发话者 B，她多次使用"反正"、"哎呀"、

> 1 A：没事儿
>
> 2 ：(3.5)
>
> 3 B：哎哟. 其实
>
> 4 A：
>
> 5 B：找那个有啥用呢. 你歇歇吧.⎤ 别
>
> 6 A： ⎦ 嗯
>
> 7 B：我这个反正心里也压不下来. 我知道你不知道. 我也不和你说. 你可别什么. 我这个说不说. 也没人. ○○她们在那儿还说买点儿药给××
>
> 8 A：给谁？
>
> 9 B：给△△那媳子. 我说. 心里压不下气. 她们那个什么. 哎呀傻跑. 傻跑. 真是. **你弄去吧**
>
> 10 A：啊. 那个. 一块儿剪. 剪一块儿拉倒
>
> 11 B：那可不是呗

案例 14—4　2006 / 10 / 8 / 9：51 ［B 家］

"真是"等词来总结话题，并打消此话题的进一步发展。此时，虽然"小×遇到车祸而身亡"一事在展开环节很少与其他话题之间保持紧密的联系，其持续时间也相对较短，但通过拉家实践群体成员在结束环节所做的总结，获得了作为中心话题的位置，至少它在这次拉家中获得了某种特殊意义。由于拉家是一种"没有目的"的、"随便"的活动，因此，拉家的参与者很少像部分非拉家的参与者那样，在进入展开环节之前明确表示其中心话题是什么（如商量："我和你说点事儿"、研究："我们今天讨论一下明年的侃山名单"等）。某一话题在每一次拉家中所具有的中心位置，并不是完全取决于参与者们在进入展开环节之前已有的目的，亦即不是完全取决于他们对"应该拉家什么话题"的了解，而是通过参与者们在拉家所有话题之后的行为互动而得以实现。

当然，出现在结束环节的"与前面出现过的话题有关的话题"，未必意味着拉家实践群体参与者所做的总结。有时，参与者在其结束环节重述自己在展开环节已经充分展开过的话题。而这种话题当然不是"新鲜事儿"，发话者往往对此进行一定的叙事化（narrativisé），努力引起听话者

的兴趣。① 下面案例 28—3 便是其例子。

---

1 D：咳．他俩一人两千五．给我俩两千五．我说．兄弟．给你吧．我
要不了这么多．我是个女的．我在外头儿也没干活．那个．你们干来
着．有钱．你别给我．那个两千五没有多给你的．咱们也不领活．也不
领人．就是咱们领点儿钱．过过年．行了

　　　　　　　—— （中略） ——

2 D：那天〇〇喝多了．我说．兄弟．你喝多了．不对啊．咱心里不平
衡．哟．咋儿个不平衡．不平衡．**走**．**算账去** 他说．你说心里不平
衡．我的心里也不平衡来．要着这个事儿．我说．行．算账去．回家

　　　　　　　—— （中略） ——

3 D：赶结果．算了算呢．还是一人给两千五．给**俺俩**两千五．然后我
把两千五唦．在桌子上．**这半儿**．**给你**．当时给了我了．但是我没起．
我正着想．我是个女的．你给我．我不能都拿着

4 ：（3.5）

5 B：缺心眼儿呗

6 A：走哇？

7 B：拉煤去

案例 28—3　2006/10/28/10：06 ［A 和 F 家］

重要的是，不论"与前面出现过的话题有关的话题"指的是什么，拉
家实践群体成员在其结束环节一般只提及自己作为发话者拉家过的话题。
假如有人提及其他参与者在展开环节拉家过的话题，或者对此发表自己的
观点，那么，他有可能导致原来拉家该话题的参与者的继续发话。而在结

---

① 　关于叙事化，国内外已有不少研究成果。对拉家的叙事化手段而言，热奈特的《叙事话
语——方法导论》尤其具有参考价值。在结束环节，拉家实践群体成员一般只提及自己作为发话
者而拉家过的话题。因此，他们往往把自己成为故事的主角，来拉家热奈特所谓"自我故事世界
（autodiégétique）"。拉家的所有叙事化问题中，人称由此成为关键。拉家的叙事化手段是需要另
作一篇专门深入的问题，本文暂时不做进一步展开。参见ジェラール・ジュネット《物語のディ
スクール—方法論の試み—》（Gérard Genette, Discours du récit, essaide methode, in *Figures
III.* Éditions du Seuil à Paris, 1972），花輪光、和泉涼一訳、風の薔薇．1985 年版。

束环节，这种话题操作方式是不恰当的，尽管它在展开环节是较常见的话题处理方式。

（2）结束环节的话轮替换方式

正如上述，在替换最后一个话轮之前，拉家实践群体成员往往继续交换若干话轮。但此时，参与者替换话轮已不再是为了"好好地拉家"，而是为了结束拉家。面对拉家即将结束的事实，参与者很少自己独占话轮或抢夺别人的话轮，而往往努力把话轮平均分配给所有参与者。这种话轮的平均分配，便是在拉家的结束环节十分常见的话轮替换方式。

1 A：哈哈

2 ：(7.5)

3 A：○○下去了没着?

4 B：早下去了. 他们就住了一宿

5 C：老×他围女也回门头沟了. △△也回去了吧

6 A：没着. 她说礼拜六才下去

7 C：礼拜六下去. 好哇

8 A：好啥呢. 整天和他斗

9 C：哈哈

10 B：走哇?

11 A：走哇. 黑了

案例 31—1　2006 /12 /1 /19：28 ［大臼］

如案例 31 中，A、B、C 在大臼场地拉家。在其展开环节，该拉家实践群体一共替换了 88 个话轮。其中，有 56 个话轮在 A 和 C 之间被替换，B 所替换的话轮只有 12 个。[①] 其中，B 在 6 个话轮中只是发出笑声、搭腔、提问别人，并没有拉家一个话题。到替换 88 个话轮之后，A、B、D 把笑声和沉默作为可结束标志，进入了其结束环节。在话轮 3，A 首先向 B 提问他的女儿离村与否。在此，B 被其他成员赋予了优先发话的权利。亦即，B 在展开环节发话次数之少，成为他在结束环节优先成为发话者的直接理由。需要注意的是，假如 B 还有在展开环节没能展开的话题，那么，他在可以利用这次机会接着发话，而这种机会是由其他参与

---

①　具体地来说，88 个话轮中，有 56 个话轮在 A 和 C 之间被替换，有 24 个话轮在 B 和 A 或者在 B 和 C 之间被替换，剩下的 8 个话轮为沉默。

者给予的。① 诚如谢古洛夫、萨克斯等人所言，会话的参与者在结束环节可获得借此导入"原来想说却没有说的事情"的各种机会。② 但在拉家中，参与者享受这种机会有一定的优先顺序，至少在其展开环节明显存在话轮分配不均匀的情况之下是如此。案例 31 的 A 在话轮替换规则 1a 中给予 B 对"原来想说却没有说的事情"发话的机会，但 B 没有利用这一发话权并展开话题。此时，他实际上通过其他参与者可观察的方式，表示自己没有"原来想说却没有说的事情"。确认这一点之后，A 便离开了大臼拉家场地。这里重要的不是 B 究竟有没有"原来想说却没有说的事情"，而是 A 在离开以前给予 B 发话的机会，以实现"你说我听，我说你听"并"友好"的拉家。

关于这一点，另一个典型的例子便是拉家实践群体成员在结束环节对笔者所提出的提问。在部分声音资料中，笔者作为拉家实践群体成员亲自参与拉家，但很少主动连接话轮，即使在话轮替换规则 1a 的运行中接到话轮，也几乎没有展开话题。亦即，在当时的拉家中，笔者是发话次数明显少于别人的参与者。因此，每到结束环节，该拉家实践群体成员，通过"你明天走哇?"、"呆两天呢?"、"多候儿来啊?"等提问，优先为笔者赋予了发话的机会。

由于拉家是每天反复进行的日常活动，拉家实践群体成员的日常时间安排又相对一致，因此，即使获得可对"原来想说却没有说的事情"发话的机会，参与者也很少对此进行过多的展开。对燕家台人而言，"改天可以再说"由燕家台的日常生活规律而得以保障，尽管这种保障可能是不可靠的。至少可以说，他们在结束环节最关心的不是自己是否说过自己想说的一切，而是如何自然地、圆满地结束拉家。这种结束方式是符合拉家的结束方式，它与燕家台人对拉家的"你说我听，我说你听"、"友好"、"随便"等概念理解密切相关。

3. 最后话轮的替换

在拉家的展开环节，拉家实践群体要封闭其操作领域。在这种相对封

---

① 当然，其前提是 B 通过"误置标志"或"对照标志"对自己的违规行为进行标志化。尽管如此，在其他成员已经允许继续发话的情况之下，B 展开话题还是相对容易一些。

② エマニュエル・シェグロフ、ハーヴィー・サックス《会話はどのように終了されるのか》，《日常性の解剖学—知と会話—》，北泽裕、西阪仰訳、マルジュ社 2004 年版，第 230 页。

闭的操作领域，他们有必要对当前的行为互动表示关注，因此，其身体位置、朝向以及各种举止等都要受到限制。直到他们敞开操作领域并进入结束环节，他们的身体从这种限制中获得自由。亦即，拉家实践群体成员在结束环节所面对的"拉家即将结束"这一事实，赋予他们以自由活动的契机。换个角度看，为了结束拉家，拉家实践群体成员也需要利用这一契机，脱离乃至解散该拉家实践群体。当然，参与者不是在结束环节的任何位置上都可以脱离或解散拉家实践群体，而必须与最后一个话轮的替换同时进行。

参与者在脱离或解散拉家实践群体之前替换的最后一个话轮，便是会话分析所谓终极替换。拉家的终极替换一般不会单独出现，它和与之相对应的另一个话轮构成所谓"邻接对（adjacency pair）"。① 假如邻接对的第一个发话作为可理解的方式得以生成，那么，发话者在其潜在的可结束地点停止发话；下一位发话者便从第一个发话的"对偶类型（pair type）"中选出第二个发话，将其连接在第一个发话后面。②

如案例 31—2 中，B 在话轮 1 和 A 在话轮 2 的发话、B 在话轮 3 的发话和 A 在话轮 4 的发话，分别构成了邻接对。按理来说，面对 B 的发话（"走哇？"和"再玩儿来哈"），A 在下面的话轮中可以做出多种回答。但作为邻接对

1 B: 走哇?
2 A: 走哇. 黑了
3 B: 明个儿再玩儿来哈
4 A: 吼～

案例 31—2　2006/12/1/19:
28［大曰］

---

①　"邻接对"是会话分析的常用分析概念之一，是指出现在我们直觉中的最单纯的发话行为类型。一般情况下，邻接对由两个发话构成。作为构成要素，这两个发话相互邻接，分别由不同的发话者发话。谢古洛夫等人指出，邻接对在会话的组织上有着重要意义：首先，当前的发话者使用邻接对，可以在相当程度上预测对方在下一个话轮中的发话内容；其次，有些发话可以在邻接对的发话行为类型中被其他参与者所理解。如 A 提问："你怎么了？" B 回答："是石头。" 假如我们从中抽出"是石头"，那么"石头"一词的语法特征不但无法预测 B 的意图，也无法找到它作为"回答"所具有的特征（日常语言学派的发话行为论由此被否认）。据谢古洛夫，正因为"石头"被放在"提问"之后，才能施行"回答"这一发话行为。换言之，只有通过在会话上下文结构中的定位，"石头"才能作为"回答"而被理解。邻接对可以说是话轮替换系统中赖以顺利运行的重要因素。详见エマニュエル・シェグロフ、ハーヴィー・サックス《会話はどのように終了されるのか》，《日常性の解剖学—知と会話—》，北泽裕、西阪仰訳、マルジュ社 2004 年版。

②　同上书，第 186 页。

的构成部分，B的发话内容直接限定 A 在下一个话轮所能选择的发话内容。值得注意的是，终极替换的对偶类型不包括否定性内容。亦即，对于 B 的"走哇？"或"明个儿再玩儿来哈"，A 不应该回答"不走"或"不来"。因为否定性的回答易于引发下一个话题——"为什么"，这首先不符合"不应该在结束环节提及或展开新的话题"这一规范。其次，否定性的回答也不符合"友好"、"随便"等燕家台人有关拉家的概念理解。事实上，B 的"明个儿再玩儿来哈"与其说是正式的约定，不如说是约定俗成的一种礼貌。亦即，B 通过这句话所要达到的目的，未必是保证明天再次拉家，更主要是圆满地结束这次拉家。对此，B 只要应答即可。即使 B 明天有事不能来，也不必告诉此事。因为她所要达到的目的同样是圆满地结束这次拉家，而不是准确地告诉 A 明天她能否来。

```
1A：上我那儿玩儿哈
2  ： (1.5)
3A：来哈
4B：行
5A：啊？
6B：行〜. 哈哈
```

案例 24—2　2006 / 1 / 27 / 16 : 48 ［大臼］

作为终极替换的邻接只有肯定性内容，这可以说是拉家实践群体成员为了圆满结束拉家而利用的一种礼节。作为礼节，它自然带有一种制度化的仪式性质。如案例 24—2 中，B 在出现终极替换之前开始起身，一边与其他成员拉家，一边远离大臼拉家场地。在话轮 1，A 从后面发出了终极替换的前半部分。但 B 对此没有连接应有的后半部分。于是，A 在话轮 3 再次重述，还在话轮 5 确认他没有听清楚的回答内容。这里，A 的重述实际上对 B 的违规行为做了标志化。在话轮 6，B 通过笑声，也承认了自己前面的违规行为。

```
1A：哈哈. 老猴儿
2B：没你那个老 ┐ 哈哈
3A：            └ 哈哈. 过来玩哈
4C：来吧哈
5B：行
```

案例 24—4　2005 / 10 / 27 / 16 : 03 ［A家］

还有作为一种制度化了的礼节，终极替换的前半部分往往都是由"留在此地的成员"向"离开此地的成员"发出的。若是"串门子"中的拉家，"留在此地的成员"便是户主，他利用终极替换来"友好"地送走客人。若是在拉家场地进行的拉家，虽然"留在此地的成员"和"离开此地的成员"都意味着共享同一个拉家场地的利用者，但前者通过终极替换同样"友好"地走送后者。假如拉家实践群体的成员无法分为"留在此地的成员"和"离开此地的成员"两种，比如偶然碰面的两个人在路边上拉家并结束后同时离开此地，那么，终极替换的前半部分一般都由长辈或有特殊权威的一方来发出，这仍是他们为了"友好"地结束拉家所做的努力。至于家属之间的拉家，未必出现终极替换，而家属为了结束拉家不必需要终极替换这一点，恰恰体现了终极替换作为礼节所具有的规范性。需要注意的是，人数较多的大型拉家实践群体中，"留在此地的成员"或"离开此地的成员"未必是一个人。此时，参与者往往利用"留在此地的人"或"离开此地的人"这两种成员类型，采取符合类型的行为。如案例24—4中，B和C先后"串门子"来到A家。由于B还要"回去做饭"，先离开该拉家实践群体。在由此出现的终极替换中，C从如同户主A的位置，与A一起用之送走了B。仅从C的身份看，她的发话内容显然是不合适的。但从C对B而言的成员类型看，这却可以成为十分恰当的礼貌行为。

在案例24—4中，大型拉家实践群体划分为复数的"留在此地的成员"与单个的"离开此地的成员"两种。但这种情况还是相对少见。在更多的情况下，一个参与者的离开会引发其他参与者的离开，进而导致该拉家实践群体的解散。从案例27—2可以看出，这种现象与燕家台人相对一致的日常时间安排密切相关。此外，这还与燕家台人有关拉家的共同理解有关。

> 1A：几点了？
> 2B：四点. 呆会儿. 还不忙的
> 3A：我那个豆子煮了一半儿. 还搁着锅里
> 4C：我也回去做饭
> ——（中略）——
> 5A：后远儿上来吧哈
> 6C：吼～

案例27—2　2005／6／6／p. m16：12
[B家]

本书反复强调，在燕家台人的共同理解中，拉家是"闲着"的人在"可以不劳作的时间"里进行的活动。它被认为是随意的，是无目的的，是"平平常常"①的。拉家实践群体成员往往避免让其他参与者从自己的发话内容或举止中看出某种特殊意图的存在。一个参与者的脱离易于引发其他参与者脱离，其原因之一便在于此。假如有人因"要做饭"、"天黑了"等理由脱离当前的拉家实践群体，那么，按照类似的时间安排而经营日常生活的其他成员也应该结束拉家。按理来说，所有参与者在出现终极替换之

---

① 声音资料。王增志口述；西村于2005年3月27日在礼堂录音。

前已经说完了自己想说的一切。在此情况下，现在应该回家的人继续承担"留在此地的成员"这一成员类型，显然是不合适的。此人可能被视为"还有话要说"，或者被视为"贪玩"、"闲人"。①

最后有必要指出的一点是，拉家实践群体成员在终极替换的邻接对中，往往对他们的行为互动进行命名。诸如"过来玩哈"、"再来玩儿哈"、"还不忙的"等邻接对可以说明，参与者把该行为互动理解为"闲着"的人在"不劳作的时间"里进行的拉家。本书第三章称体裁为"命名的努力"，这当然不意味着燕家台人在进行拉家之前会宣布或议决他们要拉家。他们的命名行为是在实践的过程中或者在事后进行的。假如参与者在终极替换中把他们的行为互动命名为拉家，那么，即使他们没有严格按照本书描述的程序，甚至在中间出现过符合其他体裁的行为，他们的行为互动也被理解为拉家。换言之，通过命名的努力，参与者为自己的行为互动创造出它作为拉家的事实，至少赋予它作为拉家的现实感。

我们由此可以了解到，某种行为互动为拉家的事实或现实感，至少有三种来源：一是燕家台人在实践拉家之前的意图。虽然这种意图是被隐藏的，但通过拉家的常规地点和常规时间，可以事先出现在拉家实践群体成员之间；二是燕家台人在行为互动的过程中所利用的概念理解，或者是他们按照拉家的方式组织行为互动的努力；三便是他们在行为互动结束时通过"玩儿"、"不忙"等词汇所做的自我界定。可见，对燕家台人而言，叫做拉家的体裁不只是事先已有的概念，同时也是他们通过每一次的实践而创造的。

小　结

本章按照可观察的分段方式，对拉家的实践过程做了大致的描述，并得出了如下三个基本发现：

1. 拉家实践群体成员在符合拉家的语境中，按照符合拉家的方式，来设计自己的发话，并把彼此的行为互动组织为拉家。

---

① 当然，假如"离开此地的成员"是因特殊的个人原因（如来客人、要到别村等）而脱离拉家实践群体，那么，他本人就是"有事儿"的人，因此，他的离去未必影响其他参与者。

2. 符合拉家的实践方式，也是符合燕家台人有关拉家的共同理解的实践方式。燕家台人有关拉家的共同理解，不仅是燕家台人对有关拉家的某种事实所做的自觉描述（即特征）。燕家台人用之实践拉家，同时创造出这种事实。

3. 某种行为活动为拉家的事实或现实感，主要来自燕家台人在实践拉家之前的意图、在行为互动的局部所利用的概念理解、在行为互动结束时所做的自我界定。

根据以上三种发现，可以得出本书关于体裁概念或体裁特征的三种基本观点：

1. 在日常生活的层面，体裁概念不完全是事先存在于脑海中的、用之认识对象的图式或框架，而且是一个人与他者用之共同组织或实践特定活动的参照对象。

2. 从日常生活的层面看，体裁特征不是有关事实的描述，而是参与者用之组织或实践特定行为活动的资源。

3. 只有参与者都知道当前的行为活动为某一类体裁时，他们的行为互动才能成为某一类体裁。虽然参与者的行为互动不是把严密的计划作为基础，但他们共同意向某一类体裁，并通过局部性的行为互动逐渐组织某一体裁。

实际上，以上观点所强调的是体裁的概念与行为之间的密切关系。在日常生活的层面，体裁的概念和行为相融合，构成有关体裁的习惯。一方面，这种习惯本身带有一定的规范性质，可以制定参与者应该如何行动；另一方面，这种习惯本身是参与者用来组织行为互动的手续或资源。换言之，体裁的概念与行为是密不可分的，由此构成的习惯通过参与者的具体实践而得以实现。当然，参与者的实践随时都可能违背概念，还可能要受到各种偶然因素的影响。尽管如此，参与者通过具体的实践共同把行为拉近概念，又把概念利用到具体的行为之中。而参与者在概念与行为之间所做的实践，实指本书所谓"命名的努力"——体裁。

下面，我们再把目光再次转向拉家与非拉家之间，在体裁的互动中继续讨论体裁作为"命名的努力"的基本运作机制、体裁的概念界限、区分依据等问题。

第 五 章

互动中的体裁

——拉家与非拉家"调查"

本书第四章所描述的是燕家台人在一种必须被命名为拉家的场合实践拉家的过程。而在现实中,"熟悉的社会"未必为燕家台人的拉家提供这种十分确定的场合。而且在燕家台,除了拉家还存在众多其他话语形式。在这种情况下,燕家台人如何对当前的行为互动进行命名,或者说体裁如何发挥它作为"命名的努力"的基本功能,便成为问题。

事实上,燕家台人能够运作"拉家"一词并实践拉家,这首先意味着他们知道拉家是什么,尽管他们不会对此给出严格的定义。[①] 而燕家台人知道"这是拉家",这又意味着他们还知道自己所要命名的行为互动不是别的。换言之,"这是拉家"这一命题不是孤立的,而是与"这是开会"、"这是吵架"等其他命题一起构成有关话语形式的"命名的体系"[②] 的坐标。由

---

① 参见ハロルド・ガーフィンケル《日常活動の基盤—当たり前を見る—》,ジョージ・サーサスほか《日常性の解剖学—知と会話—》,北泽裕、西阪仰訳、マルジュ社2004年版。亦可参见本文第三章。

② 早期的维特根斯坦认为,假如用有限的思考过程对世界进行明晰的思考,那么,语言和世界都不应该具有无限的复杂性;既然如此,存在有限的分析手续,亦即存在无法继续分割的"要素命题(elementarsatz)";有意义的命题组合成"可说的事情",除此之外只有沉默。从这种极端的写像理论看,语言和世界之间存在一对一的对应关系,这种关系赋予语言以意义。而后期维特根斯坦彻底否认了要素命题乃至写像理论,认为是整个命名的体系与现实相比较,而不是一个命题与现实相比较。比如,前期维特根斯坦认为,"红色"一词之所以有意义不是因为世界中独立存在"红色"的实体,而后期维特根斯坦认为,某种事物只有按照颜色的体系,不能说是"黑色"、"白色"……的情况下才可以说是"红色"的,即由"红色"、"黑色"、"白色"……组成的体系便是某种事物被

此可见，为了了解日常生活中的体裁，我们还需要在体裁的互动中关注其实践过程。

　　由于燕家台人的拉家概念与行为之间的关系十分紧密，难以在自然状态下观察拉家与其他体裁之间的互动过程，因此，本章选择燕家台人与非燕家台人共同实践的非拉家"调查"作为对象。①从下面的描述中可以看出，对燕家台人而言"调查"是相对陌生的体裁，他们在与素不相识的非燕家台人实践"调查"时，其发话行为随时与拉家发生联系。它不仅更加清楚地展现体裁作为"命名的努力"的基本运作机制，还在体裁的概念理解、概念界限、体裁系统等多方面，让我们看到仅从燕家台人的拉家中是看不到的启示。

一　体裁的距离：燕家台人与"公安局"的"调查"

　　本章引用的"调查"案例共有三个。②第一个案例发生在 2006 年 1 月 25 日傍晚。同月 24 日晚上，非常住人口赵某家发生了一起盗窃案。25 日上午，帮忙赵某"看房子"的 A 立刻报案。随后，清水镇公安局的两位警察到燕家台"调查"此事，并跟随 A 来到赵某的邻居 B 家。

称为"红色"的根据。维特根斯坦有关命名的论述出现在早期到后期的过渡时期，其中的观点与索绪尔有关价值的观点十分相近。参见ルドウィッヒ・ウィトゲンシュタイン著、バーナード・フランシス・ウィスマン编《ウィトゲンシュタインとウィーン学団》（Ludwing Wittgenstein, Bernard Francis McGuinness (ed.) *Ludwing Wittgenstein und Wiener Kreis*. Blackwell Publishers, 1967），黑崎宏、杖下隆英訳：《ウィトゲンシュタイン全集》5，大修館书店 1976 年版，第 90 页。

　　①　稍后谈到，燕家台人在体裁的互动过程中所要面临的"复杂性（komplexität）"与"不确定性（kontingenz）"，直到出现他者时得以"几乎完全的"表现。这也是本章之所以选择燕家台人与非燕家台人共同进行的"调查"作为对象的重要原因之一。参见ニコラス・ルーマン《法社会学》（Niklas Luhmann, *Rechtssoziologie*. Rowohlt Taschenbuch Verlag, 1972），村上淳一、六本佳平訳、岩波书店 1977 年版，第 38 页。

　　②　这些"调查"案例中，"非燕家台人"分别指涉不同职别，但他们与燕家台人之间的行为互动都被燕家台人命名为"调查"。

下面，描述这次燕家台人与"公安局"共同实践的"调查"，在此基础上，通过这次"调查"与拉家的互动过程，再对体裁间的差距进行思考。

（一）非拉家的标志化

1."打招呼"

首先，A在B家院子停步，向B"打招呼"，B则迅速与之呼应。但A没有等B回答完毕，便说出了她之所以来到B家的原因。A在话轮3所做的发话由此成为插话。需要注意的是，案例32刚好发生在"可以不劳作的时间"里，而且A和B本身是平时相互"串门子"的"老邻居"。因此，A的"在家没着"一句完全有可能被B理解为"平平常常"的"打招呼"。A实际上利用拉家的违反行为（即插话），减少了当前的行为互动为拉家的可能性。至少，在拉家的常规地点，A的违反行为把她的"打招呼"标示为一种反常的发话行为。这种反常性通过一种可观察的方式出现在A与B之间。因此，虽然B没有听清楚A的发话内容，她在话轮4立刻开门，并做了提问。而B在开门之后，既没有走出门外，也没有让A进屋。此时，A和B的个人操作领域发生了重叠，穿制服的两位陌生人出现在她们的共同操作领域之中。在话轮6，B对A的"公安局"、"问你事儿"等发话内容表示了较为敏感的反应。但A并没有因B的插话而放弃发话权，而一口气说完了她的目的。直到话轮8，B用大声中断了A的继续发话，并抢夺了A的发话权。这里，B的受话者包括站在A背后的两位"公安局"，

```
1A: 在家没着～

2B: 啊～ ┐进来吧┐啊?
3A:      └公安局┘他们要和你问个事儿

4B: 乍儿?

5A: 公安局┐他们过来问你事儿我┐说你听见○○家的门响来着

6B:      └    啊        └ 啥事儿

7A: 他们说┐
8B:      └那个门多候儿都响

9A: 你和他们说说. 清水的

10B: 我和他们说说

11B: 啊，你和他们说说。哈?
```

案例32—1　2006/3/27/18：13［B家］

B 的插话和大声把她的意思（如"你们问我没有用"）浮现在 B 和其他人之间。此时，B 实际上努力关闭因"打招呼"而打开的交流窗口。但她的努力却遭到了 A 的阻止。A 阻止 B 对当前的操作领域进行改动，替两位"公安局"保持他们与 B 之间的交流渠道。这是 A 作为"介绍人"主动承担的义务。在施行义务的过程中，她还利用了"老邻居"这一成员类型。在由此产生的"不好拒绝"的情况之下，B 让 A 和两位"公安局"进屋。

2. 操作领域

进屋后，两位"公安局"（a、b）坐在沙发上，A、B、B 的老伴（C）则靠门而立。图 5—1 便是当时的成员位置示意图。虽然五位参与者的身体位置把共同操作领域分为两半，但他们没有由此构成小型群体，也没有采用"燕家台人"和"非燕家台人"这种可进行拉家的成员类型对成员类型。直到最后，这两个群体保持着彼此相重叠的操作领域，并承担起"被调查者"与"调查者"的角色和义务。尤其是 A、B、C，

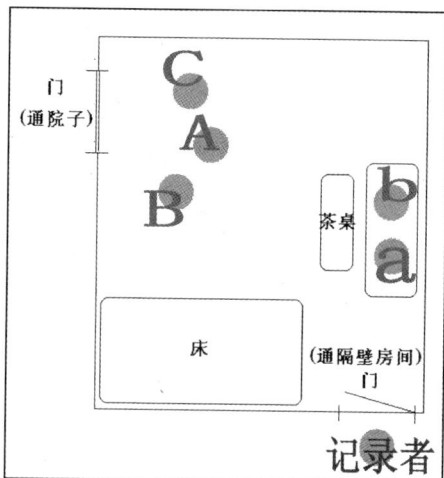

图 5—1 案例 32 的参与者位置示意图

他们多次谢绝 a 和 b"您坐这儿"的提议，始终站在门口，与 a、b 之间保持距离。[①] 假如当前的行为互动为拉家，A、B、C 的谢绝、姿势以及身体位置是不恰当的，但作为"被调查者"却符合他们有关"调查"的理解。虽然 A、B、C 未必曾经接受过"公安局"的"调查"，也未必对"调查"达成了某种明确的、一致的观点，但他们也了解"调查"不同于"大

---

① 这里的距离，不仅是物理性距离，同时也是出现在"调查者"和"被调查者"或者在"非燕家台人"和"燕家台人"之间的"社会性距离"。一般认为，"社会性距离"取决于实在的心理要素（地位、年龄、性别、亲密程度等）。不难想像，案例 32 中的 A、B、C 在年龄、地位、职业、亲密程度等方面，很难对 a、b 产生亲近感或连带感。关于"社会性距离"，参见ジェニー・トマス《语用论入门——话し手と聞き手の相互交涉が生み出す意味》，浅羽亮一监修、田中典子、津留崎毅、鹤田庸子、成濑真理訳、研究社 2001 年版，第 139—140 页。

伙儿坐一块儿说说哈哈"① 的拉家。换言之，所有参与者通过身体位置的安排，事实上把当前的行为互动作为不同于拉家的非拉家而得以标志化。

以上为出现在这次"调查"开端的标志化行为。在此，我们先指出两点，继续描述下一个片段：

1. 燕家台人在拉家的常规场景之所以需要做出一定的标志化，是因为拉家在燕家台人的日常生活中具有特定的位相。燕家台人对这次"调查"所做的标志化，实际上很好地说明了如下一点，即：他们围绕拉家而进行的"命名的努力"，由拉家与"熟悉的社会"的基本结构之间的对应关系而得以保证。换言之，这种对应关系在一定程度上可以决定什么样的人，在什么样的状态之下，对什么样的对象进行命名，进而反映了体裁作为制度的侧面。

2. 当燕家台人标示当前的行为互动不是拉家时，拉家的规范作为一种用来标示非拉家的资源而得以利用。此时，诸如"拉家是随便的"、"拉家是平常的"等形似经验性命题的概念理解，在形成经验之前使得经验（"当前的行为互动不是拉家"）成为可能。换言之，燕家台人有关拉家的概念理解，作为一种用之构成"当前的行为互动不是拉家"这一事实的基础而得以运作。

（二）体裁概念的习得与生成

1. "调查"的基本概念理解

与拉家同样，"调查"也需要"你说我听，我说你听"的话轮替换。不同的是，"调查者"与"被调查者"的话轮替换一般都是不均匀的。从参与者有关"调查"内容的知识含量看，"调查者"与"被调查者"也是"不了解此事的"与"（可能）了解此事的"。前者有权利实行"提问"，后者则要承担"回答"的义务。这是依附于成员类型的固有权利或义务，二者之间很少出现交换现象。因此，在一次"调查"中，"被调查者"占有多于"调查者"的发话时间，有关"调查"内容的知识也始终从"被调查者"流向"调查者"。所谓"调查"往往都是由这种"提问—回答"的邻接对组织的一种话语形式。换个角度来说，"调查者"与"被调查者"根据其成员类型，在发话时间和知识流向上面形成一种不均匀现象，并用之

---

① 声音资料。梁万庆口述；西村于 2006 年 1 月 21 日在礼堂录音。

组织"调查"。

如案例 32—2 中，"公安局"a 从话轮 12 开始向燕家台人 A 和 B 提问他们的基本个人信息。A 和 B 则把 a 所需要的信息迅速提供给 a。在此，"调查者"十分明显地标示前一个提问的潜在终点，"被调查者"也对此做了十分准确的预测。换言之，在前后两个话轮之间没有多余的间隙，它们顺利构成了"提问——回答"这一邻接对。在这种迅速连接的邻接对中，"调查者"努力实现其基本目的，即："在有限的时间内取得必要的信息"。因此，a 在判断 A 和 B 都不能说出"门牌号"之后便停止继续提问，开始提出下一个问题（"身份证"）。对此，A 迅速连接话轮做了回答，至于"门牌号"不再提及。可见，对"调查者"和"被调查者"双方而言，"被调查者应该迅速回答调查者的问题"都是

12a: 您这儿没有门牌号吧

13A: ┐有

14B: ┘有啊

15a: 是多少号啊

16B: (1.5) 在那~边儿呢. 这边儿没着

17A: 那边儿是多少号

18B: 知不道是多少号

19a: 您身份证拿来了吗

20A: 没着

21a: 啊. 叫什么呀

22A: 叫炼清书 (化名)

23a: 连清书

24A: 炼. 炼. 火字旁的炼

25a: 啊?

26C: 炼

27a: 啊. 炼.

案例 32—2　2006/3/27/18：13［B家］

他们有关"调查"的一种背后期待。它在"提问——回答"这一邻接对的建构过程中产生了一定的规范力。此外，"被调查者的回答内容应该是准确的"仍是一种背后期待。正因为如此，当 A 和 C 发现在 a 调查表上填错 B 的姓氏时，立刻做了纠正。此时，他们按照一定背后期待，主动实行了"被调查者"的义务。由于这次"调查"的"调查者"是"公安局"，[1]盗窃犯又没有查明，因此这种背后期待对 A、B、C 施加较大

---

　①　显然，在 A、B、C 实行义务的过程中，"公安局"本身所具有的权威乃至支配力产生了影响。从语用论的角度，托马斯对权威或支配力在互动研究中的影响做了很好的总结。见ジェニー・トマス《语用论入门——话し手と闻き手の相互交涉が生み出す意味》，浅羽亮一监修、田中典子、津留崎毅、鹤田庸子、成瀬真理訳、研究社 2001 年版，第 135—139 页。

的压力。他们十分认真地实行"被调查者"的义务。后来B还专门跑到门外，确认了准确的门牌号。在此，A、B、C都把"调查"理解为"严肃"的、"认真"的一种正式活动，至少没有把它理解为如同拉家一样"随便"的行为活动。

2. 概念理解的调整

有必要注意的是，当A、B、C视"调查"为"严肃"的、"认真"的正式活动时，在何谓"认真"、"严肃"这一点上，他们的观点自然依附于燕家台固有的社会认知方式和价值观念。因此，他们的观点与"公安局"的观点不可能完全一致。说到底，这两位"公安局"都是来自清水镇的非燕家台人，是在"山外头"上学多年的年轻人，是其生活形式稍微不同于燕家台人的他者。另外，"调查"本身是燕家台人相对陌生的一种体裁。①在案例32中，三位燕家台人用来实践"调查"的概念理解，与其说是由沉淀的经验而构成的，不如说是他们产生自"调查"一词的常识。他们既没有充分的"调查"经验，又没有理解这次"调查"的所有规范，只因为"调查者"的出现，突然成为"被调查者"，并卷入到"调查"的实践之中。从此意义上而言，这三位燕家台人实践这次"调查"的过程，也是一种习得"调查"概念的过程。

如在话轮28，A建议"公安"把调查地点改到她的家，因为她在

```
28A: 到我那儿去吧. 开着  空调
29a:              您. 您今年多大啊
30A: 我? 今年六十三
31C: 多少号来着?
32B: 一百五十四号
33A: 哈哈. 一百四十号不知道是谁家
34B: 哈  哈
35a:    是. 是您听到门响着的声音是吧
36B: 是. 那个  门
37a:         你是什么文化呀
38A: 初中
39a: 初中
40B: 我在屋里看电视  后远儿
41a:          你没有出去看看? 几点?
```

案例 32—3　2006/3/27/18：13〔B家〕

---

① 在案例32中，A和B从来没有参加过"调查"。虽然C作为燕家台村委治保主任曾经参加过几次，但他曾经只参加过一次"公安局"的"调查"，而上次参与还是在20多年以前。

那里可以提供更舒适的环境。按照 A 的观点，这种建议在"调查"中是
被允许的。但 a 用插话阻止 A 继续发话，提问 A 的年龄。又如在话轮
30，B 从外边查门牌号回来后，B 便提问 C，A 和 B 在随后的话轮中还发
出了笑声。对此，a 再次用插话打消了 A 和 B 之间的笑声。a 的插话还出
现在话轮 37，他用之阻止了 B 在回答 a 的封闭性问题之后继续展开话题。
在以上几个话轮上，A、B、C 所选择的发话行为，在 a 看来是不恰当的，
是不符合属于他有关"调查"的概念理解的。a 的插话，可以说是他按照
自己的概念理解，对 A、B、C 的违规行为所做的标志化。对 a 而言，最
关心的显然不是如何与"被调查者"建立良好的人际关系，更不是调查环
境的舒适与否，而是"如何在有限的时间内取得需要的信息"。为此，a
利用他作为"公安局"或"调查者"所具有的权威或权利，亦即利用他的
成员类型，正当地要求 A、B、C 按照 a 有关"调查"的概念理解采取适
当的行为。此时，通过 a 所做的标志化，诸如"调查者不应该随意在私下
里说话"、"被调查者应该只回答调查者的问题"等规范，以一种可观察的
方式出现在 a 与三位燕家台人之间。

另外值得注意的是，在话轮 45，b 重复 B 的发话内容，强调了该信息的重要性。这种重复，便是在"调查"中十分常见的"定式化（formulating）"手段，即"对信息提供者的发话内容进行概括、或者用其他的话来重述、展开要点"[1]。亦即，b 在话轮 45 通过可观察的方式，

42B:	黑价
43A:	几点？八点多吧
44B:	八点. 没着. 九点. 九点多
45b:	九点多⌉ 就九点多. 门响着
46B:	啊
47A:	有风就响
48B:	他的门. 有风就响. 有人就⌐
49a:	前天. 22 号
50A:	啊. 23 号

案例 32—4　2006／3／27／18：13［B 家］

让"被调查者"了解这次"调查"的重点所在，并促使他们围绕着这一重
点展开后面的发话内容。很显然，这种定式化的常用仍然与"如何在有限

---

① 好井裕明：《制度的状態の会话分析》，好井裕明、山田富秋、西阪仰，《会话分析への
招待》，世界思想社 2001 年版，第 42 页。

的时间内取得需要的信息"这一目的有关。但 A 和 B 开始解释自己之所以听到"门响着"却没有出去查看的原因。于是，a 立刻用插话抢夺其发话权，进而又为"不得过多地陈述与调查的焦点无关的事情"这一规范赋予了可观察的形式。

　　以上提到的几个规范，都是"调查者"按照自己有关"调查"的概念理解，认为"被调查者"应该遵守的规范。只要"调查者"判断"被调查者"违规，这些规范在二者的行为互动中便获得可观察的形式。此时，"公安局"根据自己的概念理解所做的标志化，把燕家台人认为恰当的发话行为变为"公安局"认为不恰当的违规行为。当然，从另一个角度看，"公安局"认为恰当的发话行为，也可以说是燕家台人认为不恰当的违规行为。问题是，一个发话行为的恰当与否最终取决于参与者用之实践体裁的概念理解，而三位燕家台人在这次"调查"中主动学习和适应"公安局"有关"调查"的概念理解，据此从多种可能的行为中选择"公安局"认为恰当的发话行为。

　　事实上，在后面的话轮中，三位燕家台人基本上没有在私下里说话，若发现自己或其他人的违规行为则把视线朝向 a 或 b，或很快收声。这也许是因为燕家台人怕引起"公安局"对自己的怀疑，也许是与"公安局"本身具有的权威有关。可以肯定的一点是，这三位燕家台人都坚信自己在这次"调查"中"应当如此"。他们根据这种无需依据的信念学习和适应"公安局"的概念理解，进而使得这次"调查"的实践成为可能。不仅如此，这种主动的学习或适应过程，使得这三位燕家台人成为"很合作"的"被调查者"，从结果看，他们协助"公安局"顺利达到了这次"调查"的目的。

（三）从"调查"到拉家

　　尽管参与者的概念理解有所分歧，这次"调查"进行得还是比较顺利。这次"调查"结束时，b 先打电话与其他"公安局"联系，a 则默默地收拾茶桌上的资料。虽然他们没有明说这次"调查"已经结束，但"调查"的结束以可观察的方式出现在所有参与者之间。此时，A、B、C 从"有事"的状态转移到了无事可做的"闲着"的状态。首先 B 向 A 提问她的老伴是否自己在家，随之，A、B、C 围绕刚出院不久的 A 的老伴交换了若干话轮。但他们并没有改变身体的位置和朝向，其操作领域仍然向两位"公安局"而敞开。从本书第四章可以看出，这是在拉家的开始环节和结束环节十分常见的现象，参与者在这种开放的操作领域中等待其他参与者的出现，或者就一般化的话题交换最后几个话轮。

等到 a 收拾完毕，A 向 a 提问了他的出生地。在由"提问——回答"这一邻接对构成的"调查"中，"被调查"提问"调查者"与"调查"不相干的问题，这显然是不恰当的。但"调查"已经结束，A 已经不是"被调查者"，A 的提问也不再受到"调查"的规范的约束。在此，"闲着"的 A，按照符合"燕家台人"这一成员类型的方式，试图对"山外头的"的 a 进行交流。A 的提问，与其说是为了满足自己的好奇心，不如说是为了打开交流的窗口，或者是为了优先赋予 a 以发话的机会。

51A：你们都是清水的？
52a：哈～完了
53A：哈哈
54C：吃个苹果吧
55a：不用了. 我得走了
56A：吃个苹果吧
57C：拿走
58a：不不不. 我不想吃
59A：哈哈. 抓走吧
60C：抓走吧. 不用客气
61a：哎～呀. 真的不客气. 谢谢你了啊

案例 32—5　2006／3／27／18：13［B 家］

此时，A 的提问实际上在后面可能要出现的"你说我听，我说你听"这一话轮交换中，把"你"优先于"我"的地位让给 a。虽然 a 没有回答 A 的问题，A 只用笑声与之呼应。可见，A 试图进行的交流，是"友好"的。在后面的话轮中，A 和 C 劝 a 吃苹果或"抓走"苹果。这也可以说是他们作为"燕家台人"或"户主"进行友好交流的努力。尽管当前的行为互动未必是拉家，但与拉家十分相近。至少可以说，当 A 与 C 作为"主人"友好地接待外来"客人"时，他们从可能的所有行为和体验中选择了一种符合拉家的行为和体验，进而为 a 敞开了可能通达拉家的交流窗口。然而，a 并没有由此走向拉家。他没有回答 A 的问题，也拒绝接受苹果。这与其说是 a 不理解燕家台人的好意，不如说是因为 a 在"调查"结束后仍处在"执行任务"的状态之中。作为一名"执行任务"的"公安局"，他谢绝 A 和 B 的好意是恰当的。但 A 和 B 并没有把"调查"结束后的"公安局"视为"调查者"或"有事儿"的人。他们作为"燕家台人"或"户主"——而不是作为"被调查者"——继续恭敬接待这位"山外头的"。因为在 A、B、C 看来，这是他们在当前的行为互动中应该承担的角色与义务。

不难看出，在"调查"中，A、B、C把"调查"赖以进行的规范的决定权交给 a 和 b，而"调查"一旦结束，A、B、C 立刻按照自己的理解来设计自己的发话内容。他们的操作领域也从"调查者"的"调查"地点转变为燕家台人自己的地盘，其中充满着燕家台人所熟悉的日常秩序。①在此，"调查者"与"被调查者"之间的不平等现象不再存在，这三位燕家台人反而让"山外头的"根据燕家台人的日常秩序而行动。

（四）体裁的距离

以上，粗描了这次"调查"的大概经过。最后，我们从"调查"回到本书的主要话题上面，提出一个问题，即：当燕家台人实践"调查"时，拉家在哪里？

本书第三章，大概把握了拉家与非拉家按照燕家台人有关拉家的共同理解而组织的关系性，并得出了示意图 3—1。图中，根据燕家台人的分类感觉，各种非拉家分别在与拉家之间保持着或远或近的距离。但在现实的生活层面，我们却无法确认这种距离的存在。如本章所选的例子"调查"，它在燕家台人的分类感觉中是与拉家相距甚远的一种话语形式，按理来说，燕家台人称"调查"为拉家的几率极小。然而，在案例 23 的开端，燕家台人为了体验"这不是拉家"利用拉家的规范；在其展开环节，随时可能选择符合拉家的行为与体验；在结束时，更是立刻要转入拉家。换言之，在这次"调查"的实践过程中，燕家台人随时可能与拉家产生联系。由此，我们先确认一点，即：在其实践过程中，"调查"与拉家未必因它们在燕家台人的分类感觉中的距离而彼此偏离。

当我们提及体裁系统时，往往将其想象为一种家谱式的相互关系。这大概是因为民间文艺学研究一直利用这种家谱式的相互关系来图解文本资料的分类、体裁的起源、文本结构及其体系意义等问题。②而我们从拉家

---

① 我们当然可以把 A 和 C 的行为理解为"老农民的朴实"的体现。但"老农民的朴实"毕竟是"非老农民"的主观感受，换言之，只有在"非老农民"参照自己的行为原则来看"老农民"的行为时，"老农民"的行为才是"朴实"的。对"老农民"而言，"朴实"显然不是他们的行为原则。他们用来组织行为的是在"非老农民"看来"朴实"的日常性秩序。

② 参见 Dan. Ben-Amos, Analytical Categories and Ethnic Genres, in Ben-Amos, Dan (ed.), *Folklore genres*. University of Texas Press, 1981, pp. 219—221.

与"调查"的互动中看到的，即不是它们在燕家台人的分类感觉中所保持的或远或近的距离，也不是它们在研究者主体的考证或结构分析中被阐明的家谱式联系。换言之，在日常生活的层面，各种体裁并不是按照一定的标准，通过彼此之间的相似性程度而得以排列。我们从中可以看出非常简单却十分重要的一个事实，即：从日常生活的层面看，任何一种体裁都不是通过"距离"这一空间概念可以把握的实体。

那么，各种体裁在日常生活的层面是怎样的存在？案例32中，三位燕家台人在不了解他者的概念理解的情况下，多次选择了不符合这次"调查"的行为与体验。经过每一次的标志化，他们在修正自己原有概念理解的同时，学习和适应他者的概念理解。亦即，他们根据他者的概念理解排斥不恰当的发话行为，而选择恰当的发话行为。这三位燕家台人的实践让我们重新意识到两点：

首先，虽然参与者在体裁的实践过程中参照概念理解，但他们的概念理解在每次的实践中不是固定不变的。他们用来实践体裁的概念理解，在陆续生成的行为互动中是可以调整的。即使存在概念理解的分歧，或者对方做出了违背预期的行为或反映，只要参与者对此进行调整，他们的实践也未必陷入困境。① 在此过程中，体裁仍然可以发挥出作为"命名的努力"的基本功能，逐步建构将自我区别于其他的统一性。

其次，在某种体裁的实践过程中，参与者是可以选择多种可能的行为与体验的。燕家台人完全有可能"随便"地回答"调查者"的问题，甚至有可能直接不回答。事实上，生活世界不断地把多种可能的体验和行为展示给我们，我们的认识作用本身又摆脱不了"我能够用另外一种

---

① 当然，从下面案例33可以看到，概念理解的分歧随时可能让参与者的实践陷入困境，甚至可能导致当前行为活动的解体。这里的意思是，虽然理解的分歧随时可能让参与者的实践陷入困境，但并不是一定会导致这种情况。从此意义上而言，案例33与其他两种"调查"案例，很好地说明了由概念理解的分歧所导致的两种结果。而这两种结果，实际上也是当我们面对违背预期的现实时，可能会采取的两种处理方式：一种是为了适应现实而更改原来的预期；一种则是不去改变原来的预期。鲁曼曾经注意到了这种两种处理方式，据此把预期分为"认知性预期（kognitive Erwartung，指当出现违背预期的情况时对此适应的预期）"和"规范性预期（normative Erwartung，指即使出现违背预期的情况不会改变的预期）"两种。

方式行动"① 这种不确定性。正因为这种多种可能性或不确定的存在，世界在我们眼中才是多样化的，是复杂的。重要的是，在这次"调查"中，燕家台人并没有任意选择他们可能的行为和体验，因为有些发话行为显然不符合当前的状况。而他们的发话行为恰当与否，这仍然取决于"调查"赖以进行的概念理解。由此可见，在世界无穷无尽的复杂性与人类有限的复杂性处理能力之间，体裁促使一个人选择符合当前语境的行为与体验，同时排斥其他可能的行为与体验。② 这可以说是体裁作为"命名的努力"的基本运作机制。

　　而只看燕家台人在"熟悉的社会"中每天反复进行的拉家，我们却容易忽略这一点。这主要是因为拉家的概念与实践行为紧密结合，拉家本身又被编入到燕家台的基本社会结构之中，燕家台人在其命名实践过程中所参照的概念理解几乎成为他们继承的社会认知背景或从不怀疑的一种信念。③ 但前面的考察也足以提醒我们，燕家台人再熟悉拉家，在其实践过

---

　　① 关于这一点，参见〔德〕埃德蒙德·胡塞尔《迪卡尔考察》（Edmund Husserl, Cartesianische Meditationen, *Husserliana* Bd. 1, Martinus Nijhoff, 1963（2. Aufg.）），日文版，舟桥弘译，《世界名著 51 布勒塔诺/胡塞尔》，中央公论社 1970 年版。

　　② 关于这一点，鲁曼甚至说道："人类有意识的体验处理能力……几乎是无法更改的，是微不足道的。"本章的后面论述中，笔者是基本上按照鲁曼的定义来理解"复杂性（komplexität）"与"不确定性（kontingenz）"的。前者指"始终存在除了可现实以外的可能性"，后者则指"作为下一个体验被指示的事情按照不同于预期的方式而得以生成"。诚如日本社会学家桥爪大三郎（D. Hashizume）所言，鲁曼有关规范的观点与维特根斯坦相差很远。尽管如此，今天的系统研究离不开鲁曼的法理论，而且他有关"复杂性"与"不确定性"的讨论对本文颇有启发意义，因此本章将适当地借鉴鲁曼的系统研究成果。参见ゲオルク·クニール、アルミン·ナセヒ《ルーマン―社会システム理论―》（Georg Kneer & Armin Nassehi, *Niklas Luhmann Theorie sozialer Systeme.* Wilhelm Fink Verlag, 1993），舘野受男·池田贞夫·野崎和义訳 2000 年版，第 47 页；ニコラス·ルーマン、村上淳一·六本佳平訳、岩波书店 1977 年版，第 38 页；桥爪大三郎：《言语ゲームと社会理论――ヴィトゲンシュタイン·ハート·ルーマン》，劲草书房 1987 年版，第 160 页。

　　③ 在此意义上，燕家台人的拉家概念似乎构成了维特根斯坦所谓"世界像（Weltbild）"的一部分。"世界像"是一种被继承的无形背景，是支撑我们的认识与探究的信念体系。诸如知识、信念、怀疑、找依据等都把它作为前提，并在其内部得以进行。但"世界像"本身却没有任何依据，既不会被人意识到，也不会被人学习："这些命题对我来说是不容置疑的，我不会把它拿出来学习。就如自转物体的轮轴一样，我只能事后才发现。"如果用我们更熟悉的术语来说，"世界像"也是"范式"。虽然美国科学家库恩所谓"范式"与维特根斯坦的"世界像"之间不存在直接的影响关系（的确，库恩的科学观受到了维特根斯坦的很大影响。但库恩当年读过的维特根斯坦著作不包括《确实性》），但二者的含义基本一致。参见ルートヴィッヒ·ウィトゲンシュタイン

程中也完全有可能采取不符合拉家的发话行为。即使那些属于固定成员类型的燕家台人在拉家的常规时间、常规地点"相遇",他们仍有不拉家的可能性。虽然这样的情况在现实的生活世界中很少存在,但这种未能成为事实的、可能的"事态"却始终存在于他们的"逻辑空间"之中。①

到此,我们可以回答前面设计的问题。当燕家台人实践"调查"时,拉家在哪里?当燕家台人实践"调查"时,拉家并没有在与它之间保持一定的物理性距离。它作为一种可能的形式,为"调查"的参与者提供可能的行为与体验。假如参与者从所有可能的行为与体验中选择符合拉家的行为与体验,那么拉家便作为一种事实出现在生活世界之中;假如未被选择,拉家继续作为一种没有实现的事态而留在逻辑空间。

当然,当燕家台人实践"调查"时,并不是只有拉家才能成为可能的形式。其他诸如"吵架"、"开会"、"讲故事"等"非调查"都是如此。当燕家台人实践体裁 A 时,或者当他们实践非 A 拉家时,对 A 而言的非 A 或对非 A 而言的 A,都作为一种可能的形式——而不是固定不变的实体——而存在。②假如在燕家台人的日常生活中也有体裁系统,那么,它与其说是燕家台人知道的所有体裁的集合,不如说是燕家台人在此从所有可能的行为与体验中进行选择的一条水平线。

《確実性の問題》,《ウィトゲンシュタイン全集》9,黑田旦訳、大修館书店 1976 年版;托马斯·库恩:《科学革命的结构》,金吾伦、胡新和译,北京大学出版社 2004 年版。

①　所谓逻辑空间,指已经成立的事实和可能成立的事态之总和。事态则是对象(事象、物象)的结合,可分为"已经成立的事态"与"尚未成立却可以成立的事态"两种,前者便是所谓事实。这些事实的总和便是世界,而事实与未成立的事态的总和则是逻辑空间。因此早期维特根斯坦说道:"在逻辑空间中的诸事实就是世界"。路德维希·维特根斯坦:《逻辑哲学论》,贺绍甲译,商务印书馆 2005 年版,第 25 页。

②　当然,参与者在实践体裁 A 时,可能更容易选择个别的非 A。如与"研究"、"开会"等非拉家相比,燕家台人在实践拉家的过程中可能更容易选择符合"商量"、"吵架"等非拉家的行为和体验。这实际上牵涉到了"有因性(motivation)"的问题。诚如索绪尔所言,语言的"任意性(arbitraire)"是"无因性(immotivé)"的,但不会彻底排斥其部分"有因性"。假如我们关注个别的体裁,或许可以找到"相对的有因性(motivation relative)",并按照其"有因性"程度,描绘出一定的模式及其构成部分之间的相互规定性。然而,"有因性"不同于决定性,"相对的有因性"本身缺乏统一性。因此,我们所能描述的模式始终是不稳定的,是流动的。本文只把"有因性"的问题视为每一次语言游戏的潜在背景,不做专门的论述。关于"有因性",参见フェルディナン·ド·ソシュール《一般言语学讲义》,小林英夫訳、岩波书店 2003 年版,第 182—186 页。

二　体裁的界限：燕家台人与
"电视台的"的"调查"

前面的"调查"案例中，燕家台人主动学习和适应非燕家台人有关"调查"的理解，在参与者的概念理解存在分歧的情况下，还是顺利地实践和组织了"调查"这一行为活动。而下面案例33缺少这种习得过程。燕家台人与非燕家台人在概念理解上的分歧使得这次"调查"面临危机，进而为我们提供了有关体裁概念界限的重要启示。

案例33发生在2005年4月6日。此时，刚过"寒食"不久，燕家台人正忙于春耕。当天下午，北京某一电视台的五位工作人员来到燕家台，以"调查"赵永成当年的抗日活动。为此，燕家台村委选择九位男性老年燕家台人，并通过"广播"把他们召集到党支部会议室。

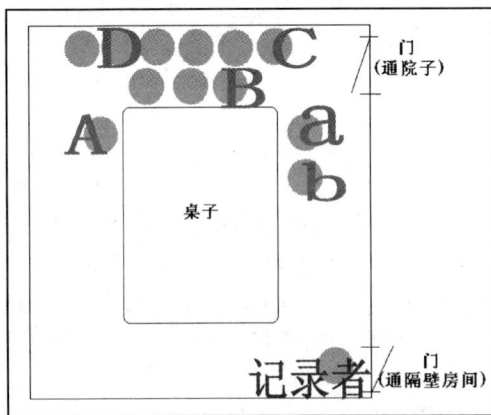

图5—2　案例33的参与者位置示意图

（一）"被调查者"的筛选

从下午13点左右开始，被召集的燕家台人陆续来到党支部会议室。在会议室，所有参与者的座位已经做好了安排。村委妇联主任、会计等基层干部，请他们分别坐在会议室北面的两排座位上，并把前面的或接近"电视台的"的位置优先安排给那些"知道得多"的、"能说"的、"记性好"的老年人。13点半左右，九位燕家台人都到齐，但"电视台的"还在东涧"采镜"。于是，他们在"闲着"的状态中拉家赵永成的回忆、各家的春耕情况等。直到15点50分，在燕家台村委书记A的带领之下，有两位"电视台的"a和b进入会议室，并如图5—2就座。

需要注意的是，这次"调查"仍然是在忽略燕家台人的日常时间安排的情况下进行的。当天下午，这九位燕家台人都"有事"，他们还要下地"找渣滓"、"搭架子"。但"电视台的"请燕家台村委"找几个老人让他们等着"之后到外"采镜"，让九位燕家台人等了约两个半小时。进入会议室之后，"电视台的"也没有表示丝毫的歉意，直接提出这次"调查"的第一个问题。而当时，没有一个燕家台人对此表示不满，反而积极地回答。从中不难看出，在场的燕家台人都知道自己是因有关"赵永成"的"调查"而被叫来的，他们现在不是应该春耕的燕家台人，而是应该回答问题的"被调查者"，进而主动承担了"被调查者"应有的义务。

首先，a 提问是否知道当年的"二岭游击战"，在场的九位燕家台人便同时回答"知道"。此时，"调查者"与"被调查者"借此构成"提问—回答"这一邻接对的行为互动，是 1 对 1 的，同时又是 1 对 9 的。假如"调查者"要达到"在有限的时间内取得需要的信息"这一目的，那么，他首先需要在自己与"被调查者"之间进行 1 对 1 的行为互动。于是，a 从话轮 1 开始测探九位

> 1a: 二岭在哪儿？
>
> **2B: 那儿. 打二岭. 这个我都知道**
>
> 3a: 二岭游击战. 你知道吗？
>
> **4B: 知～道**
>
> 5a: 谁打的？
>
> 6B: 谁打的？那时候是. 也是游击队
>
> 7a: 赵永成吧
>
> 8B: 那时候啊. 有没有他我摸不清. 反正是现在的那个. 柏峪的杨坤. 凡是那个时候. 都是他们搞的
>
> 9a: 二岭是怎么回事. 你说说

案例 33—1　2005 /4 /6 /15：57 ［党支部］

"被调查者"的知识含量，以筛选与他构成"提问—回答"这一邻接对的主要合作者。在话轮 1，a 向在场的所有燕家台人提问二岭的具体位置。其实，a 当天中午已经拍摄了二岭的镜头，因此，他的提问不是为了确认二岭的地理位置。A 的发话刚结束，在场的所有燕家台人都指向二岭的方向，异口同声地说道："那儿！"其中，B 还站了起来，并通过"这个我都知道"一句，主张了自己对当前话题的发话权。从话轮 3，a 开始针对 B 进行提问。a 的提问是为了测探 B 是否具有足够的知识，是否能够提供 a 所需要的信息。a 所隐藏的意图，直到话轮 7 才暴露出来。由于在 B 的回答中没有提到"赵永成"，a 替 B 说出了答案。亦即，a 知道答案，他的提问是为了确认 B 是否知道答案。其实，在燕家台人有关"打二岭"的口述史中，是没有赵永成的。因此，B 自然不知道赵永成当时是否在场，

但他可以说出另一个游击队成员的姓名。在话轮 9，a 明确指定 B 为合作者，并把发话权交给 B。

10B：二岭？我给你说说呗

11a：(2.5)嗯. 说说吧

12B：啊？

13a：说呀

14B：怎儿乍？

15a：你. 说. 二岭的战争过程. 是怎么回事儿

16B：(1.5)我慢慢儿给你说嘛. 我不是给你说头因. 我不是给你说. 二岭. 还有我不知道的？

案例 33—2　2005 /4 /6 /15：57 ［党支部］

从九位燕家台人被选中的 B，成为这次"调查"最主要的"被调查者"。然而，面对 a"二岭是怎么回事"的提问，B 只回答"我给你说说呗"，却停止了发话。a 在话轮 11 和话轮 13 一再催促，但 B 仍然没有开始发话。从本书第四章的描述看，若是拉家，获得发话权之后，B 应该在话轮替换系统的暂停状态中拉家一个话题。但在这次"调查"中，B 没有按照拉家的方式替换话轮，而等待着 a 对他提出问题。这可以说是 B 作为"被调查者"，根据他有关"调查"的理解，对"调查者"所期待的反应。但 a 没有理解 B 之所以停止发话的理由。他或许以为 B 的听力有问题，或许以为 B 没有能够理解 a 的提问内容，通过大声和停顿，把原来的提问变为更容易理解的方式，重新明示 B 应该做什么。而坐在 a 旁边的 B 显然听见了 a 的发话内容，他在前面的话轮中也已经答应过自己会"说说"，因此 B 也很难理解 a 为什么还要用大声重述。尽管如此，B 知道了自己应该在下面的话轮中"说二岭的战争过程"。在话轮 16，B 再次主张自己对该话题的发话权，并解释自己之所以停止发话不是因为不知道。

从上面的片段中，我们可以看到这次"调查"不同于案例 32 的特点。案例 32 中，"调查者"只需"被调查者"的信息，诸如"不应该在调查者之间随意说话"、"被调查者应该只回答调查者的问题"等规范，在实现"在有限的时间内取得必要的信息"这一目的的过程中，提高和保障了"调查者"获取信息的合理性效应。而在案例 33 中，"调查者"是一位"电视台的"，他取得信息是为了编辑有关抗日战争的电视节目。因此，他不仅需要"被调查者"回答问题，还需要他们详细地描述事情的经过。亦即，这次"调查"不仅由"提问—回答"这一邻接对构成，还应该包括

"被调查者"自己的叙事。a的"二岭是怎么回事，你说说"，与其说是提问，不如说是要求。

问题是，B是在燕家台被公认为"最能说"的拉家能手，他本人对自己的拉家能力十分自负，"打二岭"又是B最拿手的话题之一。对B而言，"说二岭的战争过程"几乎意味着"拉家打二岭"。因此，在确认自己所要做的不是回答"调查者"的提问之后，B开始发挥自己的叙述能力和历史知识，给"调查者""拉家打二岭"。从下一个片段，我们便可以看到"调查"与拉家在这次的行为互动中所发生的碰撞。

（二）不被允许的拉家

与平时一样，B从炮楼上的"日本"数量开始说起。其中，"炮楼"一词引起了a的更多注意。通过重述，a标示自己的兴趣所在，并促使B围绕这一重点展开后面的发话内容。①但B并没有给予a的重述以太多的关注。因为在B平时拉家的"打二岭"中，关键不是"日本"的所在地，而是人数。到话

> 17B: 鬼子早就收放. 收放的时候. 那时候有伊藤. 那时候. 咱们这儿的炮楼上有多少个鬼子？四个. 就四个鬼子
>
> 18a: 炮楼啊
>
> 19B: 对. 跑楼上. 有四个鬼子. 有一个是唤伊藤. 有一个是叫伊藤. 他多候儿都穿着背件儿. 你要不说是日本. 就不知道他是个日本. 他中国话懂得很好. 嘿. 那个丫头. 你也在这儿听呢. 哈哈
>
> 20 : 西村：哈哈
>
> 21B: 哈哈. 她经常过来跟我拉家. 啊～哈哈. **伊藤**. 这个人. 胆子特别的大
>
> 22a: 胆子特别大

案例 33—3　2005 /4 /6 /15：57 ［党支部］

轮19，B在有关"伊藤"的描述中插入一句，提到了笔者（西村）。其实，笔者正站在B的斜对面，他早已知道笔者的存在。B之所以插话，是因为他后面要拉家"日本"与燕家台人之间的一次战斗，因此在适当的地方（"中国话懂得很好"）提及了笔者。B的发话和笑声引起了笔者和其他燕家台人的笑声。值得注意的是，B用来"说二岭的战争过程"的操作领

---

① 这也是"调查"的常见手法"定式化"。参见本文本章案例32—3。

域，不仅出现在"被调查者"B与"调查者"a之间，而且出现在作为"发话者"的B与作为"听话者"的所有参与者之间。只要B用拉家的方式"说二岭的战争过程"，那么，他有必要顾及包括笔者在内的所有参与者，同时还要构成一种"友好"气氛。引起听话者的笑声之后，B立刻对没有发出笑声的a与b，小声地解释他和笔者的关系。B之所以改变声音大小，是因为其他参与者都知道B和笔者的关系，表示此话只针对于a与b。这恰恰说明了B"说二岭的战争过程"并不只是说给a和b的。事实上，在当前的操作领域，a与其说是B的"调查者"，不如说是"听众"。B努力引起在场的所有人对当前话题的兴趣。但a并不关心B和笔者的关系，他作为"调查者"或"电视台的"所关心的是B能否提供a用来编节目的资料。a对B的发话没有做出任何反应，他实际上通过一种可观察的方式，告知自己对当前话题不感兴趣。于是，B便用"啊"一词和笑声打断当前的话题，重新提及"伊藤"，继续拉家"打二岭"。对此，A通过重述（"胆子特别大"）表示认可，用之促使B继续展开当前的话题。

在话轮23，B继续细描当年在炮楼上的"日本"。而a在B的潜在终点迅速夺取了其发话权，并再次提问"二岭是怎么回事"。正如本书第四章所说，在拉家中，发话者连接与前面不相干的话题是被允许的，这种不定中心的话题连接方式仍是拉家的显著特点。而在"调查"中，"被调查者"有必要遵守"不得过多地陈述与调查的焦点无关的事情"这一规范，来协助"调查者"实现"在有限的时间内取得需要的信息"的目的。但B在话轮27继续拉家"打二岭"，又把"李家庄"作为契机，插入了他与"老娘子〔妻子〕"当年的情景。在此，a用插话阻止了B的继续发话，实际上对B的违规行为做了标志化。对正在拉家"打二岭"的B而言，大概很难理解a为什么还要问"二岭是怎么打的"。而B刚要反问（"我不是给你说"），a又插话夺取B的发话权。只要"调查"力求"在有限的时间内取得需要的信息"这一目的，那么，"没时间"便可以成为a之所以阻止B继续发言的正当理由。a只要求B在这次"调查"中"说二岭的战争过程"，在a看来，B的插曲是不恰当的"跑题"。但在正拉家"打二岭"的B看来，a作为"听众"不应该这样打断B，其发话行为又是不恰当的。对B来说，他所描述的"头因"是后面叙事的上下文，这在他平时拉家的"打二岭"中是必不可少的。而且B把在场的所有人视为自己的听话者，在绝大部分听话者都知道"打二岭"一事的情况下，他只有在听话者可能还不知道的细节或花絮中，才能展现自己的叙事能力和历史知识，进而引起和维持听话者的兴趣。① 总之，对B来说，这一"头因"是必要的。而a的重新提问（"二岭是怎么打的"），事实上取消了B前面拉家的"头因"在行为互动上的意义，甚至否认了B

23B: 那个时候啊. 这个村子的鬼子. 有一个唤他搜猴的. 有一个唤他傻大鬼的一个. 有一个是简直是胡闹的那个. 那个傻巴咯. 就这么几个

24a: 你说二岭是怎么回事

25B: 啊?

26a: 二岭后来是怎么着?

27B: 它呀. 李家庄. 他到李家庄查户口去了. 查户口去了. 这个村儿啊. 我还是知道. 因为啥呢? 我和那个老娘子我们俩. 我那时候还是个小孩儿的. 那年呢. 我十五. 十四上来 ⌉ 说二岭

28a: ⌋ 说二岭

29B: 啊?

30a: 二岭是怎么打的

31B: 我不是给你说 ⌉

32a: ⌋ 你说得太长了. 没时间

33B: 我不是给你说这个头因?

34a: 不. 不说. 不说. 就说二岭

35B: 啊?

36a: 就说二岭. 就说二岭

37B: 就说二岭

38a: 查户口去了. 然后呢?

39B: 咳. 啊. 打二岭. 那不就得了? 一句话不就完了?

案例33—4　2005/4/6/15：57 [党支部]

正在拉家"打二岭"的事实。从话轮36开始，B与a争吵起来，并固执己见互不相让。

（三）秩序的分裂

在前一个"调查"案例中，"被调查者"主动学习和适应"调查者"有关"调查"的概念理解，进而实践他们不很熟悉的非日常体裁。而在案

---

① 参见本文第四章第二节之（二）。

例 33 中，B 没有按照 a 的理解"说二岭的战争过程"，还是按照他所熟悉的方式，继续"拉家打二岭"。为了实现"在有限的时间内取得需要的信息"这一目的，a 从下面的话轮开始，努力在与 B 之间构成"提问—回答"的邻接对，进而提高获取信息的效率。

40a: 游击队在哪儿埋伏着. 还是怎么着?

41B: 它哪是埋伏了. 它是游击队. 从李家庄涧里出来的. 啊. 是这个伊藤啊. 他穿得看不出他是个日本人. 他把这个村儿的青年团. 叫他们和他查户口去. 还是不错. 这青年团不坏. 从这个走的时候啊. 拿大衣啊. 日本的那个民族大衣啊. 他把这个快枪. 给裹上了. 要不是这样可毁了. 这个查户口去了. 查来查去. 正在查着来. 游击队就这么出来了

——（中略）——

从李家庄一出来. 他奔着李家庄上边儿的坑港. 埋伏着军队. 埋伏着游击队. 这不是? 就这么个事儿. 有的啊也上台甫去了. 这不是爬着. 他们一上来就是啪啪打起来了. 打起来是. 伊藤从后边儿追是. 为什么我都知道呢? 我和有一个女的┐

逮住了吗.

42a:

后来?

43B: 啊?

44a: 没逮着

45B: 没逮着. **没弄住他嘛**

46a: 那几个鬼子呢?

47B: 啊?

48a: 那几个鬼子呢?

49B: **就一个鬼子**

50a: 就一个鬼子查户口去了啊

51B: 一个鬼子拿着一个手枪. 他┐

别人都没带

52a:

53B: 乍儿?

53B: 啊?

54a: 别人都没带

案例 33—5　2005/4/6/15：57［党支部］

在话轮 40，a 首先向 B 提问"伊藤"查户口之后发生了什么。a 的提问显然抢了 B 的话头。为了回答 a 的提问，B 必须省略前面的细节或花絮，从"伊藤"查户口之后开始说起。亦即，a 的提问为 B 的回答设计了起点。但 B 仍然通过拉家的方式回答 a 的问题。在话轮 41，B 继续"拉家打二岭"，B 作为一位有自信的拉家能手，充分展现了自己的表演能力和历史知识。而 B 一旦说起他之所以如此熟知"打二岭"的理由，a 便迅速插话，向 B 提出问题。正如本书第四章所说，出现在潜在终点之外的插话，可以中断当前发话者的发话行为，并夺取此人作为发话者的权利。因此，在拉家中，插话往往意味着"侵犯日常会话中本该平等分配的发话权利及其义务"，是"对规范性话轮分配规则的一种违反行为"。① 而在力求"在有限的时间内取得需要的信息"的"调查"中，"调查者"却具有"侵犯日常会话中本该平等分配的发话权利及其义务"的权利。在这一片段中，a 正是行使"调查者"的权利，通过每次的提问与插话，要求 B 采用适合"被调查者"的发话行为。换言之，a 努力在 B 的拉家中建立"调查"的秩序。但这位"被调查者"仍然没有简要地提供"调查者"所需要的信息。面对 a 的每次提问和插话，B 所做的便是反问。B 大概不是无法理解 a 的提问内容，B 无法理解的是 a 为什么这样打断他。从本书第四章的描述可以看出，看似是没有秩序的拉家却有它自己的秩序。B 正是通过拉家的方式"说二岭的战争过程"，他的发话行为完全符合拉家的规范，是恰当的。在 a 与 B 互不相让的情况下，拉家的秩序使得 a 认为难以继续"调查"，"调查"的秩序又使得 B 感到"拉家不起来"。

直到 a 判断这次"调查"难以继续时，他开始寻找另外一个"更合作"的"被调查者"。首先，C 在话轮 55，试图替 B 做回答。B 则通过插话打断 C 的发话，夺回自己的发话权。B 还通过"陈国梁"的花絮，主张自己的历史知识多于 C，当前的发话权应当属于自己。但 a 没有对 B 的主张表示认可。在话轮 57，a 转身把视线朝向 C，赋予 C 以"被调查者"的发话权。而面对"你也知道二岭？"一句，C 却又拒绝接到发话权。C 当然知道"二岭的战争过程"，除了 C，在场的所有燕家台人都知道。问题是，包括 C 在内的所有燕家台人还知道自己的历史知识含量与表演能力都不如 B。事实上，在这一话题上，没有一个燕家台人说得过 B。他们在平时的拉家中都是 B 的"听众"。这与 B 出自年龄、经历、能力等多方面的自负有关。只要 B 在场，他们不敢随意接到发话权。在话轮 61，B 也再次主张自己的知识含量之大，并明确告知 a"要想知道二岭的战争过

① 山田富秋：《会话分析を始めよう》，好井裕明、山田富秋、西阪仰《会话分析への招待》，世界思想社 2001 年版，第 9 页。亦参见本文第四章第二节之（一）。

> 54a：别人都没带
>
> 55C：没有. 就是青年团
>
> 56B：　　　　　没着. 陈国梁. 他这个二岭. 他
> 把手榴弹. 哈哈. 日本给他手榴弹. 他都给了八路军了嘛. 就
> 是**陈国梁**
>
> 57a：就一个鬼子啊
>
> 58C：他就是. 拽不出来
>
> 59a：你也知道二岭？
>
> 60C：我不是. 不是太清楚
>
> 61B：二岭？我给你说这个二岭. 你又不知道. 你看看这个
>
> 62a：游击队是在哪儿？
>
> 63D：游击队是
>
> 64B：　　　　　我可是在那儿啊. 我可是在龙坟台那儿

案例33—6　2005 /4 /6 /15：57［党支部］

程，B 才是最好的人选”。对此，a 还是没有理睬。他又向另一个“被调查者”D 提问游击队的具体位置。对 B 而言，a 的发话行为显然是不可忍受的。B 作为拉家能手十分自负，a 不应该对他如此不尊重。① 而且，B 在前面的拉家中已经提到了游击队的位置，a 的提问实际上取消了 B 的拉家在行为互动上的意义。在 B 看来，这无疑是 a 对 B 的知识的一种质疑。

　　其实，在 a 看来，B 的问题不在于其知识含量，B 作为“被调查者”的适当性才是问题。换言之，在 a 看来，B 的知识再丰富，B 提供信息的方式不适合必须“在有限的时间内取得需要的信息”的“调查”。a 之所以向 D 提问游击队的具体位置，与其说是为了核实 B 的描述，不如说是为了确认 D 是否适合“调查”，他是否是“合作”的“被调查者”。正如上述，“合作”的“被调查者”总是主动按照“调查者”有关“调查”的

---

　　① 这显然牵涉一个“面子”的问题。斯考伦夫妇称“面子关系中的普遍而稳定的规则”为“面子体系”，认为“面子体系”包括权势、距离、加强程度等主要因素。而在案例33中，a 与 B 是一种“正权势关系”，是“正距离关系”。在 a 所遵守的秩序中，B 是 a 的“被调查者”，是社会地位低于 a 的“老农民”，因此 a 可以拥有一定的特权和责任，B 对 a 则有一定的责任和义务；而在 B 所遵守的秩序中，a 是 B 的“听众”，是社会地位低于 B 的“晚辈”，因此 B 可以拥有一定的特权和责任，a 对 B 则有一定的责任和义务。其实，“面子体系”也不完全是“普遍而稳定的规则”，而是在行为互动中逐步建构的一种现象。参见罗纳德·斯考伦、苏珊·王·斯考伦：《跨文化交际：话语分析法》，施家炜译，社会科学文献出版社2001年版，第49—51页。

概念理解，通过恰当的方式提供信息，进而帮助"调查者"实现目的。但再从 B 的角度看，他在确认自己要"说二岭的战争过程"的基础上严格遵守了拉家的规范，因此，他坚信自己的发话行为是完全正确的。由于拉家是他再熟悉不过的体裁，在"拉家打二岭"的过程中，B 始终没有学习 a 有关"调查"的概念理解，而试着通过自己丰富的知识来夺回"被调查者"的角色及其应有的发话权。

若从 a 在这次"调查"中优先的秩序看，a 重新寻找合作者是被允许的。但从 B 在这次"调查"中优先的秩序看，却意味着"不友好"，是不恰当的。在后面的话

> 65B：赵永成他妈. 她娘. 他哥. 一生穿着俩. 听说过喂?
>
> 66C：没有. 不知道
>
> 67B：一点儿都不是假的. 那个他们间的都是什么. 你看见了吗? 你得得. 我都十四了. 看见了. 还不知道赵永成他哥是怎么死的? 正操你鸡巴蛋. 就问这么个事儿. 还让我少上了一次地

案例 33—7　2005 /4 /6 /15：57［党支部］

轮中，B 始终不允许 a 提问其他燕家台人，还阻止其他燕家台人作为"被调查者"接到发话权。最后，a 中断提问，请 B 到圈门下面拍录像。此时，在会议室进行的"调查"事实上已经结束。直到拍摄完毕，所有"电视台的"收拾器材，离开了燕家台。而 B 从圈门又回到会议室，向在场的其他燕家台人继续展示自己的知识，还主张 a 怀疑 B 的知识是错误的。

这或许只是由两种秩序导致的一场误会。但与来自"山外头"的 a 不同，B 要留在燕家台继续生活，不可能不考虑这场误解可能会产生的影响。对 B 而言，不管他作为"被调查者"提供了多大的信息，不管"调查者"a 是否达到了目的，a 与 B 在这次"调查"中的行为互动也是失败的。

（四）体裁之间的界限

以上案例 33 与案例 32，都是在参与者的概念理解存在分歧的情况下进行的"调查"。但前者缺乏类似于后者的概念习得过程，从而形成了对比。正如上述，当参与者参照一定的概念理解选择适当的行为和体验时，这些行为和体验在陆续生起的行为互动中逐步组织该体裁，进而

将其区别于其他。但参与者选择其他行为与体验的可能性本身不会消失，它们留在逻辑空间，为参与者的行为互动提供另外的可能性。案例33中的燕家台人 B，便充分展现了他作为"被调查者"可选择的另外一种行为与体验。

沿着本书的观点看，当 B 通过拉家的方式"说二岭的战争过程"时，他实际上从所有可能的行为与体验中选择了符合拉家的行为与体验，进而将其在生活世界中成为事实。但从"电视台的"a 的角度看，B 所实现的行为与体验不符合 a 有关"调查"的概念理解，它们都是应该留在逻辑空间的事态。因此，这些事态在生活世界中的出现，在 a 看来是不恰当的，是违背 a 的背后期待或预期的。于是，a 发挥"调查者"的权利，阻止"被调查者"B 选择 a 认为不属于"调查"的发话行为。但在 B 看来，这次"调查"是应该通过拉家的方式进行的。因此在 B 看来，a 为了阻止 B 而选择的行为与体验，又不符合 B 有关"调查"的概念理解，是不恰当的，是违背 B 的背后期待或预期的，甚至是难以理解的。于是，他作为十分自负的"拉家能手"，要求"听众"a 选择 B 认为属于拉家的发话行为。

此时，a 与 B 分别按照自己的概念理解选择的行为和体验，仍然是这次"调查"的构成部分。问题是，这些构成部分对双方来说都是一种难以预测的不确定因素，它们增加了这次"调查"的不确定性或复杂性。a 之所以判断这次"调查"难以继续，实际上也是因为在 a 看来不符合"调查"的部分与符合"调查"的其他部分之间难以找到一定的关系，因此，这次"调查"已经难以说是 a 所理解的"调查"，a 无法保证自己能够达到其预期目的。于是，为了继续 a 所认为的"调查"，他最终开始寻找另外一个"更合作"的"被调查者"。由于拒绝学习和适应 a 的概念理解，B 被剥夺了"被调查者"的成员类型和应有的发话权。不仅如此，当 B 与 a 发生争吵时，他所选择的行为和体验已经不属于拉家，而是符合"吵架"的行为与体验。此时，B 为了保护"被调查者"的地位与"拉家能手"的自尊心而选择的行为，反而让 B 失去了应有的成员类型及其权利。

不难看出，这次"调查"之所以面临解体的危机，首先是因为参与者用之实践"调查"的概念理解存在分歧。但案例32足以证明，即使存在概念理解的分歧，它在参与者的行为互动中是可以调整的。因此可以说，导致这次危机的直接要因，主要在于案例 33 中的参与者都拒绝学习或适应对方的概念理解这一点。事实上，对燕家台人与非燕家台人双方而言，他们分别对用之组织行为互动的概念理解都是十分熟悉的，其概念与行为之间的关系是坚固的。而且，他们分别承担的成员类型赋予他们以一定的权威性或特权，无论对"调查者"而言，还是对"拉家能手"而言，应该调整概念理解的不是自己，而是对方。① 因此，他们自己的概念理解始终没有因对方的发话行为而发生变迁。在此，我们通过这次失败的"调查"思考体裁概念的界限问题。

正如上述，参与者的体裁概念理解不是事先存在于脑海中的固定实体，而是在参与者每次用之实践体裁的过程中通过彼此的行为互动而生成的。这意味着参与者通过每次的"命名的努力"构成的概念界限，自然不是固定不变的，而是流动的。其实，这也是日常概念的模糊性所在。拉家也罢，"调查"也罢，体裁作为一种日常概念不仅是参与者用来把现实连接于世界的职能，它本身也构成了现实的一部分。在构成现实的过程中，它允许其他可能的行为或体验实现，甚至由此调整自己的概念界限，从而显示出其模糊性或流动性。② 然而，案例 33 中的参与者拒绝为对方调整自己的概念理解，只按照自己的概念理解去判断对方的发话行为是否恰当，结果面临了这次"调查"解体的危机。在此，他们的概念界限失去了应有的模糊性或流动性。案例 33 告诉我们的便是这样一个事实，即：假如体裁只有僵硬的概念界限，日常的行为互动立刻陷入困难，体裁在日常

---

① 关于概念的习得过程，维斯坦根斯坦说道："小孩通过信任大人来学习。怀疑在信任之后才出现。……我学到了无数的事情。而我是基于人们的权威而接受这些的。"ルートヴィッヒ・ウィトゲンシュタイン《確実性の問題》,《ウィトゲンシュタイン全集》9，黒田旦訳、大修館書店 1976 年版，第 160—161 页。

② 需要补充的是，概念的模糊性或流动性并不意味着在燕家台人的体裁实践中不存在一定的模式。同样，我们发现概念的流动性与我们能够描述体裁实践中的模式，是并不矛盾的。从第四章与本章可以看出，当燕家台人实践某种体裁时，他们的实践在不同程度上构成了一定的模式。我们仍然可以对个别的现象进行类型化、简单化，进而把行为互动作为一种可反复的事项而把握。说到底，模式不是对变化的摒弃，正是在变化中可以看到的。我们有必要自觉意识到，实践是一种过程，而过程不可能不存在时间性（temporary），即使是共时研究框架，也不会取消时间性本身。它所取消的，只是将时间性区别于历史性的各种属性、时间或过程的一次性、不可逆性、偶然性等。假如我们从日常生活中的"各种事件"中排斥所有一次性事件中的特殊事例或违规（即导致模式变化的各种要素）努力描述某种模式，这等于犯了众多人类学家曾经犯过的错误。

的行为互动中也就无法发挥出它作为一种"命名的努力"的基本功能。由
于我们习惯了科学研究的思路，面对这种模糊性或流动性很容易提出这样
一个疑问："为什么模糊的、流动的体裁概念，能够规范行为？"① 其实，
我们应该说："模糊、流动的日常概念之所以能够规范行为，正因为它是
模糊、流动的。"

案例 33 还告诉我们，体裁作为日常概念所具有的模糊性或流动
性，并不意味着其概念界限在行为互动中是毫无意义的。的确，体裁
概念只能促使参与者选择符合其概念理解的行为与体验，却无法彻底
消除参与者选择其他行为与体验的可能性本身，其概念外延随着参与
者所选择的发话行为而变动。重要的是，当参与者选择另外一种可能
的行为和体验时，他们能够参照概念理解来判断其恰当与否，并把自
己认为不恰当的发话行为标示为违规。此时，在参与者认为"应该如
此"的观点与违规者"不应该如此"的实际行为之间，其概念的界限
得以浮现。只要那些不恰当的行为和体验被参与者意识到违规，那
么，它们所增加的复杂性不会像案例 33 那样一直增加到该活动本身
的难以继续。

事实上，当 a 判断这次"调查"难以继续时，他认为不应该出现在
"调查"中的发话行为——亦即 B 认为在这次"调查"中应该出现的符
合拉家的发话行为——过多，这些发话行为使得这次"调查"变为一种
不同于 a 所理解的"调查"的行为活动，即 B 所认为的拉家。此时，a
不仅体验了这次"调查"解体的危机，同时还体验了将"调查"区别于
拉家的界限。由一定的概念理解得以支撑的体验，一方面让 a 从 B 身上
正当地剥夺了"被调查者"的发话权；另一方面又实现了 a 用来组织这
次"调查"的各种规范，如"不得过多地陈述与调查的焦点无关的事
情"。换言之，a 通过可观察的方式告知 B：当前的行为活动是"调查"，
B 不符合"调查"的发话行为使得这次"调查"难以继续。此时，a 实

---

① 实际上，这种问题设计也是帕森斯所谓"分析性现实主义"的出发点之一。帕森斯认
为，我们通过日常性概念所遇见的事实，不会显示出明确的形态。因此，为了准确地把握社会现
实的结构，必须要建立精细的科学概念体系。而笔者以为，研究者主体通过精细的科学概念体系
而把握的现实结构，已经不同于被研究者主体通过日常性概念而生活在其中的现实。即使再模
糊，只要日常生活就是这样存在，我们所要做的便是研究这种模糊的日常生活本身（稍后再谈）。
亦可参见本书第一章。

际上在他所认为的"调查"与 B 所选择的拉家之间划下了界限，随之将"调查"区别于拉家的界限便出现在 a 与 B 的行为互动之中。同理，当 B 认为不符合拉家的发话行为——亦即 a 认为应该出现在"调查"中的发话行为——过多时，由一定的概念理解得以支撑的体验，一方面让 B 正当地要求 a 实行"听众"的义务；另一方面凸显出他用来组织这次"调查"的各种规范，如"不得随意插话来打断当前的话题"等。此时，B 通过可观察的方式，也在他所选择的拉家与 a 所认为的"调查"之间划下了界限。①

我们由此可以理解如下两点：

第一，日常生活中的体裁概念是在每次的实践中，通过参与者的行为互动逐步生成的，因此它的概念界限是模糊的，是流动的。这意味着某种体裁与其他体裁之间并不存在固定的概念界限，二者的界限乃至关系仍然在参与者逐步组建体裁概念的过程中得以定位；

第二，体裁的实践违背参与者概念理解时，这种模糊、流动的概念界限，通过参与者的行为互动获得一种可观察的方式，并为参与者所体验。直到体裁在应有的发话行为与违背概念理解的发话行为之间无法发挥出其"命名的努力"的作用时，更是如此。此时，参与者将概念的界限视为一种切身的问题予以处理或不予以处理。

以上两点，对我们起到一个很好的警惕作用。本书反复说道，对燕家台人而言，拉家是再熟悉不过的体裁。这意味着"老人那候儿"的燕家台人在具有一定结构的社会中逐步建立了叫做拉家的交流行为类型，并通过长期的实践使之作为一种"概念的语法"或规则得以沉淀。"现在这候儿"的燕家台人又不容置疑地完成了其习得过程，因此，他们在

---

① 本书第三章，借用利奇的比喻，把概念的界限形容为非 A 非 B 的"无主地带"。如果借用这种观点，我们或许可以把这次"调查"的危机理解为 a 与 B 在既不属于"调查"又不属于拉家的模糊界限上，为了迫使对方服从自己的概念理解而所做的努力。但我们不可以通过利奇的比喻来误导想象力，把概念的界限完全视如划在地面上的分界线，进而把体裁想象为一种实体。从案例 33 可以看出，当 a 与 B 产生碰撞时，模糊的概念界限一方面是非"调查"非拉家；另一方仍是亦"调查"亦拉家。事实上，对 a 而言，当前的行为互动仍然是应该由他主持的"调查"；对 B 而言，它仍然是应该由他控制的拉家，或者是应该通过拉家的方式进行的"调查"。此时，二者的界限不仅是没有人可以占有的"无主地带"或分界线，同时也是参与者可能会选择的行为与体验过多的复杂性本身。参见埃德蒙·利奇：《文化与交流》，郭凡、邹和译，上海人民出版社 2000 年版，第 34 页。

"熟悉的社会"中每天反复实践的拉家，其概念与行为之间的关系仍是十分坚固的。① 尽管如此，我们也应该认识到，这种概念与行为之间的密切关系，并不等于燕家台人的拉家具有凝固而不变的概念界限。从本书第三章可以看出，不同年龄层次或不同性别的燕家台人对拉家有着不完全相同的概念理解。因此，当燕家台人进行拉家时，仍然需要适应对方并调整自己的概念理解。② 更何况燕家台人在每一次的实践中本来就有选择不适合拉家的行为与体验的自由。这意味着，即使是拉家，其概念理解也是在每一次的实践中逐步建构的，在拉家与非拉家之间仍然只有模糊的流动概念界限。我们之所以从燕家台人的拉家中很少看到这种模糊的概念界限的存在，只不过是因为这种模糊的概念界限在燕家台人的"熟悉的社会"和"习惯"中很少有机会暴露出来。③ 这一方面强调拉家作为燕家台固有的话语制度所具有的规范力量；另一方面却又强调其规范力量的一次性乃至无根据性（Grundlosigkeit）。关于后者，我们引下一个案例继续探讨。

---

① 我们反复强调，本书没有把概念理解为纯粹的符号，而把它视为使用者的感觉、情感、认识、态度、语言和身体动作等融为一体的行为举止，是我们生活在其中的语言游戏。从这种语言观看，一个体裁概念所具有的内容比一个符号所能把握的内容丰富得多。这种概念的习得过程，不仅仅是学会概念的语用法，而是多次经历语言游戏，习得概念的语法，通过它继续认识更广泛的情感、认识、态度等。如一个小孩学会拉家概念，首先意味着他能够实践拉家，亦即他能够体验该拉家概念所蕴含的感觉、情感、认识、态度、动作等，并能够表现这些。在此基础上，他还要学会"我拉家"、"她拉家"、"我和她拉家"、"我们在拉家场地拉家"等不同表现，进而理解在不同场合上所要采取的态度和动作、有关对其他参与者的各种关系、感觉和认识等。从此意义上而言，体裁概念的习得过程，也是习得各种生活形式的过程，是燕家台人成为燕家台人的过程本身。关于这一点，参见路德维希·维特根斯坦《哲学研究》，陈嘉映译，上海人民出版社2002年版，第148—152页。

② 关于这一点，笔者最初没有太多的关注。感谢吕微先生的提醒。参见吕微等《我们如何进行学术对话》，《民间文化论坛》2006年第5期。

③ 我们在此否认的观点是，把体裁视为一种普遍概念，用之归纳各地的体裁。按照这种思路来看地方体裁，多样化的现实只不过是一种不同的名称，每一次的实践也由此变为异文。这实际上也是传统体裁学中十分常见的思路，在此，概念只意味着所指。稍后再次谈到，我们通过"语言游戏"而提出的是不同于传统体裁学的思路。笔者个人以为，为了把握多样化的语言现象，有必要从不同于传统体裁学的视角重新思考体裁概念。

三　体裁的区分：燕家台人与
"搞民俗的"的"调查"

在前两个案例中，非燕家台人要求燕家台人学习或适应他们并不熟悉的"调查"概念，并与之合作共同实践"调查"。虽然燕家台人未必能够顺从，但在"调查"中，"调查者"仍有权利把"调查"的秩序优先于"被调查者"所熟悉的日常体裁的秩序，进而在与"被调查者"之间组织一种不平等的行为互动。而有时，在建立"调查"的秩序的过程中，"调查者"也利用"被调查者"的日常体裁的秩序，并通过"被调查"所熟悉的方式达到"调查"的目的。我们民俗学者的"访谈"，便是一个很好的例子。

自 2006 年 1 月 25—27 日，有一位中央的民俗学者 a 与他的助手 b 在燕家台进行了为期三天的田野作业。这次田野作业的重点调查内容便是"口外"与燕家台之间的联系。1 月 25 日晚上，a 从房东 A 和笔者那里获得基本信息之后，把主要"调查"对象设定为"臭板子生的"燕家台梆子剧团团长 B。第二天上午，A 便把 B 带回到家中，由此开始了这次"调查"。

（一）角色的模糊化

1. 操作领域的安排

在 A 家院子，a 与 B 初次见面。经过 A 的介绍，B 获得了有关 a 身份的信息（"是○老师，西村她老师"等）。与前两个"调查"不同，这次"调查"的"调查者"是"熟人的熟人"。经过 A 的介绍，a 与 B 便发生了不同于"调查者"和"被调查者"的人际关系。至少对 B 而言，a 不完全是他作为"被调查者"只提供信息

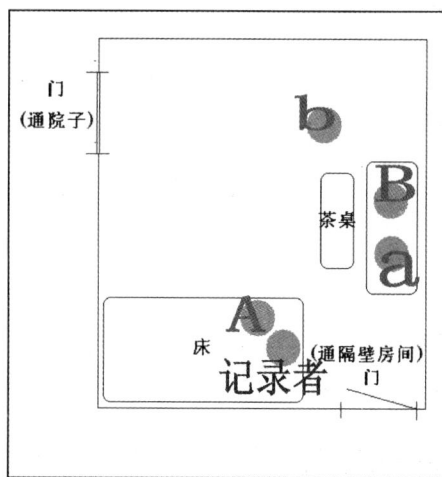

图 5—3　案例 34 的参与者位置示意图

即可的陌生人。进入房间之后，a 与 B 同坐在一张沙发上，与其他成员一起构成了如图 5—3 的操作领域。在其操作领域，所有参与者并没有按照"调查者"或"被调查者"的成员类型来安排身体位置。换言之，他们没有通过可观察的方式，把当前的行为互动标示为不同于"大伙儿坐一块儿说说哈哈"的拉家。因此，与前两个"调查"案例相比，案例 34 的"调查者"与"被调查者"之间的界限相对模糊，也在更大程度上保留了他们共同实现平等交流的可能性。

1a: 哈哈. 你去过吧?

2B: 那个那个

3a: 嗯

4B: 北京市民政局工业总公司就在那儿

5a: 啊. 那可能. 后来我上了⌐ 那个

6B: 是不是已经拆了?

7a: 拆了

8B: 拆了?

9a: 都拆了

10B: 嘿. 就刚这几年拆的?

11a: 就这几年拆的. 我们家就被拆了

12B: 是吗?

13a: 嗯. 我们家要不是拆. 我爸还不去世了呢. 真是. 去年刚去世. 折腾他啊

14B: 就怕这. 他这个有几种情况. 第一个是身体怕折腾. 另外一个是怕对他精神压力太大. 不愿意拆

15a: 对. 不愿意拆

案例 34—1 2006/1/26/9: 48〔A 家〕

2. 开场白的设计

这种模糊的角色划分，a 为这次"调查"所准备的开场白中较为明显。a 听说 B 刚从北京市某区回来，便谈起 a 曾经在该区工作过几年。在话轮 1，a 顺着当前的话题向 B 提出了与这次"调查"不相干的问题。接到话轮之后，B 开始在同样的上下文中做回答。对此，a 也通过搭腔表示许可，并促使 B 继续展开与"调查"目的无关的话题。不仅如此，当 B 在话轮 6 用插话阻止 a 的发话时，a 也迅速重复 B 的发话内容（"拆了"、"都拆了"），顺着 B 的思路来发展当前的话题。在话轮 11，a 再次重复 B 的发话内容，并开始说起他家的故事。随后，B 提问 a，并按照 a 所做的描述设计自己的发话内容，进而努力与 a 共享同一个观点立场。在话轮 15，a 也完全肯定 B 的观点，通过重述再次表示自己与 B 的观点是一致的。不难看出，无论从哪方面看，a 和 B 在这一片段中所做的行为互动，与燕家台人所熟悉的拉家几乎完全一致。至少，此时的 a 与 B，都没有按照"调查者"或"被调查者"的成员类型，分别承担应有的义务。这或许是 a 作为"搞民俗的"所采取的策略，为的是让 B 对 a 产生亲近感。但这种策略是被隐藏的，当 a 用来组织当前的行为互动时，并没有为 B 发现。更重要的是，a 与 B 通过彼此的行为互动，构成了与"调查"不相干的开端，而这种开端又成为这次"调查"的组成部分。它足以让 A 与 B 意识到，这次"调查"未必是"认真"的、"严肃"的正式活动，"回答"也未必是自己被允许的唯一发话行为。

（二）对知识结构差异的隐藏与暴露

由 a 的开场白引起的话题，持续了约 10 分钟之久。等助手 b 把摄像机、录音笔等器材准备好，a 在 B 发话的潜在终点放弃自己的发话权，通过笑声和沉默使得当前的话题自然地结束。正如本书第四章所言，这仍是在燕家台人的拉家中十分常见的话题结束方式。利用随之而来的沉默，a 灭掉手中的香烟，翻开笔记本，并用之告知 B：接下来是这次"调查"的"提问—回答"阶段，下一个发话权应属于 a，B 不该用新的话题打破目前的沉默。

在话轮 16，a 顺着前面的话题，向 B 提出了与这次"调查"目的有关的第一个问题。B 便从话轮 17 开始回答问题。值得注意的是，在由 a 和 B 共同构成的"提问—回答"这一邻接对中，a 并没有阻止 B 任意展开话题。反之，他促使和肯定 B 继续展开当前的话题，并努力在 B 所提供的上下文中提出下一个问题。很显然，这是在追求"从田野发现问题"的"搞民俗的"身上十分常见的问题处理方式，即：a 不仅要提问事先准备的提问内容，同时从"被调查者"的回答内容中发现问题，并用之调整自己的提问内容。因为对 a 来说，田野作业不仅是搜集资料的手段，同时也是为了"提出新的假说"的方法论。[①] 在"搞民俗的"的研究框架中，a 的提问一方面是为了得到 a 所需要的信息；另一方面又是为了帮助 B 唤起

---

① 赵世瑜：《关于民俗研究的说三道四——一个"非典型"的学术评说》，《民俗研究》2003 年第 2 期。亦参见巴莫曲布嫫《史诗传统的田野研究：以诺苏彝族史诗"勒俄"为个案》，博士学位论文，北京师范大学，1996 年；廖明君、巴莫曲布嫫：《田野研究的"五个在场"——巴莫曲布嫫访谈录》，《民族艺术》2004 年第 3 期。

16a: 就是. 您那个. 我注意到. 您那个. 这个. 呆在村儿里活跃咱们的剧团发挥的作用很大. 这个是不是跟您经常外边儿跑有关系

17B: 它这个呀. 有几个原因

18a: 啊

19B: 第一个原因. 我有这个爱好

20a: 啊

21B: 第二个. 我这个老爷都喜欢这个. 这是我们祖传

22a: 祖传啊

23B: 啊. 三代人. 它的兴衰都是我们三代人搞起来的

24a: 啊啊

—— (中略) ——

25A: 一百多年了

26B: 一百多年了. 我爷爷活着就是. 六十七十八十九十. 一百三十二

27a: 一百三十二. 您父亲走的时候] 您是

28B: 我父亲是四十三. 爷爷是七十三走的. 都是关口年. 它们都是掌握在我们家

29a: 对对对对

30B: 清朝那时候. 大剧团不行了. 我们家私人组织的小剧团

31a: 嗯

案例34—2　2006/1/26/9：48［A家］

记忆或展现知识。因此，B 任意展开话题，a 也不会轻易地阻止他。当然，在 a 的提问背后存在怎样的意图或理论，这对 B 来说是没有意义的。对 B 而言，更重要的便是这种隐藏在背后的意图或理论让 a 采取的发话行为本身。不难看出，a 允许 B 随意展开话题并对此表示肯定态度，这正符合燕家台人有关拉家的概念理解。至少，它在当前的行为互动中构成了"随便"且"友好"的气氛。我们从后面的片段可以看出，B 基本上按照拉家的方式实践这次"调查"。下面案例 34—3 便是其例子。

在案例 34—3 中，B 在燕家台梆子剧团春节演出的上下文中，谈及了中央电视台的春节联欢晚会。a 接到发话权之后，顺着这一话题继续发话，并提出了自己对"地方文化"的看法。而作为一名中央学者，a 的观点与民俗学的现代性问题紧密相连，尤其是"现代巨大的科学技术"、"现代国家力量"、"全国统一化"、"民俗学的基本问题"、"历史地理学（或人文地理学）"等词汇，自然暴露出 a 与燕家台人之间的知识结构差异。但对 a 所有的发话，A 与 B 都表示肯定（如"对"、"是"），以表明自己的观点与 a 完全一致。在此，重要的不是 A 和 B 是否真正了解 a 的发话内容，而是 A 与 B 把自己放在与 a 同等的位置上，并通过可观察的方式表示自己理解 a 的发话内容。这与其说是"被调查者"在"调查"中应该承担的义务，不如说是听话者在"友好"的拉家中应该承担的义务。换言之，无论 A 与 B 是否真正理解，他们都表示自己对 a 的话题感兴趣，并在"友好"的气氛中允许 a 继续发话。直到 B 在话轮 41 表示自己的观点时，a 立刻把发话权交给 B，通过搭腔或重述。同

32a: 其实啊. 这个春节晚会的问题不但是春节晚会和观众的矛盾. 或者需求和演出的矛盾问题

33A: 对

34a: 它根本的问题是现代巨大的科学技术和现代的国家力量毫不. 毫不留情的把咱们的地方文化给同一化了

35B: 对

36a: 民俗其实啊. 都是在各地方具体存在的. 没听说过全国同一化的

37B: 是是. 一个地方一个民俗

38a: 你吃水饺你吃年糕

39B: 不一样

40a: 不一样

41B: 另外. 民族与民俗不一样

42a: 啊

43B: 地区不一样

44a: 不一样

45B: 村落与村落┐不一样

46a: 　　　　　└不一样. 十里不同俗百里不同风

47B: 对

48a: 我认为. 这也是民俗学研究的基本问题

49B: 对. 是基本问题. 没有这个产生不了民俗

50a: 这个. 一般的来说呢. 有一个. 历史地理学或者叫做人文地理学. 他们也研究各地方的文化不一样. 但是这个民俗学啊. 它研究的是老百姓为什么这么活着

51B: 对

案例34—3　2006／1／26／9：48［A家］

样表示自己与 B 的观点一致。在此，不存在"提问—回答"这一邻接对，也不存在"调查"十分突出的不平等交流，只有取得同一观点立场的努

力。从结果看，这种努力隐藏了参与者之间的知识结构差异。① 至少在这一片段中，对 A 与 B 而言，a 不完全是过来"调查"他"不知道的事儿"的"调查者"，也完全是不同于 A 与 B 的"山外头"的"大学教授"，而且是彼此可以平等对话的"熟人的熟人"。

当然，参与者模糊的成员类型与隐藏的知识结构差异本身，随时可能暴露出来。如每当 a 开始笔录 A 或 B 的发话内容时，A 和 B 一般都要关注 a 的笔记本，还按照 a 的笔录速度缓慢发话速度或停顿。这仍然是他们作为"被调查者"主动承担的角色及其义务。在此过程中，他们不但协助 a 实践"调查"，还保证自己的发话内容对 a 有意义，进而展现自己的价值。又如 a 没有听懂斋堂方言时便提问或重述，这使得 A 或 B 不得不中断发话，用普通话或其他句子来重述。尤其在 a 提问"是哪个字"时，他们必须把自己不太熟悉的文字文化②纳入到口头叙事之中，甚至可能要承认"知不道怎么写"或"不会写"。此时，他们之间的知识结构差异便得以显露。

尽管如此，所有参与者协力创造与维持平等地位的努力，仍然是这次"调查"中十分突出的特点。虽然"调查"一般意味着基于"调查者"与"被调查者"的知识差异的一种不平等交流，但与前两个"调查"案例相比，案例 34 的参与者通过彼此的行为互动，对此做了适当的隐藏。如在话轮 52，a 没有能够听懂 B 的斋堂话，也不知道 B 在话轮 57 所提到的地名。由于这是"调查"，为了获取准确的信息，a 不得不提问并打断 B 的继续发言。但了解 B 的发话内容之后，a 通过笑声和河北省的地名，表示自己能够了解 B 的发话内容，只是不能完全听懂斋堂话或缺乏 B 的部分知识而已。在此，a 似乎努力避免让 A 和 B 感觉到，自己是无法了解 A

---

　　① 实际上，从本文的观点看，所谓知识结构差异并不是依从个体的心理现象，仍然是通过彼此的行为互动而得以实现的社会现象。在"调查者"与"被调查者"之间，或者在"大学教授"与"老农民"之间。

　　② 目前，不识字的燕家台人极少。即使是没有上过小学的老年人，大多上过"识字班"。尽管如此，他们在燕家台很少会有写字的机会。如案例 34 中的 A，他曾经上到初中一年级，后来一直都是大队的骨干，现任村委党支部治保主任，由此看来，他似乎有很多机会去接触文字文化。然而，当笔者在 2005 年的预备调查中请他写一封"证明书"时，A 写字十分吃力，浑身出汗。原来，他有 20 余年没有写过字。参见本文附录"田野日记"2005 年 3 月 20 日。关于"文字文化"，参见ウォルター・J.オング《声の文化と文字の文化》，桜井直文、林正寛、糟谷启介訳、藤原書店 2003 年版。

和 B 的、或者是 A 和 B 无法了解的他者。"调查"本来是"调查者"向"被调查者"提问"自己还不知道的事儿"的活动。按理来说，a 不必在乎自己与"被调查"之间的知识结构差异。而 a 努力隐藏这种差异，这实际上很好地说明了"搞民俗的"的"调查"的特殊性。

另外，除了发话，他们的行为举止也体现了"调查者"与"被调查者"共同创造与维持平等地位的努力。在这次"调查"中，"调查者"与"被调查者"相互协调发话速度或声音大小、包括面部表情在内的身体动作，

> 52B: 我爷爷. 我爷爷是清帮. 我父亲也是清帮. 他们都是二十几岁领班的
> 53a: 清. 清?
> 54A: 清朝. **大清**
> 55a: 啊啊. 清朝的人. 哈哈
> ——（中略）——
> 56a: 啊. 您的母亲是老家是什么地方的?
> 57B: 太平保
> 58a: 太平?
> 59B: **保**
> 60a: 太平埠的
> 60B: 太平保
> 61a: 太平保
> 62A: 也是涿鹿
> 63a: **涿鹿吧**

案例 34—4　2006/1/26/9：48［A 家］

进而构成了所谓"互动的同步性（interactional synchrony）"。[①] 他们还通过笑容、搭腔、触及对方身体、主动倒酒水或点烟、把上半身朝向对方等身体动作，彼此展示自己对对方的好意。可以说，对 A 和 B 而言，这种努力与他们所坚信的拉家概念理解有关。对"搞民俗的"的 a 而言，这又与他所信奉的学科理念紧密联系在一起。

（三）"哥儿们"

谁也不可否认，案例 34 无疑是一次"调查"。与前两个调查案例同样，这次"调查"中被优先的秩序仍是"调查者"有关"调查"的概念理解。

---

① 所谓"行为互动的同步性"是指"听话人动作运动的边界和说话人动作运动的边界"取得一致的现象。如"当发话人一边说一边动作时，听话人也同样在动。他可能坐得很稳，没有作任何特殊的动作，可他的手或头仍在动，眼睛在动或在眨。"详见亚当·肯顿：《行为互动——小范围相遇中的行为模式》，张凯译，社会科学文献出版社 2001 年版，第 96—123 页。亦可参见本文第四章第一节之（三）。

但这里的"调查者"不是别人,是"搞民俗的"。a似乎认为"搞民俗的"的"调查"应该按照随意谈话的方式而进行。因此,在这次"调查"的实践过程中,a主动学习和适应燕家台人有关拉家的概念理解,努力建立"友好"的人际关系和"随便"的气氛。在此过程中,这次"调查"事实上借用了拉家的形式。随之,参与者开始承担"调查者"或"被调查者"之外的成员类型及其义务,直到最后,从"熟人的熟人"几乎变为"哥儿们"。

64a: 我不好意思. 我说一个事儿. 就是说. 您的. 您
的. 您的奶奶还是谁是口外的?

65B: 我母亲. 我的母亲

——(中略)——

66a: 您. 这个. 咱们甭管. 老赵他们都是 ⎤
67B: ⎦ 没事.

你说吧. 我这个什么都不在乎

68a: 不在乎吧

69B: 不在乎. 你放心

70a: 就是说. 因为咱们这边儿有一个说法. 叫口外的
人. 叫臭板儿. 您怎么看这件事儿

案例34—5 2006/1/26/9:48［A家］

在前半阶段,a始终把A与B叫做"您",语气十分的客气。尤其在提问a认为比较敏感的问题时,他顾及了自己的提问可能会引起的对方反应。如在话轮64,a在提问之前表示自己的歉意,并重述了3次"您的"。在此,a通过可观察的方式,告知B自己将要提问"不太好问"的问题。

a之所以认为"不太好问",是因为该问题与B的"臭板子"血统有关。此时,a已经了解"臭板子"在燕家台的社会评价,但还没有把握B对此是否敏感。从前两个案例可以看出,在"调查"中,"调查者"完全可以正当地要求"被调查者"回答问题。只要"被调查者"主动承担"被调查者"的成员类型,他们也有义务回答"调查者"的问题。假如"被调查者"拒绝实行义务,"调查者"甚至有权利从这位"被调查者"身上剥夺"调查者"赋予此人的发话权。这便是"调查者"与"被调查者"在"调查"这一话语形式中所分配的权利和义务,也是"调查"的不平等性所在。但在案例34中,a并没有滥用"调查者"的权利,或者说他隐藏了自己作为"调查者"所具有的权利。由于a在每次提问敏感问题之前都做了一定的标志化,到后面的话轮66再次做同样的标志化时,B便插话阻止了a的发话,并在a请求许可之前同意了a的要求。此时,a的标志化实际上作为一种规律得以运行，① 不仅如此，a 还被 B 宣布他们是不需要这么客气的关系。从此，有关"臭板子"的话题不再是禁锢，a 与 B 也开始把彼此定义为无所不谈的"哥儿们"。

作为"哥儿们"——而不仅仅是"调查者"与"被调查者"——a、A、B 在后面的话轮中实践了符合这一成员类型的行为互动。如 a 不再称 A 与 B 为"您"，而叫"你"或"老×"。此外，a 还开始把"燕家台"叫做"咱们这儿"。案例 34—6 便是其例子。

在话轮 71 与话轮 75，B 对 a 提出了"宣传燕家台的山梌子"的要求。作为"被调查者"，B 的发话行为显然是不合适的。但在"哥儿们"之间，"你帮我，我帮你"便是一种行为准则。至少在 B 看来，既然 B 向 a 提供必要的信息，帮助 a 达到"调查"的目的，那么 a 也应该帮

> 71B: 你是搞民俗的. 又是老百姓. 你得想个办法挖过去
>
> 72a: 宣传
>
> 73B: 宣传. 保护山梌子就到燕家台. 保护了燕家台的. 等于保护了全国的
>
> ——（中略）——
>
> 74a: 其实这个北京啊. 不是没钱. 北京在各省里面还是有钱的. 就是有钱用不到点上. 什么叫挖掘整理？
>
> 75B: 对. 你现在发现燕家台的梌子. 有高度价值. 就怎么回事. 你得跟你圈子的人说一下
>
> 76a: 对对

案例 34—6　2006 /1 /26 /9：48 ［A 家］

忙 B 推广燕家台的山梌子。② 面对 B 的要求，a 也没有表示拒绝，反而给

---

① 这也可以说是一种"语境化线索（context-tualization cues）"。据英国社会学家甘柏兹，交谈双方都需要根据话语的一系列表面特征或标志来理解正在进行的会话。而且话语内容如何理解，上下文如何联系都依赖于对这些表面特征的理解。这种表面特征便是"语境化线索"。约翰·甘柏兹：《会话策略》，徐大明、高海洋译，社会科学文献出版社 2001 年版，第 171 页。

② 当然，我们也可以说这是一种民众利用学者的例子。但"利用"和"帮忙"毕竟是两种不同的行为类型。与前者相比，后者在更大程度上与参与者的信任关系、社会的正面评价等有关。尤其在燕家台，"你帮我，我帮你"是十分常见的行为准则。"我帮你"的辅助行为，一般优先于"你帮我"的要求。由此看来，B 的要求与其说是"当地人"对"学者"的利用，不如说是"哥儿们"在信赖关系的基础上所实践的"互助"。假如我们把案例 34 的 B 与龙牌会上的范庄人相对照，或许可以更好地理解二者的不同。参见高丙中：《一座博物馆—庙宇建筑的民族志——论成为政治艺术的双名制》，《社会学研究》2006 年第 1 期。

予肯定和同意。很显然，这本来不是"调查者"的责任或义务。但 a 在当前的行为互动中承担的成员类型不仅是"调查者"，同时还是"哥儿们"。因此，a 拒绝 B 的要求是不恰当的。直到这次"调查"结束时，B 还要求 a "留个电话"以便"以后有什么事儿找"a。对 B 而言，他与 a 之间的关系是"调查"结束之后仍然继续的，因为他们不仅仅是"调查者"与"被调查者"，而是"哥儿们"。

（四）从"调查"到拉家

这次"调查"一共进行了约 220 分钟。结束时，a 把笔记本合上，向 A 与 B 表示感谢。这可以说是 a 对"调查"的结束所做的一种标示化。B 在话轮 78 与之呼应，到此"调查"的结束得到了所有参与者的认可。而"调查"结束后，"调查者"或"被调查者"并没有立即离开调查地点。

首先，B 在话轮 80 向 a 提出了问题。其提问内容具有一般化的特点，这仍是拉家的结束环节十分常见的话题。此时，B 不再是"被调查者"，他彻底承担与"调查"无关的成员类型，进行不同于"调查"的行为互动。对 a 而言，"调查"的结束不意味着"田野作业"的结束，但他迅速对 B 的问题做了回答。从话轮 80 开始，B 完全按照"闲着"的人的方式，亦即按照拉家的

```
77a: 行. 咱们儿就谢谢你了

78B: 没事儿. 我这个没事儿

79 : (4.5)

80B: 你怎么吃饭?

81a: 应该随着他们吃饭. 我早些吃了. 可这时候也不饿
呀

82B: 我也是两顿饭

83a: 你早上吃了吗?

84B: 早些吃了

85a: 其实两顿饭挺好

86B: 没事儿两顿饭就行. 有事儿两顿饭就不行了

87a: 上班儿就没办法. 中点儿就不得不这么个吃法. 晚
上六七点钟吃饭. 我们这班人都爱开夜车. 实际上顶不了
那个时候. 她们学生有夜宵. 在食堂

88b: 嗯. 我们食堂里有夜宵

89B: 你家是哪儿的?
```

案例 34—7　2006／1／26／9：48［A 家］

方式，与 a 共同组织行为互动。从案例 34—7 可以看出，这里的话轮基本

上是平均分配的，a 与 B 也努力取得一致的立场，其话题也没有一个固定的中心。直到话轮 88，在"调查"中没有发言的助手 b，在话轮替换规则 1a 的运行中接到了发话权。接着 B 向 b 提问出生地，优先为前面没有发言的 b 赋予了发话权。此时，b 从潜在的参与者变为显在的参与者，参与到当前的行为互动之中。

B 要离开 A 家时，A 叫他留下来一起吃午饭。虽然 a 不是户主，却也站在如同户主的立场，重述了 A 的发话内容。正如第四章所说，这仍是拉家的终极替换

> 90A: 在这儿吃饭吧. 和他们一块儿
>
> 91a: 在这儿吃吧
>
> 92B: 我这个下午还有事儿. 有什么事改天再问我哈
>
> 93a: 好嘞

案例 34—8　2006/1/26/9：48［A 家］

中十分常见的现象。而在话轮 92，B 却说道："有什么事儿改天再找我哈。"里面的"再"和"问"两字暗示着 a 今天找 B 是因为"有事儿"要"问"。这仍是 B 事后对行为互动所做的一种命名。亦即，虽然 B 与 a 进行的行为互动显示出如同拉家的各种特征，但它仍然不是"闲着"的人在"可以不劳作的时间"里所做的拉家，而是"调查"。

（五）体裁的区分依据与日常话语秩序

看完了案例 34 之后，我们自然会产生一个疑问，即：这次"调查"与燕家台人所谓拉家有何区别？换言之，燕家台人根据什么，把案例 34 归纳为与前两个案例同样的"调查"，进而将其区别于拉家？显然，这是传统体裁学中十分常见的问题设计。它牵涉了体裁特征与体裁区分等两种问题。

无论是过去，还是现在，传统体裁学坚信每一种体裁具有某种固有特征。研究者主体则把这些特征作为区分依据，在特定的几种体裁之间寻找一定的界限。至今，传统体裁学由此确认了各种体裁在主题、语境、叙述方式、结构模式、世界观等方面的特征。问题是，我们不可能把这些研究者主体当作区分体裁的依据，视为被研究者主体用来区分体裁的依据。因为，当燕家台人实践某种体裁时，他们未必在某种特定的语境里，通过特定的方式编制具有固有特征的文本，进而反映固有的世界观或某种思想体系。

　　同样，虽然我们从复数的个案中能够得出一定的模式，确认某种规律的存在，却无法将其视为燕家台人区分体裁的依据。因为，这些模式或规律只能说明这些个案之间存在"家族相似（family resemblance）",[①]无力主张所有个案都遵守该模式或规律。比如，从其他"调查"案例可以看出，表述方式的严肃性、"提问—回答"这一邻接对、忽略日常生活节奏的场景等，构成了"调查"十分突出的特征。此外，"调查者"有关"调查"内容的知识含量一定少于"被调查者"。但他利用自己不同于"被调查者"的知识结构与背景，对"被调查者"发挥出"调查者"的权利，进而与之构成一种不平等的交流过程。但在案例34的某些片段中，根本缺少"调查"应有的这些特点，更多的反而是符合拉家的发话行为。此时，被视为符合拉家的行为与体验，实际上超越拉家特有的语境，与"调查"发生了结构上的、意义论上的联系。而这些缺少"调查"固有特征的、显示出其他体裁特征的片段，仍然是这次"调查"必不可少的组成部分。案例34与其他两个"调查"案例，只有在部分片段中，偶尔显示出语境的、结构的、叙事方式的相似性。但我们无法称这种相似性为贯穿所有案例的固有特点。至少可以说，案例34不是赖以这些相似性才成为"调查"。

　　那么，案例34赖以成为"调查"的依据何在？从本书的观点看，那便是案例34的参与者用之实践"调查"的概念理解。但有必要强调的一点是，案例34与其他两个案例的参与者分别用来实践"调查"的概念理解是有差异的。亦即，并不是某一种特定的概念理解支撑所有"调查"案例。正如上述，体裁概念不是事先已有的固有实体，而是参与者在陆续升起的每次行为互动中逐步建构的。在其建构过程中，体裁的概念理解只能促使参与者选择恰当的行为与体验，却无力完全消除他们选择其他行为与体验的可能性本身。而案例32和33足以说明，这种无法消除的可能性，随时可能要求参与者调整自己的概念理解。即使是拉家，仍是如此。我们再次强调，燕家台人对拉家有着相对一致的概念理解，但稍微细看便会发现不同年龄

---

　　① 每一个家族的成员都有些相似之处。如儿子和父亲的发色相似，儿子和爷爷的身材相似，父亲和爷爷的眼神相似。但这并不意味着所有成员具有某种共同的特征。亦即，A 和 B、B 和 C、C 和 D 分别在不同的层面发生联系，而 A 和 D 之间却未必存在关联。这种"A 与 B 相似、B 和 C 相似、而 A 和 C 却不相似"的关系，维特根斯坦称之为"家族相似性"。路德维希·维特根斯坦：《哲学研究》，陈嘉映译，上海人民出版社 2002 年版，第 49 页。

层次或性别的燕家台人的概念理解不完全相同。他们的每一次拉家，由他们正在用之实践拉家的概念理解而得以支撑。贯穿在所有拉家的、完全统一的共同理解仍然不存在。假如我们误以为本书第三章所阐明的概念理解正是所有拉家赖以成为拉家的依据，那么显然无法把握多样化的拉家现场。

在此，先回到本节最初的问题。燕家台人根据什么将案例34命名为"调查"，进而将其区别于拉家？我们应该认识到，此问题产生自传统体裁学的一个假设。那就是每一种体裁都遵守固有的规范，由此显示出某种特征，这些特征可以成为研究者主体区分体裁的确凿依据。但一旦从文本回到体裁的实践现场，这种问题本身便失去意义。我们在燕家台人的实践中看到的，便是这样一个事实，即：无论是拉家，还是"调查"，燕家台人只是在恰当的情况下，用恰当的方式，实践恰当的体裁而已。即使我们按照传统体裁学的思路，从这一事实背后努力寻找某种依据，[①] 最终都会撞到维特根斯坦的"岩盘"，不得不叹口气说："不管怎样，他们就是这么做的"。[②] 事实上，对燕家台人而言，"命名的依据"是他们自己永远不可能自觉意识到的、无法回答的问题。当前的行为互动之所以是"调查"而不是拉家，只因为它叫"调查"，而只要叫"调查"就不可能叫拉家。同样，那些不完全相同的行为互动之所以都叫"调查"或拉家，只因为这些行为互动就叫"调查"或拉家。假如我们继续追问下去，那么，他们只好回到"大家都是这么叫的"、"老辈子都是这样叫的"这种规范性。

面对日常概念的这种模糊性，传统体裁学的假设便会失去其立足点。当然，传统体裁学寻找依据的努力本身是一种有意义的科学追求，我们将

---

① 普洛普的形态学分析便是很好的例子。普洛普追求科学的体裁区分，而与众多结构主义者同样，他最终从人类的普遍精神机制或精神发展史寻找魔法故事的结构之所以如此一致的依据："假如所有神奇故事就其形式而言如此同一，那么这是否意味着它们都同出一源呢？……我们不妨以假设的方式做出自己的回答：是的，看似如此。只不过有关起源的问题不应从狭义的地理角度提出。……从社会历史的角度来说，唯一起源是心理意义上的。"弗·雅·普洛普：《故事形态学》，贾放译，中华书局2006年版，第102—103页。

② 语言游戏没有任何依据，而它本身就是所有的依据。亦即，在理性（理由）的起点，是不可能适用理性的问题（寻求理由的问题）的。维特根斯坦在《哲学探究》中说道："如果我找到了所有的依据，我便达到坚硬的岩盘，我手中的铁锄便弹了回来。这时，我真想说：'不管怎么样，我就是这么做的'。"另外，中文版《哲学探究》中不见"岩盘"一词。中文译者把这一段译为："如果我把道理说完了，我就被逼到了墙角，亮出我的底牌。我就会说：'反正我就这么做'。"路德维希·维特根斯坦：《哲学研究》，陈嘉映译，上海人民出版社2002年版，第129页。

其视为一种"虚无主义"①难免有所言过其实。我们希望通过命名的无根据性而提出的，只是不同于传统体裁学的一种思路。

我们可以注意到，案例 34 中的燕家台人把这次"调查"理解为"友好"、"随便"的活动，因此避免采取自己认为不友好的发话行为，又容许自己和对方任意展开话题。相比之下，案例 32 中的燕家台人把"调查"理解为应该"认真"的正式活动，因此禁止过于随意的发话行为，避免过多地谈及与提问内容无关的内容。不难看出，无论是案例 34，还是案例 32，在参与者参照概念理解选择适当的行为与体验的过程中，这种由概念（Y）与行为（x）融为一体的规范是以"为了实践 Y 应该做 x"或"为了不实践 Y 不应该做 x"这种方式而存在的。如在案例 34 中，为了实践这次"调查"，参与者都应该遵守"友好（如且不管本人的观点如何，采取与其他参与者一致的观点立场）"、"随意（如允许对方连接与前一个话题无关的新话题）"等各种规范；为了不实践这次"调查"，参与者都不应该遵守同样的规范。同理，在案例 32 中，为了实践这次"调查"，参与者应该遵守"认真（如不得过多地谈及与提问内容无关的内容）"的规范；为了不实践这次"调查"，参与者不应该遵守同样的规范。在参与者都不怀疑当前的行为互动为 Y 的情况下，"为了实践 Y 应该做 x"这一产生自概念理解的规范，促使参与者所选择的恰当的行为与体验，进而建构应有的现实；而"为了不做 Y 不应该做 x"这一规范则阻止参与者选择其他可能的行为与体验，进而排斥其他的可能性得以实现。

但正如上述，当参与者通过行为互动逐步组织符合概念的现实时，其概念的外延本身也得以建构。在此过程中，规范的存在方式实际上从"为了实践 Y 应该做 x"或"为了不实践 Y 不应该做 x"被转换为另外一种表现方式——"以 x 为 Y"。如案例 34 的参与者在这次"调查"中都应该遵守"友好"、"随意"等各种规范，此时，这次"调查"意味着一种应该遵守"友好"、"随意"等各种规范的行为活动。又如案例32的参与者在这次"调查"中都应该遵守"认真"的各种规范，此时，这次"调查"意味着一种应该遵守"认真"的规范的行为活动。不难看出，通过参与者的"命名的努力"，产生自概念理解的规范要规范参与者的发话行为，与此同时，这种被规范的发话行为本身给当前的行为互动下定义。换言之，规范行为的体裁概念与被体裁概念规范的行为，在"命名的努力"中相互依赖，缺乏一定的独立性。

有必要注意的是，这种规范行为的概念与被概念规范的行为之间，不存在单方向的因果关系，甚至难以确认谁先谁后的关系。至少，从中看到的规范，与我们所熟悉的规范有着一定的区别。我们或许可以仿效萨尔，将规范分为"规制性规范（regulative rule）"与"构成规则（constitutive rule）"两种，[①] 并把体裁通过"命名的努力"发挥出的规范视为"构成性规则"的一种。但重要的不是拘泥于这种分类本身，而是从中获得不同于传统体裁学的理解模式，即：在某种体裁的实践过程中，当前的行为互动把自我作为自我的存在依据，它在其外部是不具有任何依据的，是任意的。而正因为概念与行为之间的联系是毫无根据的，是任意的，参与者反而想不到其他的结合关系，从此意义上而言它又是必然的。对使用斋堂话的燕家台人而言，拉家就是拉家，只要是拉家，它无法成为其他。从此意义上而言，其任意性与必然性是浑然一体的。

于是我们不难理解，为什么燕家台人把彼此不同的三个案例都命名为"调查"。也可以理解为什么燕家台人把不很相同的每一次实践都命名为拉家。一方面，参与者参照概念理解选择适当的行为与体验，并排斥不恰当的行为与体验；另一方面，他们又通过自己选择的行为与体验，逐步建构体裁概念。当然，与"调查"不同，拉家是燕家台人每天反复进行的活动，因此其概念与行为之间的联系更加密切、固定，从而显示出相对一致的行为模式。但我们不应该由此忽略"命名的努力"所具有的无根据性乃至一次性。即使是拉家，燕家台人只是在符合拉家的情况下，按照拉家的方式组织彼此的行为互动而已。虽然燕家台人每天

---

① 参见ジョージ・サール《言语行为—言语哲学》(John R. Searle, *Speech Acts*: *an Essay in the Philosophy of Language*. Cambridge University Press, 1969.)，坂本百大、土屋俊訳、劲草书房1986年版。

在固定的时间和地点与固定成员进行的拉家看似没有太大差异，但他们在每一次的实践中不仅参照其概念理解而组织行为互动，还要通过行为互动组织拉家的概念本身。他们的拉家并不是由某种统一的、确凿的依据得以支撑。燕家台人之所以把当前的行为互动命名为拉家而不是别的，只因为他们坚信当前的行为互动为拉家。而他们之所以坚信，因为这是他们从"老辈子"继承的生活背景，是他们不容置疑的生活方式，是一种"习惯"。

由此可以说，从日常生活的层面看，任何一种体裁都不是纯粹的能指，也不是普遍的一般类型框架。它所产生的规范不具有严密的先验性，却又不是完全经验的。① 假如我们按照传统体裁学的思路把体裁视为一种普遍的、合理的理想类型，从外部把统一的理想类型套在每一次的实践上面，那么，极其丰富的每一次实践由此成为只有相对差异性的异文群，概念与行为之间的动态关系也变为单调的一种重复运动。但燕家台人的体裁实践展示给我们的，是更加多样化的现实。只要回到日常生活的层面考察体裁，那么，我们所要做的不是忽略这种多样化，也不是将其视为"民间社会"对"学者们"所确认的体裁规律的一种违规行为。更重要的则是诚心面对体裁"从自我迸发出各种姿态，展开其丰富性，并设计用之限定自我的区分"② 的过程。

小　结

本章大概描述了三个"调查"案例，并通过它们与拉家之间的互动，得出了三个基本发现：

1. 虽然各种体裁在燕家台人的分类感觉中达成了或远或近的关系，但在实践的层面不存在这种物理性距离。体裁作为"命名的努力"促使参

---

① 从本书第四、五章可以看出，参与者遵守规范或不遵守规范的行为，会产生与之相应的主体间性理解（说明）或社会性结果。从此意义上而言，体裁所产生的规范不完全是经验性规范，仍然带有一定的先验性。

② ゲオログ・ウィルヘルム・フリドリッチ・ヘーゲル：《精神现象学》（Georg Wilhelm Friedrich Hegel, *Einleitung zur Phnomenologie des Geistes*. Reclam Philipp Jun, 1988）、三浦和男訳、未知谷书店 1995 年版，第 124—125 页。

与者选择适当的行为与体验，却无法消除参与者选择不符合该体裁概念的、属于其他体裁的行为与体验的可能性本身。因此，在某种体裁的实践过程中，其他体裁随时可能与之产生联系。

2. 日常生活中的体裁概念，是在每次的实践中通过参与者的行为互动逐步生成的，因此它的概念界限是模糊的，是流动的。这种模糊、流动的概念界限在参与者的违规中得以显化，直到体裁无法发挥出其"命名的努力"的作用时，参与者将其视为一种切身的问题予以处理或不予以处理。

3. 燕家台人在"命名的努力"过程中，不是根据某种特定的依据来区分当前所实践的体裁与其他体裁。即使是参与者的概念理解，它只能在当前的行为互动中发挥出它作为"命名的努力"所具有的规范性。通过参与者的"命名的努力"，产生自概念理解的规范要规范参与者的发话行为，与此同时，这种被规范的发话行为本身逐步建构体裁概念。

以上三个基本发现，在体裁概念、体裁概念界限、区分依据等方面，引导了本书的基本认识：

1. 任何一种体裁都不是通过"距离"这一空间概念可以把握的实体。在燕家台人实践某种体裁的过程中，其他所有体裁都作为一种可能的形式而存在。

2. 从日常生活的层面看，燕家台的体裁系统并不是燕家台人知道的所有体裁的集合，而是燕家台人在此从所有可能的行为与体验中进行选择的一种水平线。

3. 日常生活中的体裁概念不仅仅是参与者用来把现实连接于世界的能指，它本身构成了现实的一部分。在构成现实的过程中，它允许其他可能的行为或体验得以实现，甚至由此调整自己的概念界限。而正因为这种模糊性或流动性的存在，体裁作为日常概念才能规范行为，进而发挥出它作为"命名的努力"的基本功能。

4. 规范行为的体裁概念与被体裁概念规范的行为，在"命名的努力"中是相互依赖的。在某种体裁的实践中，当前的行为互动把自我作为存在依据，它在其外部不具有任何依据。正因为概念与行为之间的联系是毫无根据的，燕家台人反而想不到其他的结合关系。这是他们从"老辈子"继承的生活背景，也是他们不容置疑的生活方式。

本章只描述了拉家与"调查"。当然，除了拉家，燕家台人知道更多的体裁。虽然我们无法肯定燕家台的体裁究竟有多少，[①] 可以肯定的一点是，当燕家台人拉家时，这些其他体裁为其实践不断地提供更多的可能性；当燕家台人实践另外一种体裁时，拉家仍然成为可能性的资源。拉家之所以成为拉家，只因为它不是"调查"，不是"吵架"，亦即不是拉家之外的其他。在话语的层面上，这些体裁在相互排斥的同时相互依从，进而构成燕家台人话语秩序赖以成立的"命名的体系"——体裁系统。

由这种模糊、流动的日常概念组织的话语秩序，似乎违背我们得自"秩序"一词的想象，是不严密的。但再不严密，它仍然是话语秩序在日常生活层面的另外一种姿态，至少可以说是燕家台人在现实与可能性之间所体验的一种秩序感觉。[②] 燕家台人用之经营共同的日常生活，不仅如此，他们正在生活在其中。当然，我们完全能够把这种不严密的状态视为无序，努力寻找某种规律，进而建立更加严密的秩序。而这样被创造的秩

---

① 当然，如果我们把对象限定为"中老年燕家台人正在使用的体裁"，可以得出一定的数字。然而，体裁系统毕竟不是封闭系统，也不是开放系统，而是自我生成系统。它与外部的影响或自己运动的结果相呼应，通过学习，使得自己发生变化。典型的例子便是"调查"。近两年，笔者在燕家台做了多次"调查"。诸如"又来调查了?"、"调查还没完?"、"她不是刚才和你调查来着"等经常出现在燕家台人与笔者之见的"调查"一词似乎可以说明，对多数燕家台人而言，"调查"不再是陌生的体裁。燕家台人在今后的语言活动中完全有可能选择符合"调查"的行为与体验。今天燕家台人与"山外头"的联系越来越密切，燕家台人的体裁系统时刻处在变化之中。在此情况下，我们完全确定燕家台的体裁究竟有多少，是不可能的，也是没有必要的。

② 我们习惯性地认为，秩序有"自然秩序"与"制度性秩序"两种，若是属于"自然秩序"的事项，可以从因果关系的锁链中寻找该事象之所以如此生成的依据；若是属于后者的事项，则从合意、制定、布告、契约的事实或主旨中寻找规范规则的依据。而与任何二分法一样，这种理解模式因其简便性会误导我们。我们一方面确保彻底脱离人类事实的自然领域，另一方面又视其他秩序的事实为自然秩序的残余，并将其转换为规范本身或人们对规范的服从行为。此时，参与者仿佛在每一次实践中自觉地建构和认可规范，并自觉地服从规范。而这种秩序，过于偏离我们的秩序感觉。在我们的生活世界中，完全属于自然的秩序与明显人为的秩序确实构成了两端，但在二者之间似乎存在着另一种秩序。这种秩序就像是"第二个自然"，我们无法将其归纳为自然秩序或制度性秩序，只是不容置疑地、毫不自觉地接受它。当英国数学家斯楚阿特(I. Stewart) 说明复杂性系统时提到："既不具有明确的秩序，也不是完全的无序。它通过显著的、无法捉摸的方式，把有序的行为与无序的行为这两方面的要素相结合。"其实，他在此提及的秩序指的是介于自然秩序与制度性秩序之间的广阔的领域。正如斯楚阿特所言，人类基因、生态进化、市场价格、国家经济、甚至是一只猫都是复杂性系统。体裁仍是如此。イアン・スチュアート《カオスの世界像—否定形の理論から複雑系の科学へ—》(Ian Stewart, *Does God Play Dice? ——The Mathematics of Chaos*. Basil Blackwell, 1989)，須田不二夫、三村和男訳、白揚社 2001 年版，第 479 页。

序仍是研究者主体的秩序，与燕家台人无关。即使它能够帮助研究者主体在多样化的生活事项中建立"反对无知的壁垒"，[①] 却未必有助于真正地理解被研究者主体的生活世界，至少无助于理解日常生活中的体裁。

---

① 奈杰尔·拉伯特、乔安娜·奥佛林：《社会文化人类学的关键概念》，华夏出版社 2005 年版，第 33 页。

结　语

　　本书正文五章，以体裁研究的整体构思为起点（第一章），把体裁理解为一种经过语境化的发话形式，依次对地方体裁拉家的社会文化背景（第二章）、特定地方成员对体裁概念的共同理解、体裁在特定社会中的位相（第三章）、体裁的具体实践过程（第四章）、互动中的体裁（第五章）等方面进行了初步的考察，并得出了若干观点。最后把这些观点重新放在学理的层面继续讨论，并对笔者自己的体裁研究做出理论上的总结，作为本书的结语。

一　体裁研究是什么

　　无论是传统体裁学，还是体裁研究，有关体裁的研究都把"体裁是什么"这一问题作为前提。只要研究工作能够顺利完成，这种前提便是无须检讨的理论起点。但传统体裁学所面临的困境，使之成为本书最主要的论点之一。

　　当我们思考"体裁是什么"时，当然不可能像提问"太阳是什么"一样，从中排斥"体裁应该是什么"的问题，以追求科学的客观性。正如法国思想家莫兰（E. Morin）所言，"任何一种系统，一方面在某些方面脱出观察者的精神感知而融于自然；另一方面又属于人的精神世界，因为孤立出一个系统或孤立出一个系统观，这只能是观察者/构思者精神上的抽象操作。"① 体裁仍是如此。既然研究者主体有关"体裁是什么"的观点取决于个人的"偏爱、决定、兴趣和抉择",这些又取决于社会文化环境,那么,我们首先有必要自觉意识到自己在提问"体裁是什么"之前,早已回答了"体裁应该是什么"。

体裁应该是什么?我们的答案,便是所谓体裁观。本书第一章,按照本—阿莫斯的梳理把体裁理解为"传统分类条目"、"普遍形式"、"发展形式"以及"话语形式",据此初步设计了四种研究模式。这四种模式仍是笔者作为可思考的研究者主体,根据另一位研究者主体总结的体裁观——即对体裁实际情况采取的不同视角和框架——所做的不同划分。在此基础上,本书提出了从传统体裁学走向体裁研究的基本意图。

这里有必要补充的是,所谓体裁研究不等于某种体裁的个案分析。正如高丙中所言,"在民俗学的意义上,民俗是被民俗学家发现并表述出来的那部分日常生活,它们被选中是因为它们符合特定的体裁(genre)或文化形式"。② 假如体裁研究就是某种体裁的个案分析,那么,所有民俗学或民间文艺学的研究工作都属于体裁研究,体裁研究由此成为"什么都是,什么都不是"的空洞概念。那么,体裁研究究竟是什么,又有何意义?

我们首先确认一点,即:世上不存在叫做体裁的实体。若借鉴英国法学家哈特(H. L. A. Hart)的观点看,研究者主体之所以能够发现某种特定体裁的存在,而且还能确认"那部分日常生活"是否符合特定的体裁,这正是因为他们根据特定的体裁观,操作有关体裁的话语,并用之判断某种体裁的妥当性(validity)。在此意义上而言,体裁的存在与话语密切相关(discourse-relative)。无论自觉与否,民俗学者或民间文艺学者实际上都在操作这种话语,组成学术共同体,并经营研究生活。这是研究者主体根据学术共同体的标准或规范所做的一种实践。而被研究者主体在与之不相干的地平线上,经营着另外一种社会生活。只有在研究者主体的实践

---

① 埃德加·莫兰:《方法:天然之天性》,吴泓缈、冯学俊译,北京大学出版社 2002 年版,第 137 页。

② 高丙中:《日常生活的现代与后现代遭遇:中国民俗学发展的机遇与路向》,《民间文化论坛》2006 年第 3 期。

中，被研究者主体的概念、发话内容、行为、体验、意图、规范等才能成
为体裁。显然，被研究者主体的概念、发话内容、行为、体验、意图、规
范等不会因研究者主体有关体裁的实践而发生本质的变化，但若后者没有
前者则无法构成规则。因此可以说，研究者主体的体裁与被研究者主体的
"体裁"不仅是"认识对象"和"现实对象"，同时也是两种不同的实践类
型，是两种不同的语言游戏。①

哈特称语言游戏为规则，并把这两种不同的语言游戏分别命名为"第
一层规则"与"第二层规则"，进而提出了一个著名的命题，即："所谓
法，便是第一层规则与第二层规则的相结合"。②沿着这种思路看，当研
究者主体视"那部分日常生活"为符合特定体裁的研究对象时，他实际上
把日常生活世界的存在作为前提，在与被研究者主体的"体裁"之间达成
了一种"指涉关系（reference-relaitive）"。笔者以为，体裁研究之所以成
为体裁研究而不是个案研究，是因为它能够介于研究者主体的体裁与被研
究者主体的"体裁"之间，操作有关体裁的话语，去调整甚至更新二者的
指涉关系，包括其范围、方式、效果等。

无论我们如何理解体裁，无论采用怎样的研究模式，体裁研究的成功
与否主要取决于它能否在研究者主体的体裁与被研究者主体的"体裁"之
间取得平衡。假如偏于被研究者主体的语言游戏，体裁研究无法超出个案
分析的框架，因此难以真正实现"地方知识和普遍知识之间的双向对话"。
假如偏于研究者主体的语言游戏，体裁立即变为研究者主体强加给被研究
者主体的事实，由此暴露出前者作为法定者的霸道，传统体裁学仍是一个
很好的例子。在此意义上，本书第一章把体裁研究比喻为"平衡艺术"，
并主张它不同于一般分类学的学术价值，即：帮助我们有组织地感知、设
计和思考人类多样化的语言现象。

---

① 关于"认识对象"和"现实对象"的区分问题，详见户晓辉《母题与功能：民间文学关
键词新解》（未发表），2006 年。由于本文把维特根斯坦的语言哲学作为基本思想资源，暂且悬
挂户晓辉所提出的问题，仅就后者进行讨论。当然，这只是论文写作的要求和策略，笔者并没有
主张我们不必做这种区分。

② 有必要注意的是，哈特的命题并不是有关规则的分类原理。假如我们以为首先存在
"第一层规则"与"第二层规则"，之后才相结合，那么，二者的划分不过是实体化的分解，二
者的结合（union）也只能是机械的，是偶然的。哈特理论的精髓在于，他认为"谈及（refer-
ence）"这一语言作用使得"第一层规则"与"第二层规则"相结合，正是这种结合构成这两
种规则。

二　"民间社会"的重新定位

那么，本书作为体裁研究的初步尝试，在研究者主体的体裁与被研究者主体的"体裁"之间的指涉关系上面，产生了哪些有意义的观点？首先一点，便是"民间社会"从研究对象向被研究者主体的重新定位。

本书第二章，描述了燕家台人有关拉家的共同理解，并确认了拉家与非拉家在燕家台人的分类感觉中达成的关系性（1—1）。这次调查结果足以说明"民间社会"有他自己的体裁概念和与之相应的分类感觉。这种分类感觉源自拉家的特性在燕家台人意识中的一种反映。无论是属于文本内部的，还是属于文本外部的，这些可表述的共同理解反映出拉家在燕家台人眼中"应该如何"，并在有关拉家与非拉家的自觉区分中作为一种分类依据而被利用（1—2）。

据此，我们否认"体裁划分，从来都是学者们的所为"这一观点，并在反思传统体裁学忽略"民间社会"有关体裁的话语的基础上，重新赋予"民间社会"以"被研究者主体"的主体性。[①] 笔者以为，今后的体裁研究都有必要把"民间社会"从研究者主体必须进行某种处理的"研究对象"，重新定义为研究主体可对话的被研究者主体，并将此作为研究前提。

只要我们回到田野聆听被研究者主体有关体裁的话语，便可以发现体裁以符合他们概念理解的方式被编入到其生活世界之中。如拉家在常规地点、相对固定的时间、特定成员类型框架内所具有的特定位相等，都与燕家台人有关拉家的特定理解相互呼应。作为一种经过语境化的发话形式，体裁在它所构成的话语制度之中，通过与特定社会成员之间的认知关系，成为在特定社会的日常生活中不可缺少的地方体裁（2—2·1）。这里所谓话语制度，也是被研究者主体在特定社会中不容置疑地继承的社会认知背景或信念。在继承这种背景或信念的过程中，他们不仅要学会体裁概念的

---

① 当然，"民间社会"有自己的分类体系，这是语言学、人类学早已确认的常识。笔者的目的不是重温这种事实，而是将其放在今天的理论环境中，用之反思传统体裁学，积极赋予"民间社会"以主体的角色。关于"民间社会"自己的分类，参见爱弥尔·涂尔干、马赛尔·莫斯《原始分类》（Emile Durkheim & Marcel Mauss, *De Quelques Primitive De Classification. Année Sociologique*, 1901—2（1903）.），汲喆译、渠东校，上海人民出版社 2005 年版。

含义，还要经历无数次的实践，习得诸如感觉、情感、认识、态度、语言、身体动作等融为一体的行为举止，又借此继续理解更广泛的情感、认识、态度等。这种继承或学习的过程，也是他们成为"熟悉的社会"成员的过程本身。从此意义上而言，地方体裁仍是编制特定社会成员的编织品，实践体裁也意味着他们选择了生活在这种编织的形态之中。就如徐霄鹰笔下的女性通过"客家山歌"成为"客家妇女"，① 本书所描述的燕家台人作为"燕家台人"感知拉家，作为"燕家台人"生活在其中。他们便是体裁研究所要关注的被研究者主体。

本书绪论与第一章谈到，当传统体裁学进行资料分类或特征研究时，忽略了"民间社会"有关体裁的话语，并创建和精炼了与"民间社会"无关的"学者们"的秩序。实际上，问题的祸根在于传统体裁学没有把"民间社会"视为可与自己对话的主体。在此，我们再次强调一点，即：即使"民间社会"的"体裁"承受不住"学者们"严格意义上的科学研究，"民间社会"在与"学者们"的科学追求不相干的地方，通过自己的"体裁"正在组织日常生活。与任何一门人文学科同样，只要忽略"民间社会"作为被研究者主体所具有的观点，研究者主体便无法解释实际的生活世界。② 本书的分析结果与据此对"民间社会"所做的重新定位，自然要求研究者主体用不同于传统体裁学的方式在与被研究者主体的"体裁"之间达成指涉关系。这一要求仍然符合当代学界的理论环境，并支持有些研究者主体针对个别体裁所提出的理论主张。③

三　对体裁的再认识

作为体裁研究的初步尝试，本书首先走近被研究者主体的生活世界，

---

① 徐霄鹰：《歌唱与敬神——村镇视野中的客家妇女生活》，广西师范大学出版社 2006 年版。

② 西阪仰：《相互行为分析という视点——文化と心の社会学的记述》，金子书房 2004 年版，第 30—31 页。

③ 如杨利慧围绕"神话一定是神圣的叙事吗？"这一问题说道："我们对神话这一文类的界定，也应该具备反省和自觉意识，既认识到已有界定产生的历史文化背景和建构过程，同时还应该以敏锐的眼光细致观察鲜活生动的社会生活，考查一个个讲述和传承神话的主体对神话持有的实际态度，认真思考当下社会现实提出的问题，反思学术研究的局限和不足，敢于突破旧的条条框框的限制和束缚。"杨利慧：《神话一定是"神圣的叙事"吗？》，《民族文学研究》2006 年第 3 期。

聆听被研究者主体有关体裁的话语，并挖掘其共同理解。然而，只有在"被提问"与"回答"的过程中，被研究者主体才积极地意识到这种共同理解的存在，才据此做出自觉的区分。在日常生活的实践层面，被研究者主体的概念理解不是他们对有关体裁的某种事实所做的自觉描述，也不是他们用来区分体裁的确凿依据（4—3）。

本书第三章与第四章，把得自访谈的概念理解放回到体裁的实践过程，考察了概念与行为之间的紧密关系，并阐明了体裁理解作为一种经过语境化的话语形式所呈现的存在方式与运作机制。从日常生活的层面看，被研究者主体在符合其体裁概念理解的语境中，按照符合概念理解的方式设计自己的发话行为，并通过彼此的行为互动逐步组织一种话语形式（3—1）。此时，被研究者主体的概念理解，作为他们认为"应该遵守"的实践原则（1—2）或者作为他们与他者用来共同实践特定活动的参照对象（3—1·1）而存在。

当然，被研究者主体与其他被研究者主体实践某种体裁时，他们完全有可能选择不符合其概念理解的行为和体验（4—1）。因为在被研究者主体的逻辑空间中充满了能够实现的所有可能性，而且人类的认识作用始终摆脱不了其不确定性。更重要的是，他们不是只能遵守内部规则的机器或者是"丧失判断力的人们"[①]，而是能够自由行动的主体[②]。我们不应该沿着传统体裁的思路，把被研究者主体的这种自由视为他们对普遍特征的"违规"或某种理想类型的异文。当然，被研究者主体也不是任意选择所有可能的行为与体验的狂人，而是能够选择适当的行为与体验的理智的人。面对生活世界的复杂性或不确定性，被研究者主体置身于特定价值观念得以流通的社会，按照各自的概念理解选择恰当的行为与体验，并把不恰当的行为与体验标示为违规。通过陆续发生的行为互动，他们所意向的体裁逐渐得以建构（3—3·1、4—1）。这便是被研究者主体作为主体所具有的、人类意义上的自由与能力，[③] 也是体裁在其概念与行为的互动中发

---

① ハロルド・ガーフィンケル《日常活動の基盤—当たり前を見る—》，ジョージ・サーサスほか《日常性の解剖学—知と会話—》，北沢裕、西阪仰訳、マルジュ社 2004 年版，第 76 頁。

② 关于这一点，笔者原来没有清晰的认识。感谢户晓辉先生的提醒。

③ 关于这一点，吕蒂说道："自由不是任意或混沌。真正自由的，不是必须服从手脚重力的醉汉。能够靠自己的意志来自由操作手脚、遵守秩序、创造秩序的舞者，才是自由的。"マックス・リュティ《ヨーロッパの昔話—その形式と本質—》，小沢俊夫訳、岩崎美術社 2000 年版，第 286 頁。另可参见笔者硕士学位论文《中国民间幻想故事的文体特征研究》的结论。

挥出规范作用的基本运作机制。从其功能的角度，本书便称体裁为"命名的努力"。

在被研究者主体参照某种体裁概念组织体裁的过程中，他们所意向的体裁与其他体裁之间并不存在或远或近的物理性距离（4—1）。其他体裁始终留在逻辑空间中，并作为一种可能的形式，为被研究者主体的行为互动提供另外可选择的行为与体验（4—1·1）。诚然，被研究者主体在实践某种体裁的过程中，可能更容易选择属于个别体裁的行为与体验。如我们不难想象，正在拉家的燕家台人可能更容易选择符合"商量"、"吵架"等非拉家的行为和体验，他们选择"研究"、"开会"等非拉家的行为和体验的概率相对较小。这便是索绪尔所谓"有因性（motivation）"。我们并不否认个别的体裁之间存在"相对的有因性（motivation relative）"的可能性。[①] 重要的是，"有因性"不等于"决定性"，"相对的有因性"本身缺乏统一性，日常生活中的秩序也不是通过物理学意义上的概率可以把握的。即使个别体裁之间存在某种"有因性"，但它在被研究者主体通过行为互动逐渐组织体裁的过程中不过是一种潜在背景，无法彻底消除被研究者主体所意向的体裁与其他体裁随时产生联系的可能性本身。在此意义上，本书认为日常生活中的体裁系统，与其说是各种体裁的集合体或者是各种体裁之间的关系图式，不如说是被研究者主体在此从所有可能的行为与体验中进行选择的一种准绳（4—1·2）。

除了或远或近的物理性距离，在被研究者主体参照某种体裁概念组织体裁的过程中，他们所意向的体裁与其他体裁之间也不存在凝固而不变的界限（4—3）。一方面，被研究者主体参照各自的概念理解来组织当前的行为互动；另一方面，他们通过陆续发生的行为互动中调整各自的体裁概念，逐步组织体裁。由于规范行为的概念理解与被概念理解规范的行为在"命名的努力"中相互依从，因此，体裁概念在日常生活的层面只能具有模糊、流动的概念界限（4—3·1）。而这种模糊性或流动性正是日常概念的本质所在（1—3·1）。日常生活中的体裁概念，它允许其他可能的行为或体验得以实现，甚至由此调整自己的概念界限。假如只有僵硬的概念界限，体裁反而无法规范行为，亦即无法发挥出其"命名的努力"的基本功

---

① フェルディナン・ド・ソシュール：《一般言语学讲义》，小林英夫訳、岩波书店 2003 年版，第 182—186 页。

能（4—2·1）。这种模糊、流动的概念界限在参与者的违规中得以显化。直到在应有的发话行为与违背概念理解的发话行为之间无法发挥出其基本功能时，被研究者主体将概念界限视为一种切身的问题予以处理或不予以处理（4—2）。

被研究者主体通过概念理解与行为之间的互动，在每次的"命名的努力"中建构一种模糊且流动的概念界限，并重新界定体裁与体裁之间的关系。体裁概念的这种流动性或一次性告诉我们，在体裁的实践过程中，被研究者主体不仅利用体裁概念去认识和指示当前的行为活动为某种体裁的事实，同时还通过概念理解与行为的互动来创造和体验这种事实（3—3）。换言之，体裁概念与当前的行为互动为某种体裁的事实，并不是相互独立的，当前的行为互动在其内部——即相互依赖的概念理解与行为的互动过程——之外，不具有其存在依据（4—3·1）。而毫无依据的体裁概念之所以能够规范与之互动的发话行为，这是因为被研究者主体在"熟识的社会"中，经过反复的实践，逐步体验和习得了体裁概念（4—3·1）。这仍是被研究者主体从"老辈子"继承的信念，构成了他们不容置疑的生活方式（4—3·1）。

从以上可以看出，本书所描述的体裁不等于传统体裁学所理解的体裁。亦即，本书所谓体裁不是潜在于被研究者主体抽象思维中的精神论现象，也不是事先存在于脑海中的认识框架，更不是纯粹用来把现实连接于世界的能指；而是被研究者主体的感觉、情感、认识、态度、语言和身体动作等融为一体的行为举止，是他们生活在其中的语言游戏，是他们用之创造和体验当前的行为活动为某种体裁这一事实的"命名的努力"。

本书对体裁所做的再认识，首先可以确保体裁作为民俗学或民间文艺学的研究对象——而不仅仅是协助研究工作的分类工具——所具有的意义。在此基础上，它还能加深研究者主体对地方体裁或口头传统的理解。如我们可以说，体裁之所以能够成为了"探讨口头传统的内部运作过程，揭示口头传统的创造力量"极其重要的"依据"之一，[①] 这主要是因为体裁在其实践的层面作为一种"命名的努力"而存在。诸如体裁概念理解与行为的相互依赖性、二者之间的互动、体裁概念的一次性和流动性等几点，还有助于我们更好地理解和阐释口头诗学所谓"表演中的创造

---

① 尹虎彬：《古代经典与口头传统》，中国社会科学出版社 2002 年版，第 4 页。

(composition in performance)"。另外,本书第一章提到,只要回到田野进行体裁研究,我们有必要"宽容地对待分类"。① 本书在体裁与地方社会之间的关系、参与者所意向的体裁与其他体裁之间的关系、体裁系统等方面所做的论述,实际上也阐释了研究者主体之所以要如此对待体裁的原因。

四　从科学概念到日常概念

在此,我们把以上讨论集中在一个论点上面,即:日常概念与科学概念的关系问题。从科学概念走向日常概念,是本书的努力方向之一。这仍然与传统体裁学的反思和重构有关。

本书第一章谈到,当早期研究者讨论体裁时,根据经验性理解,逐渐构成了约定俗成的用词习惯。在后来的资料分类工作中,研究者主体努力对模糊的日常概念下严格的定义,用更加严格的概念去取代它,以更明确地反映现实。这是传统体裁学为了进行"科学工作"而必需的基本手续,其努力方向与修正主义社会学相一致。但至今,体裁学的"科学工作"与帕森斯的"分析性现实主义"同样陷入了困境,即:即使把握了某种规律或理想类型,在多样化的现实面前却无所适从。那么,传统体裁学的问题究竟何在?

首先,我们先借用西坂仰所做的梳理,进一步地认识帕森斯的分析性现实主义。帕森斯认为,科学的课题是构成"分析性要素",并阐明不同要素之间的相互关系,以更好地"代表"现实。他的观点以如下三点为前提:

1. 现实不会把自己的结构展示给我们。在日常生活中,我们只能通过某种概念,选择性地体验各种事情并遇见各种事实。因此,现实的表现方式取决于我们选用怎样的概念。

2. 我们通过日常概念所体验和相遇的现实,不会很清楚地出现。现实的结构只有通过科学的概念系统,才能获得清晰的姿态。因为科学的概

---

① 奈杰尔·拉伯特、乔安娜·奥佛林:《社会文化人类学的关键概念》,鲍雯妍、张亚辉译,华夏出版社 2005 年版,第 32 页。

念系统才是语义单一的，是合理的，是没有矛盾的。相比之下，日常概念是暧昧的，是不合理的，是有矛盾的。

3. 无论是科学概念，还是日常概念，概念与现实达成某种"代表"和"被代表"的关系。①

假如以上前提能够成立，传统体裁学为了"修正"日常概念所做的努力完全有其正当性。只要"代表"现实是概念的唯一功能，那么，无论是日常概念还是科学概念，凡是能够适应当前的目的并最清晰地反映现实的概念，就是当前最好的概念。即使原有概念无法适应当前的目的，研究者主体可以按照目的重新选用最适当的概念。

问题是，我们在日常生活中并不是为了"代表"现实而使用概念，概念本身构成了现实的一部分。既然被研究者主体正在利用暧昧模糊的日常概念组织现实生活和秩序，那么，研究者主体有必要把暧昧模糊的日常概念的用法或功能本身作为研究对象。至少可以说，今后体裁研究所要做的，不是用严格的科学概念取代日常概念，而是通过不同于传统体裁学的方式看待体裁乃至概念本身。

事实上，巴莫曲布嫫的口头传统研究、杨利慧对"神话"所做的自觉反思等可以说明，今天研究者主体有关体裁的讨论，已不再是为了更好地"代表"现实或建立更合理的科学概念系统。在此情况下，问题的关键不是被研究者主体的"体裁"概念科学与否，而是如何面对、聆听以及理解后者的"体裁"，以认识人类多样化的语言现象。显然，此问题牵涉了目前学界的一个兴趣点，即：研究者主体与被研究者主体如何对话。在今后有关主体间性或翻译的理论进展中，体裁研究由此成为其直接受益者之一。②

此外，笔者之所以反对传统体裁学用严格的科学概念取代日常概念的思路，还有另外一种理由，即：日常概念与科学概念本来就是相对的划分。在前面，我们把研究者主体的体裁与被研究者主体的"体裁"视为两种不同的语言游戏。沿着这种思路看，除了被研究者主体的"体裁"，研究者主体用之经营学术共同体生活的体裁，同样是一种日常概念。早期学

① 西阪仰：《相互行为分析という视点——文化と心の社会学の记述》，金子书房2004年版，第24—26页。

② 参见吕微《从翻译看学术研究中的主体间关系——以索绪尔语言学思想为理论支点》《民间文化论坛》2006年第4期；吕微、刘宗迪等：《我们如何进行学术对话》，《民间文化论坛》2006年第5期。

者经过反复的实践，逐步发现、创造和精炼了诸如"民间故事"、"歌谣"、"笑话"等概念，并逐渐形成了相对一致的共同理解。后来的研究者主体在特定的社会环境中，不容置疑地继承和习得这些富有权威性的概念，并在此过程中成为该学术共同体的一员。至今，研究者主体根据学术共同体的共同理解，操作各种体裁概念，实践"做文章"、"讨论"、"田野作业"等活动。而这些"科学工作"仍是研究者主体的日常生活。他们作为研究者主体感知体裁，作为学术共同体的一员生活在其中。

由此可以说，所谓科学概念只是相对被研究者主体的日常概念而言，它在学术共同体生活内部仍然是一种日常概念。与被研究者主体的"体裁"同样，研究者主体用之生活的体裁概念也是模糊的，是流动的。假如研究者主体所谓"故事"、"谜语"、"歌谣"等体裁只有僵硬的概念界限，不用说"代表"现实，连最基本的交流都变得困难。一方面，他们参照各自的概念理解来组织当前的行为互动；另一方面，通过陆续生起的行为互动调整各自的体裁概念，用之逐步组织体裁概念。他们用来规范行为的概念理解与被概念理解规范的行为在"命名的努力"中仍然相互依从。

当然，除了这种不自觉的"下定义"，还有自觉的"下定义"。这种"下定义"在研究者主体的"科学工作"中是不可缺少的发话行为。尤其在实践部分行为活动（如"讲课"、"写教科书"、"展开普查工作"）时，研究者主体必须给他们的体裁概念下严格的定义，以处理概念的模糊性。但"讲课"也罢，"写教科书"也罢，这些都是学术共同体生活中的一种活动类型，研究者主体为了实践这些活动而界定的体裁概念，一般只有在该活动内部才作为规范得以流通。而在这些特定的活动之外，研究者主体仍然根据一定的共同理解，运用暧昧模糊的日常概念经营学术共同体生活。

由于科学概念本身具有这种两面性，笔者以为研究者主体继续用严密的科学概念"修正"被研究者主体的日常概念没有太多意义。不仅如此，假如体裁研究还要追求科学的概念体系，那么，即使把聆听和理解被研究者主体有关体裁的话语，它也失去与被研究者主体之间进行对话的意义，甚至难以在与研究者主体之间进行有意义的对话。更何况，体裁本来是一种"不断变形的体系"。① 无论是研究者主体的体裁，还是被研究者主体

---

① ツヴェタン・トドロフ：《言语の诸ジャンル》，小林文夫訳、法政大学出版局 2002 年版，第 54 页。参见本文绪论。

的体裁，它时刻都处在变化的过程之中。科学概念的严密性，反而让体裁研究难以抓捕体裁。

有必要注意的是，参与者不断地调整和重构的概念理解，能否超出每次实践的特定场合并影响他所属共同体的共同理解，这最终取决于共同体的反映。若从研究者主体的角度看，所谓"民间叙事"与"广义的神话"这两种体裁分别经历的兴衰，便很好地说明了这一点。那么，参与者的"下定义"在怎样的情况下才能引起他所属共同体的反应？从本书第一章与第五章可以看出，那便是过多的"违规"行为让共同体成员意识到其概念外延的时候，更是共同体开始意识到其共同理解本身难以支撑当前的行为互动的时候。假如继续从研究者主体的角度看，前一种情况实指学术规范的混乱状态，后一种情况则指现有研究范式的危机。事实上，只要学术共同体对体裁概念达成了相对一致的共同理解，并据此能够顺利经营共同体生活，那么，研究者主体不必自问自答"神话是什么"等问题。即使有人提出了自己有关"下定义"的思考，他所属学术共同体大概也置之不理。从此意义上而言，早期中国民俗学或民间文艺学有关体裁的热烈讨论，实际上是在学术规范较为混乱的情况下，学术共同体对研究者主体的"下定义"所做的反应，为的是构成或调整学术共同体的共同理解。当这次讨论热潮变冷清时，学术共同体实际上达成了一定的共同理解，其体裁概念作为一种不言自明的、不容置疑的理论起点而得以流通。最近有些研究者主体有关"下定义"的思考之所以引起反响，仍是因为他所属学术共同体正处在范式转变的过程之中，不得不直视原有共同理解已经难以支撑今后的行为互动的事实。而今天个别研究者主体所引起的讨论，几乎要求学术共同体对原有共同理解的部分摒弃。刘宗迪对"神话"所做的知识考古学，便是一个很好的例子。[①]

---

① 刘宗迪写道："'神话'这个看似简单的学术术语，其实并非那么不言而喻，而是一个充满歧义的术语，这些歧义的背后则有着深远的历史文化背景和潜行默运的权力制。在民俗学和民间文学中，'神话'常常被与史诗、歌谣、谚语、传说、故事、笑话相提并论，并通常在文体论中有论述神话的专题，但是，实在说来，神话并非一种能够与史诗、歌谣等相提并论的有着特定体裁、题材和作品集的文体，它甚至不是一个模糊边界的文类，它只是一个话语范畴，这种话语范畴也并非是有其现成的特征和边界，将这种话语范畴与其他话语区分开来的界限，与其是现成的、客观存在的，不如说是由'神话学'这门学科所人为地划分出来的。"可见，刘宗迪的目的不是调整学术共同体的概念理解，而是解构学术共同体的共同理解。刘宗迪：《神话和神话学》，《民间文化论坛》2004 年第 4 期。

　　不难想象，经过研究者主体的每次实践与学术共同体对此所做的反应，中国民俗学或民间文艺学的现有体裁概念将会发生变化。也许，"现实故事"、"程式人物故事"等体裁不复存在。也许，"民间叙事"、"口头传统"等体裁完全取代"神话"、"民间文学"等体裁。正如上述，体裁本来是一种"不断变形的体系"，这种变化本身是不可能没有的。但我们仍有必要提醒自己，国内学界的现有体裁概念将要发生的变化，与发生在早期学界的更名或界定有着根本的不同。亦即，它不是个别的研究者主体经过"下定义"发明或创造更合理的科学概念的结果，而是学术共同体的生活形式所发生的变化本身，就如"现在这候儿"的青少年燕家台人称拉家为"聊天儿"一样。①

　　而无论发生怎样的变化，研究者主体的体裁与被研究者主体的"体裁"，有一点是不会发生变化的。那就是研究者主体都有必要操作有关体裁的话语经营学术共同体生活，被研究者主体也在与之不相干的地平线上继续利用他们的"体裁"经营日常生活。从此意义上而言，研究者主体和被研究者主体的体裁都是日常概念。在理解这一点的基础上，体裁研究有必要避免用严格的科学概念追捕科学理想的影子，而努力适应研究者主体与被研究者主体的生活形式正在发生的变化，并在二者之间进行有意义的对话。

----

　　①　从被研究者主体的角度看，同样如此。本文第三章提到，不同年龄层次和性别的燕家台人对拉家有着不同的理解倾向。如 70 岁以上的男性老年人的理解最为狭窄、固定，尤其强调拉家方式的格式性。女性则更宽容地对待"商量"、"悄悄话"等非拉家，其概念理解相对广泛。随着年龄的下降，概念理解的相对一致性逐渐变得模糊。尤其是"现在这候儿"的青少年燕家台人，他们有着不同于中老年燕家台人的概念理解，其概念理解本身相对松散，拉家与各种非拉家之间的界限更加流动。今天，"老爷儿们"称"老娘儿们"的拉家为"胡拉家"，"老娘儿们"也经常称自己的拉家为"胡拉家"，他们还相对一致地认为"小孩儿没有拉家"。我们可以注意到，"胡拉家"是在燕家台人意识到拉家应有的概念外延时才出现的非拉家，男性中老年燕家台人用之区分应有的拉家与看似拉家的非拉家。而对"老娘儿们"来说，她们的"胡拉家"不会因被男性中老年燕家台人视为"违规"而不能成为拉家。至于青少年燕家台人，他们当然不认为"小孩儿没有拉家"，在他们的拉家中"胡拉家"几乎得到了认同。今天，年轻力壮的燕家台人几乎都不在燕家台，学龄儿童都在清水镇或"山外头"上学。他们开始称拉家为"聊天儿"。中老年燕家台人与这些来自村外的非常住人口进行行为互动时，经常也称拉家为"聊天儿"。不仅如此，"现在这候儿"的燕家台人和越来越多的"山外头的"进行直接的和间接的交流（包括"看电视"）。此时，拉家向"聊天儿"的转移，不仅仅意味着简单的更名，同时也是一种生活形式的变化。

五　回顾与展望

从硕士到博士，体裁几乎是笔者唯一的兴趣点。"面对体裁学的现状，我们在体裁的名义之下还能做什么？"，这可以说是近几年来笔者一直思考的问题。当初，笔者所得出的答案是挽救体裁学，于是在硕士学位论文《中国民间幻想故事的文体特征研究》中，按照相对严格的科学程序，对民间幻想故事进行了自己所能做到的最细致的文本分析。但现在看来，这篇论文最大的意义无疑在于如下一点，即：让笔者亲自体验与证实了传统体裁学的局限性。在博士阶段，笔者不再力求挽救体裁学，而是反思和解构体裁学。其实，这里反思与解构的对象，包括过去的笔者本人。

在此转型过程中，笔者对体裁概念的态度发生了根本的变化。传统体裁学所谓体裁在本质上是一种科学概念。在其知识框架内部，研究者只有检讨与重新界定体裁概念，把"民间社会"的日常概念提炼成一种合理的、能够包容各种现象的、"学者们"的科学概念。虽然这种研究模式体现了传统体裁学富有意义的科学追求，但最终还是导致了"学者们"的体裁分类与"民间社会"的知识分类体系之间的脱节。于是，笔者在本书中试图回到日常生活的层面，重新给予"民间社会"的日常概念本身以关注。

通过这次调研与写作，笔者对体裁在日常生活层面的基本属性与运作机制得出了初步的观点。在今后的体裁研究中，笔者将这些观点作为基础，继续探讨本书没有能够解决的问题，即：如何实现"学者们"的体裁分类与"民间社会"的知识分类体系之间的和解。目前，笔者对此还没有形成成熟的观点，但可以肯定的一点是，笔者不再在科学概念与日常概念之间进行思考。

正如上述，笔者以为所谓科学概念实际上是研究者主体用来组织学术共同体并经营共同体生活的一种日常概念。作为日常概念，被研究者主体的"体裁"对其共同体成员而言是不言自明的。这种确定性也是以权威与信赖为媒介的一种社会认知关系或共同体知识。研究者主体的体裁也同样如此。体裁一旦确立自己在范式中的位置，那么，它不再是研究者主体的认识与探索的对象，而是其认识与探索的部分前提。

将体裁视为日常概念，这首先意味着我们无法根据先验的定义给予体裁概念以完整的说明。即使我们再努力，我们的努力最终让自己变为一种想象的、观念的体裁概念的俘虏。按照维特根斯坦的观点看，实际的体裁概念只有一种来源，那就是我们用体裁一词进行的语言实践，从中抽取来的概念便是我们生活在其中的体裁。从这种观点出发，笔者通过体裁一词进行了调研工作并撰写了本书。因此，笔者对体裁的再认识始终停留在"命名的努力"这一象征性比喻。虽然这种比喻谈不上是严格的科学定义，但它未必比严格的定义远离现实。

将体裁视为日常概念，这也意味着我们将研究者主体的体裁与被研究者主体的"体裁"分别视为两种共同体实践的不同的语言游戏。这又要求我们在二者之间建立一种不同于体裁学的关系。在此，我们不妨思考在传统体裁学导致"学者们"的体裁分类与"民间社会"的知识分类体系之间的脱节的过程中，究竟发生了什么。

当体裁学对文本资料进行分类与分析时，研究者主体实际上在他从不怀疑的范式内部遇见了被研究者主体。在他看来，传统体裁学有关体裁的观点是毫无疑问的，是正确的。但被研究者主体并不了解体裁学的观点，也不了解研究者主体坚信的知识框架，他所信奉的便是另外一种知识框架（如燕家台人不理解研究者主体所谓的"神话"、"故事"、"笑话"，这些体裁在他们看来都是拉家）。问题是，只要信奉传统体裁学的知识框架，研究者主体只有忽略甚至纠正被研究者主体的看法，将他们的日常概念提炼成更合理、更严密的科学概念（如研究者主体把燕家台人的拉家分为研究者主体所谓神话、故事、笑话）。此时，传统体裁学实际上取消了一个事实，即：研究者主体与被研究者主体正在进行两种不同的语言游戏。从表面上看，研究者主体所做的"修正"在两种语言游戏之间建立了一个对话的平台，其实，它只是在强迫被研究者主体参与研究者主体的语言游戏。研究者主体在传统体裁学的知识框架内部所做的强制行为，曾经得到了他所属共同体成员的全力支持，因为他们的研究范式确实需要整理大量的文本资料、建立和完善分类系统。但在提炼科学概念的过程中，他们的体裁由此远离被研究者主体正在用之生活的日常概念，不仅如此，还使得被研究者主体的"体裁"成为他们必须"修正"的对象。我们或许可以借用维特根斯坦的比喻，将这种强制行为形容为一种语言游戏对另一种语言游戏所做的"宣战"。①

如今，国内民俗学和民间文艺学正面临着范式的转变。正如"体裁分类从来都是研究者的所为"这一批评所说明的，体裁学在其范式的转变过程中开始失去了原来的信奉者，遭到了越来越多的批评。其中有些批评甚至牵涉了学术伦理的问题。按照本书的思路看，我们在此情况下所要讨论的，不是如何提炼日常概念或科学概念以拉近二者之间的距离，更重要的是，把研究者主体与被研究者主体分别视为正在进行不同的语言游戏的两种共同体，并在二者之间进行对话。我们应该将此问题落实到目前学界的中心话题——"如何与他者对话"——上面进行讨论。②

以上，对笔者的体裁研究做了简单的回顾与展望。当然，作为体裁研究，本书不过是一个初步尝试。在方法论、术语、资料运作方式等方面，它与体裁研究的真正建构相差甚远。笔者现在所能做的展望更是有限。但不管怎样，笔者今后的体裁研究要走出燕家台人的"熟悉的社会"，继续在与被研究者主体之间，或者在与研究者主体之间寻找下一个实践的地

---

①　ルートヴィッヒ・ウィトゲンシュタイン：《確実性の問題》，《ウィトゲンシュタイン全集》9，黒田亘訳、大修館書店 1976 年版，第 609 页。

②　关于这一问题，笔者还在两种观点之间摇摆。当初，笔者认为研究者主体与被研究者主体之间存在一种不可越过的鸿沟，因为二者分别体现了"我（我们）"的经验的直接可认识性与"他（他们）"的体验的不可认识性。这便是本文第四章所采用的观点。其前提为"我"、"他"等人称都是指示名词，亦即笔者只能知道"我"的所指，至于"他"只好推论。但在后面的写作过程中，笔者又开始认为，"我"与"他"之间的差异，与其说是所指的差异，不如说是二者在语言中所承担的角色的不同。换言之，当笔者分别用"我（研究者主体）"、"我们（学术共同体）"、"他们（被研究者主体）"等词汇进行描述时，实际上不是指示不同的主体，而是进行不同的活动。如燕家台人说"我们在拉家"时，可能表示自己在"闲着"并允许别人参与或打断目前的拉家；而说"他们在拉家"时，可能讽刺别人"不爱劳动"。同样，当笔者说"我和他们对话"时，实际上努力理解被研究者主体；而说"我和我们对话"时，力求引起学术共同体对问题的关注。沿着这种观点看，"如何与他者对话"的问题，似乎可以转换为如下三种问题：1. 我（研究者主体）通过"他们知道（被研究者主体）……"这种表述在做什么事情；2. 这件事情与我通过"我们（学术共同体）知道……"这种表述所做的事情有什么不同；3. "我们"与"他们"的行为在各自的语言游戏中发挥了怎样的作用。假如再把这些问题深入下去，我们或许能够在两种共同体之间，或者在两种语言游戏之间讨论"如何与他者对话"。由于目前的讨论集中在"我"与"他我"之间的自我对话（即自省）上面，笔者今后的体裁研究有可能为此问题提供另外一种对话方式——我与他者之间的交流。

点。出自这一目的，本书以"日常叙事"为论文正题。可以说，对笔者而言，燕家台人的拉家是体裁研究的初步尝试，"日常叙事"则是将这次尝试连接于下一个实践的桥梁。

主要参考文献

凡例:	1. 不分中文与外文、专著与论文
	2. 按照作者姓名的音序排列
	3. 若有同一作者的多项成果，按照发表或出版时间而列

一 理论著作论文

（一）一般理论（民俗学、哲学、语言学、社会学）

1. 高丙中：《民俗文化与民俗生活》，中国社会科学出版社 2000 年版。

2. 鬼界彰夫：《ウィトゲンシュタインはこう考えた——哲学的思考の全軌跡 1912—1951》，东京：讲谈社 2003 年版。

3. 饭田隆：《ウィトゲンシュタイン読本》，东京：法政大学出版局 2005 年版。

4. 库恩、托马斯：《科学革命的结构》，北京大学出版社 2004 年版。

5. 桥内武：《ディスコース——谈话の织りなす世界》，东京：黑潮出版 2000 年版。

6. 桥爪大三郎：《言语ゲームと社会理论——ヴィトゲンシュタイン・ハート・ルーマン》，东京：劲草书房 1987 年版。

7. 刘宗迪：《从书面范式到口头范式：论民间文艺学的范式转换与学科独立》，《民族文学论坛》2004 年第 2 期。

8. 吕微：《"内在的"和"外在的"民间文学》，《文学评论》2003 年第 3 期。

9. 皮珀、约翰：《闲暇：文化的基础》，新星出版社 2005 年版。

10. 莫兰、埃德加：《方法：天然之天性》，北京大学出版社 2002a年版。

11. 莫兰、埃德加：《方法：思想观念——生境、生命、习性与组织》，北京大学出版社 2002b 年版。

12. ソシュール、フェルディナン・ド：《一般言语学讲义》，东京：岩波书店 2003 年版。

13. 田中克彦、山脇直司、糟谷启介：《言语・国家，そして権力》，东京：新世社 1998 年版。

14. トーマス、ジェニー：《语用论入门——话し手と闻き手の相互交渉が生み出す意味》，东京：研究社 2001 年版。

15. 维特根斯坦、路德维希：《逻辑哲学论》，商务印书馆 2005 年版。

16. 维特根斯坦、路德维希：《哲学研究》，上海人民出版社 2001年版。

17. ウィトゲンシュタイン、ルートヴィッヒ：《確実性の问题》，黑田亘：《ウィトゲンシュタイン全集 9》，东京：大修馆书店 1976 年版。

18. オング、ウォルター・J：《声の文化と文字の文化》，东京：藤原书店 2003 年版。

19. 永井均：《ウィトゲンシュタイン入门》，东京：筑摩书房 1998年版。

（二）有关体裁的理论与个案研究

1. バウジンガー、ヘルマン：《世间话の构造》，荒木博之：《フォークロアの理论——歴史地理的方法を越えて》，东京：法政大学出版社 1994 年版。

2. 巴赫金、米哈伊尔・米哈伊洛维奇：《文本对话与人文》，河北教育出版社 1998 年版。

3. 巴莫曲布嫫：《叙事型构・文本界限・叙事界域：传统指涉性的发现》，《民俗研究》2004 年第 3 期。

4. Ben-Amos, Dan (ed.). *Folklore genres*. Austin : University of Texas Press. 1981.

5. 董乃斌、程蔷：《民间叙事论纲（上）》，《湛江海洋大学学报》2003 年第 2 期。

6. 方丹、达维德：《诗学——文学形式通论》，陈静译，天津人民出版社 2003 年版。

7. 拉伯特、奈杰尔、奥佛林、乔安娜：《社会文化人类学的关键概念》，华夏出版社 2005 年版。

8. 刘魁立：《民间叙事机理谫论》，《民俗研究》2004 年第 3 期。

9. 刘宗迪：《神话和神话学》，《民间文化论坛》2004 年第 4 期。

10. 吕微、刘宗迪、施爱东、刘晓春、彭牧、祝秀丽、西村真志叶：《我们如何进行学术对话》，《民间文化论坛》2006 年第 5 期。

11. 迈纳、厄尔：《比较诗学》，中央编译出版社 2004 年版。

12. 童庆炳：《文体与文体的创造》，云南人民出版社 1999 年版。

13. トドロフ、ツヴェタン：《言语の诸ジャンル》，东京：法政大学出版局 2002 年版。

14. 徐霄鹰：《歌唱与敬神——村镇视野中的客家妇女生活》，广西师范大学出版社 2006 年版。

15. 杨利慧：《神话一定是"神圣的叙事"吗?》，《民族文学研究》2006 年第 3 期。

16. 尹虎彬：《古代经典与口头传统》，中国社会科学出版社 2002 年版。

17. 张紫晨：《民间文学原理》，花山文艺出版社 1991 年版。

18. 中芬民间文学联合考察及学术交流秘书处编：《中芬民间文学搜集保管学术研讨会文集》，中国民间文艺出版社 1987 年版。

（三）常人方法学与会话分析

1. 甘帕斯、约翰：《会话策略》，社会科学文献出版社 2001 年版。

2. 好井裕明、山田富秋、西阪仰：《会话分析への招待》，东京：世界思想社 2001 年版。

3. ガーフィンケル、ハロルドほか：《エスノメソドロジー——社会学的思考の解体》，东京：せりか书房 1993 年版。

4. 肯顿、亚当：《行为互动——小范围相遇中的行为模式》，社会科学文献出版社 2001 年版。

5. サーサス、ジョージほか：《日常性の解剖学——知と会話》，東京：マルジュ社 2004 年版。

6. 斯考伦、罗纳德、斯考伦、苏珊·王：《跨文化交际：话语分析法》，社会科学文献出版社 2001 年版。

7. 西阪仰：《相互行为分析という视点——文化と心の社会学的记述》，东京：金子书房 2004 年版。

8. 西阪仰：《心と行为——エスノメソドロジーの视点》，东京：岩波书店 2001 年版。

二　门头沟地方文献资料

1. 北京市公路局、北京市公路局门头沟分局：《门头沟公路志》，文津出版社 1995 年版。

2. 北京市门头沟区清水镇燕家台村民委员会：《清水镇燕家台村农业户口花名册》，内部资料，2004 年。

3. 北京市门头沟区水利志编辑委员会编：《门头沟区水利志》，内部资料，1994 年。

4. 北京市门头沟区统计局编：《北京市门头沟区统计年鉴（2004）》，内部资料，2004 年。

5. 北京市门头沟区卫生局卫生志办公室编：《门头沟区卫生志》，内部资料，1995 年。

6. 北京市门头沟区志编纂委员会：《北京市门头沟区志》，送审稿，2000 年。

7. 隗合甫主编：《平西抗日史料选编》，国防大学出版社 1999 年版。

8.（清）李开泰：《宛平县志》，张广林校，内部资料，2000 年 12 月。

9. 李兴荣：《燕家台忆旧》，中国书店 1997 年版。

10. 门头沟区档案史志局编：《北京年鉴·门头沟区情（1989—1998)》，内部资料，2000 年。

11. 门头沟区档案史志局编：《门头沟区建制沿革》，内部资料，2002 年。

12. 门头沟区地方志办公室编：《门头沟史志文汇1》，内部资料，1998 年。

13. 门头沟区地名志编辑委员会编：《门头沟区地名志》，北京出版社1993 年版。

14. 门头沟区农业合作史资料编写组编：《北京市门头沟区农业合作史资料》，内部资料，1988 年。

15. （明）沈榜：《宛署杂记》，北京古籍出版社1983 年版。

16. （元）熊梦祥：《析津志辑佚》，北京古籍出版社1983 年版。

17. 赵永高：《燕家台村姓氏谈》，未发表，2004 年。

18. 赵永高编：《清水镇书稿1—8》，内部资料，2004—2005 年。

19. 赵永高、韩立宝主编：《京西风物琐谈（龙门涧）》，奥林匹克出版社2000 年版。

20. 政协北京市门头沟区文史资料研究委员会：《京西古道》，香港银河出版社2002 年版。

21. 政协北京市门头沟区文史资料研究委员会、门头沟区民俗协会：《京西民俗》，香港银河出版社2001 年版。

22. 中共北京市房山区委党史资料征集办公室编著：《中国共产党平西地区组织史资料（1937—1949）》，内部资料，1990 年。

23. 中共北京市门头沟区委组织部、中共北京市门头沟区委党史资料征集办公室、北京市门头沟区档案局编：《中国共产党北京市门头沟区组织史资料（1924—1987）》，内部资料，1989 年。

24. 中共北京市党委史研究室、中共北京市委农村工作委员会、北京市档案馆：《北京农业社会主义改造资料》，中国社会出版社1991 年版。

25. 中共门头沟区委农村工作委员会、门头沟区农业委员会：《发展农村经济典型事例》，内部资料，2000 年。

26. 中共门头沟区委农村工作委员会、门头沟区农业委员会：《发展农村经济典型事例》，内部资料，2003 年。

27. 中国人民政治协商会议北京市门头沟区委员会、文史资料研究委员会编：《门头沟文史1—13》，内部资料，1993—2004 年。

附　录

资料一览

一　引用图片资料

编号	图片内容	拍摄或制图时间	拍摄或原图保管地点	拍摄或制图者	备注
2—1	燕家台村东北侧	2005.3.14	张仙港东侧的山坡	西村	
2—2	斋堂方言分布示意图	2004.11.30	中国国家图书馆	藤永豪拍摄西村制图	原图收入北京市测绘院、中国遥感卫星地面站编制《北京市卫星遥感影像地图集》，奥林匹克出版社 1990 年版
2—3	燕家台村域示意图	2004.1.30	中国国家图书馆	藤永豪拍摄西村制图	原图收入北京市测绘院、中国遥感卫星地面站编制《北京市卫星遥感影像地图集》，奥林匹克出版社 1990 年版
2—4	圈门	2005.3.20	大乡	西村	
2—5	圈门修建情况示意图	2005.3.14	（无）	西村	据赵永清口述而绘制
2—6	龙门涧度假村	2005.3.29	东涧口	西村	
2—7	相传"新石器时代"或"商代"遗物的石臼	2005.6.6	大乡与前街中间	西村	另一块石臼已消失无踪

编号	图片内容	拍摄或制图时间	拍摄或原图保管地点	拍摄或制图者	备注
2—8	"老人那候儿"的燕家台村落布局示意图	2005.5.19	（无）	西村	据赵永清、赵正英、赵永高等人的口述而绘制
2—9	燕家台人在"日本在的时候"的主要避难地点	2005.7.3	（无）	西村	据赵永清的口述而绘制
2—10	西涧的水管道	2005.6.6	西涧口	西村	
2—11	礼堂	2006.1.26	礼堂南侧	詹怀蓉	
2—12	毛主席胸章	2006.3.26	赵正英家库房	西村	
2—13	"现在这候儿"的燕家台村落布局示意图	2005.6.7	（无）	西村	制图后，据赵永清、赵正英等人的口述做了修改和补充
2—14	原门头沟区清水镇燕家台村小学校	2006.1.26	原灯场东侧的老爷庙遗址	西村	现为个人旅馆
2—15	冬季的"侃山"现场	2006.1.23	村东山坡上	西村	
2—16	传统民间日常用品	2005.10.18 2006.1.27	赵永清、赵永高家中；村东山坡上	西村	从左：赵正英、郝建梅
2—17	秧歌晨练	2005.6.7	健身公园	西村	大场、礼堂前也是"锻炼"的主要场所
2—18	准备春耕	2006.3.24	大乡	西村	图为陈有通
2—19	"端面"	2005.3.31	胡同道	西村	从左：王德云、赵正利、赵正英
2—20	修路	2005.3.30	通达西涧的南台公路	西村	
2—21	"除二遍"	2005.6.6	前台"棒子地"	西村	图为赵正英
2—22	"打核桃"	2005.10.25	东台"棒子地"	西村	图为赵永清亲家的兄弟
2—23	年前"搞卫生"	2006.1.19	狸狐沟	西村	目前村委计划填埋狸狐沟并建造公园

续表

编号	图片内容	拍摄或制图时间	拍摄或原图保管地点	拍摄或制图者	备注
2—24	拉家场地的座位	2005.3.20、4.3；2006.6.5、10.27	大乡、小卖部、圈门、礼堂、中街、赵家胡同等地	西村	

二　会话分析资料

编号	录音时间	录音地点	记录者的参与程度	备注
1	2005.6.1.18：00	大臼拉家场地	在场；没有出声；没有做出太多的反应	A2 和 B2 分别为笔者的"姑妈"和房东。在记录案例 1 之前，笔者先自己到大臼拉家场地，坐在 A2 旁边等候 B2 的到来
2	2006.3.27.18：13	大臼拉家场地	在场；没有出声；没有做出太多的反应	A 为笔者的"姑夫"。除 A，当时在大臼拉家场地共有五位成员
3	2006.6.2.11：17	A 家院子	不在场	A 为笔者的房东。B 来时，A 正在院子里洗菜，笔者则在院子"棚子"里看火
4	2005.3.23.18：02	B 家	在场；没有出声；没有做出太多的反应	A 为笔者的房东。调查期间，笔者几乎每天都跟随 A "串门子"到 B 家
5	2006.10.8.18：42	大臼拉家场地	在场；没有出声；没有做出太多的反应	此日，笔者在 B 家吃晚饭，随之一起来到大臼拉家场地。D 为笔者的房东

续表

编号	录音时间	录音地点	记录者的参与程度	备注
6	2006.1.22.9：26	东山	在场；没有出声；没有做出太多的反应	笔者跟随房东来到东山，先把录音笔放在房东身边，然后一直装作拍摄周围风景，基本上没有参与他们的拉家
7	2006.1.22.9：26	东山	同上	同上
8	2005.6.2.12：47	D家院子	在场；出声；适当做了反应	B和D为笔者的房东。此日上午D的侄子C和侄子媳妇E从上清水来"串门子"，中午留下来吃饭。住在燕家台的A仍是D的侄子
9	2005.10.27.14：08	C家	在场；没有出声；没有做出太多的反应	A为笔者的房东。笔者跟随A来到C家之后，一直站在门口
10	2006.10.9.8：17	前街929车站	不在场	记录时，笔者与其他人在一起，在与A、B、C等人之间有着五米左右的距离
11—1	2005.1.23.5：50	A家	在场；没有出声；没有做出太多的反应	A和B为笔者的房东。吃饭前，笔者已经把录音笔和摄像机放在冰箱上面，当案例11发生时，正在同一个房间里洗碗，基本上没有参与拉家
11—2	2005.1.23.5：50	A家	同上	同上
12—1	2006.2.20.10：29	A家	在场；没有出声；没有做出太多的反应	B为笔者的房东。当初，笔者在隔壁的房间里录音A和B的拉家。由于C的到来，笔者也参与了这次拉家
12—2	2006.2.20.10：29	A家	同上	同上
12—3	2006.2.20.10：29	A家	同上	同上

编号	录音时间	录音地点	记录者的参与程度	备注
13	2006.1.21.11：08	礼堂	在场；没有出声；没有做出太多的反应	当初，笔者在礼堂记录其他老年人的拉家。由于B出来"喊冤枉"，这些老年人陆续离去。当笔者准备回去时，B抓住笔者诉说他与李○○之间的纠纷。不久，A经过此地，便发生了案例13
14—1	2006.10.8.9：51	B家	不在场	B为笔者的房东。A来时，笔者准备茶水和录音笔，之后去了另一个房间里
14—2	2006.10.8.9：51	B家	同上	同上
14—3	2006.10.8.9：51	B家	同上	同上
14—4	2006.10.8.9：51	B家	同上	同上
15	2006.10.8.19：26	A家	在场；没有出声；没有做出太多的反应	B为笔者的房东。笔者跟随B"串门子"到A家
16	2006.1.23.13：27	B家	在场；没有出声；没有做出太多的反应	A为笔者的房东。案例16发生时，笔者正在洗碗，基本上没有参与这次拉家
17	2006.9.18.19：01	B家	在场；没有出声；没有做出太多的反应	A为笔者的房东。调查期间，笔者几乎每天都与之一起"串门子"到B家
18	2006.6.5.9：38	B家	不在场	案例18发生当时，笔者采访合作社的"老板"。不久，A和B到合作社来买东西，进门之前交换了这两个话轮
19	2005.1.23.17：50	B家	在场；出声；适当做了反应	A和B为笔者的房东。该案例出现在3个人的饭桌上

续表

编号	录音时间	录音地点	记录者的参与程度	备注
20—1	2005.1.23.16：28	A家	不在场	A为笔者的房东。录音时，笔者在另一个房间里
20—2	2005.1.23.16：28	A家	同上	同上
20—3	2005.1.23.16：28	A家	同上	同上
20—4	2005.1.23.16：28	A家	同上	同上
21—1	2005.3.26.11：24	A家	在场；出声；适当做了反应	A和C为笔者的房东。当时，除了笔者，共有5个人在场
21—2	2005.3.26.11：24	A家	同上	同上
22	2005.6.6.14：53	圈门	在场；出声；适当做了反应	A为笔者的姑夫。当初，只有笔者和A两个人。由于A是燕家台人公认的拉家能手，经常给村里的小孩拉家故事，不久有几个小孩和带着小孩的年轻妇女母亲围绕A听拉家，便出现了案例22
23—1	2006.9.1.11：22	A家	在场；没有出声；没有做出太多的反应	B为笔者的房东。笔者跟随B"串门子"到A家
23—2	2006.9.1.11：22	A家	同上	同上
24—1	2006.1.27.16：48	大臼拉家场地	在场；没有出声；没有做出太多的反应	B为笔者的房东
24—2	2006.1.27.16：48	大臼拉家场地	同上	同上
25	2005.10.28.9：09	A家	在场；出声；适当做了反应	A为笔者的房东。此日B在A家吃早饭
26	2006.1.18.15：56	A家	不在场	笔者先把录音笔放在冰箱上面，到另一个房间里
27—1	2005.6.6.16：12	B家	在场；出声；适当做了反应	A为笔者的房东。调查期间，笔者几乎每天都与之一起"串门子"到A家

续表

编号	录音时间	录音地点	记录者的参与程度	备注
27—2	2005.6.6.16：12	B家	同上	同上
28—1	2006.10.28.10：06	A和F家	在场；没有出声；没有做出太多的反应	D为笔者的"干老子"。笔者跟随D"串门子"来到A和F家，一直装作拍照室内的装饰品，基本上没有参与这次拉家
28—2	2006.10.28.10：06	A和F家	同上	同上
28—3	2006.10.28.10：06	A和F家	同上	同上
29	2005.10.29.11：17	A家	在场；没有出声；没有做出太多的反应	D为笔者的房东。此日，笔者和D一起到亲戚A家吃午饭。饭后，笔者看B的小孩，基本上没有参与这次拉家
30	2006.12.3.19：10	A家	在场；没有出声；没有做出太多的反应	B为笔者的房东。调查期间，笔者几乎每天都与之一起"串门子"到A家
31—1	2006.12.1.19：28	大臼拉家场地	在场；没有出声；没有做出太多的反应	B为笔者的房东
31—2	2006.12.1.19：28	大臼拉家场地	同上	同上
32—1	2006.3.27.18：13	B家	在场；没有出声；没有做出太多的反应	B为笔者的房东。A来时，笔者正与房东做晚饭
32—2	2006.3.27.18：13	B家	基本上不在场	笔者先把录音笔设置好，然后到另一房间里，隔一段时间进门给"公安局"倒茶水
32—3	2006.3.27.18：13	B家	同上	同上
32—4	2006.3.27.18：13	B家	同上	同上
32—5	2006.3.27.18：13	B家	在场；没有出声；没有做出太多的反应	

续表

编号	录音时间	录音地点	记录者的参与程度	备注
33—1	2006.3.27.18：13	B家	在场；没有出声；没有做出太多的反应	B和C分别为笔者的房东和姑夫。笔者一直站在会议室最里面，在与参与者之间保持距离
33—2	2006.3.27.18：13	B家	同上	同上
33—3	2006.3.27.18：13	B家	同上	同上
33—4	2006.3.27.18：13	B家	同上	同上
33—5	2006.3.27.18：13	B家	同上	同上
33—6	2006.3.27.18：13	B家	同上	同上
33—7	2006.3.27.18：13	B家	同上	同上
34—1	2006.1.26.9：48	A家	在场；没有出声；没有做出太多的反应	A和a分别为笔者的房东和老师。笔者一直坐在A旁边，基本上没有参与这次"调查"
34—2	2006.1.26.9：48	A家	同上	同上
34—3	2006.1.26.9：48	A家	同上	同上
34—4	2006.1.26.9：48	A家	同上	同上
34—5	2006.1.26.9：48	A家	同上	同上
34—6	2006.1.26.9：48	A家	同上	同上
34—7	2006.1.26.9：48	A家	同上	同上
34—8	2006.1.26.9：48	A家	同上	同上

后 记

不知从什么时候开始，体裁成为我情有独钟的研究课题。于是写了一篇硕士论文，结果不满意；现在又写完一篇博士论文，还是不大满意。或许，将来还要继续追赶体裁的影子。我走不出，也不愿走出，是我要抓住体裁，还是体裁抓住了我，其实也难说。

我和体裁之间的所有捉迷藏，是在导师万建中教授的指导之下进行的。我师从万老师整整六年，在他的无限信赖中自由成长。刘铁梁教授，不仅让我遇见了拉家，还帮助我在门头沟扎下了根。与万老师一样，刘老师始终关心我在生活中遇到的问题，为我创造了留在中国的机会。对我来说，万老师与刘老师不仅仅是我所敬爱的老师，更是恩人。在此，感谢两位老师不仅帮助我顺利完成六年的学业，还在我最无助时给予我继续面对生活的勇气。

这篇论文原来的题目为《日常叙事的体裁学研究》。在一次聊天中，刘魁立老师指出了其中的矛盾。非常感谢刘老师厘清了我的思路，并让我少走了歪路。也感谢杨利慧教授为我提供了英文资料，她对神话概念所做的反思使我受益匪浅。另外，特别感谢康丽副教授与岳永逸博士，始终给我以"师长"甚至以"朋友"的热心指点和无私关怀。

在我撰写论文的过程中，有幸与吕微研究员、户晓辉研究员、刘宗迪副研究员、刘晓春副教授、施爱东博士、彭牧博士、吉国秀副教授、祝秀丽博士、王杰文副教授、刁统菊博士、华智亚进行讨论。尤其是吕微、户晓辉、刘宗迪、施爱东等老师，为我喝了整整一碗"减肥药"（刘宗迪老师语），最后人人都变得面容憔悴。感谢他们的耐心拓宽了我的研究视野，为我的生活添加了思索的乐趣，还让我感到了"学术共同体"的温暖。

感谢张士闪、韩同春、陆晓芹、黄旭涛、漆凌云、詹娜等师长，毕业离校后依然给予多方照顾和锻炼的机会。尤其是漆凌云博士，他在校期间当了我三年的"保姆"。毕业后，这项任务依次落到陆晓芹、罗树杰、郑长天等人身上，但他还是习惯性地关心我，我也习惯性地依赖他。也感谢所有同门、学友和朋友，为我的校园生活带来了难忘的时光。尤其感谢我的电脑专家姜炳官、我最信任的助手曹荣、陪我阅读外文资料的 Sergiy Kuzmichov。从某种意义上来说，这篇论文之所以能够按时完成，也是他们的功劳。

感谢我的家人一向理解和支持我的追求，包括我两位"干老爷"赵永高老师和张万顺老师，当然还有燕家台的赵永清大伯和赵正英大妈。现在大伯和大妈不再是我的研究对象，而是我在中国的真正的家人。愿这篇论文能让他们为他们家的"小闺女"感到骄傲。

感谢门头沟区文联、门头沟区民俗学会以及李兴华、李永忠、李永照、杨维花、王德云等疼爱我这个"丫头"的所有燕家台人。他们的真诚协助和友爱，使我在门头沟的调研成为可能。在此，让我再次向他们表示最诚挚的谢意。

最后，特别感谢中国国家基金委员会，从硕士到博士为我提供奖学金。正因为有了国家基金委的援助，我才能无虑无顾地热衷于学业。

或许是因为刚结束这长达六年的"捉迷藏"不久，我还无法清静地回顾其中的风风雨雨、点点滴滴。太多的感激，更让我不知从哪里说起，该如何说起。现在只想对曾经帮助过我的所有人说一句——真的谢谢大家！

西村真志叶

2007 年 5 月 5 日于北京